2011 不求人文化

2009 懶鬼子英日語

I'm 識出版集團
I'm Publishing Group
www.17buy.com.tw

2005 意識文化

2005 易富文化

2003 我識地球村

2001 我識出版社

2011 不求人文化

2009 懶鬼子英日語

I'm 我識出版集團
I'm Publishing Group
www.17buy.com.tw

2005 意識文化

2005 易富文化

2003 我識地球村

2001 我識出版社

要背就要背會考的！考來考去就考這2,500個關鍵單字！

新日檢 N2
關鍵單字
2,500

跟著新日檢主考官，

01 N2要合格，單字要背對

考 N2 最令人痛苦的，就是要背的單字一下變得又多又難，很多字生活中遇不到，偏偏考試就愛考。想要一網打盡所有艱深的單字幾乎是不可能的事，聰明人都知道應該把握好最重要的單字，N2 的合格證書才能夠信手捻來！

02 直接背主考官單字庫最快

背單字第一步就是先鎖定範圍。本書精選出最關鍵的單字庫，每個單字的出題可能性高到就像是從主考官的單字庫裡挖出來的一樣。必考單字搭配上最生活的例句，讀者絕對能夠背得開心、記得快，心情和效率兩兼顧。

03 動詞變化、同反義字一起學

除了精選單字本身以外，最重要也最複雜的動詞變化也能一起學。除此之外，還有各種相似字、相反字、相關補充、常見慣用片語等補充，內容豐富到你無法想像，就是要你單字量大爆發。

關鍵單字

主考官單字庫

動詞變化

JLPT N2 快速通關！

04 會聽會唸才是真的背起來

利用本書附贈的 CD，邊聽音檔邊跟著唸，增加記憶度又兼訓練聽力及口說。如果沒有 CD 播放器，我們也提供免費的「虛擬點讀筆 App」，只要用手機掃描書中 QR Code、離線狀態下音檔也能一秒入耳，學習零時差（詳細說明請見 P.006）。

05 時間擠一擠，邊走邊背也可以

平時可以挑零碎的時間來背單字，但厚重的單字書只會給肩膀沉重的負擔，而且常常帶出去了卻沒看，實在有些不便。這種時候就用本書附贈的單字別冊，輕巧方便，隨身攜帶隨時翻閱，零碎的時間又比別人多背好幾個單字。

06 考前衝刺，就是要挑重點看

本書標示的單字重要度參考，能夠解決上考場前想做最後衝刺卻不知道該怎麼衝的窘境。平時做好單字庫的整備，考前多看重點單字，進考場就不慌，你只需要打開試卷，秒殺那些單字題！

01 精選的必考單字搭配最生活的例句。

02 補充相似字、相反字、相關單字等，掌握單字百分百。

03 詞性＋重音，一次掌握。

04 9大變化一次滿足！最傷腦筋的動詞變化通通列給你。（僅列出正確變化形態，不代表皆為常見用法）

05 熟悉單字搭配的情境、了解各個單字的重要度，秒答王就是你。
商：商業＋經濟
校：學校
科：科技
休：休閒
社：社會＋政治
生：生活

06 單字旁附上相似字或句中提及單字的所在頁碼，☺是複習，●是預習，記憶度大增。

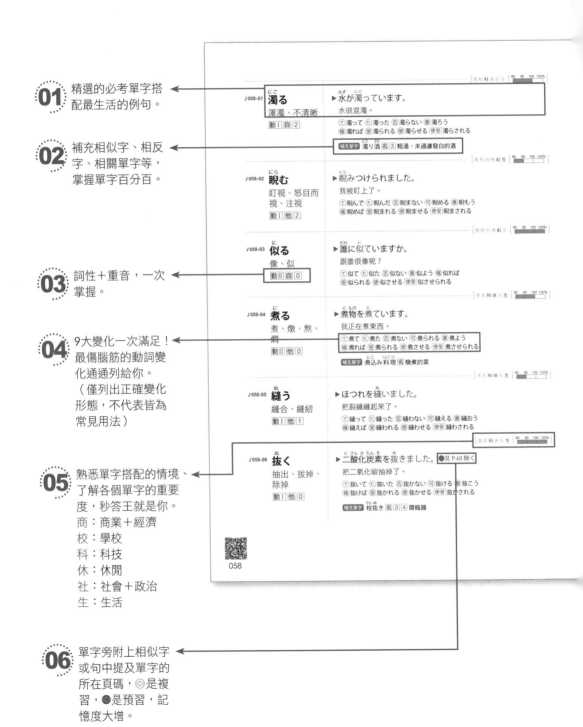

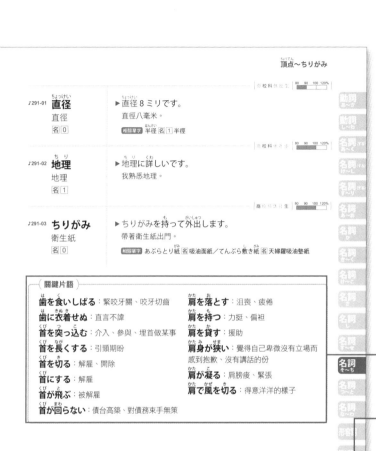

詞性、重音介紹

名 名詞		接 接續詞	
動I 第一類動詞		自 自動詞	
動II 第二類動詞		他 他動詞	
動III 第三類動詞		名(する)	
い形 い形容詞		名詞（する）	
な形 な形容詞		副(する)	
副 副詞		副詞（する）	
副助 副助詞		接助 接續助詞	
接尾 接尾詞		感 感嘆詞	
接頭 接頭詞		量 量詞	
代 代名詞		慣 慣用語	
連 連語		數字 表重音	

動詞變化介紹

て て形	條 條件形	
た た形	受 受身形	
否 否定形	使 使役形	
可 可能形	使受 使役受身形	
意 意向形		

♪291-01 ちょっけい
直径
直徑
名 0

▶ 直径8ミリです。
直徑八毫米。
相關單字 半径 名 1 半徑

♪291-02 ちり
地理
地理
名 1

▶ 地理に詳しいです。
我熟悉地理。

♪291-03 ちりがみ
衛生紙
名 0

▶ ちりがみを持って外出します。
帶著衛生紙出門。
相關單字 あぶらとり紙 名 吸油面紙／てんぷら敷き紙 名 天婦羅吸油墊紙

關鍵片語

歯を食いしばる：緊咬牙關、咬牙切齒
歯に衣着せぬ：直言不諱
首を突っ込む：介入、參與、埋首做某事
首を長くする：引頸期盼
首を切る：解雇、開除
首にする：解雇
首が飛ぶ：被解雇
首が回らない：債台高築、對債務束手無策

肩を落とす：沮喪、疲倦
肩を持つ：力挺、偏袒
肩を貸す：援助
肩身が狭い：覺得自己卑微沒有立場而感到抱歉、沒有講話的份
肩が凝る：肩膀痠、緊張
肩で風を切る：得意洋洋的樣子

07 部分單元結束附上常用片語，多看多學多得分。

08 累積單字量一目了然，實際感受自己的學習成果，單字背起來更有成就感。

09 用虛擬點讀筆App，音檔一秒入耳。出門在外，只要有手機掃描QR Code，隨時隨地都能聽音檔。（詳見下頁）

現在已學到 2465 個單字囉！

10 平時可以挑零碎的時間來背單字，用本書附贈的單字別冊，輕巧方便，隨身攜帶隨時翻閱，零碎的時間又比別人多背好幾個單字。
★ 隨身手冊將單字隨機排序，不僅符合考試狀況，也能增加讀者在背單字時的樂趣。

11 眼觀單字，耳聽音檔，學習效率upupup。本書的音檔包含日文單字、中文解釋、以及日文例句，聽整句，記更熟。
★ 本書附贈CD片內容音檔為MP3格式。
★ 本書音檔編號即頁碼。

線上下載「VRP 虛擬點讀筆」App

為了幫助讀者更方便使用本書，特別領先全世界開發「VRP 虛擬點讀筆」App（Virtual Reading Pen），安裝此 App 後，將可以更有效率地利用本書學習。讀者只要將本書結合已安裝「VRP 虛擬點讀筆」App 的手機，就能馬上利用手機隨時掃描書中的 QR Code 立即聽取本書的中日文單字與日文例句。就像是使用「點讀筆」一樣方便，但卻不用再花錢另外購買「點讀筆」和「點讀書」。

虛擬點讀筆介紹

「VRP 虛擬點讀筆」App 就是這麼方便！

❶ 讀者只要掃描右側的 QR Code 連結，就能免費立即下載「VRP 虛擬點讀筆」App。（僅限 iPhone 和 Android 二種系統手機）或是在 App Store 及 Google Play 搜尋「VRP 虛擬點讀筆」即可下載。

★ 若一開始沒有安裝「VRP虛擬點讀筆」App，掃描書中的QR Code將會導引至App Store或 Google Play商店，請點選下載App即可使用。

虛擬點讀筆
APP 下載位置

❷ 打開「VRP 虛擬點讀筆」後登入，若無帳號請先點選「加入會員」，完成註冊會員後即可登入。

❸「VRP 虛擬點讀筆」App 下載完成後，可至 App 目錄中搜尋需要的音檔或直接掃描內頁 QR Code 一次下載至手機使用。（若以正常網速下載，所需時間約四至六分鐘；請盡量在優良網速環境下下載）。

從目錄搜尋

掃描每頁的QR Code

❹ 當音檔已完成下載後，讀者只要拿出手機並開啟「VRP 虛擬點讀筆」App，就能隨時掃描書中頁面的 QR Code 立即播放音檔（平均 1 秒內），且不需要開啟上網功能。

❺「VRP 虛擬點讀筆」App 就像是點讀筆一樣好用，還可以調整播放速度（0.8-1.2 倍速），配合學習步調。

❻ 如果讀者擔心音檔下載後太佔手機空間，也可以隨時刪除音檔，下次需要使用時再下載。購買本公司書籍的讀者等於有一個雲端的 CD 櫃可隨時使用。

掃描音檔QR Code播放音檔

X1.0

調整播放速度
0.8-1.2倍速

長按CD封面出現 可刪除音檔

★「VRP虛擬點讀筆」App僅支援Android 4.3以上、iOS 9以上版本。

★ 雖然我們努力做到完美，但也有可能因為手機的系統版本和「VRP虛擬點讀筆」App不相容導致無法安裝，在此必須和讀者說聲抱歉，若無法正常使用，請讀者使用隨書附贈的CD。

認識新日檢N2測驗

　　你不是考不過，只是不了解新日檢！想要 N2 合格，那就要從認識新日檢 N2 開始。在開始寫試題前先清楚試題內容、分數判定方式及應考關鍵，進行自我評估，以便於更快進入新日檢應戰狀態。

　　日本語能力試驗（JLPT®）為國際性測驗，供日語學習者檢測能力。台灣考區一年辦理兩次，於每年 7 月及 12 月第一個週日舉行，2019 年起一律採網路報名（N1～N3 每名 1600 元；N4、N5 每名 1500 元）。在台灣考試，第 1 回（7 月）測驗結果預計於 9 月上旬可查詢，10 月上旬寄發成績單；第 2 回（12 月）測驗結果預計於 2 月上旬可以查詢，3 月上旬寄發成績單給考生。

日檢級數	日文程度	測驗內容
N1	高級日文	檢測考生對日常生活當中廣泛情境下的日語理解程度
N2		
N3	中級日文	邁向 N1、N2 的過渡級數
N4	基礎日文	檢測考生在課堂上學習的基礎日語的理解程度
N5		

N1高級日文	**N2高級日文**	**N3中級日文**	**N4、N5初級日文**
難 ←————————————————————————→ 易			
在日本的日系企業辦公室工作或考大學院（研究所）的必要門檻	在日本非勞力打工或辦公室工作的基礎門檻	普遍去交換學生或在日本以勞力打工的最低門檻	供學完50音、初級文法的學習者檢測自我能力或旅行日本的基礎溝通門檻

新日檢的目標

在日本語能力試驗中，除了測驗考生掌握多少日語的文字、語彙以及文法之外，更重要的是如何將所掌握的知識實際運用於日常溝通上。因為語言是活的，生活中會發生各種「日語情境」，這是需要運用語言才能夠解決的「課題」，考生不能只具備言語知識，還須具備實際運用的能力。因此，新日檢測驗分為「言語知識」及「讀解」、「聽解」等三要素，綜合評量日語的溝通能力。「言語知識」其實就是你累積多少文字、語彙以及文法的基礎能力，而將這些能力付諸於實際應用上，就是所謂的「讀解」、「聽解」，請參照下表。

	基礎語彙、文法能力 ——→	實際運用	
新日檢 考試科目	言語知識（文字、語彙、文法）	讀解	聽解

新日檢的測驗特色

【特色 1】考生可依據程度選擇適合的級數報考

日本語能力試驗分成五個級數：N1、N2、N3、N4、N5（按照難易度排列，N1 為最難的級數）。而為了能精細地測出考生的日語能力，試題依級數出題。

【特色 2】透過標準分數，準確評量日語能力

不論多嚴謹地出題，每次試題的難易度難免會有些許差異，若採用以答對題數來計算所得到的「粗分」，會因為試題的難易度變化，而導致可能出現能力相同，但分數出現差異的情況。

因此日本語能力試驗採用「標準分數」計算得分，「標準分數」採用「等化」計分方式，每次皆以同一量尺來計算分數，可以更正確且公平地將考生的日語能力反映在分數上。

日本語能力試驗Can-do自我評量表

僅透過測驗成績單，無法了解考生在實際生活中的日語運用能力。為了方便學習者確認自己的學習程度、與他人說明自己合格的級數所具備的日語能力，日本語能力試驗提供「日本語能力試驗 Can-do 自我評量表」，做為解釋測驗結果的參考資料。

★「日本語能力測驗 Can-do 自我評量表」的詳細內容請參閱：
http://www.jlpt.jp/tw/about/candolist.html

認定標準及考試通過門檻

N2範圍的認定標準及得分方式如下表：

等級	認定標準
N2	除日常生活所使用之日語外，能大致理解較廣泛情境下之日語。 閱讀 ● 能看懂報紙、雜誌所刊載之各類報導、解説、簡易評論等主旨明確之文章。 ● 能閱讀一般話題之讀物，並可理解事情的脈絡及其表達意涵。 聽力 ● 除日常生活情境外，在大部分的情境中，能聽懂近常速且連貫之對話、新聞報導，亦能理解其話題走向、內容及人物關係，並可掌握其大意。

測驗項目	測驗時間	得分範圍
言語知識 （文字・語彙・文法）	105 分鐘	0~60 分
讀解		0~60 分
聽解	50 分鐘	0~60 分

考生要特別注意，需要符合下列兩個條件，才能被判定為合格：

❶ 總分達合格分數（＝通過標準）以上，以 N2 來說是 90 分

❷ 各分項成績達各分項合格分數（＝通過門檻）以上，以 N2 來說，言語知識（文字・語彙・文法）、讀解、聽解，3 個項目皆各自需要 19 分，3 項總分須達 90 分以上。

如有一科分項成績未達門檻，無論總分多高，也會判定為不合格。

參加測驗時的「測驗科目」與測驗結果通知時的「分項成績」標示有點不同，對照如下表所示。

得分範圍	通過標準	言語知識 （文字・語彙・文法）		讀解		聽解	
		得分範圍	通過門檻	得分範圍	通過門檻	得分範圍	通過門檻
0~180 分	90 分	0~60 分	19 分	0~60 分	19 分	0~60 分	19 分

成績辨別方式

新日檢判定基準從「總分」跟「各科得分」來判定，各科都要達到平均以上才合格。若各科未達到基準點以上，即使總分達到標準，也是不合格。合格標準以 A、B、C 等級標明。計分方式採等化計分，即以題目難度計分。若 10 題中答對 8 題，不一定得 80 分，有可能得到 79 分，因答對的題目難度不同，而有得分差異。

以下為 N1~N3 的考試範例：

各項目成績			總成績
言語知識	讀解	聽解	
50/60	30/60	40/60	120/180

參考資訊	
文字・語彙	文法
A	B

參考資訊是依照考生答對率，並非作為判定合格與否之依據。

A：表示答對率達 67%（含）以上

B：表示答對率 34%（含）以上但未達 67%

C：表示答對率未達 34%

＊成績通知：可以於日本語能力測驗網站查詢，台灣地區考生 7 月考試，測驗結果預計於 10 月上旬寄發合格與否成績單；12 月考試測驗結果預計於 3 月上旬寄發。

日檢各級數能力介紹

級數	該級數所具備的語言能力
N1	能理解在廣泛情境之下所使用之日語。 **閱讀** ● 可閱讀話題廣泛之報紙社論、評論等論述性較複雜及較抽象之文章，並能理解其文章結構及內容。 ● 能閱讀各種話題內容較具深度之讀物，並能理解其事情的脈絡及詳細的表達意涵。 **聽力** ● 在廣泛的情境下，可聽懂常速且連貫之對話、新聞報導及講課，且能充分理解話題走向、內容、人物關係及說話內容之論述結構等，並確實掌握其大意。
N2	除日常生活所使用之日語外，能大致理解較廣泛情境下之日語。 **閱讀** ● 能看懂報紙、雜誌所刊載之各類報導、解說、簡易評論等主旨明確之文章。 ● 能閱讀一般話題之讀物，並可理解事情的脈絡及其表達意涵。 **聽力** ● 除日常生活情境外，在大部分的情境中，能聽懂近常速且連貫之對話、新聞報導，亦能理解其話題走向、內容及人物關係，並可掌握其大意。
N3	能大致理解日常生活所使用之日語。 **閱讀** ● 可看懂日常生活相關內容具體之文章。 ● 能掌握報紙標題等概要資訊。 ● 日常生活情境中所接觸難度稍高之文章經換個方式敘述，便可理解其大意。 **聽力** ● 在日常生活情境中，面對稍接近常速且連貫之對話，經結合談話之具體內容及人物關係等資訊後，便可大致理解。
N4	能理解基礎日語。 **閱讀** ● 可看懂以基本語彙及漢字描述之貼近日常生活相關話題之文章。 **聽力** ● 能大致聽懂速度稍慢之日常會話。
N5	能大致理解基礎日語。 **閱讀** ● 能看懂以平假名、片假名或一般日常生活使用之基本漢字所書寫之固定詞句、短文及文章。 **聽力** ● 在課堂上或周遭等日常生活中常接觸之情境中，如為速度較慢之簡短對話，可從中聽取必要資訊。

作者序　序文

　　「日本語能力試験」（略称「日検」）は2010年に試験制度が改定され、試験内容が多彩になり、新たに「尺度点」が導入されました。これによって、これまでにない新しい能力測定が可能になりました。

　　日検の「N2レベル」認定の目安は、「日常的な場面で使われる日本語の理解に加え、より幅広い場面で使われる日本語をある程度理解することができる」ことです。幅広い場面で使われる日本語を理解するためには、まず、およそ2500の単語を覚えることが必要だと考えます。語彙力をしっかり身に付ければ、読むことにも聞くことにも役に立つでしょう。

　　この『新日檢JLPT N2關鍵單字2,500：主考官的單字庫完全收錄，新日檢N2快速過關！』の執筆に関わり成長できたことは本当に幸運なことでした。特に、本書『新日檢JLPT N2關鍵單字2,500：主考官的單字庫完全收錄，新日檢N2快速過關！』の監修者である山田多佳子さんに感謝します。仕事で多忙でありながらも、私が書いた例文を丁寧にチェックして訂正して下さいました。数多くの例文を提供してくれた大橋佑紀さんにも感謝すべきです。また、日頃、日本語を教えながら、私はいつも学生たちとこの本の内容について話し合ってきました。彼らもこの本の誕生を楽しみにしてくれています。これらの方々のおかげで、私は原稿に向き合う生活を続けてこられました。最後に、『新日檢JLPT N2關鍵單字2,500：主考官的單字庫完全收錄，新日檢N2快速過關！』を通して日本語の語彙の美しさと楽しさを学習者に伝えられれば幸いです。

蔡麗玲

2019.03

　　現在、私は日本の奈良という町に住んでおり、毎日、さまざまな国からやって来た外国人観光客たちが、町を散策したり、買い物を楽しんだりする姿を目にします。一方、コンビニなどのお店では、外国人の店員さんに日本語で接客してもらうことが、ここ数年ですっかり当たり前の風景になりました。そんな店員さんたちに出会うたび、彼らが日本語を学び、生活の場面でそれを使いこなせる力を身に着けるために続けてきた努力に、頭が下がる思いがします。

　　外国語を自由に使いこなし、円滑なコミュニケーションを行なうためには、「語彙力」が不可欠です。「語彙力」とは、多くの言葉を知っていること、そして、それらの言葉を使いこなす能力のことです。本書『新日檢JLPT N2關鍵單字2,500：主考官的單字庫完全收錄，新日檢N2快速過關！』は、2500もの日本語の単語を挙げ、その意味を使用例とともに詳しく紹介していますから、単語の意味をその使い方とともに理解し、「語彙力」を鍛えることが可能です。さらに、単語の詳しい解説からは、日本文化や習慣を知ることもできるでしょう。『新日檢JLPT N2關鍵單字2,500：主考官的單字庫完全收錄，新日檢N2快速過關！』が日本語検定試験を受験する方々の学習に役立つことを心から願っています。

　　最後に、今回この本に携わるという素晴らしい機会を与えてくださった我識出版社の方々と蔡麗玲さんに厚く感謝申し上げます。

山田多佳子

2019.03

目録　目次 <ruby>目<rt>もく</rt>次<rt>じ</rt></ruby>

動詞
あ～さ

新日檢 N2
關鍵單字

扇ぐ（あお）／煽ぐ（あお）～妨げる（さまた）

詞性、重音介紹

名 名詞	副 副詞	接助 接續助詞
名（する）名詞（する）	副（する）副詞（する）	自 自動詞
動Ⅰ 第一類動詞	副助 副助詞	他 他動詞
動Ⅱ 第二類動詞	接尾 接尾詞	感 感嘆詞
動Ⅲ 第三類動詞	接頭 接頭詞	量 量詞
い形 い形容詞	代 代名詞	數字 表重音
な形 な形容詞	連 連語	
慣 慣用語	接 接續詞	

動詞變化介紹

て て形	可 可能形	受 受身形
た た形	意 意向形	使 使役形
否 否定形	條 條件形	使受 使役受身形

| | | 商校科休社生 | 80　90　100 120% |

♪016-01
扇ぐ／煽ぐ
搧風、煽動
動I 他2

▶ボーイスカウトがうちわを扇いで火を起こしている。

童子軍正在搧風生火。

㋫扇いで ㋟扇いだ ㋑扇がない ㋙扇ごう
㋕扇げば ㋨扇がれる ㋴扇がせる 使受扇がされる

| | | 商校科休社生 | 80　90　100 120% |

♪016-02
呆れる
（因意外的事
而）吃驚、發
呆
動II 自0

▶彼は皆が呆れるほど食べた。

他的食量讓大家都吃驚。

㋫呆れて ㋟呆れた ㋑呆れない ㋙呆れよう
㋕呆れれば ㋨呆れられる ㋴呆れさせる 使受呆れさせられる

易搞混字 飽きる・厭きる・倦きる 動II 自2 滿足、厭煩
▶牛肉を飽きるほど食べたい。 想吃牛肉吃到飽。

| | | 商校科休社生 | 80　90　100 120% |

♪016-03
憧れる
憧憬、嚮往
動II 自0

▶都会生活に憧れているから、田舎から飛び出したい。

因為嚮往都市生活，想要離開鄉下。

㋫憧れて ㋟憧れた ㋑憧れない ㋙憧れられる ㋙憧れよう
㋕憧れれば ㋨憧れられる ㋴憧れさせる 使受憧れさせられる

| | | 商校科休社生 | 80　90　100 120% |

♪016-04
**預かる／預
かる**
（代人）保管、
保留、暫存、
管理、擔任
動I 他3

▶昨日は仕事が忙しかったので、母に子供を預かっても
らった。

我昨天因為工作忙，拜託母親照顧小孩。

㋫預かって ㋟預かった ㋑預からない ㋙預かれる ㋙預かろう
㋕預かれば ㋨預かられる ㋴預からせる 使受預からされる

| | | 商校科休社生 | 80　90　100 120% |

♪016-05
**預ける／預
ける**
寄存、託付、
委託保管、倚
靠身體
動II 他3

▶まずこの荷物をホテルに預けて街に出かけよう。

先把這件行李寄放在飯店後，再到街上去吧！

㋫預けて ㋟預けた ㋑預けない ㋙預けられる ㋙預けよう
㋕預ければ ㋨預けられる ㋴預けさせる 使受預けさせられる

動詞
あ〜さ

動詞
し〜わ

名詞(する)
あ〜く

名詞(する)
け〜し

名詞(する)
す〜り

名詞
あ〜お

名詞
か

名詞
き〜く

名詞
け〜こ

名詞
さ

名詞
し

名詞
す〜せ

名詞
そ〜と

名詞
な〜わ

形容詞

副詞

其他

♪017-01

与える
あた

給予、供給、
使蒙受、分配、
布置

動II 他 3

▶ 生活にゆとりを与えるために、適度な息抜きは必要です。

為了給生活一些空間，適度的休息有其必要。

て 与えて　た 与えた　否 与えない　可 与えられる　意 与えよう
條 与えれば　受 与えられる　使 与えさせる　使受 与えさせられる

| 商 校 科 休 社 生 | 80 90 100 120%

♪017-02

扱う
あつか

處理、照顧、
對待

動I 他 3 0

▶ マグカップは壊れやすいから大切に扱ってください。

馬克杯容易壞，請小心處理。

て 扱って　た 扱った　否 扱わない　可 扱える　意 扱おう
條 扱えば　受 扱われる　使 扱わせる　使受 扱わされる

| 商 校 科 休 社 生 | 80 90 100 120%

♪017-03

当てはまる
あ

完全合適、適
應

動I 自 4

▶ 空欄に当てはまる語彙を書いてください。

請在空格中寫上恰當的詞語。

て 当てはまって　た 当てはまった　否 当てはまらない　意 当てはまろう
條 当てはまれば　受 当てはまられる　使 当てはまらせる　使受 当てはまらされる

| 商 校 科 休 社 生 | 80 90 100 120%

♪017-04

当てはめる
あ

適用、應用、
套用

動II 他 4

▶ アジアでの経験を直接ヨーロッパに当てはめることは難しい。

亞洲經驗很難直接套用於歐洲。

て 当てはめて　た 当てはめた　否 当てはめない　可 当てはめられる
意 当てはめよう　條 当てはめれば　受 当てはめられる　使 当てはめさせる
使受 当てはめさせられる

| 商 校 科 休 社 生 | 80 90 100 120%

♪017-05

当てる／充
あ　　　　　あ
てる／宛て
あ
る

撞、猜中、指
派、淋、曬

動II 他 0

▶ 日光を当てた葉と当てない葉で対照実験を行う。

用受日照與不受日照的葉子進行對照實驗。

て 当てて　た 当てた　否 当てない　可 当てられる　意 当てよう
條 当てれば　受 当てられる　使 当てさせる　使受 当てさせられる

| 商 校 科 休 社 生 | 80 90 100 120%

♪017-06

暴れる
あば

胡鬧、橫衝直
撞

動II 自 0

▶ 魯智深は酒に酔ってたびたび暴れた。

魯智深屢屢在酒醉後胡鬧。

て 暴れて　た 暴れた　否 暴れない　可 暴れられる　意 暴れよう
條 暴れれば　受 暴れられる　使 暴れさせる　使受 暴れさせられる

♪018-01 **浴びる** <ruby>浴<rt>あ</rt></ruby>びる
澆、淋、曬、蒙受
動II 他 0

▶ <ruby>小麦粉<rt>こ むぎ こ</rt></ruby>を<ruby>浴<rt>あ</rt></ruby>びて<ruby>髪<rt>かみ</rt></ruby>が<ruby>真白<rt>まっしろ</rt></ruby>になった。
沾滿了麵粉，頭髮都變白了。

て 浴びて　た 浴びた　否 浴びない　可 浴びられる　意 浴びよう
條 浴びれば　受 浴びられる　使 浴びさせる　使受 浴びさせられる

♪018-02 **炙る** <ruby>炙<rt>あぶ</rt></ruby>る
烤（乾）、烘、曬、烤火取暖
動I 他 2

▶ <ruby>海苔<rt>の り</rt></ruby>を<ruby>食<rt>た</rt></ruby>べる<ruby>直前<rt>ちょくぜん</rt></ruby>に<ruby>炙<rt>あぶ</rt></ruby>って<ruby>食<rt>た</rt></ruby>べるのが<ruby>一番<rt>いちばん</rt></ruby><ruby>美味<rt>お い</rt></ruby>しい。
要吃海苔之前烤一下，風味絕佳。

て 炙って　た 炙った　否 炙らない　可 炙れる　意 炙ろう
條 炙れば　受 炙られる　使 炙らせる　使受 炙らされる

♪018-03 **溢れる** <ruby>溢<rt>あふ</rt></ruby>れる
溢出、充滿、擠滿
動II 自 3

▶ <ruby>彼女<rt>かのじょ</rt></ruby>は<ruby>活力<rt>かつりょく</rt></ruby>に<ruby>溢<rt>あふ</rt></ruby>れた、<ruby>魅力的<rt>み りょくてき</rt></ruby>な<ruby>人<rt>ひと</rt></ruby>です。
她是個充滿活力、有魅力的人。

て 溢れて　た 溢れた　否 溢れない　意 溢れよう
條 溢れれば　受 溢れられる　使 溢れさせる　使受 溢れさせられる

♪018-04 **甘やかす** <ruby>甘<rt>あま</rt></ruby>やかす
姑息、嬌養、縱容、放任、溺愛
動I 他 4 0

▶ <ruby>子<rt>こ</rt></ruby>どもをそんなに<ruby>甘<rt>あま</rt></ruby>やかしてはいけない。
不該那麼縱容小孩。

て 甘やかして　た 甘やかした　否 甘やかさない　可 甘やかせる　意 甘やかそう
條 甘やかせば　受 甘やかされる　使 甘やかさせる　使受 甘やかさせられる

♪018-05 **謝る** <ruby>謝<rt>あやま</rt></ruby>る
道歉、賠罪、謝絕、辭退、認輸
動I 他 3

▶ <ruby>謝<rt>あやま</rt></ruby>らなければならないことはしてはいけない。
不能做需要道歉的事。

て 謝って　た 謝った　否 謝らない　可 謝れる　意 謝ろう
條 謝れば　受 謝られる　使 謝らせる　使受 謝らされる

♪018-06 **争う** <ruby>争<rt>あらそ</rt></ruby>う
爭奪、爭辯、競爭
動I 他 3

▶ この<ruby>手術<rt>しゅじゅつ</rt></ruby>は<ruby>一刻<rt>いっこく</rt></ruby>を<ruby>争<rt>あらそ</rt></ruby>うものだ。
這是分秒必爭的手術。

て 争って　た 争った　否 争わない　可 争える　意 争おう
條 争えば　受 争われる　使 争わせる　使受 争わされる

♪019-01 改める　あらた

改變、改正、端正態度

動Ⅱ 他 4

▶ 悪い行いを改めるのに、遅すぎることはない。

改惡向善，永不嫌晚。

て 改めて　た 改めた　否 改めない　可 改められる　意 改めよう
條 改めれば　受 改められる　使 改めさせる　使受 改めさせられる

♪019-02 表す　あらわ

表現、表示、象徴

動Ⅰ 他 3

▶ 言葉でうまく表せない感情を音楽で表現する。

將無法用言語表達的感情透過音樂來表達。

て 表して　た 表した　否 表さない　可 表せる　意 表そう
條 表せば　受 表される　使 表させる　使受 表させられる

♪019-03 現す　あらわ

顯露、出現

動Ⅰ 他 3

▶ 会場に姿を現す。

出現在會場。

て 現して　た 現した　否 現さない　可 現せる　意 現そう
條 現せば　受 現される　使 現させる　使受 現させられる

♪019-04 著す　あらわ

著述、寫作、寫

動Ⅰ 他 3

▶ 彼はその後もサラリーマンの立場に立って数々の経済小説を著した。

他之後仍站在上班族的立場寫了好幾部經濟小説。

て 著して　た 著した　否 著さない　可 著せる　意 著そう
條 著せば　受 著される　使 著させる　使受 著させられる

易混淆字　現れる／表れる／顕れる　動Ⅱ 自 4　出現、表現、顯現
▶ 包み紙を開くと、中から数枚の写真が現れた。
打開包裝紙，看到了幾張照片。

表現　名(する) 3　表現、表達
▶ 自分の気持ちは何とも表現しがたい。難以表達自己的心情。

♪019-05 荒れる　あ

荒蕪、天氣變壞、粗糙

動Ⅱ 自 0

▶ 一人暮らしをしてから、彼の生活はすっかり荒れてしまった。

他自從一個人獨立生活以來，生活變得散漫不已。

て 荒れて　た 荒れた　否 荒れない　意 荒れよう　條 荒れれば
受 荒れられる　使 荒れさせる　使受 荒れさせられる

♪020-01 **合わせる**（あ）
合起來、合併、合在一起、合計、配合、調合
動II 他 3

▶子どもたちは音楽に合わせて手をたたく。
孩子們隨著音樂節拍拍手。
て 合わせて　た 合わせた　否 合わせない　可 合わせられる　意 合わせよう
條 合わせれば　受 合わせられる　使 合わせさせる　使受 合わせさせられる

♪020-02 **慌てる**（あわ）
驚慌、慌張、急忙
動II 自 0

▶新幹線に乗り遅れそうになったので、慌てて家を出た。
因為快趕不上新幹線了，我趕緊出門。
て 慌てて　た 慌てた　否 慌てない　意 慌てよう
條 慌てれば　受 慌てられる　使 慌てさせる　使受 慌てさせられる

♪020-03 **言い出す**（い だ）
開始說、說出口
動I 他 3

▶仕事を辞めたいが、上司に言い出せない。
雖然想辭職，卻無法向上司說出口。
て 言い出して　た 言い出した　否 言い出さない　可 言い出せる　意 言い出そう
條 言い出せば　受 言い出される　使 言い出させる　使受 言い出させられる

♪020-04 **言い付ける**（い つ）
吩咐、命令、指示、告狀、說慣
動II 他 4

▶子どもに言い付けたことは、私自身も守っている。
跟小孩說過的話，我本身也會遵守。
て 言い付けて　た 言い付けた　否 言い付けない　可 言い付けられる
意 言い付けよう　條 言い付ければ　受 言い付けられる　使 言い付けさせる
使受 言い付けさせられる

♪020-05 **怒る／怒る**（おこ／いか）
發怒、生氣、激烈、狂暴、聳起
動I 自 2

▶怒ってばかりいる人は性格に問題がある。
只會生氣的人，性格是有問題的。
て 怒って　た 怒った　否 怒らない　可 怒れる　意 怒ろう
條 怒れば　受 怒られる　使 怒らせる　使受 怒らされる

♪020-06 **抱く**（いだ）
抱、懷有、懷抱、環繞
動I 他 2

▶埔里は大自然の懐に抱かれる町です。
埔里是環繞於大自然之中的城鎮。
て 抱いて　た 抱いた　否 抱かない　可 抱ける　意 抱こう
條 抱けば　受 抱かれる　使 抱かせる　使受 抱かされる

♪021-01 **至る** いた
到、到來、達到、成為、周到
動I 自 2

商校科休社生 | 80 90 100 120%

▶街の至る所にベンチがある。 まち いた ところ
街上到處都有長凳。

て 至って　た 至った　否 至らない　可 至れる　意 至ろう
條 至れば　受 至られる　使 至らせる　使受 至らされる

♪021-02 **威張る** いばる
自豪、自以為了不起、擺架子
動I 自 2

商校科休社生 | 80 90 100 120%

▶上司はいつも威張っている。 じょうし いば
我的上司總愛要威風。

て 威張って　た 威張った　否 威張らない　可 威張れる　意 威張ろう
條 威張れば　受 威張られる　使 威張らせる　使受 威張らされる

♪021-03 **嫌がる** いや
討厭、不願意、逃避
動I 他 3

商校科休社生 | 80 90 100 120%

▶みんな嫌がってやらないが、やりがいのある仕事だ。 いや しごと
雖然大家都嫌惡而不做，卻是很值得去做的工作。

て 嫌がって　た 嫌がった　否 嫌がらない　可 嫌がれる　意 嫌がろう
條 嫌がれば　受 嫌がられる　使 嫌がらせる　使受 嫌がらされる

♪021-04 **伺う** うかが
請教、聽說、詢問、前往拜訪
動I 他 0

商校科休社生 | 80 90 100 120%

▶明日の午後2時にそちらにお伺い致します。 あした ごご じ うかが いた
明天下午2點將前往拜訪。

て 伺って　た 伺った　否 伺わない　可 伺える　意 伺おう
條 伺えば　受 伺われる　使 伺わせる　使受 伺わされる

♪021-05 **浮べる** うか
飄浮、浮現、想起
動II 他 0

商校科休社生 | 80 90 100 120%

▶ロイヤルミルクティーをカップに注ぎ、マシュマロを浮べる。 そそ うか
將皇家奶茶注入杯中，讓棉花糖漂浮起來。

て 浮べて　た 浮べた　否 浮べない　可 浮べる　意 浮べよう
條 浮べれば　受 浮べられる　使 浮べさせる　使受 浮べさせられる

♪021-06 **受け持つ** う も
掌管、擔任、負責
動I 他 3 0

商校科休社生 | 80 90 100 120%

▶私は2年生の音楽の授業を受け持つ。 わたし ねんせい おんがく じゅぎょう う も
我負責二年級的音樂課。

て 受け持って　た 受け持った　否 受け持たない　可 受け持てる　意 受け持とう
條 受け持てば　受 受け持たれる　使 受け持たせる　使受 受け持たされる

♪022-01 **動かす**（うご）
移動、挪動、
搬動、動搖、
打動、改變、
推翻
動Ⅰ 他 3

▶ リサイクル運動が社会を動かす。（うんどう しゃかい うご）

資源回收運動將改變社會。

て 動かして　た 動かした　否 動かさない　可 動かせる　意 動かそう
條 動かせば　受 動かされる　使 動かさせる　使受 動かさせられる

♪022-02 **失う**（うしな）
迷失、丟失、
錯過
動Ⅰ 他 0

▶ この町は若者が少なくなって活気を失った。（まち わかもの すく かっき うしな）

這城市因年輕人變少而失去活力。

て 失って　た 失った　否 失わない　可 失える　意 失おう
條 失えば　受 失われる　使 失わせる　使受 失わされる

♪022-03 **薄める**（うす）
稀釋、弄淡、
調淺
動Ⅱ 他 3 0

▶ 洗剤は薄めて使える。（せんざい うす つか）

清潔劑可以稀釋後使用。

て 薄めて　た 薄めた　否 薄めない　可 薄められる　意 薄めよう
條 薄めれば　受 薄められる　使 薄めさせる　使受 薄めさせられる

♪022-04 **疑う**（うたが）
懷疑、不相信
動Ⅰ 他 0

▶ 彼が賄賂を受け取ったのではないかと疑われている。（かれ わいろ う と うたが）

他被懷疑收受賄賂。

て 疑って　た 疑った　否 疑わない　可 疑える　意 疑おう
條 疑えば　受 疑われる　使 疑わせる　使受 疑わされる

♪022-05 **打ち合わせる**（う あ）
使……相碰、
對打、商量、
碰頭
動Ⅱ 他 5 0

▶ 仕事の進め方を打ち合わせてほしい。（しごと すす かた う あ） 見 P.44 進める

工作的進行方式，希望能事先洽談。

て 打ち合わせて　た 打ち合わせた　否 打ち合わせない　可 打ち合わせられる
意 打ち合わせよう　條 打ち合わせれば　受 打ち合わせられる　使 打ち合わせさせる
使受 打ち合わせさせられる

♪022-06 **打ち消す**（う け）
否認、消除
動Ⅰ 他 3

▶ 雨音が強くなり、彼女の声を打ち消した。（あまおと つよ かのじょ こえ う け）

變強的雨聲，蓋過了她的聲音。

て 打ち消して　た 打ち消した　否 打ち消さない　可 打ち消せる　意 打ち消そう
條 打ち消せば　受 打ち消される　使 打ち消させる　使受 打ち消させられる

商校科休社生 | 80 90 100 120%

♪023-01 撃つ
攻撃、射撃、開槍
動Ⅰ 他 1

▶子どもがぱちんこで雀を撃つ。
小孩用彈弓射麻雀。
て撃って た撃った 否撃たない 可撃てる 意撃とう
條撃てば 受撃たれる 使撃たせる 使受撃たされる

商校科休社生 | 80 90 100 120%

♪023-02 映す
照映、投射、反映
動Ⅰ 他 2

▶広々とした湖面は空の青さを映して、心を落ち着かせてくれる。
寬廣的湖面倒映著藍天，撫平了我的心。
て映して た映した 否映さない 可映せる 意映そう
條映せば 受映される 使映させる 使受映させられる

商校科休社生 | 80 90 100 120%

♪023-03 訴える
訴訟、申訴、求助、打動
動Ⅱ 他 3 4

▶この油絵はちっとも訴えるところがない。
這幅油畫絲毫沒有打動人心的力量。
て訴えて た訴えた 否訴えない 可訴えられる 意訴えよう
條訴えれば 受訴えられる 使訴えさせる 使受訴えさせられる

商校科休社生 | 80 90 100 120%

♪023-04 頷く
點頭、首肯、同意
動Ⅰ 自 3 0

▶教授は院生の発表に頷きながら聞き入る。
教授一邊點頭一邊傾聽研究生的發表。
て頷いて た頷いた 否頷かない 可頷ける 意頷こう
條頷けば 受頷かれる 使頷かせる 使受頷かされる

商校科休社生 | 80 90 100 120%

♪023-05 唸る
吼叫、發出鳴聲、叫好
動Ⅰ 自他 2

▶モーターの唸り音が聞こえる。
聽得到馬達的轟鳴聲。
て唸って た唸った 否唸らない 可唸れる 意唸ろう
條唸れば 受唸られる 使唸らせる 使受唸らされる

商校科休社生 | 80 90 100 120%

♪023-06 奪う
搶奪、剝奪、去除、吸引人
動Ⅰ 他 2 0

▶宝石の美しさに目を奪われた。
寶石的璀璨美好讓我目不轉睛。
て奪って た奪った 否奪わない 可奪える 意奪おう
條奪えば 受奪われる 使奪わせる 使受奪わされる

動詞 あ～さ
動詞 し～わ
名詞(する) あ～く
名詞(する) け～し
名詞(する) す～り
名詞 あ～お
名詞 か
名詞 き～く
名詞 け～こ
名詞 さ
名詞 し
名詞 す～せ
名詞 そ～ち
名詞 つ～と
名詞 な～わ
形容詞
副詞
其他

♪024-01
埋める
う
填、埋、補足
動Ⅱ 他 0

▶ 赤字を埋めるには、節約は必要だ。

想彌補虧損，有必要節約。

て 埋めて た 埋めた 否 埋めない 可 埋められる 意 埋めよう
條 埋めれば 受 埋められる 使 埋めさせる 使受 埋めさせられる

♪024-02
敬う
うやま
尊敬、崇敬、敬佩
動Ⅰ 他 3

▶ 常に人を敬う気持ちでいることは大切だ。

保持尊敬別人的心情很重要。

て 敬って た 敬った 否 敬わない 可 敬える 意 敬おう
條 敬えば 受 敬われる 使 敬わせる 使受 敬わされる

♪024-03
裏返す
うらがえ
翻過來、反過來思考
動Ⅰ 他 3

▶ 裏返して考えてみれば、永遠の敵はいない。

反過來想，沒有永遠的敵人。

て 裏返って た 裏返った 否 裏返さない 可 裏返せる 意 裏返そう
條 裏返せば 受 裏返される 使 裏返させる 使受 裏返させられる

♪024-04
裏切る
うらぎ
背叛、辜負、爽約
動Ⅰ 他 3

▶ 恩人を裏切るようなことは絶対にしない。

我絕不會做出背叛恩人的事。

て 裏切って た 裏切った 否 裏切らない 可 裏切れる 意 裏切ろう
條 裏切れば 受 裏切られる 使 裏切らせる 使受 裏切らされる

♪024-05
占う
うらな
占卜、算命、預言
動Ⅰ 他 3

▶ 寺でおみくじを引いて占うのが好きだ。

我喜歡在廟裡求籤問卜。

て 占って た 占った 否 占わない 可 占える 意 占おう
條 占えば 受 占われる 使 占わせる 使受 占わされる

♪024-06
恨む
うら
怨恨、抱怨
動Ⅰ 他 2

▶ 彼女は招待されなかったのをずっと恨んでいた。

沒被邀請，她一直懷恨在心。

て 恨んで た 恨んだ 否 恨まない 可 恨める 意 恨もう
條 恨めば 受 恨まれる 使 恨ませる 使受 恨まされる

♪024-07
羨む
うらや
羨慕、嫉妒
動Ⅰ 他 3

▶ 彼女のことを羨むのは無意味だ。

你羨慕她是沒有意義的。

て 羨んで た 羨んだ 否 羨まない 意 羨もう
條 羨めば 受 羨まれる 使 羨ませる 使受 羨まされる

♪025-01 **売り切れる**
全部賣完
動II 自 4

商校科休社生

▶塩漬け卵黄入り月餅が人気で、すぐ売り切れた。

包鹽蛋黄的月餅很受歡迎，馬上就賣光了。

て売り切れて た売り切れた 否売り切れない 意売り切れよう
條売り切れれば 受売り切れられる 使売り切れさせる 使受売り切れさせられる

♪025-02 **追いかける**
追求、追趕
動II 他 4

商校科休社生

▶夢を追いかける人は素敵に見える。

追逐夢想的人看起來很美。

て追いかけて た追いかけた 否追いかけない 可追いかけられる
意追いかけよう 條追いかければ 受追いかけられる 使追いかけさせる
使受追いかけさせられる

♪025-03 **追い越す**
超越、趕過
動I 他 3

商校科休社生

▶身長は娘に追い越された。

我女兒個子比我高了。

て追い越して た追い越した 否追い越さない 可追い越せる 意追い越そう
條追い越せば 受追い越される 使追い越させる 使受追い越させられる

♪025-04 **応じる／
応ずる**
回答、答應、
滿足、按照
動II 自 30

商校科休社生

▶収入に応じた生活をしていれば、苦しいことはないだろう。

過著量入為出的生活，就不至於困苦。

て応じて た応じた 否応じない 可応じられる 意応じよう
條応じれば 受応じられる 使応じさせる 使受応じさせられる

♪025-05 **終える**
完成、結束
動II 自他 0

商校科休社生

▶今日は早く仕事を終えて帰りたい。

今天想早點做完工作回家。

て終えて た終えた 否終えない 可終えられる 意終えよう
條終えれば 受終えられる 使終えさせる 使受終えさせられる

♪025-06 **覆う**
蓋上、覆蓋、
遮蔽、籠罩、
概括
動I 他 20

商校科休社生

▶落ち葉に覆われた道を歩く。

我走在遍布落葉的路上。

て覆って た覆った 否覆わない 可覆える 意覆おう
條覆えば 受覆われる 使覆わせる 使受覆われる

動詞
あ～さ
動詞
し～わ
名詞
あ～く
名詞
け～し
名詞
す～り
名詞
あ～お
名詞
か
名詞
き～く
名詞
け～こ
名詞
さ
名詞
し
名詞
す～せ
名詞
そ～ち
名詞
つ～と
名詞
な～わ
形容詞
副詞
其他

♪026-01 **補う**
おぎな

彌補、補償

動I 他3

▶営養の不足をビタミンで補う。
えいよう　ふそく　　　　　　　　　おぎな

吃維他命補充不足的的營養。

て補って た補った 否補わない 可補える 意補おう
條補えば 受補われる 使補わせる 使受補わされる

♪026-02 **贈る**
おく

贈送、授予

動I 他0

▶名誉文学博士の称号を贈られた。
めいよぶんがくはかせ　しょうごう　おく

接受名譽文學博士的頭銜。

て贈って た贈った 否贈らない 可贈れる 意贈ろう
條贈れば 受贈られる 使贈らせる 使受贈らされる

♪026-03 **怠る**
おこた

懶惰、懈怠、
疏忽

動I 自他30

▶大学生として、勉強を怠るわけにはいかない。
だいがくせい　　　　　　べんきょう　おこた

身為大學生，不可怠忽學業。

て怠って た怠った 否怠らない 意怠ろう
條怠れば 受怠られる 使怠らせる 使受怠らされる

♪026-04 **押さえる**
お

壓、按、抓住、
掌握、控制

動II 他23

▶このポイントさえ押さえれば怖くない。
　　　　　　　　　　お　　　　　こわ

只要掌握這個要領就不怕。

て押さえて た押さえた 否押さえない 可押さえられる 意押さえよう
條押さえれば 受押さえられる 使押さえさせる 使受押さえさせられる

♪026-05 **納める／**
おさ
収める
おさ

獲取、收納、
收藏、恢復、
繳納

動II 他3

▶コンパが始まる前に、会費を納める。
　　　　　はじ　　まえ　かいひ　おさ

聯歡會開始前先交錢。

て納めて た納めた 否納めない 可納められる 意納めよう
條納めれば 受納められる 使納めさせる 使受納めさせられる

♪026-06 **治める**
おさ

治理、平定、
管理、處理

動II 他3

▶その王は島を治めた。
　　　おう　しま　おさ

那位國王統治全島。

て治めて た治めた 否治めない 可治められる 意治めよう
條治めれば 受治められる 使治めさせる 使受治めさせられる

動詞
あ～さ

♪027-01
教わる
受教、學習
動I 他 0

高校科休社生 80 90 100 120%

▶家元に生け花を教わる。

向宗家學習插花。

て 教わって　た 教わった　否 教わらない　可 教われる　意 教わろう
條 教われば　受 教わられる　使 教わらせる　使受 教わらされる

♪027-02
落ち着く
平靜下來、穩
定、穩重
動I 自 0

高校科休社生 80 90 100 120%

▶このレストランはとても落ち着いた雰囲気だ。

這家餐廳的氛圍令人心情非常平靜。

て 落ち着いて　た 落ち着いた　否 落ち着かない　可 落ち着ける　意 落ち着こう
條 落ち着けば　受 落ち着かれる　使 落ち着かせる　使受 落ち着かされる

♪027-03
落ちる
陷落、落選、
墜落
動II 自 2

高校科休社生 80 90 100 120%

▶気付かないうちに眠りに落ちてしまった。<!-- -->●見 P.33 気付く

不知不覺間睡著了。

て 落ちて　た 落ちた　否 落ちない　意 落ちよう
條 落ちれば　受 落ちられる　使 落ちさせる　使受 落ちさせられる

♪027-04
**脅かす／
脅かす**
威脅、威嚇、
嚇唬
動I 他 4 0

高校科休社生 80 90 100 120%

▶喫煙は私たちの健康を脅かすものだ。

抽煙會危害健康。

て 脅かして　た 脅かした　否 脅かさない　可 脅かせる　意 脅かそう
條 脅かせば　受 脅かされる　使 脅かさせる　使受 脅かさせられる

♪027-05
劣る
比不上、遜色
動I 自 4

高校科休社生 80 90 100 120%

▶手頃な価格だが、ブランドバッグにも劣らない高品質だ。

價格不貴，品質也不比名牌包包差。

て 劣って　た 劣った　否 劣らない　意 劣ろう
條 劣れば　受 劣られる　使 劣らせる　使受 劣らされる

♪027-06
驚かす
驚動、震驚、
使驚嚇
動I 他 4

高校科休社生 80 90 100 120%

▶自分の書いたもので人を驚かすのが好きで推理小説家に
なった。

因為喜歡寫東西嚇人，所以成了推理小說家。

て 驚かして　た 驚かした　否 驚かさない　可 驚かせる　意 驚かそう
條 驚かせば　受 驚かされる　使 驚かさせる　使受 驚かさせられる

♪028-01
溺れる
おぼ

溺水、沉溺、
專心致志

動II 自 ⓪

▶ 川で溺れかけたことがある。
かわ　おぼ

我曾經差點溺死在河裡。

て 溺れて　た 溺れた　否 溺れない　意 溺れよう
條 溺れれば　受 溺れられる　使 溺れさせる　使受 溺れさせられる

♪028-02
思い込む
おも　こ

確信、認定、
下決心、迷戀

動I 自 ④⓪

▶ 自分はいちばん偉い人だと思い込む。
じぶん　えら　ひと　おも　こ

認定自己是最偉大的人。

て 思い込んで　た 思い込んだ　否 思い込まない　可 思い込める　意 思い込もう
條 思い込めば　受 思い込まれる　使 思い込ませる　使受 思い込まされる

♪028-03
思い出す
おも　だ

想起、回憶起

動I 他 ④⓪

▶ 彼女は用事を思い出して立ち上がった。
かのじょ　ようじ　おも　だ　た　あ

她想到有事要做，站了起來。

て 思い出して　た 思い出した　否 思い出さない　可 思い出せる　意 思い出そう
條 思い出せば　受 思い出される　使 思い出させる　使受 思い出させられる

♪028-04
思い付く
おも　つ

想出、回憶起

動I 他 ④⓪

▶ ユニークなアイデアを思い付いた。
おも　つ

我想到一個獨特的點子。

て 思い付いて　た 思い付いた　否 思い付かない　可 思い付ける　意 思い付こう
條 思い付けば　受 思い付かれる　使 思い付かせる　使受 思い付かされる

♪028-05
及ぼす
およ

影響到、波及

動I 他 ③⓪

▶ 団地に悪影響を及ぼす騒音は許せない。
だんち　あくえいきょう　およ　そうおん　ゆる

給社區帶來負面影響的噪音，令人無法容忍。

て 及ぼして　た 及ぼした　否 及ぼさない　可 及ぼせる　意 及ぼそう
條 及ぼせば　受 及ぼされる　使 及ぼさせる　使受 及ぼさせられる

♪028-06
折れる
お

折疊、折斷、
屈服、讓步、
操心

動II 自 ②

▶ ノートの端が折れている。
はし　お

筆記本的邊緣折起。

て 折れて　た 折れた　否 折れない　意 折れよう
條 折れれば　受 折れられる　使 折れさせる　使受 折れさせられる

♪029-01
卸す
おろ

批發、削、切、卸（貨）

動I 他 2

商 校 科 休 社 生 | 80 90 100 120%

▶あの製麺所は市内のラーメン屋 20 ヵ所に麺を卸している。
せいめんじょ　　しない　　　　　　　　　　や　　しょめん　おろ

那家製麵廠把麵批發給市內 20 間拉麵店。

て 卸して　た 卸した　否 卸さない　可 卸される　意 卸そう
條 卸せば　受 卸される　使 卸させる　使受 卸させられる

♪029-02
換える／代える／替える
か　　　　か　　　か

代替、代理、更換

動II 他 0

商 校 科 休 社 生 | 80 90 100 120%

▶週に一回水槽の水を換える。
しゅう　いっかいすいそう　みず　か

每週換一次水槽的水。

て 換えて　た 換えた　否 換えない　可 換えられる　意 換えよう
條 換えれば　受 換えられる　使 換えさせる　使受 換えさせられる

♪029-03
抱える
かか

抱、雇用、承擔、照看

動II 他 0

商 校 科 休 社 生 | 80 90 100 120%

▶四人の子どもを抱えて、生活に追われる日々だ。
よにん　こ　　　かか　　　せいかつ　お　　　ひび

我要照顧四個小孩，每天忙於生活。

て 抱えて　た 抱えた　否 抱えない　可 抱えられる　意 抱えよう
條 抱えれば　受 抱えられる　使 抱えさせる　使受 抱えさせられる

♪029-04
輝く
かがや

發光、閃耀

動I 自 3

商 校 科 休 社 生 | 80 90 100 120%

▶満天の星がキラキラ輝いている。
まんてん　ほし　　　　　　　かがや

滿天星星閃閃發光。

て 輝いて　た 輝いた　否 輝かない　可 輝ける　意 輝こう
條 輝けば　受 輝かれる　使 輝かせる　使受 輝かされる

♪029-05
掛かる／懸かる
か　　　　　か

懸掛、陷入、進行、花費（時間或金錢）

動I 自 2

商 校 科 休 社 生 | 80 90 100 120%

▶教室のドアに鍵が掛かっている。
きょうしつ　　　　かぎ　か

教室的門鎖著。

て 掛かって　た 掛かった　否 掛からない　可 掛かれる　意 掛かろう
條 掛かれば　受 掛かられる　使 掛からせる　使受 掛からされる

動詞
あ〜さ

動詞
し〜わ

名詞（する）
あ〜く

名詞（する）
け〜し

名詞（する）
す〜り

名詞
あ〜お

名詞
か

名詞
さ〜く

名詞
け〜こ

名詞
さ

名詞
し

名詞
す〜せ

名詞
そ〜ち

名詞
つ〜と

名詞
な〜わ

形容詞

副詞

其他

♪030-01
関わる／
かか
係わる／
かか
拘わる
關係到、涉及、
拘泥
動Ⅰ 自 3

▶ 君の将来に関わる重要な問題だ。

這是關係到你未來的重要問題。

㋐関わって ㋂関わった ㋵関わらない ㋠関われる ㋟関わろう
㋔関われば ㋫関わられる ㋙関わらせる 使受関わらされる

♪030-02
限る
かぎ
限定、一定、
最好
動Ⅰ 自他 2

▶ 資金が限られているので、自宅での開業となる可能性も
ある。

因為資金有限，有可能會在自家開業。

㋐限って ㋂限った ㋵限らない ㋠限れる ㋟限ろう
㋔限れば ㋫限られる ㋙限らせる 使受限らされる

♪030-03
嗅ぐ
か
聞、探索
動Ⅰ 他 0

▶ カレーの匂いを嗅ぐと、食べたくなる。

一聞到咖哩的味道，就好想吃。

㋐嗅いで ㋂嗅いだ ㋵嗅がない ㋠嗅げる ㋟嗅ごう
㋔嗅げば ㋫嗅がれる ㋙嗅がせる 使受嗅がされる

♪030-04
隠れる
かく
隱藏、躲藏
動Ⅱ 自 3

▶ 陰徳とは、人に隠れてよい行いをすることだ。

所謂「陰德」，就是暗中行善。

㋐隠れて ㋂隠れた ㋵隠れない ㋠隠れられる ㋟隠れよう
㋔隠れれば ㋫隠れられる ㋙隠れさせる 使受隠れさせられる

♪030-05
欠ける
か
缺少、有缺口
動Ⅱ 自 0

▶ 彼は決して勇気が欠けているわけではない。

他絕非缺乏勇氣。

㋐欠けて ㋂欠けた ㋵欠けない ㋟欠けよう
㋔欠ければ ㋫欠けられる ㋙欠けさせる 使受欠けさせられる

♪030-06
数える
かぞ
列舉、確認數
量
動Ⅱ 他 3

▶ 出席人数を数える。

計算出席人數。

㋐数えて ㋂数えた ㋵数えない ㋠数えられる ㋟数えよう
㋔数えれば ㋫数えられる ㋙数えさせる 使受数えさせられる

♪031-01
傾く（かたむく）
傾斜、偏向、
有……傾向
動I 自 3

▶ 肉食に傾いた食事は体によくない。

太多肉的飲食對身體不好。

て 傾いて　た 傾いた　否 傾かない　可 傾ける　意 傾こう
條 傾けば　受 傾かれる　使 傾かせる　使受 傾かされる

♪031-02
片寄る／偏る（かたよる）
偏於……、集
中於……、不
平衡、片面
動I 自 3

▶ アンケートでは、評価が「普通」に片寄る傾向がある。

問卷調查時，很多人會回答「普通」。

て 片寄って　た 片寄った　否 片寄らない　意 片寄ろう
條 片寄れば　受 片寄られる　使 片寄らせる　使受 片寄らされる

♪031-03
語る（かたる）
講、敘述
動I 他 0

▶ 悲しい身の上を涙ながらに語る。

一邊流淚，一邊訴說悲慘的身世。

て 語って　た 語った　否 語らない　可 語れる　意 語ろう
條 語れば　受 語られる　使 語らせる　使受 語らされる

♪031-04
担ぐ（かつぐ）
擔任、擔著、
迷信
動I 他 2

▶ 重たそうな荷物を天秤棒で担いでいる。

用扁擔挑著看似沉重的行李。

て 担いで　た 担いだ　否 担がない　可 担げる　意 担ごう
條 担げば　受 担がれる　使 担がせる　使受 担がされる

♪031-05
悲しむ（かなしむ）
悲痛、悲傷
動I 他 3

▶ 親友の死を嘆き悲しむ。

悲歎摯友的死亡。

て 悲しんで　た 悲しんだ　否 悲しまない　可 悲しめる　意 悲しもう
條 悲しめば　受 悲しまれる　使 悲しませる　使受 悲しまされる

♪031-06
被せる（かぶせる）
蓋上、澆、戴
上
動II 他 3

▶ 葡萄の実に紙袋を被せる。

給葡萄套上紙袋。

て 被せて　た 被せた　否 被せない　可 被せられる　意 被せよう
條 被せれば　受 被せられる　使 被せさせる　使受 被せさせられる

動詞 あ～さ
動詞 し～わ
名詞 あ～く
名詞 け～し
名詞 す～り
名詞 あ～お
名詞 か
名詞 き～く
名詞 け～こ
名詞 さ
名詞 し
名詞 す～せ
名詞 そ～ち
名詞 つ～と
名詞 な～わ
形容詞
副詞
其他

♪032-01
被る^{かぶ}
曝光、戴、澆、
承擔
動Ⅰ 他 2

▶ローラースケートをする時、ヘルメットを被ったほうが
いい。

滑直排輪的時候，最好戴上安全帽。

て被って た被った 否被らない 可被れる 意被ろう
條被れば 受被られる 使被らせる 使受被らされる

♪032-02
構う^{かま}
照顧、在意、
嘲弄
動Ⅰ 他 2

▶どちらでも構わないよ。

哪一個我都無所謂哦。

て構って た構った 否構わない 可構える 意構おう
條構えば 受構われる 使構わせる 使受構わされる

♪032-03
通う^{かよ}
往返、固定前
往、相通、相
似
動Ⅰ 自 0

▶二人は心が通い合っている。

兩個人心意相通。

て通って た通った 否通わない 可通える 意通おう
條通えば 受通われる 使通わせる 使受通わされる

♪032-04
からかう
揶揄、戲弄
動Ⅰ 他 3

▶彼女は僕をからかって楽しんでいる。

她以取笑我為樂。

てからかって たからかった 否からかわない 可からかえる 意からかおう
條からかえば 受からかわれる 使からかわせる 使受からかわされる

♪032-05
刈る^か
割、剪
動Ⅰ 他 0

▶草刈り機で草を刈る。

用割草機割草。

て刈って た刈った 否刈らない 可刈れる 意刈ろう
條刈れば 受刈られる 使刈らせる 使受刈らされる

♪032-06
枯れる^か
枯死、乾燥、
修養或技藝成
熟
動Ⅱ 自 0

▶あの俳優の芸は年とともに枯れてきた。

那位演員的演技隨年齡而日漸成熟了。

て枯れて た枯れた 否枯れない 意枯れよう
條枯れれば 受枯れられる 使枯れさせる 使受枯れさせられる

♪033-01 **可愛がる**
かわいがる

疼愛、嚴格管教

動I 他 4

商校科休社生  80 90 100 120%

▶ 犬を我が子と呼び、可愛がる人もいる。
いぬ わ こ　　　　　　　　かわい　　　ひと

有的人會把狗説成「毛小孩」，疼愛有加。

て可愛がって た可愛がった 否可愛がらない 可可愛がれる 意可愛がろう
條可愛がれば 受可愛がられる 使可愛がらせる 使受可愛がらされる

♪033-02 **乾かす**
かわかす

曬乾、烘乾、晾乾

動I 他 3

商校科休社生 80 90 100 120%

▶ 風呂上がりにドライヤーで髪の毛を乾かす。
ふろ あ　　　　　　　　　かみ　け　かわ

洗完澡，用吹風機把頭髮吹乾。

て乾かして た乾かした 否乾かさない 可乾かせる 意乾かそう
條乾かせば 受乾かされる 使乾かさせる 使受乾かさせられる

♪033-03 **乾く**
かわく

乾燥、冷淡、無感情

動I 自 2

商校科休社生 80 90 100 120%

▶ 洗濯物がすぐに乾いた。
せんたくもの　　　　　かわ

洗好的衣服馬上就乾了。

て乾いて た乾いた 否乾かない 意乾こう
條乾けば 受乾かれる 使乾かせる 使受乾かされる

♪033-04 **渇く**
かわく

渇、渇望

動I 自 2

商校科休社生 80 90 100 120%

▶ 喉が渇いたら何を飲みますか。
のど　かわ　　　　なに　の

你渇的時候都喝什麼？

て渇いて た渇いた 否渇かない 意渇こう
條渇けば 受渇かれる 使渇かせる 使受渇かされる

♪033-05 **感じる**
かんじる

感覺、感佩

動II 自他 0

商校科休社生 80 90 100 120%

▶ 最近、春の気配を感じるようになった。➡見 P.183 感じ
さいきん　はる　けはい　かん

最近，感覺得到春天的氣息。

て感じて た感じた 否感じない 可感じられる 意感じよう
條感じれば 受感じられる 使感じさせる 使受感じさせられる

♪033-06 **着替える**
きがえる

更換衣服

動II 他 3

商校科休社生 80 90 100 120%

▶ 家に帰ったら、すぐ普段着に着替える。
いえ　かえ　　　　　　ふだんぎ　きが

我回到家會馬上換便服。

て着替えて た着替えた 否着替えない 可着替えられる 意着替えよう
條着替えれば 受着替えられる 使着替えさせる 使受着替えさせられる

♪033-07 **気付く／気づく**
きづく

發覺、恢復意識

動I 自 2

商校科休社生 80 90 100 120%

▶ 財布がなくなったことに気付いた。
さいふ　　　　　　　　　　きづ

我發現錢包掉了。

て気付いて た気付いた 否気付かない 可気付ける 意気付こう
條気付けば 受気付かれる 使気付かせる 使受気付かされる

動詞 あ～さ
動詞 し～わ
名詞（する） あ～く
名詞（する） け～し
名詞（する） す～り
名詞 あ～お
名詞 か
名詞 き～く
名詞 け～こ
名詞 さ
名詞 し
名詞 す～せ
名詞 そ～ち
名詞 つ～と
名詞 な～わ
形容詞
副詞
其他

♪034-01
切る／斬る／伐る
き／き／き
切割、砍伐、批判
[動I] [他] [1]

▶ブルーチーズを細かく切る。
こま　　き

把藍紋乳酪切成細絲。

[て]切って [た]切った [否]切らない [可]切れる [意]切ろう
[條]切れば [受]切られる [使]切らせる [使受]切らされる

♪034-02
食う
く
吃、花費、蒙受、生活
[動I] [他] [1]

▶門前払いを食った。
もんぜんばら　　く

我吃了閉門羹。

[て]食って [た]食った [否]食わない [可]食える [意]食おう
[條]食えば [受]食われる [使]食わせる [使受]食わされる

♪034-03
区切る
く　ぎ
加句號、隔開、區隔
[動I] [他] [2]

▶空間をおしゃれに区切ってみませんか。
くうかん　　　　　　　く　ぎ

要試著把空間區隔得時髦一點嗎？

[て]区切って [た]区切った [否]区切らない [可]区切れる [意]区切ろう
[條]区切れば [受]区切られる [使]区切らせる [使受]区切らされる

♪034-04
崩れる
くず
崩潰、倒塌、變形、換成零錢
[動II] [自] [3]

▶風で髪型が崩れる。
かぜ　かみがた　くず

髮型被風吹壞。

[て]崩れて [た]崩れた [否]崩れない [可]崩れられる [意]崩れよう
[條]崩れれば [受]崩れられる [使]崩れさせる [使受]崩れさせられる

[補充單字] 雪崩 [名] [0] 雪崩
なだれ

♪034-05
砕く
くだ
打碎、淺顯說明、絞盡腦汁
[動I] [他] [2]

▶西洋古典文学を砕いて説明する。 見 P.127 説明
せいよう こ てんぶんがく　くだ　　せつめい

將西洋古典著作淺顯易懂地加以解說。

[て]砕いて [た]砕いた [否]砕かない [可]砕ける [意]砕こう
[條]砕けば [受]砕かれる [使]砕かせる [使受]砕かされる

[相關單字] 粉々 [な形] [0] 細碎的
こなごな
▶花瓶が落ちて粉々に割れた。 花瓶掉落，裂成碎片。
か びん　お　　こなごな　わ

♪034-06
砕ける
くだ
破碎、平易近人
[動II] [自] [3]

▶波が砕け、永遠に続く白い泡を立てている。
なみ　くだ　　えいえん　つづ　しろ　あわ　た

波浪碎裂，化為持續不斷的白色泡沫。

[て]砕けて [た]砕けた [否]砕けない [可]砕けられる [意]砕けよう
[條]砕ければ [受]砕けられる [使]砕けさせる [使受]砕けさせられる

♪035-01 くたびれる
勞累、疲乏、
使用過久
動II 自 4

▶とてもくたびれる一日だった。

非常累的一天。

て くたびれて た くたびれた 否 くたびれない 可 くたびれられる
意 くたびれよう 條 くたびれれば 受 くたびれられる 使 くたびれさせる
使受 くたびれさせられる

類似單字 疲れる 動II 自 3 疲倦、疲累

**♪035-02 くっつく／
くっ付く**
貼著、歸屬、
結為夫妻
動I 自 3

▶ズボンに沢山の草の実がくっついていた。

褲子上面黏著許多草的果實。

て くっついて た くっついた 否 くっつかない 意 くっつこう
條 くっつけば 受 くっつかれる 使 くっつかせる 使受 くっつかされる

♪035-03 くっつける
黏貼、使靠近、
撮合
動II 他 4

▶猫二匹が体をくっつけて眠っている。

兩隻貓相依偎地睡在一起。

て くっつけて た くっつけた 否 くっつけない 可 くっつけられる
意 くっつけよう 條 くっつければ 受 くっつけられる 使 くっつけさせる
使受 くっつけさせられる

♪035-04 組み立てる
裝配、組合
動II 他 4 0

▶このテーブルを組み立てるにはスパナが必要だ。

組裝這張桌子需要扳手。

て 組み立てて た 組み立てた 否 組み立てない 可 組み立てられる
意 組み立てよう 條 組み立てれば 受 組み立てられる 使 組み立てさせる
使受 組み立てさせられる

♪035-05 狂う
發狂、沉溺、
失常
動I 自 2

▶この体重計は狂っている。

這台體重計不準。

て 狂って た 狂った 否 狂わない 可 狂える 意 狂おう
條 狂えば 受 狂われる 使 狂わせる 使受 狂わされる

♪035-06 暮れる
日暮、天黑、
即將過去
動II 自 0

▶日が暮れないうちに着けますか。

天黑之前能到達嗎？

て 暮れて た 暮れた 否 暮れない 意 暮れよう
條 暮れれば 受 暮れられる 使 暮れさせる 使受 暮れさせられる

動詞 あ～さ
動詞 し～わ
名詞 あ～く
名詞 け～し
名詞 す～り
名詞 あ～お
名詞 か
名詞 き～く
名詞 け～こ
名詞 さ
名詞 し
名詞 す～せ
名詞 そ～ち
名詞 つ～と
名詞 な～わ
形容詞
副詞
其他

♪036-01
加える
く わ
加上、包含、給予
動II 他 3 0

▶ 鍋に大根を入れて、水を加える。 ➡見 P.51 付け加える
なべ だいこん い みず くわ

把白蘿蔔放進鍋裡，加水。

て 加えて　た 加えた　否 加えない　可 加えられる　意 加えよう
条 加えれば　受 加えられる　使 加えさせる　使受 加えさせられる

♪036-02
削る
け ず
刪去、取消
動I 他 0

▶ 私はいつも自分で鉛筆を削っている。
わたし じ ぶん えんぴつ けず

我都自己削鉛筆。

て 削って　た 削った　否 削らない　可 削れる　意 削ろう
条 削れば　受 削られる　使 削らせる　使受 削らされる

♪036-03
蹴る
け
蹴、踹、拒絕
動I 他 1

▶ ボールを蹴るコツについて解説してみました。
け かいせつ

試著説明踢球的訣竅。

て 蹴って　た 蹴った　否 蹴らない　可 蹴れる　意 蹴ろう
条 蹴れば　受 蹴られる　使 蹴らせる　使受 蹴らされる

♪036-04
越える
こ
越過、超越、勝過
動II 自 0

▶ 彼の成績は私の成績を越えました。
かれ せいせき わたし せいせき こ

他的成績贏過我的了。

て 越えて　た 越えた　否 越えない　可 越えられる　意 越えよう
条 越えれば　受 越えられる　使 越えさせる　使受 越えさせられる

♪036-05
超える
こ
超出、多於、超越
動II 自 0

▶ 一万円を超える募金はいらないです。
いちまんえん こ ぼ きん

不要超過一萬日圓的捐款。

て 超えて　た 超えた　否 超えない　可 超えられる　意 超えよう
条 超えれば　受 超えられる　使 超えさせる　使受 超えさせられる

♪036-06
焦がす
こ
燒糊、使人心情焦急
動I 他 2

▶ 胸を焦がす思いです。
むね こ おも

灼熱的戀慕心情。

て 焦がして　た 焦がした　否 焦がさない　可 焦がせる　意 焦がそう
条 焦がせば　受 焦がされる　使 焦がさせる　使受 焦がさせられる

動詞
あ～さ

動詞
し～わ

名詞(する)
あ～く

名詞(する)
け～し

名詞(する)
す～り

名詞
あ～お

名詞
か

名詞
き～く

名詞
け～こ

名詞
さ

名詞
し

名詞
す～せ

名詞
そ～ち

名詞
つ～と

名詞
な～わ

形容詞

副詞

其他

商校科休社生 | 80 90 100 120%

♪037-01
こご
凍える
凍僵、身體因
寒冷而失去感
覺
動II 自 0

▶ きのう さむ こご
昨日は寒くて凍えました。

昨天冷得幾乎要凍僵。

て 凍えて た 凍えた 否 凍えない 可 x 意 凍えよう
條 凍えれば 受 凍えられる 使 凍えさせる 使受 凍えさせられる

商校科休社生 | 80 90 100 120%

♪037-02
こころ え
心得る
懂得、明白、
答應
動II 他 4

▶ てん こころ え
その点は心得ています。

關於那點，我了然於心。

て 心得て た 心得た 否 心得ない 可 心得られる 意 心得よう
條 心得れば 受 心得られる 使 心得させる 使受 心得させられる

補充單字 こころえ 心得 名 3 4 心得、體會／こころがま 心構え 名 4 心理準備、留心

商校科休社生 | 80 90 100 120%

♪037-03
こし か
腰掛ける
坐下
動II 自 4

▶ い す こし か
椅子に腰掛けました。

坐到了椅子上。

て 腰掛けて た 腰掛けた 否 腰掛けない 可 腰掛けられる 意 腰掛けよう
條 腰掛ければ 受 腰掛けられる 使 腰掛けさせる 使受 腰掛けさせられる

補充單字 「お掛けください」是「すわ 座ってください」（請坐）的尊敬語。

商校科休社生 | 80 90 100 120%

♪037-04
こ
越す
搬家、超過、
度過、克服困
難
動I 他 0

▶ やま こ
あの山を越すとどこですか。

翻越那座山，會到哪裡呢？

て 越して た 越した 否 越さない 可 越せる 意 越そう
條 越せば 受 越される 使 越させる 使受 越させられる

相關補充 與「こ 越える」相比，更強調突破某一個點。

商校科休社生 | 80 90 100 120%

♪037-05
こと づ
言付ける
委託他人轉
告、捎口信
動II 他 4

▶ かのじょ こと づ
彼女に言付けました。

我託她帶口信。

て 言付けて た 言付けた 否 言付けない 可 言付けられる 意 言付けよう
條 言付ければ 受 言付けられる 使 言付けさせる 使受 言付けさせられる

商校科休社生 | 80 90 100 120%

♪037-06
こと
異なる
不同、相異
動I 自 3

▶ こと てん
異なる点はどこですか。

不同點在哪裡？

て 異なって た 異なった 否 異ならない 意 異なろう
條 異なれば 受 異なられる 使 異ならせる 使受 異ならされる

♪038-01
零す <ruby>零<rt>こぼ</rt></ruby>す
灑、撒、掉落；
發牢騷、抱怨
動Ⅰ 他2

▶ <ruby>食<rt>た</rt></ruby>べ<ruby>物<rt>もの</rt></ruby>を<ruby>零<rt>こぼ</rt></ruby>さないで<ruby>下<rt>くだ</rt></ruby>さい。

食物不要灑出來哦。

て零して た零した 否零さない 可零せる 意零そう
條零せば 受零される 使零させる 使受零させられる

♪038-02
零れる <ruby>零<rt>こぼ</rt></ruby>れる
灑、溢出、流
露、凋謝
動Ⅱ 自3

▶ <ruby>水<rt>みず</rt></ruby>が<ruby>零<rt>こぼ</rt></ruby>れました。

水溢出來了。

て零れて た零れた 否零れない 意零れよう
條零れれば 受零れられる 使零れさせる 使受零れさせられる

♪038-03
転がす <ruby>転<rt>ころ</rt></ruby>がす
滾動、翻動、
推進（事物）
動Ⅰ 他0

▶ <ruby>球<rt>たま</rt></ruby>を<ruby>転<rt>ころ</rt></ruby>がしました。

我滾動了球。

て転がして た転がした 否転がさない 可転がせる 意転がそう
條転がせば 受転がされる 使転がさせる 使受転がさせられる

♪038-04
転がる <ruby>転<rt>ころ</rt></ruby>がる
滾轉、躺下、
擺著
動Ⅰ 自0

▶ <ruby>寝<rt>ね</rt></ruby><ruby>転<rt>ころ</rt></ruby>がりました。

我橫躺著睡了。

て転がって た転がった 否転がらない 可転がれる 意転がろう
條転がれば 受転がられる 使転がらせる 使受転がらされる

♪038-05
壊す <ruby>壊<rt>こわ</rt></ruby>す
弄壞、損害、
兌換零錢
動Ⅰ 他2

▶ <ruby>物<rt>もの</rt></ruby>を<ruby>壊<rt>こわ</rt></ruby>さないで<ruby>下<rt>くだ</rt></ruby>さい。

請別弄壞東西。

て壊して た壊した 否壊さない 可壊せる 意壊そう
條壊せば 受壊される 使壊させる 使受壊させられる

♪038-06
壊れる <ruby>壊<rt>こわ</rt></ruby>れる
損壞、毀壞、
故障、破裂
動Ⅱ 自3

▶ パソコンが<ruby>壊<rt>こわ</rt></ruby>れました。

電腦故障了。

て壊れて た壊れた 否壊れない 意壊れよう
條壊れれば 受壊れられる 使壊れさせる 使受壊れさせられる

動詞
あ～さ

動詞
し～わ

名詞(する)
あ～く

名詞(する)
け～し

名詞(する)
す～り

名詞
あ～お

名詞
か

名詞
き～く

名詞
け～こ

名詞
さ

名詞
し

名詞
す～せ

名詞
そ～ち

名詞
つ～と

名詞
な～わ

形容詞

副詞

其他

♪039-01 **溯る** さかのぼ
逆流而上、回
溯
[動I][自]④

商校科休社生 | 80 90 100 120%

▶ 溯ると七年前日本に行きました。
推算起來，我是七年前去日本的。
て 溯って た 溯った 否 溯らない 可 溯れる 意 溯ろう
條 溯れば 受 溯られる 使 溯らせる 使受 溯らされる

♪039-02 **叫ぶ** さけ
大聲叫、歡呼
[動I][他]②

商校科休社生 | 80 90 100 120%

▶ 彼が叫んでいます。
他大聲叫著。
て 叫んで た 叫んだ 否 叫ばない 可 叫べる 意 叫ぼう
條 叫べば 受 叫ばれる 使 叫ばせる 使受 叫ばされる

♪039-03 **避ける** さ
迴避、避免
[動II][他]②

商校科休社生 | 80 90 100 120%

▶ 我々は避けましょう。
我們避開吧！
て 避けて た 避けた 否 避けない 可 避けられる 意 避けよう
條 避ければ 受 避けられる 使 避けさせる 使受 避けさせられる

♪039-04 **支える** ささ
支撐、支持、
防止
[動II][他]③ ⓪

商校科休社生 | 80 90 100 120%

▶ 母がいつも支えてくれます。
我母親總是支持我。
て 支えて た 支えた 否 支えない 可 支えられる 意 支えよう
條 支えれば 受 支えられる 使 支えさせる 使受 支えさせられる

♪039-05 **囁く** ささや
低聲私語
[動I][自]③ ⓪

商校科休社生 | 80 90 100 120%

▶ 囁くように話さないで下さい。
請不要低語。
て 囁いて た 囁いた 否 囁かない 可 囁ける 意 囁こう
條 囁けば 受 囁かれる 使 囁かせる 使受 囁かされる

♪039-06 **刺さる** さ
扎進、刺入
[動I][自]②

商校科休社生 | 80 90 100 120%

▶ その言葉は心に刺さりますね。
我被那話刺痛了心。
て 刺さって た 刺さった 否 刺さらない 意 刺さろう
條 刺されば 受 刺さられる 使 刺さらせる 使受 刺さらされる

♪039-07 **差し引く** さ ひ
扣除、相抵
[動I][他]③

商校科休社生 | 80 90 100 120%

▶ 差し引くといくらですか。
扣除之後多少錢呢？
て 差し引いて た 差し引いた 否 差し引かない 可 差し引ける 意 差し引こう
條 差し引けば 受 差し引かれる 使 差し引かせる 使受 差し引かされる

♪040-01 **刺す** <ruby>刺<rt>さ</rt></ruby>す
刺、叮咬
動I 他1

▶<ruby>刺<rt>さ</rt></ruby>された<ruby>人<rt>ひと</rt></ruby>は<ruby>大変<rt>たいへん</rt></ruby>だと<ruby>思<rt>おも</rt></ruby>います。
我想被叮到的人會很不好受。
て刺して た刺した 否刺さない 可刺せる 意刺そう
條刺せば 受刺される 使刺させる 使受刺されせらる

♪040-02 **指す** <ruby>指<rt>さ</rt></ruby>す
指、朝向
動I 他1

▶<ruby>指<rt>ゆび</rt></ruby>で<ruby>指<rt>さ</rt></ruby>されました。
被人用手指了。
て指して た指した 否指さない 可指せる 意指そう
條指せば 受指される 使指させる 使受指させられる

♪040-03 **誘う** <ruby>誘<rt>さそ</rt></ruby>う
促使、邀請、
誘惑
動I 他0

▶デートに<ruby>誘<rt>さそ</rt></ruby>われました。
被約了。
て誘って た誘った 否誘わない 可誘える 意誘おう
條誘えば 受誘われる 使誘わせる 使受誘わされる

♪040-04 **錆びる** <ruby>錆<rt>さ</rt></ruby>びる
生鏽
動II 自2

▶<ruby>自転車<rt>じてんしゃ</rt></ruby>が<ruby>錆<rt>さ</rt></ruby>びています。 ⮕見 P.224 錆び
腳踏車生鏽了。
て錆びて た錆びた 否錆びない 意錆びよう
條錆びれば 受錆びられる 使錆びさせる 使受錆びさせられる

♪040-05 **冷ます** <ruby>冷<rt>さ</rt></ruby>ます
冷卻、弄涼、
潑冷水
動I 他2

▶スープを<ruby>冷<rt>さ</rt></ruby>ましてください。
請把湯弄涼。
て冷まして た冷ました 否冷まさない 可冷ませる 意冷まそう
條冷ませば 受冷まされる 使冷まさせる 使受冷まさせられる

♪040-06 **覚ます** <ruby>覚<rt>さ</rt></ruby>ます
叫醒、使醒悟
動I 他2

▶<ruby>目<rt>め</rt></ruby>を<ruby>覚<rt>さ</rt></ruby>ましました。
清醒過來了。
て覚まして た覚ました 否覚まさない 可覚ませる 意覚まそう
條覚ませば 受覚まされる 使覚まさせる 使受覚まさせられる

♪040-07 **妨げる** <ruby>妨<rt>さまた</rt></ruby>げる
妨礙、阻撓
動II 他4

▶<ruby>妨<rt>さまた</rt></ruby>げるものは<ruby>防<rt>ふせ</rt></ruby>ぎましょう。
防止阻撓的情事。
て妨げて た妨げた 否妨げない 可妨げられる 意妨げよう
條妨げれば 受妨げられる 使妨げさせる 使受妨げさせられる

新日檢N2
關鍵單字

動詞

し～わ

敷く～割れる

詞性、重音介紹

名 名詞	副 副詞	接助 接續助詞
名(する) 名詞(する)	副(する) 副詞(する)	自 自動詞
動Ⅰ 第一類動詞	副助 副助詞	他 他動詞
動Ⅱ 第二類動詞	接尾 接尾詞	感 感嘆詞
動Ⅲ 第三類動詞	接頭 接頭詞	量 量詞
い形 い形容詞	代 代名詞	數字 表重音
な形 な形容詞	連 連語	
慣 慣用語	接 接續詞	

動詞變化介紹

て て形	可 可能形	受 受身形
た た形	意 意向形	使 使役形
否 否定形	條 條件形	使受 使役受身形

敷く〜割れる

♪042-01 **敷く** [し]

鋪、墊、施行

動I 他 0

▶絨毯を敷きました。[じゅうたん][し]

鋪了地毯。

て 敷いて た 敷いた 否 敷かない 可 敷ける 意 敷こう
條 敷けば 受 敷かれる 使 敷かせる 使受 敷かされる

商校科休社生

♪042-02 **静まる** [しず]

靜下來、平息

動I 自 3

▶静まり返った夜でした。[しず][かえ][よる]

靜寂的夜晚。

て 静まって た 静まった 否 静まらない 可 静まれる 意 静まろう
條 静まれば 受 静まられる 使 静まらせる 使受 静まらされる

商校科休社生

♪042-03 **沈む** [しず]

下沉、淪落、
擊倒

動I 自 0

▶船が沈みました。[ふね][しず]

船沉了。

て 沈んで た 沈んだ 否 沈まない 可 沈める 意 沈もう
條 沈めば 受 沈まれる 使 沈ませる 使受 沈まされる

商校科休社生

♪042-04 **従う** [したが]

跟隨、按照、
適應

動I 自 3 0

▶あなたに従うつもりはありません。[したが]

我不打算聽你的。

て 従って た 従った 否 従わない 可 従える 意 従おう
條 従えば 受 従われる 使 従わせる 使受 従わされる

商校科休社生

♪042-05 **支払う** [し][はら]

支付、付款

動I 他 3

▶支払うのは私です。[し][はら][わたし]

由我付錢。

て 支払って た 支払った 否 支払わない 可 支払える 意 支払おう
條 支払えば 受 支払われる 使 支払わせる 使受 支払わされる

商校科休社生

♪042-06 **縛る** [しば]

捆綁、束縛、
限制

動I 他 2

▶縄で縛られました。[なわ][しば]

被繩子綑綁。

て 縛って た 縛った 否 縛らない 可 縛れる 意 縛ろう
條 縛れば 受 縛られる 使 縛らせる 使受 縛らされる

商校科休社生

♪043-01
痺れる (しび)
麻痺、激動
動Ⅱ 自 ③

▶ 足が痺れました。 (あし・しび)
我腳麻了。
て 痺れて　た 痺れた　否 痺れない　意 痺れよう
條 痺れれば　受 痺れられる　使 痺れさせる　使受 痺れさせられる

♪043-02
仕舞う (しま)
完了、終了、
収拾
動Ⅰ 他 ⓪

▶ 物を仕舞いました。 (もの・しま)
我把東西收好了。
て 仕舞って　た 仕舞った　否 仕舞わない　可 仕舞える　意 仕舞おう
條 仕舞えば　受 仕舞われる　使 仕舞わせる　使受 仕舞わされる

相似字 片付ける (かたづ) 動Ⅱ 他 ④ 收拾、整理

♪043-03
締め切る (し・き)
截止、結束
動Ⅰ 他 ③ ⓪

▶ もう締め切られました。 (し・き) ➡見 P.235 締め切り
截止收件了。
て 締め切って　た 締め切った　否 締め切らない　可 締め切れる　意 締め切ろう
條 締め切れば　受 締め切られる　使 締め切らせる　使受 締め切らされる

♪043-04
占める (し)
占有、占據
動Ⅱ 他 ②

▶ この教室は台湾人に占められています。 (きょうしつ・たいわんじん・し)
這間教室全是台灣人。
て 占めて　た 占めた　否 占めない　意 占めよう
條 占めれば　受 占められる　使 占めさせる　使受 占めさせられる

♪043-05
湿る (しめ)
弄溼
動Ⅰ 自 ⓪

▶ 湿ったタオルは嫌いです。 (しめ・きら)
我討厭濕濕的毛巾。
て 湿って　た 湿った　否 湿らない　意 湿ろう
條 湿れば　受 湿られる　使 湿らせる　使受 湿らされる

♪043-06
締める (し)
束緊、縮減
動Ⅱ 他 ②

▶ シートベルトを締めます。 (し)
繫安全帶。
て 締めて　た 締めた　否 締めない　可 締められる　意 締めよう
條 締めれば　受 締められる　使 締めさせる　使受 締めさせられる

♪043-07
喋る (しゃべ)
説話、聊天
動Ⅰ 自他 ②

▶ 喋らないで下さい。 (しゃべ・くだ)
別聊天。
て 喋って　た 喋った　否 喋らない　可 喋れる　意 喋ろう
條 喋れば　受 喋られる　使 喋らせる　使受 喋らされる

動詞 あ〜さ
動詞 し〜わ
名詞 あ〜く(する)
名詞 け〜し(する)
名詞 す〜り
名詞 あ〜お
名詞 か
名詞 き〜く
名詞 け〜こ
名詞 さ
名詞 し
名詞 す〜せ
名詞 そ〜ち
名詞 つ〜と
名詞 な〜わ
形容詞
副詞
其他

♪044-01 **生じる**
しょう
生長、長大、
發生
動II 自 30

▶格差が生じます。 ●見 P.61 生える
かくさ しょう
會產生差距。

て 生じて　た 生じた　否 生じない　意 生じよう
條 生じれば　受 生じられる　使 生じさせる　使受 生じさせられる

♪044-02 **知らせる**
し
通知
動II 他 0

▶何を知らせてくれるのですか。
なに し
是來通知什麼呢？

て 知らせて　た 知らせた　否 知らせない　可 知らせられる　意 知らせよう
條 知らせれば　受 知らせられる　使 知らせさせる　使受 知らせさせられる

♪044-03 **透き通る**
す とお
透明、清澈、
清脆
動I 自 3

▶透き通った水です。
す とお みず
好清澈的水。

て 透き通って　た 透き通った　否 透き通らない　意 透き通ろう
條 透き通れば　受 透き通られる　使 透き通らせる　使受 透き通らされる

♪044-04 **優れる**
すぐ
出色、優秀、
卓越、舒暢
動II 自 3

▶優れた作品です。
すぐ さくひん
出色的作品。

て 優れて　た 優れた　否 優れない　意 優れよう
條 優れれば　受 優れられる　使 優れさせる　使受 優れさせられる

♪044-05 **進む**
すす
上升、前進、
順利進展
動I 自 0

▶どんな道に進む予定ですか。 ●見 P.127 前進
みち すす よてい
你預定往哪個方向發展？

て 進んで　た 進んだ　否 進まない　可 進める　意 進もう
條 進めば　受 進まれる　使 進ませる　使受 進まされる

♪044-06 **涼む**
すず
乘涼、納涼
動I 自 2

▶涼んでから出発しましょう。
すず しゅっぱつ
乘涼後再出發吧！

て 涼んで　た 涼んだ　否 涼まない　可 涼める　意 涼もう
條 涼めば　受 涼まれる　使 涼ませる　使受 涼まされる

♪044-07 **進める**
すす
使前進、提升
動II 他 0

▶物事を進めるのに時間がかかります。
ものごと すす じかん
事情的進展都要花時間。

て 進めて　た 進めた　否 進めない　可 進められる　意 進めよう
條 進めれば　受 進められる　使 進めさせる　使受 進めさせられる

動詞
あ〜さ

動詞
し〜わ

名詞(する)
あ〜く

名詞
け〜し

名詞(する)
す〜り

名詞
あ〜お

名詞
か

名詞
き〜く

名詞
け〜こ

名詞
さ

名詞
し

名詞
す〜せ

名詞
そ〜ち

名詞
つ〜と

名詞
な〜わ

形容詞

副詞

其他

♪045-01
接する
せつ
接觸、相鄰、對待
動Ⅲ 自他 ３ ０

商 校 科 休 社 生　80　90　100　120%

▶ 接する機会は少ないです。
せっ　き かい　すく

很少有時間接觸。

て 接して　た 接した　否 接しない　可 接せられる　意 接しよう
條 接すれば　受 接せられる　使 接しさせる　使受 接させられる

♪045-02
迫る
せま
逼近、鄰近
動Ⅰ 自他 ２

商 校 科 休 社 生　80　90　100　120%

▶ 波が迫っています。
なみ　せま

海浪逼近了。

て 迫って　た 迫った　否 迫らない　可 迫れる　意 迫ろう
條 迫れば　受 迫られる　使 迫らせる　使受 迫らされる

♪045-03
責める
せ
責備、拷打
動Ⅱ 他 ２

商 校 科 休 社 生　80　90　100　120%

▶ そんなに責めないで下さい。
せ　くだ

別那樣責備我。

て 責めて　た 責めた　否 責めない　可 責められる　意 責めよう
條 責めれば　受 責められる　使 責めさせる　使受 責めさせられる

♪045-04
属する
ぞく
屬於、附屬
動Ⅲ 自 ３

商 校 科 休 社 生　80　90　100　120%

▶ 何に属する生物ですか。
なん　ぞく　せいぶつ

這是什麼屬的生物？

て 属して　た 属した　否 属さない　可 属せる　意 属そう
條 属せば　受 属される　使 属させる　使受 属させられる

♪045-05
備える
そな
具備、與生俱來、準備、防備
動Ⅱ 他 ３

商 校 科 休 社 生　80　90　100　120%

▶ 地震に備えましょう。
じ しん　そな

地震有備無患。

て 備えて　た 備えた　否 備えない　可 備えられる　意 備えよう
條 備えれば　受 備えられる　使 備えさせる　使受 備えさせられる

♪045-06
揃う
そろ
齊備、整齊
動Ⅰ 自 ２

商 校 科 休 社 生　80　90　100　120%

▶ スリッパが揃っています。
そろ

拖鞋被排得整整齊齊地。

て 揃って　た 揃った　否 揃わない　意 揃おう
條 揃えば　受 揃われる　使 揃わせる　使受 揃わされる

相關單字 品揃え 名 ３ 商品種類（豐富）
しなぞろ

♪046-01 **揃える**
そろ
備齊、湊齊、
使一致整齊
動Ⅱ 他 3

▶ 数を揃えましょう。
かず　そろ

取整數。

て 揃えて　た 揃えた　否 揃えない　可 揃えられる　意 揃えよう
條 揃えれば　受 揃えられる　使受 揃えさせる　使受 揃えさせられる

♪046-02 **存じる**
ぞん
認為、打算、
知道（以上皆
謙讓語）
動Ⅱ 自他 3 0

▶ 存じ上げています。
ぞん　あ

我知道。

て 存じて　た 存じた　否 存じない　意 存じよう
條 存じれば　受 存じられる　使 存じさせる　使受 存じさせられる

相關單字 ご存じですか。慣 您知道嗎？（尊敬語）
ぞん

♪046-03 **倒す**
たお
推倒、推翻、
打敗
動Ⅰ 他 2

▶ 倒されたら嫌です。
たお　　　　　いや

我不想被打敗。

て 倒して　た 倒した　否 倒さない　可 倒せる　意 倒そう
條 倒せば　受 倒される　使 倒させる　使受 倒させられる

♪046-04 **倒れる**
たお
倒下、破產、
倒閉、昏倒
動Ⅱ 自 3

▶ 倒れてから病院に運ばれました。
たお　　　　びょういん　　はこ

病倒後被送到醫院就診。

て 倒れて　た 倒れた　否 倒れない　意 倒れよう
條 倒れれば　受 倒れられる　使 倒れさせる　使受 倒れさせられる

♪046-05 **高める**
たか
提高、加高
動Ⅱ 他 3

▶ 気持ちを高めました。
き も　　　　たか

我打起了精神。

て 高めて　た 高めた　否 高めない　可 高められる　意 高めよう
條 高めれば　受 高められる　使 高めさせる　使受 高めさせられる

相關補充 自分を磨く 慣 自 我磨練、提高技能
じぶん　みが

♪046-06 **耕す**
たがや
耕種（田地）
動Ⅰ 他 3

▶ 畑を耕しています。
はたけ　たがや

正在耕種田地。

て 耕して　た 耕した　否 耕さない　可 耕せる　意 耕そう
條 耕せば　受 耕される　使 耕させる　使受 耕させられる

♪047-01
蓄える
<ruby>蓄<rt>たくわ</rt></ruby>
儲備、積蓄、留
動II 他 3 4

▶ <ruby>蓄<rt>たくわ</rt></ruby>えは<ruby>少々<rt>しょうしょう</rt></ruby>あります。

我稍微有點積蓄。

て 蓄えて　た 蓄えた　否 蓄えない　可 蓄えられる　意 蓄えよう
條 蓄えれば　受 蓄えられる　使 蓄えさせる　使受 蓄えさせられる

相反字 <ruby>浪費癖<rt>ろうひへき</rt></ruby> 名 3 浪費病、愛花錢

相關補充 例句為名詞用法。

♪047-02
確かめる
<ruby>確<rt>たし</rt></ruby>
弄清、查明
動II 他 4

▶ <ruby>確<rt>たし</rt></ruby>かめてから<ruby>私<rt>わたし</rt></ruby>に<ruby>言<rt>い</rt></ruby>ってください。

確定之後再告訴我。

て 確かめて　た 確かめた　否 確かめない　可 確かめられる　意 確かめよう
條 確かめれば　受 確かめられる　使 確かめさせる　使受 確かめさせられる

♪047-03
助かる
<ruby>助<rt>たす</rt></ruby>
得救、省力、省事
動I 自 3

▶ <ruby>助<rt>たす</rt></ruby>かりました。

幸好有你幫助。

て 助かって　た 助かった　否 助からない　意 助かろう
條 助かれば　受 助かられる　使 助からせる　使受 助からされる

♪047-04
助ける
<ruby>助<rt>たす</rt></ruby>
幫助、救助、資助
動II 他 3

▶ <ruby>助<rt>たす</rt></ruby>けてもらってありがたいです。

感謝你的幫助。

て 助けて　た 助けた　否 助けない　可 助けられる　意 助けよう
條 助ければ　受 助けられる　使 助けさせる　使受 助けさせられる

♪047-05
戦う
<ruby>戦<rt>たたか</rt></ruby>
戰鬥、競爭
動I 自 0

▶ <ruby>戦<rt>たたか</rt></ruby>うつもりはありません。

我不打算挑起爭端。

て 戦って　た 戦った　否 戦わない　可 戦える　意 戦おう
條 戦えば　受 戦われる　使 戦わせる　使受 戦わされる

♪047-06
叩く
<ruby>叩<rt>たた</rt></ruby>
敲、詢問、攻擊
動I 他 2

▶ マスコミに<ruby>叩<rt>たた</rt></ruby>かれて<ruby>彼<rt>かれ</rt></ruby>は<ruby>大変<rt>たいへん</rt></ruby>ですよ。

他被媒體圍攻，處境困難。

て 叩いて　た 叩いた　否 叩かない　可 叩ける　意 叩こう
條 叩けば　受 叩かれる　使 叩かせる　使受 叩かされる

♪048-01
畳む
たた

折畳、合上、
收拾

動Ⅰ 他 0

商 校 科 休 社 生 | 80　90　100　120%

▶布団を畳みました。
ふとん　　たた

我把棉被摺好了。

て畳んで た畳んだ 否畳まない 可畳める 意畳もう
條畳めば 受畳まれる 使畳ませる 使受畳まされる

♪048-02
立ち上がる
た　あ

起立、著手、
振奮起來

動Ⅰ 自 4 0

商 校 科 休 社 生 | 80　90　100　120%

▶立ち上がって意見を言いました。
た　あ　　　　いけん　い

我站起來發表意見。

て立ち上がって た立ち上がった 否立ち上がらない 可立ち上がれる
意立ち上がろう 條立ち上がれば 受立ち上がられる 使立ち上がらせる
使受立ち上がらされる

♪048-03
立ち止まる
た　ど

站住、停步

動Ⅰ 自 4 0

商 校 科 休 社 生 | 80　90　100　120%

▶立ち止まって文句を言いました。
た　ど　　　もんく　い

我停下腳步發出怨言。

て立ち止まって た立ち止まった 否立ち止まらない 可立ち止まれる 意立ち止
まろう
條立ち止まれば 受立ち止まられる 使立ち止まらせる 使受立ち止まらされる

♪048-04
発つ
た

出發、離開

動Ⅰ 自 1

商 校 科 休 社 生 | 80　90　100　120%

▶札幌を発って三日になります。
さっぽろ　た　みっか

我三天前離開札幌。

て発って た発った 否発たない 可発てる 意発とう
條発てば 受発たれる 使発たせる 使受発たされる

♪048-05
経つ
た

經過

動Ⅰ 自 1

商 校 科 休 社 生 | 80　90　100　120%

▶八日が経ちました。
ようか　た

已經過八天了。

て経って た経った 否経たない 可経てる 意経とう
條経てば 受経たれる 使経たせる 使受経たされる

♪048-06
例える
たと

比喻、打比方

動Ⅱ 他 3

商 校 科 休 社 生 | 80　90　100　120%

▶例えると社長のような存在です。
たと　　　しゃちょう　　　　そんざい

打個比方，宛如社長的存在。

て例えて た例えた 否例えない 可例えられる 意例えよう
條例えれば 受例えられる 使例えさせる 使受例えさせられる

♪048-07
溜まる
た

積存、停滯

動Ⅰ 自 0

商 校 科 休 社 生 | 80　90　100　120%

▶ストレスが溜まりました。
た

累積了壓力。

て溜まって た溜まった 否溜まらない 意溜まろう
條溜まれば 受溜まられる 使溜まらせる 使受溜まらされる

♪049-01
黙る
不説話、沈默
動I 自2

━━━━━━━━━━━━━━━ 商校科休社生 80 90 100 120%

▶ 黙らずに話してください。

請別沈默不語。

て 黙って　た 黙った　否 黙らない　可 黙れる　意 黙ろう
條 黙れば　受 黙られる　使 黙らせる　使受 黙らされる

♪049-02
試す
嘗試、試驗
動I 他2

━━━━━━━━━━━━━━━ 商校科休社生 80 90 100 120%

▶ 実験を試す予定です。

預定要試做實驗。

て 試して　た 試した　否 試さない　可 試せる　意 試そう
條 試せば　受 試される　使 試させる　使受 試させられる

♪049-03
足りる
足夠、值得
動II 自0

━━━━━━━━━━━━━━━ 商校科休社生 80 90 100 120%

▶ もう足りたので大丈夫です。

已經足夠，沒問題了。

て 足りて　た 足りた　否 足りない　意 足りよう
條 足りれば　受 足りられる　使 足りさせる　使受 足りさせられる

♪049-04
近寄る
靠近、親近
動I 自3

━━━━━━━━━━━━━━━ 商校科休社生 80 90 100 120%

▶ 近寄らないで下さい。

請別靠近。

て 近寄って　た 近寄った　否 近寄らない　可 近寄れる　意 近寄ろう
條 近寄れば　受 近寄られる　使 近寄らせる　使受 近寄らされる

♪049-05
縮む
縮小、起皺褶、
縮回
動I 自0

━━━━━━━━━━━━━━━ 商校科休社生 80 90 100 120%

▶ 寿命が縮みました。

壽命縮短了。

て 縮んで　た 縮んだ　否 縮まない　可 縮める　意 縮もう
條 縮めば　受 縮まれる　使 縮ませる　使受 縮まされる

♪049-06
縮める
縮短、減少、
蜷曲
動II 他0

━━━━━━━━━━━━━━━ 商校科休社生 80 90 100 120%

▶ 幅を縮めてください。

請把幅度縮小。

て 縮めて　た 縮めた　否 縮めない　可 縮められる　意 縮めよう
條 縮めれば　受 縮められる　使 縮めさせる　使受 縮めさせられる

♪049-07
縮れる
捲曲、有皺褶
動II 自0

━━━━━━━━━━━━━━━ 商校科休社生 80 90 100 120%

▶ 縮れた髪ですね。

頭髮鬈鬈的。

て 縮れて　た 縮れた　否 縮れない　意 縮れよう
條 縮れれば　受 縮れられる　使 縮れさせる　使受 縮れさせられる

動詞 あ〜さ
動詞 し〜わ
名詞（する）あ〜く
名詞（する）け〜し
名詞（する）す〜り
名詞 あ〜お
名詞 か
名詞 き〜く
名詞 け〜こ
名詞 さ
名詞 し
名詞 す〜せ
名詞 そ〜ち
名詞 つ〜と
名詞 な〜わ
形容詞
副詞
其他

♪050-01 **散らかす**
ち
弄亂、亂扔
動I 他0

▶そんなに散らかさないで下さい。
ち　　　　　　　　　　　く だ
不要弄得那麼亂七八糟。

て散らかして た散らかした 否散らかさない 可散らかせる 意散らかそう
條散らかせば 受散らかされる 使散らかさせる 使受散らかさせられる

♪050-02 **散らかる**
ち
雜亂、散亂
動I 自0

▶散らかった部屋ですね。
ち　　　　　へ や
房間真亂啊！

て散らかって た散らかった 否散らからない 意散らかろう
條散らかれば 受散らかられる 使散らからせる 使受散らからされる

相似字 ごみごみ 副(する) 自1 雜亂
▶ごみごみした町。 雜亂無章的都市。
まち

♪050-03 **通じる**
つう
通到、了解
動II 自他0

▶ようやく意味が通じました。
い み　　つう
好不容易弄懂意思了。

て通じて た通じた 否通じない 意通じよう
條通じれば 受通じられる 使通じさせる 使受通じさせられる

♪050-04 **捕まえる**
つか
抓住、捕捉
動II 他0

▶捕まえられて警察署に行きました。
つか　　　　　けいさつしょ　い
被抓到警察局去了。

て捕まえて た捕まえた 否捕まえない 可捕まえられる 意捕まえよう
條捕まえれば 受捕まえられる 使捕まえさせる 使受捕まえさせられる

♪050-05 **捕まる**
つか
被抓住、被逮
住
動I 自0

▶警察に捕まると怖いです。
けいさつ　つか　　　こわ
被警察逮到是很可怕的。

て捕まって た捕まった 否捕まらない 可捕まれる 意捕まろう
條捕まれば 受捕まられる 使捕まらせる 使受捕まらされる

♪050-06 **掴む**
つか
弄到手、抓住
（機會或要
點）、深刻理解
動I 他2

▶何か掴みましたか。
なに　つか
你有抓到什麼嗎？

て掴んで た掴んだ 否掴まない 可掴める 意掴もう
條掴めば 受掴まれる 使掴ませる 使受掴まされる

♪051-01 **付き合う**
陪伴、交際、來往
動I 自 3

▶付き合ってから苦労しました。
交往之後吃到了苦頭。

て付き合って た付き合った 否付き合わない 可付き合える 意付き合おう
條付き合えば 受付き合われる 使付き合わせる 使受付き合わされる

相關單字 交際相手 名 交往對象

♪051-02 **付け加える**
增加、附加、補充
動II 他 5 0

▶付け加える言葉はありません。⇨見P.36 加える
我沒什麼要補充的話。

て付け加えて た付け加えた 否付け加えない 可付け加えられる
意付け加えよう 條付け加えれば 受付け加えられる 使付け加えさせる
使受付け加えさせられる

♪051-03 **浸ける**
浸泡
動II 他 0

▶野菜を水に浸けました。
蔬菜已經泡過水。

て浸けて た浸けた 否浸けない 可浸けられる 意浸けよう
條浸ければ 受浸けられる 使浸けさせる 使受浸けさせられる

♪051-04 **突っ込む**
闖進、鑽進、深入追求
動I 自他 3

▶そのテーマについてさらに突っ込んで研究しました。
關於那個主題，我又更進一步地研究了。

て突っ込んで た突っ込んだ 否突っ込まない 可突っ込める 意突っ込もう
條突っ込めば 受突っ込まれる 使突っ込ませる 使受突っ込まされる

♪051-05 **努める**
努力、盡力
動II 自 3

▶勉学に努めます。
我努力求學。

て努めて た努めた 否努めない 可努められる 意努めよう
條努めれば 受努められる 使努めさせる 使受努めさせられる

♪051-06 **繋がる**
聯絡、連接
動I 自 0

▶中学時代から繋がっている人はまだいますか。
你一直有在聯絡的國中朋友還在嗎？

て繋がって た繋がった 否繋がらない 可繋がれる 意繋がろう
條繋がれば 受繋がられる 使繋がらせる 使受繋がらされる

動詞 あ〜さ
動詞 し〜わ
名詞（する）あ〜く
名詞（する）け〜し
名詞（する）す〜り
名詞 あ〜お
名詞 か
名詞 き〜く
名詞 け〜こ
名詞 さ
名詞 し
名詞 す〜せ
名詞 そ〜ち
名詞 つ〜と
名詞 な〜わ
形容詞
測詞
其他

♪052-01　**繋げる**
つな
連接、延續
動II 他 0

▶列車と列車を繋げて、目的地へ向かいます。
れっしゃ　れっしゃ　つな　　　もくてきち　む
車廂連結著車廂，朝著目的地前進。
て 繋げて　た 繋げた　否 繋げない　可 繋げられる　意 繋げよう
條 繋げれば　受 繋げられる　使 繋げさせる　使受 繋げさせられる

♪052-02　**詰まる**
つ
困窘、縮短、
塞滿
動I 自 2

▶のどに詰まりました。
つ
卡在喉嚨。
て 詰まって　た 詰まった　否 詰まらない　意 詰まろう
條 詰まれば　受 詰まられる　使 詰まらせる　使受 詰まらされる

♪052-03　**詰める**
つ
塞滿、深究、
連續、徹底
動II 自 他 接 2

▶荷物を詰めてください。
に もつ　つ
請收拾行李。
て 詰めて　た 詰めた　否 詰めない　可 詰められる　意 詰めよう
條 詰めれば　受 詰められる　使 詰めさせる　使受 詰めさせられる

♪052-04　**釣り合う**
つ　あ
平衡、均衡、
勻稱
動I 自 3

▶私と釣り合う人と結婚したいです。
わたし　つ　あ　ひと　けっこん
我想和合得來的人結婚。
て 釣り合って　た 釣り合った　否 釣り合わない　可 釣り合える　意 釣り合おう
條 釣り合えば　受 釣り合われる　使 釣り合わせる　使受 釣り合わされる
相似字 似合う 動I 自 2 適合
に あ

♪052-05　**釣る**
つ
垂釣、勾引、
引誘
動I 他 0

▶魚を釣りました。
さかな　つ
釣到魚了。
て 釣って　た 釣った　否 釣らない　可 釣れる　意 釣ろう
條 釣れば　受 釣られる　使 釣らせる　使受 釣らされる

♪052-06　**吊る**
つ
吊掛、懸掛
動I 他 0

▶首を吊って亡くなりました。
くび　つ　な
上吊身亡。
て 吊って　た 吊った　否 吊らない　可 吊れる　意 吊ろう
條 吊れば　受 吊られる　使 吊らせる　使受 吊らされる
相關單字 宙吊り 名 0 （藝能表演的）空中特技、吊鋼絲
ちゅうづ

♪053-01 吊るす

吊掛、懸掛

動I 他 ０

商 校 科 休 社 生 | 80 90 100 120%

▶服を吊るしてください。

請把衣服掛起來。

て 吊るして た 吊るした 否 吊るさない 可 吊るせる 意 吊るそう
條 吊るせば 受 吊るされる 使 吊るさせる 使受 吊るさせられる

♪053-02 出来上がる

做好、完成

動I 自 ４０

商 校 科 休 社 生 | 80 90 100 120%

▶出来上がったら教えてくださいね。

做好了跟我說一聲喲。

て 出来上がって た 出来上がった 否 出来上がらない 意 出来上がろう
條 出来上がれば 受 出来上がられる 使 出来上がらせる 使受 出来上がらされる

♪053-03 適する

適合、適應、有能力

動III 自 ３

商 校 科 休 社 生 | 80 90 100 120%

▶この苺はジャムを作るのに適しています。

這個草莓很適合拿來做果醬。

て 適して た 適した 否 適さない 意 適しよう
條 適せば 受 適される 使 適させる 使受 適させられる

♪053-04 出迎える

迎接

動II 他 ０

商 校 科 休 社 生 | 80 90 100 120%

▶出迎えてくれてありがとう。

感謝你來接我。

て 出迎えて た 出迎えた 否 出迎えない 可 出迎えられる 意 出迎えよう
條 出迎えれば 受 出迎えられる 使 出迎えさせる 使受 出迎えさせられる

♪053-05 照らす

照耀、對照

動I 他 ２０

商 校 科 休 社 生 | 80 90 100 120%

▶ライトで照らしてください。

請用燈照一下。

て 照らして た 照らした 否 照らさない 可 照らせる 意 照らそう
條 照らせば 受 照らされる 使 照らさせる 使受 照らさせられる

♪053-06 通りかかる

恰巧路過

動I 自 ５０

商 校 科 休 社 生 | 80 90 100 120%

▶私はたまたま通りかかっただけです。

我只是恰巧路過而已。

て 通りかかって た 通りかかった 否 通りかからない 可 通りかかれる
意 通りかかろう 條 通りかかれば 受 通りかかられる 使 通りかからせる
使受 通りかからされる

♪053-07 通り過ぎる

走過、越過

動II 自 ５

商 校 科 休 社 生 | 80 90 100 120%

▶通り過ぎたところです。

這是走過的地方。

て 通り過ぎて た 通り過ぎた 否 通り過ぎない 可 通り過ぎられる
意 通り過ぎよう 條 通り過ぎれば 受 通り過ぎられる 使 通り過ぎさせる
使受 通り過ぎさせられる

右側欄：
動詞 あ〜さ
動詞 し〜わ
名詞(する) あ〜く
名詞(する) け〜し
名詞(する) す〜り
名詞 あ〜お
名詞 か
名詞 き〜く
名詞 け〜こ
名詞 さ
名詞 し
名詞 す〜せ
名詞 そ〜ち
名詞 つ〜と
名詞 な〜わ
形容詞
副詞
其他

♪054-01 **溶け込む**
融入、溶化、
熔化
動Ⅰ 自 3 0

▶私はクラスに溶け込むことができませんでした。

我無法融入班級中。

㋐溶け込んで ㋟溶け込んだ ㊀溶け込まない ㊙溶け込める ㊒溶け込もう
㋫溶け込めば ㊳溶け込まれる ㊻溶け込ませる ㊻溶け込まされる

♪054-02 **溶ける**
溶化、熔化
動Ⅱ 自 2

▶溶けたチョコレートは好きですか。

你喜歡融化的巧克力嗎？

㋐溶けて ㋟溶けた ㊀溶けない ㊒溶けよう
㋫溶ければ ㊳溶けられる ㊻溶けさせる ㊻溶けさせられる

♪054-03 **解ける**
解開、化解、
解除
動Ⅱ 自 2

▶謎が解けました。

解開謎題了。

㋐解けて ㋟解けた ㊀解けない ㊒解けよう
㋫解ければ ㊳解けられる ㊻解けさせる ㊻解けさせられる

♪054-04 **留まる**
停留、住下來、
停止
動Ⅰ 自 3

▶留まってばかりではいけませんよ。

不能一直留在原地喲。

㋐留まって ㋟留まった ㊀留まらない ㊙留まれる ㊒留まろう
㋫留まれば ㊳留まられる ㊻留まらせる ㊻留まらされる

♪054-05 **取り上げる**
拿起、剝奪、
採納
動Ⅱ 他 4 0

▶取り上げられたので今は持っていません。

被拿走了，目前不在手上。

㋐取り上げて ㋟取り上げた ㊀取り上げない ㊙取り上げられる
㊒取り上げよう ㋫取り上げれば ㊳取り上げられる ㊻取り上げさせる
㊻取り上げさせられる

♪054-06 **取り消す**
取消、作廢
動Ⅰ 他 3 0

▶取り消すことはできますか。

能取消嗎？

㋐取り消して ㋟取り消した ㊀取り消さない ㊙取り消せる ㊒取り消そう
㋫取り消せば ㊳取り消される ㊻取り消させる ㊻取り消させられる

♪054-07 **直す**
修理、弄整齊、
換算
動Ⅰ 他 2

▶直す部分はありますか。●見 P.55 直る

有要修理的地方嗎？

㋐直して ㋟直した ㊀直さない ㊙直せる ㊒直そう
㋫直せば ㊳直される ㊻直させる ㊻直させられる

商校科休社生 | 80 90 100 120%

♪055-01 **治す**
なお
醫治、治療
動Ⅰ 他 2

▶ 病気を治してから行きます。
びょう き　 なお　　　　 い

把病治好了再前往。

て治して た治した 否治さない 可治せる 意治そう
條治せば 受治される 使治させる 使受治させられる

商校科休社生 | 80 90 100 120%

♪055-02 **直る**
なお
改正過來、修
理好、復原
動Ⅰ 自 2

▶ 機械の故障が直った。⊙見 P.54 直す
き かい　　 こ しょう　 なお

機器故障修理好了。

て直って た直った 否直らない 意直ろう
條直れば 受直られる 使直らせる 使受直らされる

相似字 修繕 名(する) 他 10 修理、修繕
しゅうぜん

商校科休社生 | 80 90 100 120%

♪055-03 **治る**
なお
痊癒
動Ⅰ 自 2

▶ 治る可能性はありますか。
なお　 か のうせい

有痊癒的可能嗎？

て治って た治った 否治らない 意治ろう
條治れば 受治られる 使治らせる 使受治らされる

商校科休社生 | 80 90 100 120%

♪055-04 **長引く**
なが び
延長
動Ⅰ 自 3

▶ 風邪が長引きました。
か ぜ　　 なが び

感冒一直沒好。

て長引いて た長引いた 否長引かない 意長引こう
條長引けば 受長引かれる 使長引かせる 使受長引かされる

商校科休社生 | 80 90 100 120%

♪055-05 **流れる**
なが
沖走、漂浮、
偏向、擴散
動Ⅱ 自 3

▶ 川が流れています。
かわ　 なが

川流不息。

て流れて た流れた 否流れない 可流れられる 意流れよう
條流れれば 受流れられる 使流れさせる 使受流れさせられる

商校科休社生 | 80 90 100 120%

♪055-06 **慰める**
なぐさ
使愉快、安慰
動Ⅱ 他 4

▶ 慰めてくれてありがとう。
なぐさ

謝謝你的安慰。

て慰めて た慰めた 否慰めない 可慰められる 意慰めよう
條慰めれば 受慰められる 使慰めさせる 使受慰めさせられる

商校科休社生 | 80 90 100 120%

♪055-07 **無くす**
な
弄丟、失去、
去掉
動Ⅰ 他 0

▶ 何を無くしましたか。
なに　 な

丟掉什麼了？

て無くして た無くした 否無くさない 可無くせる 意無くそう
條無くせば 受無くされる 使無くさせる 使受無くさせられる

♪056-01 **亡くす**
失去某人（「死亡」之委婉表現）
動Ⅰ 他 0

▶ 父を亡くしました。 ⊜見 P.112 死亡
我父親過世了。

て亡くして た亡くした 否亡くさない 意亡くそう
條亡くせば 受亡くされる 使亡くさせる 使受亡くさせられる

♪056-02 **なくなる／無くなる**
不見、消失、用完
動Ⅰ 自 0

▶ トイレットペーパーがなくなりましたから、新しいのを入れてください。
廁所衛生紙沒了，請補新的進去。

て なくなって た なくなった 否 なくならない 意 なくなろう
條 なくなれば 受 なくなられる 使 なくならせる 使受 なくならされる

♪056-03 **殴る**
打倒、毆打
動Ⅰ 他 2

▶ 殴らないで下さい。
別再打了！

て殴って た殴った 否殴らない 可殴れる 意殴ろう
條殴れば 受殴られる 使殴らせる 使受殴らされる

相關單字 あおあざ 名 0 瘀血、瘀青

♪056-04 **投げる**
投、抛、扔
動Ⅱ 他 2

▶ 投げたら遠くに飛びます。
球一丟，飛得好遠喔。

て投げて た投げた 否投げない 可投げられる 意投げよう
條投げれば 受投げられる 使投げさせる 使受投げさせられる

♪056-05 **為す**
做、為了
動Ⅰ 他 1

▶ 為すすべがないです。
束手無策。

て為して た為した 否為さない 可為せる 意為そう
條為せば 受為される 使為させる 使受為させられる

♪056-06 **撫でる**
撫摸、梳理
動Ⅱ 他 2

▶ 猫を撫でました。
撫摸貓咪。

て撫でて た撫でた 否撫でない 可撫でられる 意撫でよう
條撫でれば 受撫でられる 使撫でさせる 使受撫でさせられる

商校科休社生 | 80 90 100 120%

♪057-01
<ruby>怠<rt>なま</rt></ruby>ける
懶惰、不賣力
動Ⅱ 自他 3

▶ <ruby>怠<rt>なま</rt></ruby>けないでね。
不能懶惰喔！
て 怠けて　た 怠けた　否 怠けない　可 怠けられる　意 怠けよう
條 怠ければ　受 怠けられる　使 怠けさせる　使受 怠けさせられる

商校科休社生 | 80 90 100 120%

♪057-02
<ruby>悩<rt>なや</rt></ruby>む
煩惱、苦惱
動Ⅰ 自 2

▶ <ruby>悩<rt>なや</rt></ruby>んでいます。
正煩惱著。
て 悩んで　た 悩んだ　否 悩まない　可 悩める　意 悩もう
條 悩めば　受 悩まれる　使 悩ませる　使受 悩まされる

相關單字 <ruby>煩悩<rt>ぼんのう</rt></ruby> 名 3 0 煩惱

商校科休社生 | 80 90 100 120%

♪057-03
<ruby>鳴<rt>な</rt></ruby>らす
使出聲、出名、
嘮叨
動Ⅰ 他 0

▶ <ruby>鐘<rt>かね</rt></ruby>を<ruby>鳴<rt>な</rt></ruby>らしました。
我敲鐘了。
て 鳴らして　た 鳴らした　否 鳴らさない　可 鳴らせる　意 鳴らそう
條 鳴らせば　受 鳴らされる　使 鳴らさせる　使受 鳴らさせられる

商校科休社生 | 80 90 100 120%

♪057-04
<ruby>鳴<rt>な</rt></ruby>る
鳴、響
動Ⅰ 自 0

▶ <ruby>何<rt>なに</rt></ruby>が<ruby>鳴<rt>な</rt></ruby>っていますか。
是什麼在響？
て 鳴って　た 鳴った　否 鳴らない　意 鳴ろう　條 鳴れば
受 鳴られる　使 鳴らせる　使受 鳴らされる

補充單字 <ruby>鳴<rt>な</rt></ruby>り<ruby>物<rt>もの</rt></ruby> 名 0 伴奏、樂器、歌舞伎伴奏中三味線之外的樂器

商校科休社生 | 80 90 100 120%

♪057-05
<ruby>匂<rt>にお</rt></ruby>う
發出味道
動Ⅰ 自 2

▶ <ruby>何<rt>なに</rt></ruby>か<ruby>匂<rt>にお</rt></ruby>います。
好像有什麼味道？
て 匂って　た 匂った　否 匂わない　意 匂おう
條 匂えば　受 匂われる　使 匂わせる　使受 匂わされる

商校科休社生 | 80 90 100 120%

♪057-06
<ruby>逃<rt>に</rt></ruby>がす
放掉、跑掉
動Ⅰ 他 2

▶ <ruby>犯人<rt>はんにん</rt></ruby>を<ruby>逃<rt>に</rt></ruby>がしました。
讓犯人逃走了！
て 逃がして　た 逃がした　否 逃がさない　可 逃がせる　意 逃がそう
條 逃がせば　受 逃がされる　使 逃がさせる　使受 逃がさせられる

動詞 あ～さ
動詞 し～わ
名詞 する あ～く
名詞 する け～し
名詞 する す～り
名詞 あ～お
名詞 か
名詞 き～く
名詞 け～と
名詞 さ
名詞 し
名詞 す～せ
名詞 そ～ち
名詞 つ～と
名詞 な～わ
形容詞
副詞
其他

♪058-01
濁る
にご
渾濁、不清晰
動Ⅰ自2

▶水が濁っています。
みず　にご
水很混濁。

て濁って　た濁った　否濁らない　意濁ろう
條濁れば　受濁られる　使濁らせる　使受濁らされる

補充單字 濁り酒 名3 粗酒、未過濾發白的酒
にご　ざけ

♪058-02
睨む
にら
盯視、怒目而
視、注視
動Ⅰ他2

▶睨みつけられました。
にら
我被盯上了。

て睨んで　た睨んだ　否睨まない　可睨める　意睨もう
條睨めば　受睨まれる　使睨ませる　使受睨まされる

♪058-03
似る
に
像、似
動Ⅱ自0

▶誰に似ていますか。
だれ　に
跟誰很像呢？

て似て　た似た　否似ない　意似よう　條似れば
受似られる　使似させる　使受似させられる

♪058-04
煮る
に
煮、燉、熬、
燜
動Ⅱ他0

▶煮物を煮ています。
にもの　に
我正在煮東西。

て煮て　た煮た　否煮ない　可煮られる　意煮よう
條煮れば　受煮られる　使煮させる　使受煮させられる

補充單字 煮込み料理 名 燉煮的菜
にこ　りょうり

♪058-05
縫う
ぬ
縫合、縫紉
動Ⅰ他1

▶ほつれを縫いました。
ぬ
把裂縫縫起來了。

て縫って　た縫った　否縫わない　可縫える　意縫おう
條縫えば　受縫われる　使縫わせる　使受縫わされる

♪058-06
抜く
ぬ
抽出、拔掉、
除掉
動Ⅰ他0

▶二酸化炭素を抜きました。見 P.60 除く
に さん か たん そ　ぬ
把二氧化碳抽掉了。

て抜いて　た抜いた　否抜かない　可抜ける　意抜こう
條抜けば　受抜かれる　使抜かせる　使受抜かされる

補充單字 栓抜き 名34 開瓶器
せん ぬ

♪059-01 **脱ぐ**
ぬ
脱、摘掉
動I 他1

商校科休社生 | 80 90 100 120%

▶ 服を脱ぎました。
ふく ぬ

脱掉了衣服。

て 脱いで Ⓣ 脱いだ 否 脱がない 可 脱げる 意 脱ごう
条 脱げば 受 脱がれる 使受 脱がせる 使受 脱がされる

♪059-02 **願う**
ねが
希望、祈禱、
懇求
動I 他2

商校科休社生 | 80 90 100 120%

▶ 幸せを願っています。
しあわ ねが

祈求幸福。

て 願って Ⓣ 願った 否 願わない 可 願える 意 願おう
条 願えば 受 願われる 使 願わせる 使受 願わされる

♪059-03 **狙う**
ねら
瞄準、尋
找……機會
動I 他0

商校科休社生 | 80 90 100 120%

▶ 何を狙っているんですか。
なに ねら

你的目標是什麼？

て 狙って Ⓣ 狙った 否 狙わない 可 狙える 意 狙おう
条 狙えば 受 狙われる 使 狙わせる 使受 狙わされる

補充單字 狙い 名0 目標、意圖、瞄準
ねら

♪059-04 **残す**
のこ
留下、剩下、
遺留
動I 他2

商校科休社生 | 80 90 100 120%

▶ 物を残さないでください。
もの のこ

請不要留下物品。

て 残して Ⓣ 残した 否 残さない 可 残せる 意 残そう
条 残せば 受 残される 使 残させる 使受 残させられる

♪059-05 **乗せる**
の
裝載、參加、
使人上當
動II 他0

商校科休社生 | 80 90 100 120%

▶ 何を乗せますか。
なに の

要載什麼嗎？

て 乗せて Ⓣ 乗せた 否 乗せない 可 乗せられる 意 乗せよう
条 乗せれば 受 乗せられる 使 乗せさせる 使受 乗せさせられる

♪059-06 **載せる**
の
記載、刊登、
放
動II 他0

商校科休社生 | 80 90 100 120%

▶ 記事を載せました。
きじ の

有刊登報導。

て 載せて Ⓣ 載せた 否 載せない 可 載せられる 意 載せよう
条 載せれば 受 載せられる 使 載せさせる 使受 載せさせられる

動詞
あ〜さ

動詞
し〜わ

名詞(する)
あ〜く

名詞(する)
け〜し

名詞(する)
す〜り

名詞
あ〜お

名詞
か

名詞
き〜く

名詞
け〜こ

名詞
さ

名詞
し

名詞
す〜せ

名詞
そ〜ち

名詞
つ〜と

名詞
な〜わ

形容詞

副詞

其他

♪060-01
覗く
（のぞ）

露出、窺視、
探視

動Ⅰ 自他 0

▶ 覗かないで下さい。
（のぞ）（くだ）

請別偷看！

て 覗いて　た 覗いた　否 覗かない　可 覗ける　意 覗こう
條 覗けば　受 覗かれる　使 覗かせる　使受 覗かされる

♪060-02
除く
（のぞ）

除掉、除外、
殺死

動Ⅰ 他 0

▶ 火曜日は都合が悪いので、除いてください。　⊕見 P.58 抜く
（かようび）（つごう）（わる）（のぞ）

我禮拜二沒空，不要算我（一份）。

て 除いて　た 除いた　否 除かない　可 除ける　意 除こう
條 除けば　受 除かれる　使 除かせる　使受 除かされる

♪060-03
伸ばす
（の）

伸開、拉直、
擴展

動Ⅰ 他 2

▶ 羽を伸ばしてください。
（はね）（の）

你可以自在一點。

て 伸ばして　た 伸ばした　否 伸ばさない　可 伸ばせる　意 伸ばそう
條 伸ばせば　受 伸ばされる　使 伸ばさせる　使受 伸ばさせられる

♪060-04
延ばす
（の）

延長、延緩、
稀釋、拉直

動Ⅰ 他 2

▶ コードを延ばします。
（の）

將電線延長。

て 延ばして　た 延ばした　否 延ばさない　可 延ばせる　意 延ばそう
條 延ばせば　受 延ばされる　使 延ばさせる　使受 延ばさせられる

♪060-05
延びる
（の）

延長、延期、
失去彈性

動Ⅱ 自 2

▶ このゴムは延びすぎています。
（の）

這條鬆緊帶失去彈性了。

て 延びて　た 延びた　否 延びない　意 延びよう　條 延びれば
受 延びられる　使 延びさせる　使受 延びさせられる

♪060-06
述べる
（の）

講、説明、記
述

動Ⅱ 他 2

▶ 意見を述べてください。
（いけん）（の）

請陳述意見。

て 述べて　た 述べた　否 述べない　可 述べられる　意 述べよう
條 述べれば　受 述べられる　使 述べさせる　使受 述べさせられる

♪061-01
生える（は）
發芽、長出來
動II 自 2

▶ 何が生えていますか。 ⊖見 P.44 生じる

長出什麼來了呢？

て 生えて　た 生えた　否 生えない　意 生えよう　條 生えれば
受 生えられる　使 生えさせる　使受 生えさせられる

♪061-02
剥がれる（は）
剝落
動II 自 3

▶ 化けの皮が剥がれました。

露出馬腳了！

て 剥がれて　た 剥がれた　否 剥がれない　意 剥がれよう
條 剥がれれば　受 剥がれられる　使 剥がれさせる　使受 剥がれさせられる

♪061-03
計る（はか）
測量、計量、
推測
動I 他 2

▶ 時間を計ります。

計算時間。

て 計って　た 計った　否 計らない　可 計れる　意 計ろう
條 計れば　受 計られる　使 計らせる　使受 計らされる

補充單字 計り知れない（はかりしれない）連語 5 0 不可估量的（通常指數量大）

♪061-04
量る（はか）
計量、推測、
想像
動I 他 2

▶ 体温を量ります。

測量體溫。

て 量って　た 量った　否 量らない　可 量れる　意 量ろう
條 量れば　受 量られる　使 量らせる　使受 量らされる

補充單字 量り売り（はかりう）名(する)他 3 稱重賣／秤（はかり）名 3 0 秤

♪061-05
測る（はか）
計量、推測
動I 他 2

▶ 角度を測ります。 ⊕見 P.130 測量

測量角度。

て 測って　た 測った　否 測らない　可 測れる　意 測ろう
條 測れば　受 測られる　使 測らせる　使受 測らされる

♪061-06
掃く（は）
打掃、輕抹
動I 他 1

▶ ここを掃いてください。

請掃這裡。

て 掃いて　た 掃いた　否 掃かない　可 掃ける　意 掃こう
條 掃けば　受 掃かれる　使 掃かせる　使受 掃かされる

補充單字 ほうき 名 1 0 掃帚／塵取り（ちりと）名 3 4 畚箕、畚斗

動詞
あ〜さ

動詞
し〜わ

名詞（する）
あ〜く

名詞（する）
け〜し

名詞（する）
す〜り

名詞
あ〜お

名詞
か

名詞
き〜く

名詞
け〜ご

名詞
き

名詞
し

名詞
す〜せ

名詞
そ〜ち

名詞
つ〜と

名詞
な〜わ

形容詞

副詞

其他

♪062-01

履く <small>は</small>

（由下往上）
穿（鞋、襪、
長短褲、裙
子……）

動Ⅰ 他 0

▶ 靴を履いてくださいね。 <small>くつ は</small>

請穿上鞋喲。

て 履いて　た 履いた　否 履かない　可 履ける　意 履こう
條 履けば　受 履かれる　使 履かせる　使受 履かされる

♪062-02

弾く <small>はじ</small>

彈、排斥、盤
算

動Ⅰ 他 2

▶ 水を弾いています。 <small>みず はじ</small>

濺起水花。

て 弾いて　た 弾いた　否 弾かない　可 弾ける　意 弾こう
條 弾けば　受 弾かれる　使 弾かせる　使受 弾かされる

易混淆字 弾く <small>ひ</small> 動Ⅰ 他 0 彈奏（樂器）

♪062-03

外す <small>はず</small>

打開、取下、
錯過

動Ⅰ 他 0

▶ ちょっと席を外してもらえますか。 <small>せき はず</small>

你能離席一下嗎？

て 外して　た 外した　否 外さない　可 外せる　意 外そう
條 外せば　受 外される　使 外させる　使受 外させられる

♪062-04

外れる <small>はず</small>

脱落、偏離、
落選

動Ⅱ 自 0

▶ 肩が外れました。 <small>かた はず</small>

肩膀脱臼了。

て 外れて　た 外れた　否 外れない　意 外れよう　條 外れれば
受 外れられる　使 外れさせる　使受 外れさせられる

♪062-05

話しかける <small>はな</small>

向人搭話、開
始說

動Ⅱ 自 5 0

▶ 話しかけないで下さい。 <small>はな くだ</small>

別搭訕我。

て 話しかけて　た 話しかけた　否 話しかけない　可 話しかけられる
意 話しかけよう　條 話しかければ　受 話しかけられる　使 話しかけさせる
使受 話しかけさせられる

補充單字 ナンパ 名（男生向女生）搭訕／逆ナン 名（女生向男生）搭訕

♪062-06

離れる <small>はな</small>

除外、離開

動Ⅱ 自 3

▶ 離れてください。 <small>はな</small>

請離開。

て 離れて　た 離れた　否 離れない　可 離れられる　意 離れよう
條 離れれば　受 離れられる　使 離れさせる　使受 離れさせられる

♪063-01
放れる (はな)
脱離、掙開、放生
動II 自 3

▶ 広島の平和記念公園で鳩が放れました。
(ひろしま へいわ きねんこうえん はと はな)

在廣島的和平紀念公園把鴿子放生了。

(て) 放れて (た) 放れた (否) 放れない (可) 放れられる (意) 放れよう
(條) 放れれば (受) 放れられる (使) 放れさせる (使受) 放れさせられる

補充單字 放し飼い 名 0 放養
(はな) (が)

♪063-02
跳ねる (は)
跳躍、飛濺
動II 自 2

▶ ウサギがピョンピョン跳ねています。
(は)

兔子正蹦蹦跳著。

(て) 跳ねて (た) 跳ねた (否) 跳ねない (可) 跳ねられる (意) 跳ねよう
(條) 跳ねれば (受) 跳ねられる (使) 跳ねさせる (使受) 跳ねさせられる

♪063-03
填まる (は)
合適、中計、沉迷
動I 自 0

▶ 何がここに填まっているんですか。きれいな宝石ですね。
(なに) (は) (ほうせき)

是什麼鑲在這裡呀？啊，是美麗的寶石呢！

(て) 填まって (た) 填まった (否) 填まらない (可) 填まれる (意) 填まろう
(條) 填まれば (受) 填まられる (使) 填まらせる (使受) 填まらされる

補充單字 ハマリ役 名 與演員本人一致吻合的角色，某位演員的得意角色
(やく)

♪063-04
流行る (は や)
流行
動I 自 2

▶ これは流行っている服ですね。 ➡見 P.150 流行
(は や) (ふく)

這是正流行的服裝呢。

(て) 流行って (た) 流行った (否) 流行らない (意) 流行ろう
(條) 流行れば (受) 流行られる (使) 流行らせる (使受) 流行らされる

♪063-05
払い戻す (はら もど)
退還（多餘的錢）
動I 他 5 0

▶ 払い戻してもらいたいです。
(はら もど)

希望拿到退款。

(て) 払い戻して (た) 払い戻した (否) 払い戻さない (可) 払い戻せる (意) 払い戻そう
(條) 払い戻せば (受) 払い戻される (使) 払い戻させる (使受) 払い戻させられる

♪063-06
張り切る (は き)
拉緊、緊張、幹勁十足
動I 自 3

▶ 今日は張り切っていますね。
(きょう) (は き)

今天幹勁十足呢！

(て) 張り切って (た) 張り切った (否) 張り切らない (可) 張り切れる (意) 張り切ろう
(條) 張り切れば (受) 張り切られる (使) 張り切らせる (使受) 張り切らされる

♪064-01

貼る
黏、貼
動Ⅰ 他 0

▶ シールを貼ります。

貼上貼紙。

て 貼って　た 貼った　否 貼らない　可 貼れる　意 貼ろう
條 貼れば　受 貼られる　使 貼らせる　使受 貼らされる

♪064-02

張る
腫脹、延伸、
挺
動Ⅰ 自他 0

▶ 胸が張っています。

胸部在發脹著。

て 張って　た 張った　否 張らない　可 張れる　意 張ろう
條 張れば　受 張られる　使 張らせる　使受 張らされる

♪064-03

引き出す
提領
動Ⅰ 他 3

▶ お金を引き出します。

領錢出來。

て 引き出して　た 引き出した　否 引き出さない　可 引き出せる　意 引き出そう
條 引き出せば　受 引き出される　使 引き出させる　使受 引き出させられる

相關單字 抜粋 名(する) 他 0 摘錄

♪064-04

引き止める
止住
動Ⅱ 他 4

▶ 引き止めないで下さい。

別阻止我！

て 引き止めて　た 引き止めた　否 引き止めない　可 引き止められる
意 引き止めよう　條 引き止めれば　受 引き止められる　使 引き止めさせる
使受 引き止めさせられる

♪064-05

引っ掛かる
掛上、掛心
動Ⅰ 自 4

▶ 引っ掛かる部分はないですか。

有沒有覺得不妥的地方？

て 引っ掛かって　た 引っ掛かった　否 引っ掛からない　意 引っ掛かろう
條 引っ掛かれば　受 引っ掛かられる　使 引っ掛からせる　使受 引っ掛からされる

♪064-06

引っ掛ける
掛上、欺騙
動Ⅱ 他 4

▶ 服を引っ掛けました。

掛上衣服。

て 引っ掛けて　た 引っ掛けた　否 引っ掛けない　可 引っ掛けられる
意 引っ掛けよう　條 引っ掛ければ　受 引っ掛けられる　使 引っ掛けさせる
使受 引っ掛けさせられる

♪065-01
引っ繰り返す

翻過來、翻倒、翻閱

動Ⅰ 他 5

商 校 科 休 社 生 | 80 90 100 120%

▶ゴミ箱を引っ繰り返して迷惑をかけました。 ⟲見 P.150 迷惑

把垃圾桶翻倒,給你添麻煩了。

て 引っ繰り返して た 引っ繰り返した 否 引っ繰り返さない
可 引っ繰り返せる 意 引っ繰り返そう 條 引っ繰り返せば 受 引っ繰り返される
使 引っ繰り返させる 使受 引っ繰り返させられる

♪065-02
引っ繰り返る

倒、翻倒、顛倒

動Ⅰ 自 5

商 校 科 休 社 生 | 80 90 100 120%

▶引っ繰り返ってびっくりしました。

摔了一跤,嚇到自己。

て 引っ繰り返って た 引っ繰り返った 否 引っ繰り返らない
可 引っ繰り返れる 意 引っ繰り返ろう 條 引っ繰り返れば 受 引っ繰り返られる
使 引っ繰り返らせる 使受 引っ繰り返らされる

♪065-03
引っ込む

畏縮、退縮

動Ⅰ 自 3

商 校 科 休 社 生 | 80 90 100 120%

▶この部分は引っ込んでいますね。

這個地方縮進去了耶。

て 引っ込んで た 引っ込んだ 否 引っ込まない 可 引っ込める 意 引っ込もう
條 引っ込めば 受 引っ込まれる 使 引っ込ませる 使受 引っ込まされる

♪065-04
引っ張る

拉、延長

動Ⅰ 他 3

商 校 科 休 社 生 | 80 90 100 120%

▶髪を引っ張らないでください。

請別拉我頭髮。

て 引っ張って た 引っ張った 否 引っ張らない 可 引っ張れる 意 引っ張ろう
條 引っ張れば 受 引っ張られる 使 引っ張らせる 使受 引っ張らされる

♪065-05
捻る

扭、扭轉、費盡心思

動Ⅰ 他 2

商 校 科 休 社 生 | 80 90 100 120%

▶もう少し頭を捻ってください。

請再稍微用點腦筋。

て 捻って た 捻った 否 捻らない 可 捻れる 意 捻ろう
條 捻れば 受 捻られる 使 捻らせる 使受 捻らされる

相關單字 捻出 名(する) 他 0 想出、擠出
▶授業料を捻出する。籌措學費。

♪065-06
吹く

吹氣、風吹

動Ⅰ 自 1 2

商 校 科 休 社 生 | 80 90 100 120%

▶口笛を吹いています。

吹著口哨。

て 吹いて た 吹いた 否 吹かない 可 吹ける 意 吹こう
條 吹けば 受 吹かれる 使 吹かせる 使受 吹かされる

動詞 あ〜さ
動詞 し〜わ
名詞(する) あ〜く
名詞(する) け〜し
名詞(する) す〜り
名詞 あ〜お
名詞 か
名詞 き〜く
名詞 け〜こ
名詞 さ
名詞 し
名詞 す〜せ
名詞 そ〜ち
名詞 つ〜と
名詞 な〜わ
形容詞
副詞
其他

♪066-01 **拭く**
ふ
擦、抹
動Ⅰ他0

▶雑巾で水を拭きました。
ぞうきん みず ふ
用抹布擦掉了水。

て拭いて た拭いた 否拭かない 可拭ける 意拭こう
條拭けば 受拭かれる 使拭かせる 使受拭かされる

♪066-02 **含む**
ふく
內含、考慮
動Ⅰ他2

▶何が含まれているんですか。
なに ふく
包含什麼？

て含んで た含んだ 否含まない 意含もう
條含めば 受含まれる 使含ませる 使受含まされる

♪066-03 **含める**
ふく
包含、加入
動Ⅱ他3

▶私を含めた人数を言ってください。
わたし ふく にんずう い
請説出包含我在內的人數。

て含めて た含めた 否含めない 可含められる 意含めよう
條含めれば 受含められる 使含めさせる 使受含めさせられる

♪066-04 **膨らます**
ふく
使鼓起、使膨
脹
動Ⅰ他0

▶風船を膨らまします。
ふうせん ふく
吹氣球。

て膨らまして た膨らました 否膨らまさない 可膨らませる 意膨らまそう
條膨らませば 受膨らまされる 使膨らまさせる 使受膨らまさせられる

♪066-05 **膨らむ**
ふく
鼓起、膨脹
動Ⅰ自0

▶お腹が膨らんだ状態です。
なか ふく じょうたい
肚子鼓鼓的。

て膨らんで た膨らんだ 否膨らまない 意膨らもう
條膨らめば 受膨らまれる 使膨らませる 使受膨らまされる

♪066-06 **老ける**
ふ
上年紀、老化
動Ⅱ自2

▶老けましたね。
ふ
上了年紀了呢。

て老けて た老けた 否老けない 意老けよう
條老ければ 受老けられる 使老けさせる 使受老けさせられる

易混淆字 更ける 動Ⅱ自2 夜深、（季節）加深
ふ
　　▶夜が更ける。 夜深了。
よ ふ

♪067-01

塞がる
閉、堵塞
動I 自 0

商 校 科 休 社 生　80　90　100　120%

▶ 映画撮影のため、道路が塞がって、中に入れません。

因為在拍電影，路都塞住了，進不到裡面。

て 塞がって　た 塞がった　否 塞がらない　意 塞がろう
條 塞がれば　受 塞がられる　使 塞がらせる　使受 塞がらされる

♪067-02

塞ぐ
堵住
動I 自他 0

商 校 科 休 社 生　80　90　100　120%

▶ 戸を塞がないで下さい。

請不要擋住門口。

て 塞いで　た 塞いだ　否 塞がない　可 塞げる　意 塞ごう
條 塞げば　受 塞がれる　使 塞がせる　使受 塞がされる

♪067-03

ぶつかる
碰、撞、衝突、
爭吵
動I 自 0

商 校 科 休 社 生　80　90　100　120%

▶ 人にぶつかったら謝りましょう。 ◎見 P.18 謝る

撞到人要道歉。

て ぶつかって　た ぶつかった　否 ぶつからない　可 ぶつかれる　意 ぶつかろう
條 ぶつかれば　受 ぶつかられる　使 ぶつからせる　使受 ぶつからされる

♪067-04

ぶつける
打中、撞上
動II 他 0

商 校 科 休 社 生　80　90　100　120%

▶ 何をぶつけたんですか。

你撞上什麼了？

て ぶつけて　た ぶつけた　否 ぶつけない　可 ぶつけられる　意 ぶつけよう
條 ぶつければ　受 ぶつけられる　使 ぶつけさせる　使受 ぶつけさせられる

♪067-05

踏む
踏、踩
動I 他 0

商 校 科 休 社 生　80　90　100　120%

▶ 変なものを踏みました。

我踩到奇怪的東西。

て 踏んで　た 踏んだ　否 踏まない　可 踏める　意 踏もう
條 踏めば　受 踏まれる　使 踏ませる　使受 踏まされる

相關單字 踏襲 名(する) 他 0 承襲、沿用

♪067-06

ぶら下げる
配戴、懸掛
動II 他 0

商 校 科 休 社 生　80　90　100　120%

▶ ぶら下げているものは何ですか。

掛著什麼呢？

て ぶら下げて　た ぶら下げた　否 ぶら下げない　可 ぶら下げられる
意 ぶら下げよう　條 ぶら下げれば　受 ぶら下げられる　使 ぶら下げさせる
使受 ぶら下げさせられる

相關單字 手ぶら 名 な形 0 空著手、赤手空拳
▶ 手ぶらでは見舞に行けない。 不能空著手去探病。

♪068-01
振る
ふ

揮、搖擺

動I 他 ０

▶彼に手を振りました。
かれ　て　ふ

我向他招手。

て 振って　た 振った　否 振らない　可 振れる　意 振ろう
条 振れば　受 振られる　使 振らせる　使受 振らされる

♪068-02
振舞う
ふる ま

（在人面前）
行動、請客

動I 自 他 ３

▶どのように振舞ったらいいですか。
ふる ま

行為舉止怎麼樣才好？

て 振舞って　た 振舞った　否 振舞わない　可 振舞える　意 振舞おう
条 振舞えば　受 振舞われる　使 振舞わせる　使受 振舞わされる

♪068-03
凹む
へこ

凹陷、屈服

動I 自 ０

▶凹んでいますね。元気出して。
へこ　　　　　　げん き だ

你看起來很沮喪。要打起精神！

て 凹んで　た 凹んだ　否 凹まない　意 凹もう
条 凹めば　受 凹まれる　使 凹ませる　使受 凹まされる

♪068-04
隔たる
へだ

相隔、不同

動I 自 ３

▶かつてベルリンの壁はドイツ市民の前に隔たる大きな壁
かべ　　　　　　し みん　まえ　へだ　　　おお　かべ
でした。

柏林圍牆曾經是隔開德國市民的大牆。

て 隔たって　た 隔たった　否 隔たらない　意 隔たろう
条 隔たれば　受 隔たられる　使 隔たらせる　使受 隔たらされる

♪068-05
隔てる
へだ

隔開、分開

動II 他 ３

▶日本の家屋は襖によって部屋と部屋を隔てています。
に ほん　か おく　ふすま　　　　　　へ や　へ や　へだ

日本的房子，房間跟房間是用拉門隔開的。

て 隔てて　た 隔てた　否 隔てない　可 隔てられる　意 隔てよう
条 隔てれば　受 隔てられる　使 隔てさせる　使受 隔てさせられる

♪068-06
経る
へ

經過、通過

動II 自 １

▶長い時間を経て二人は仲直りしました。
なが　じ かん　へ　ふたり　なかなお

經過很長一段時間，兩人終於和好了。

て 経て　た 経た　否 経ない　意 経よう
条 経れば　受 経られる　使 経させる　使受 経させられる

♪068-07
減る
へ

減少

動I 自 ０

▶お金が減りました。
かね　へ

錢變少了。

て 減って　た 減った　否 減らない　意 減ろう
条 減れば　受 減られる　使 減らせる　使受 減らされる

♪069-01
吠える
ほ
叫、吠
動II 自 2

▶犬が吠えています。
いぬ ほ
有狗在叫。
て 吠えて た 吠えた 否 吠えない 可 吠えられる 意 吠えよう
條 吠えれば 受 吠えられる 使 吠えさせる 使受 吠えさせられる

商校科休社生 80 90 100 120%

♪069-02
誇る
ほこ
誇耀、傑出
動I 自他 2

▶これは誇れる経験です。
ほこ けいけん
這是個足以炫耀的經歷。
て 誇って た 誇った 否 誇らない 可 誇れる 意 誇ろう
條 誇れば 受 誇られる 使 誇らせる 使受 誇らされる

商校科休社生 80 90 100 120%

♪069-03
綻びる
ほころ
綻開、綻放
動II 自 4

▶服が綻びました。
ふく ほころ
衣服綻開了。
て 綻びて た 綻びた 否 綻びない 意 綻びよう 條 綻びれば
受 綻びられる 使 綻びさせる 使受 綻びさせられる

商校科休社生 80 90 100 120%

♪069-04
干す
ほ
曬乾
動I 他 1

▶いま柿を干しています。
かき ほ
我正在晾乾柿子。
て 干して た 干した 否 干さない 可 干せる 意 干そう
條 干せば 受 干される 使 干させる 使受 干させられる

商校科休社生 80 90 100 120%

♪069-05
微笑む
ほほえ
微笑、綻放
動I 自 3

▶微笑んだ顔が素敵です。
ほほえ かお すてき
笑起來的臉很可愛。
て 微笑んで た 微笑んだ 否 微笑まない 可 微笑める 意 微笑もう
條 微笑めば 受 微笑まれる 使 微笑ませる 使受 微笑まされる

商校科休社生 80 90 100 120%

♪069-06
褒める
ほ
稱讚
動II 他 2

▶褒めてくれてありがとう。
ほ
謝謝稱讚。
て 褒めて た 褒めた 否 褒めない 可 褒められる 意 褒めよう
條 褒めれば 受 褒められる 使 褒めさせる 使受 褒めさせられる

商校科休社生 80 90 100 120%

♪069-07
掘る
ほ
挖掘、發掘
動I 他 1

▶何を掘っていますか。
なに ほ
在挖什麼？
て 掘って た 掘った 否 掘らない 可 掘れる 意 掘ろう
條 掘れば 受 掘られる 使 掘らせる 使受 掘らされる

動詞 あ～さ
動詞 し～わ
名詞(する) あ～く
名詞(する) け～し
名詞(する) す～り
名詞 あ～お
名詞 か
名詞 き～く
名詞 け～こ
名詞 さ
名詞 し
名詞 す～せ
名詞 そ～ち
名詞 つ～と
名詞 な～わ
形容詞
副詞
其他

♪070-01 **彫る**
ほ
雕刻、刻寫
動Ⅰ 他 1

▶彫刻を彫っています。
ちょうこく ほ

我在雕刻。

て 彫って た 彫った 否 彫らない 可 彫れる 意 彫ろう
條 彫れば 受 彫られる 使 彫らせる 使受 彫らされる

♪070-02 **舞う**
ま
飄盪、舞蹈
動Ⅰ 自他 1 0

▶舞を舞いました。
まい ま

我跳了舞。

て 舞って た 舞った 否 舞わない 可 舞える 意 舞おう
條 舞えば 受 舞われる 使 舞わせる 使受 舞わされる

♪070-03 **任せる**
まか
委託、託付
動Ⅱ 他 3

▶あなたに任せます。
まか

就交給你了。

て 任せて た 任せた 否 任せない 可 任せられる 意 任せよう
條 任せれば 受 任せられる 使 任せさせる 使受 任せさせられる

♪070-04 **賄う**
まかな
供給（飯食、錢）
動Ⅰ 他 3

▶アルバイトで稼いだお金で留学費用を賄った。
かせ かね りゅうがく ひよう まかな

我把打工賺的錢拿去當作留學費用。

て 賄って た 賄った 否 賄わない 可 賄える 意 賄おう
條 賄えば 受 賄われる 使 賄わせる 使受 賄わされる

♪070-05 **曲がる**
ま
彎曲、轉彎
動Ⅰ 自他 0

▶この道を曲がってください。
みち ま

請轉進這條路。

て 曲がって た 曲がった 否 曲がらない 可 曲がれる 意 曲がろう
條 曲がれば 受 曲がられる 使 曲がらせる 使受 曲がらされる

♪070-06 **巻く**
ま
捲、纏繞
動Ⅰ 他 0

▶何を巻いているんですか。
なに ま

在捲什麼呢？

て 巻いて た 巻いた 否 巻かない 可 巻ける 意 巻こう
條 巻けば 受 巻かれる 使 巻かせる 使受 巻かされる

♪070-07 **撒く**
ま
撒、散發
動Ⅰ 他 1

▶水を撒いています。
みず ま

正撒著水。

て 撒いて た 撒いた 否 撒かない 可 撒ける 意 撒こう
條 撒けば 受 撒かれる 使 撒かせる 使受 撒かされる

商校科休社生　80　90　100　120%

♪071-01 **交ざる**
混雑、夾雜
動Ⅰ 自 2

▶ この池には錦鯉と真鯉が交ざっています。

這個池子裡混著花鯉魚和黑鯉魚。

て 交ざって　た 交ざった　否 交ざらない　可 交ざれる　意 交ざろう
條 交ざれば　受 交ざられる　使 交ざらせる　使受 交ざらされる

商校科休社生　80　90　100　120%

♪071-02 **混ざる**
摻雜、混雜
動Ⅰ 自 2

▶ この中に混ざっているものは何ですか。

這裡面混了什麼呢？

て 混ざって　た 混ざった　否 混ざらない　可 混ざれる　意 混ざろう
條 混ざれば　受 混ざられる　使 混ざらせる　使受 混ざらされる

商校科休社生　80　90　100　120%

♪071-03 **交える**
混雜、夾雜
動Ⅱ 他 3

▶ 学生たちは市長を交えて話し合いました。

學生們和市長交流談話。

て 交えて　た 交えた　否 交えない　可 交えられる　意 交えよう
條 交えれば　受 交えられる　使 交えさせる　使受 交えさせられる

商校科休社生　80　90　100　120%

♪071-04 **混じる／交じる／雑じる**
混雜、夾雜
動Ⅰ 自 2

▶ 麦飯と白米が混じったご飯はおいしいです。

麥飯和白飯混在一起很好吃。

て 交じって　た 交じった　否 交じらない　可 交じれる　意 交じろう
條 交じれば　受 交じられる　使 交じらせる　使受 交じらされる

商校科休社生　80　90　100　120%

♪071-05 **増す**
增加、增長
動Ⅰ 自他 0

▶ 台風が近づくにつれて、雨量が増してきました。

隨著颱風接近，雨量也變多了。

て 増して　た 増した　否 増さない　意 増そう
條 増せば　受 増される　使 増させる　使受 増させられる

商校科休社生　80　90　100　120%

♪071-06 **混ぜる／交ぜる／雑ぜる**
摻混、攪拌
動Ⅱ 他 2

▶ 料理にゴマ油を混ぜるとおいしくなるそうです。

聽說在料理中拌入麻油會變很好吃。

て 交ぜて　た 交ぜた　否 交ぜない　可 交ぜられる　意 交ぜよう
條 交ぜれば　受 交ぜられる　使 交ぜさせる　使受 交ぜさせられる

動詞 あ～さ
動詞 し～わ
名詞(する) あ～く
名詞(する) け～し
名詞(する) す～り
名詞 あ～お
名詞 か
名詞 き～く
名詞 け～ご
名詞 さ
名詞 し
名詞 す～せ
名詞 そ～ち
名詞 つ～と
名詞 な～わ
形容詞
副詞
其他

♪072-01 **またぐ**
跨過、跨越
動Ⅰ 他 2

▶またいで歩き続きました。

跨過去，繼續行走。

て またいで た またいだ 否 またがない 可 またげる 意 またごう
條 またげば 受 またがれる 使 またがせる 使受 またがされる

♪072-02 **待ち合わせる**
等候、碰頭
動Ⅱ 自 5 0

▶待ち合わせてから行きましょうね。

碰了面再一起去喔！

て 待ち合わせて た 待ち合わせた 否 待ち合わせない 可 待ち合わせられる
意 待ち合わせよう 條 待ち合わせれば 受 待ち合わせられる 使 待ち合わせさせる
使受 待ち合わせさせられる

♪072-03 **祀る／祭る**
供奉、祭祀
動Ⅰ 他 0

▶何を祀っていますか。 ➡見 P.343 祭

在拜什麼？

て 祭って た 祭った 否 祭らない 可 祭れる 意 祭ろう
條 祭れば 受 祭られる 使 祭らせる 使受 祭らされる

♪072-04 **まとまる**
歸納、談妥
動Ⅰ 自 0

▶話がまとまりました。

達成了協議。

て まとまって た まとまった 否 まとまらない 可 まとまれる 意 まとまろう
條 まとまれば 受 まとまられる 使 まとまらせる 使受 まとまらされる

♪072-05 **まとめる**
匯集、集中
動Ⅱ 他 0

▶それではまとめましょう。

那麼就來整理一下吧！

て まとめて た まとめた 否 まとめない 可 まとめられる 意 まとめよう
條 まとめれば 受 まとめられる 使 まとめさせる 使受 まとめさせられる

♪072-06 **招く**
招呼、邀請、
招致
動Ⅰ 他 2

▶マンガフェアでは有名な声優を招いて講演会を開きました。

漫博邀請了知名聲優來演講。

て 招いて た 招いた 否 招かない 可 招ける 意 招こう
條 招けば 受 招かれる 使 招かせる 使受 招かされる

♪072-07 **真似る**
模仿、仿效
動Ⅱ 他 0

▶彼を真似ました。

我模仿了他。

て 真似て た 真似た 否 真似ない 可 真似られる 意 真似よう
條 真似れば 受 真似られる 使 真似させる 使受 真似させられる

♪073-01 **守る**
まも
保護、守衛
動Ⅰ 他 ②

──── 商校科休社生 | 80 90 100 120%

▶子供を守ります。
こども まも

保護孩子。

て 守って た 守った 否 守らない 可 守れる 意 守ろう
條 守れば 受 守られる 使 守らせる 使受 守らされる

♪073-02 **迷う**
まよ
迷失、迷戀
動Ⅰ 自 ②

──── 商校科休社生 | 80 90 100 120%

▶迷ってばかりです。
まよ

不斷彷徨、迷惑。

て 迷って た 迷った 否 迷わない 可 迷える 意 迷おう
條 迷えば 受 迷われる 使 迷わせる 使受 迷わされる

♪073-03 **見上げる**
み あ
抬頭看、尊敬
動Ⅱ 他 ③ ⓪

──── 商校科休社生 | 80 90 100 120%

▶空を見上げたら星がありました。
そら み あ ほし

抬頭望天空，看到了星星。

て 見上げて た 見上げた 否 見上げない 可 見上げられる 意 見上げよう
條 見上げれば 受 見上げられる 使 見上げさせる 使受 見上げさせられる

♪073-04 **見送る**
み おく
目送、擱置
動Ⅰ 他 ⓪

──── 商校科休社生 | 80 90 100 120%

▶子供を見送りました。
こども み おく

目送孩子出門了。

て 見送って た 見送った 否 見送らない 可 見送れる 意 見送ろう
條 見送れば 受 見送られる 使 見送らせる 使受 見送らされる

♪073-05 **見下ろす**
み お
俯視、瞧不起
動Ⅰ 他 ③ ⓪

──── 商校科休社生 | 80 90 100 120%

▶見下ろすとたくさんの人がいました。
み お ひと

往下看到很多人。

て 見下ろして た 見下ろした 否 見下ろさない 可 見下ろせる 意 見下ろそう
條 見下ろせば 受 見下ろされる 使 見下ろさせる 使受 見下ろさせられる

♪073-06 **寄せる**
よ
使靠近、集中
動Ⅰ 自他 ⓪

──── 商校科休社生 | 70 80 90 100%

▶こちらに寄せてもらえますか。
よ

能往這邊靠嗎？

て 寄せて た 寄せた 否 寄せない 可 寄せられる 意 寄せよう
條 寄せれば 受 寄せられる 使 寄せさせる 使受 寄せさせられる

♪073-07 **呼び出す**
よ だ
叫來、呼叫、
邀請
動Ⅰ 他 ③

──── 商校科休社生 | 70 80 90 100%

▶彼を呼び出してもらえませんか。
かれ よ だ

能幫我叫他來嗎？

て 呼び出して た 呼び出した 否 呼び出さない 可 呼び出せる 意 呼び出そう
條 呼び出せば 受 呼び出される 使 呼び出させる 使受 呼び出させられる

動詞
あ～さ

動詞
し～わ

名詞(する)
あ～く

名詞(する)
け～し

名詞(する)
す～り

名詞
あ～お

名詞
か

名詞
き～く

名詞
け～こ

名詞
さ

名詞
し

名詞
す～せ

名詞
そ～ち

名詞
つ～と

名詞
な～わ

形容詞

副詞

其他

♪074-01 **よみがえる／蘇る／甦る**
復活、甦醒、恢復
動I 自 ③ ④

▶記憶がよみがえりました。

記憶恢復了。

て よみがえって　た よみがえった　否 よみがえらない　可 よみがえれる
意 よみがえろう　條 よみがえれば　受 よみがえられる　使 よみがえらせる
使受 よみがえらせられる

♪074-02 **論じる**
論及、議論
動II 他 ③ ⓪

▶それを論じるのは早くないですか。

現在討論這個太早了吧。

て 論じて　た 論じた　否 論じない　可 論じられる　意 論じよう
條 論じれば　受 論じられる　使 論じさせる　使受 論じさせられる

♪074-03 **渡る**
渡過、度日
動I 自 ⓪

▶フェリーで海を渡りました。

搭了渡輪渡海。

て 渡って　た 渡った　否 渡らない　可 渡れる　意 渡ろう
條 渡れば　受 渡られる　使 渡らせる　使受 渡らされる

♪074-04 **詫びる**
道歉、認錯
動II 他 ⓪

▶お詫びします。

誠摯向您道歉。

て 詫びて　た 詫びた　否 詫びない　可 詫びられる　意 詫びよう
條 詫びれば　受 詫びられる　使 詫びさせる　使受 詫びさせられる

♪074-05 **割れる**
破碎、分裂
動II 自 ⓪

▶氷が割れました。

冰碎裂了。

て 割れて　た 割れた　否 割れない　意 割れよう
條 割れれば　受 割れられる　使 割れさせる　使受 割れさせられる

名詞
（する）
あ〜く

合図〜訓練
（あいず　くんれん）

詞性、重音介紹

名 名詞	**副** 副詞	**接助** 接續助詞
名(する) 名詞（する）	**副(する)** 副詞（する）	**自** 自動詞
動Ⅰ 第一類動詞	**副助** 副助詞	**他** 他動詞
動Ⅱ 第二類動詞	**接尾** 接尾詞	**感** 感嘆詞
動Ⅲ 第三類動詞	**接頭** 接頭詞	**量** 量詞
い形 い形容詞	**代** 代名詞	**數字** 表重音
な形 な形容詞	**連** 連語	
慣 慣用語	**接** 接續詞	

動詞變化介紹

て て形	**可** 可能形	**受** 受身形
た た形	**意** 意向形	**使** 使役形
否 否定形	**條** 條件形	**使受** 使役受身形

名詞
（する）
あ～く
合図～訓練
あい ず　　　　　くんれん

商校科休社生 80 90 100 120%

♪076-01
合図
あい ず

暗號、信號

名(する) 自 他 1

▶ 花火を合図に宴会が始まる。
はな び　　あい ず　　えんかい　　はじ

放煙火拉開宴會的序幕。

♪076-02
圧縮
あっしゅく

壓縮、縮短

名(する) 他 0

▶ メールで送るために、ファイルを圧縮する。
おく　　　　　　　　　　　　　　　　あっしゅく

為了寄信而壓縮檔案。

相關單字 ぎゅっと 副 1 0 緊緊地、使勁地

♪076-03
暗記
あん き

熟記、背誦

名(する) 他 0

▶ 習った単語を丸暗記するのが得意だ。
なら　　たん ご　　まるあん き　　　　　とく い

我擅長把學過的單字背熟。

♪076-04
安心
あんしん

放心、安心的

名(する) 自 な形
0

▶ 彼女なら安心して子どもを預けられる。
かのじょ　　あんしん　　こ　　　　　　あず

可以放心託付小孩給她。

相似字 安堵 あん ど 名(する) 自 1 安心、放心

♪076-05
案内
あんない

引導、指南

名(する) 他 3

▶ とても親切なスタッフさんに館内を案内していただきま
しんせつ　　　　　　　　　　　　かんない　　あんない
した。

承蒙非常親切的工作人員做了館內導覽。

♪076-06
育児
いく じ

撫育幼兒

名(する) 他 1

▶ 夫は育児に協力的だ。
おっと　　いく じ　　きょうりょくてき

我丈夫積極配合帶小孩的事。

♪076-07
意見
い けん

提出意見

名(する) 自 他 1

▶ 頑固な人は人の意見を聞こうとしない。
がん こ　　ひと　　ひと　　い けん　　き

頑固的人不會想聽取別人的意見。

♪077-01
意志 いし
意志、決心
名(する) 自 1

▶ じ ぶん いし つらぬ たいせつ おも
自分の意志を貫くことがとても大切だと思います。

我認為貫徹自己的意志是很重要的。

♪077-02
維持 いじ
維持
名(する) 他 1

▶ しょう わ しょき たてもの よ いじ
昭和初期の建物だが、良く維持されている。

雖是昭和初期的建築，卻維持得很好。

相關單字 アンチエージング 名 4 （英）anti-aging。抗老化

♪077-03
意識 いしき
意識
名(する) 他 1

▶ ご がくりゅうがく えいご いしき か
語学留学で英語への意識がかなり変わった。

我因為去海外學語言，對英語的認識改變不少。

♪077-04
悪戯 いたずら
惡作劇
名(する) 自 な形
0

▶ こ いたずら だい す
子どもは悪戯が大好きだ。

小孩最喜歡惡作劇。

相關單字 いたずらぞうう 名 6 淘氣鬼

♪077-05
位置 いち
位置
名(する) 自 1

▶ じんじゃ きょうと し がいち ちゅうおう いち
この神社は京都市街地のほぼ中央に位置する。

這間神社位於京都市區接近中心的地方。

♪077-06
居眠り いねむ
打瞌睡
名(する) 自 3

▶ し ごとちゅう い ねむ
仕事中に、居眠りをしてしまったことがある。

我曾經在工作時打過瞌睡。

♪077-07
違反 いはん
違反
名(する) 自 0

▶ おとうと こうつう い はん ばっ
弟は交通違反で罰せられた。

我弟弟因交通違規而受罰。

相關補充 「罰せられる」是「罰する」（處罰、懲罰）的被動形。

♪078-01

イメージ
（英・法）
image。
印象
名(する)自 1 2

▶紫陽花は梅雨の花というイメージが定着している。

繡球花作為梅雨季節代表花朵的形象已經深根蒂固。

相似字 バイアス 名 0（英）bias。偏見

♪078-02

印刷
印刷
名(する)他 0

▶教科書は印刷中である。

課本還在印刷。

♪078-03

引退
引退
名(する)自 0

▶野球の現役を引退することにした。

我決定從棒球界引退。

♪078-04

インタビュー
（英）
interview。
採訪
名(する)自 1 3

▶記者の単独インタビューを受ける予定がある。

我預定接受記者的獨家專訪。

相關單字 対談 名(する)自 0 對談、晤談

♪078-05

引用
引用
名(する)他 0

▶彼は作品の中でキケローの原文を引用した。

他在作品中引用西塞羅的原文。

♪078-06

打ち合わせ
商量
名(する)自 0

▶夕方まで仕事の打ち合わせを行った。

直到傍晚，都在進行工作會談。

♪078-07

噂
傳聞
名(する)他 0

▶ネット上でその噂が流れていたのだが、本当に倒産してしまうのか。

網路上有謠言在流傳，真的會破產嗎？

♪079-01 **影響** えいきょう
影響
名(する) 自 0

▶ モーパッサンの小説は私に大きな影響を与えた。
莫泊桑的小説對我有很大的影響。

♪079-02 **営業** えいぎょう
營業
名(する) 自 他 0

▶ コンビニが年末年始も営業しているので困ることはない。
年底年初便利商店也有營業，不會不方便。

♪079-03 **延期** えんき
延期
名(する) 他 0

▶ 台風の影響で修学旅行が延期になりました。
受颱風影響，戶外教學要延期。

相似字 延々 えんえん 副 0 綿延不斷、沒完沒了

♪079-04 **演技** えんぎ
演技
名(する) 自 1

▶ その女優は個性の強い演技で観客を魅了した。
那位女演員以個性強烈的演技感動了觀眾。

♪079-05 **演習** えんしゅう
練習
名(する) 他 0

▶ 先生は毎回演習問題のプリントを配る。
老師每次都會發練習問題的講義。

♪079-06 **援助** えんじょ
援助
名(する) 他 1

▶ 集められた寄付金で地震で家を失った人々を援助する。
利用募款救助那些因地震而失去房子的人。　　◎見 P.22 失う

♪079-07 **演説** えんぜつ
演説
名(する) 自 0

▶ ソクラテスは街道に出て演説した。
蘇格拉底到街上演講。

相似字 スピーチ 名(する) 自 2 （英）speech。演説
▶ 弟はスピーチコンテストで優勝した。
弟弟獲得演講比賽冠軍。

レクチャー 名(する) 自 1 （英）lecture。演講
▶ 私は国文学のレクチャーを受けている。
我正在上日本文學的課。

♪080-01 **演奏** えんそう
演奏
名(する) 他 ⓪

商 校 科 休 社 生 | 80 90 100 120%

▶彼女の胡弓演奏は好評を得ている。
かのじょ こきゅうえんそう こうひょう え

她的胡琴演奏贏得好評。

♪080-02 **遠足** えんそく
遠足
名(する) 自 ⓪

商 校 科 休 社 生 | 80 90 100 120%

▶遠足の前日、興奮して眠れなかった。
えんそく ぜんじつ こうふん ねむ

遠足的前一天，我興奮得睡不著。

♪080-03 **延長** えんちょう
延長
名(する) 他 ⓪

商 校 科 休 社 生 | 80 90 100 120%

▶明後日まで滞在を延長することはできますか。
あさって たいざい えんちょう

我可以延長住到後天嗎？

相關單字 延長戦 名 ⓪ 延長賽
えんちょうせん

♪080-04 **遠慮** えんりょ
客氣、迴避
名(する) 他 ⓪

商 校 科 休 社 生 | 80 90 100 120%

▶館内での飲食はご遠慮ください。
かんない いんしょく えんりょ

請勿在館內飲食。

♪080-05 **応援** おうえん
支援
名(する) 他 ⓪

商 校 科 休 社 生 | 80 90 100 120%

▶母校の野球チームを応援する。
ぼこう やきゅう おうえん

為母校的棒球隊加油。

♪080-06 **応接** おうせつ
接待
名(する) 自 ⓪

商 校 科 休 社 生 | 80 90 100 120%

▶お客様を応接室に案内する。
きゃくさま おうせつしつ あんない

帶領客人到會客室。

相似字 受け入れる 動II ④ ⓪ 接受、迎接
う い

♪080-07 **応対** おうたい
應對
名(する) 自 ① ⓪

商 校 科 休 社 生 | 80 90 100 120%

▶面接において臨機応変に応対できることは重要である。
めんせつ りんきおうへん おうたい じゅうよう

面試的時候隨機應變很重要。

♪080-08 **横断** おうだん
橫渡
名(する) 他 ⓪

商 校 科 休 社 生 | 80 90 100 120%

▶横断歩道を渡りましょう。
おうだん ほどう わた

過斑馬線吧。

♪081-01 **往復**（おうふく）
往返
名(する) 自 0

商校科休社生 | 80 90 100 120%

▶ 2時間あれば往復できる。
両小時即可往返。

♪081-02 **応用**（おうよう）
應用
名(する) 他 0

商校科休社生 | 80 90 100 120%

▶ 本を読むだけで応用のきかない人もいる。
有人只會死讀書，無法活用。

♪081-03 **オーバー**
（英）over。
超過、誇大的
名(する) 他 な形 1

商校科休社生 | 80 90 100 120%

▶ 予算オーバーしてしまった。
超過預算了。

相反字 アンダー 名 1 （英）under。在……下面、相片曝光不足

♪081-04 **お代わり**（かわり）
再來一份
名(する) 自他 2

商校科休社生 | 80 90 100 120%

▶ ご飯をもう一杯お代わりする。
我想再添一碗飯。

♪081-05 **お辞儀**（じぎ）
低頭行禮
名(する) 自 0

商校科休社生 | 80 90 100 120%

▶ お客さんにお辞儀して敬意を表した。
我向客人鞠躬表示敬意。

♪081-06 **お喋り**（しゃべ）
聊天、愛説話
的（人）
名(する) 自 な形 3

商校科休社生 | 80 90 100 120%

▶ 二人の女性が喫茶店でお喋りを楽しんでいる。
兩位女士在咖啡店愉快地聊天。

相似字 チャット 名 1 （英）chat。聊天、閒談

♪081-07 **会計**（かいけい）
結帳
名(する) 他 0

商校科休社生 | 80 90 100 120%

▶ お会計はご一緒でよろしいでしょうか。
一起結帳（可以）嗎？

♪082-01
解決
かいけつ
解決
名(する) 自 他 0

▶解決の目途が立った。
かいけつ　めど　た
找出解決的線索了。

相關單字 解決策 名 解決方案
かいけつさく

♪082-02
会合
かいごう
聚會
名(する) 自 0

▶主婦たちはキッチンで会合を開いた。
しゅふ　　　　　　　かいごう　ひら
主婦們在廚房聚會。

♪082-03
改札
かいさつ
剪票口
名(する) 他 0

▶改札機が置いていない改札口の場合、どうすればいいの
かいさつき　お　　　　　　かいさつぐち　ばあい
ですか。
沒設票機的驗票口，要如何出入呢？

♪082-04
解散
かいさん
解散
名(する) 自 他 0

▶現地集合・現地解散のツアーもある。
げんちしゅうごう　げんちかいさん
也有在當地集合、在當地解散的旅行團。

♪082-05
開始
かいし
開始
名(する) 自 他 0

▶ドイツのハンブルクで新しい生活を開始した。
あたら　　　せいかつ　かいし
在德國漢堡市展開了新的生活。

♪082-06
解釈
かいしゃく
解釋
名(する) 他 1

▶この文章は見方によっていろいろ解釈できる。
ぶんしょう　みかた　　　　　　　かいしゃく
隨著觀點不同，這篇文章可有不同的解釋。

♪082-07
外出
がいしゅつ
外出
名(する) 自 0

▶あいにく田中は外出しております。
たなか　がいしゅつ
很不湊巧，田中外出了。

相似字 お出かけ 名 0 出門
で

♪082-08
改正
かいせい
修改
名(する) 他 0

▶契約の改正によって労働条件が変わった。
けいやく　かいせい　　　　ろうどうじょうけん　か
契約修改後，勞動條件也有變更。

商校科休社生　80　90　100　120%

♪083-01
かいせつ
解説
解説
名(する) 他 0

▶ 古跡の解説を読んで驚いた。
こせき　かいせつ　よ　おどろ

我讀了古蹟的解説，吃了一驚。

商校科休社生　80　90　100　120%

♪083-02
かいぜん
改善
改善
名(する) 他 0

▶ 台湾の医療はまだまだ改善の余地がある。
たいわん　いりょう　かいぜん　よち

台灣的醫療仍有進步空間。

相似字 戻り 名 3 （歌舞伎）改過向善
もど

商校科休社生　80　90　100　120%

♪083-03
かいぞう
改造
改造
名(する) 他 0

▶ 古い民家をカフェに改造するブームが全国に広がっています。
ふる　みんか　かいぞう　ぜんこく　ひろ

把老住家改造成咖啡店的熱潮擴展到全國。

商校科休社生　80　90　100　120%

♪083-04
かいつう
開通
開通
名(する) 自他 0

▶ 北海道新幹線の開通に伴って観光客が増えた。
ほっかいどうしんかんせん　かいつう　ともな　かんこうきゃく　ふ

北海道新幹線通車，觀光客的人數隨之增加。

商校科休社生　80　90　100　120%

♪083-05
かいてん
回転
旋轉、轉動
名(する) 自他 0

▶ 甥は頭の回転が速い。
おい　あたま　かいてん　はや

我的外甥腦筋靈活。

商校科休社生　80　90　100　120%

♪083-06
かいとう
回答
回答
名(する) 自 0

▶ お客さんの問い合わせに回答する。
きゃく　と　あ　かいとう

答覆顧客提出的問題。

相反字 問いかけ 名 0 詢問、提問
と

商校科休社生　80　90　100　120%

♪083-07
かいとう
解答
解答
名(する) 他 0

▶ 練習問題の解答はメールで送ります。
れんしゅうもんだい　かいとう　おく

我會用電子郵件傳送練習題的解答。

商校科休社生　80　90　100　120%

♪083-08
かいふく
回復
康復
名(する) 自他 0

▶ お蔭様で、体調がすっかり回復した。
かげさま　たいちょう　かいふく

托您的福，我體力完全恢復了。

動詞 あ～さ
動詞 し～わ
名詞(する) あ～く
名詞(する) け～し
名詞(する) す～り
名詞 あ～お
名詞 か
名詞 き～く
名詞 け～こ
名詞 さ
名詞 し
名詞 す～せ
名詞 そ～ち
名詞 つ～と
名詞 な～わ
形容詞
副詞
其他

♪084-01 **解放** かいほう
解放
名(する) 自 他 0

商 校 科 休 社 生 | 80 90 100 120%

▶大学に合格して、受験勉強から解放された。
考上大學，不必為考試而念書了。

♪084-02 **開放** かいほう
敞開、開放
名(する) 他 0

商 校 科 休 社 生 | 80 90 100 120%

▶開放感のあるテラス席でカツサンドを味わう。
在寬敞的露台座位品嚐豬排三明治。

♪084-03 **覚悟** かくご
決心、覺悟
名(する) 自 他 1
2

商 校 科 休 社 生 | 80 90 100 120%

▶批判される覚悟はできている。
我已經有被批判的覺悟。

相似字 見切り みき 名 0 斷念、放棄

♪084-04 **拡充** かくじゅう
擴充
名(する) 他 0

商 校 科 休 社 生 | 80 90 100 120%

▶多言語対応サービスを拡充する。
擴充對應多國語言的服務。

♪084-05 **学習** がくしゅう
學習
名(する) 他 0

商 校 科 休 社 生 | 80 90 100 120%

▶午前中は英語を学習し、午後はロンドン見物をする。
上午學習英語；下午遊覽倫敦。

♪084-06 **拡大** かくだい
擴大
名(する) 自 他 0

商 校 科 休 社 生 | 80 90 100 120%

▶三倍に拡大しても、画質は落ちない。
即使擴大成三倍，畫質也不會變差。

相反字 縮小 しゅくしょう 名(する) 自 他 0 縮小

♪084-07 **拡張** かくちょう
擴張
名(する) 他 0

商 校 科 休 社 生 | 80 90 100 120%

▶歩道の拡張工事が行われている。
人行道拓寬工程正在進行中。

♪085-01 **確認**
かくにん
確認
名(する) 他 0

▶添付資料を確認してください。
てん ぷ　し りょう　かくにん

請確認附加的資料。

相關單字 傍証 名(する) 他 0 間接證據、間接證明
ぼうしょう

♪085-02 **学問**
がくもん
學問
名(する) 自 2

▶彼は学問の普及に力を入れている。
かれ　がくもん　ふ きゅう　ちから　い

他致力於學問的普及。

♪085-03 **学力**
がくりょく
學力、學習實
力
名(する) 他 2 0

▶スマホを長時間使用する中学生ほど、学力が下がってい
ちょうじ かん し よう　ちゅうがくせい　　　がくりょく　さ
く。

中學生使用智慧手機愈久的，學業能力就愈下降。

♪085-04 **可決**
か けつ
通過
名(する) 他 0

▶賛成多数で可決する。
さんせい た すう　か けつ

多數贊成即通過。

相反字 否決 名(する) 他 0 否決
ひ けつ

♪085-05 **下降**
か こう
下降
名(する) 自 0

▶出生率が下降している。
しゅっしょうりつ　か こう

出生率正下降中。

♪085-06 **課税**
か ぜい
課税
名(する) 自 0

▶課税証明書が請求できる。
か ぜいしょうめいしょ　せいきゅう

可以申請報稅證明書。

♪085-07 **加速**
か そく
加速
名(する) 自他 0

▶製造業企業の海外進出が加速している。 ➡見 P.169 海外
せいぞうぎょう き ぎょう　かいがいしんしゅつ　か そく

製造業正加速向海外拓展。

♪086-01 **括弧**（かっこ）
括號
名(する) 他 1

▶ 複数の行を括弧で括る方法はいくつかあります。（ふくすう　ぎょう　かっこ　くく　ほうほう）

有幾種方法可為多行文字加上括弧。

♪086-02 **カット**
（英）cut。
切割、鏡頭
名(する) 他 1

▶ ダイヤモンドのカットについてご紹介します。（しょうかい）

為您介紹鑽石的切工。

相關單字 シャンプー 名(する) 自 1 （英）shampoo。洗髮精、洗頭

♪086-03 **活動**（かつどう）
活動
名(する) 自 0

▶ 学業とクラブ活動を両立させることが可能である。（がくぎょう　かつどう　りょうりつ　かのう）

學業和社團活動可以兩者兼顧。

♪086-04 **活躍**（かつやく）
活躍、成功
名(する) 自 0

▶ 孫たちの活躍を楽しみにしています。（まご　かつやく　たの）

期待見到孫子們的活躍表現。

♪086-05 **活用**（かつよう）
活用
名(する) 自 他 0

▶ 時間を有効に活用できる方法を次回からご紹介します。（じかん　ゆうこう　かつよう　ほうほう　じかい　しょうかい）

下次開始介紹有效地活用時間的方法。

相似字 役立てる（やくだ）動Ⅱ 4 供……使用、使……有用

♪086-06 **仮定**（かてい）
假設
名(する) 他 0

▶ 仮定の話には答えられない。（かてい　はなし　こた）

恕我無法回答假定的話題。

♪086-07 **金槌**（かなづち）
不會游泳的
人、釘錘
名(する) 他 3 4

▶ 私は金槌だ。（わたし　かなづち）

我是旱鴨子。

♪087-01 **加熱**
かねつ
加熱
名(する) 他 ⓪

▶沸騰するまで水を加熱する。
ふっとう　　　　　みず　かねつ
把水加熱到沸騰。

♪087-02 **カバー**
（英）cover。
外皮、補償
名(する) 他 ①

▶カメラカバーは外さないで下さい。
はず　　　　　　くだ
請勿取下相機的套子。

相關單字 装丁 名(する) 他 ⓪ 裝釘、裝幀
そうてい

♪087-03 **我慢**
がまん
忍耐
名(する) 他 ①

▶げっぷを我慢する。
がまん
忍著不打嗝。

相似字 辛抱 名(する) 自 ① 忍耐、耐心工作
しんぼう

♪087-04 **換気**
かんき
通風
名(する) 他 ⓪

▶こまめに換気扇の掃除をするという人はごく少数派だっ
かんきせん　そうじ　　　　　　　ひと　　　　しょうすうは
た。
會常常清理通風扇的人很少。

♪087-05 **関係**
かんけい
關係、涉及
名(する) ⓪

▶医療関係の仕事は、国家資格がなければ出来ないことが
いりょうかんけい　しごと　　　こっかしかく　　　　　　でき
ほとんどだ。
醫療方面的工作幾乎都需要取得國家資格。

♪087-06 **歓迎**
かんげい
歡迎、款待
名(する) 他 ⓪

▶体育館で歓迎レセプションが行われた。
たいいくかん　かんげい　　　　　　　おこな
在體育館舉行了歡迎宴會。

♪087-07 **感激**
かんげき
感動、激動
名(する) 自 ⓪

▶素晴らしい演奏に感激した。
すば　　　　　えんそう　かんげき
精彩的演奏使我感動。

♪088-01
観察
かんさつ

観察、細看

名(する)他 ⓪

▶蜜蜂の触角と羽を顕微鏡で観察した。
みつばち　しょっかく　はね　けんびきょう　かんさつ

我用顯微鏡觀察了蜜蜂的觸角和翅膀。

♪088-02
感謝
かんしゃ

感謝

名(する)自 ①

▶当たり前の日常に感謝すべきだ。
あ　　まえ　にちじょう　かんしゃ

對於理所當然的日常生活，應抱持感謝之心。

♪088-03
鑑賞
かんしょう

鑑賞、欣賞

名(する)他 ⓪

▶株主優待の一環として、映画鑑賞券を進呈している。
かぶぬしゆうたい　いっかん　　　　えいがかんしょうけん　しんてい

致贈電影票，是對股東的一項福利。

♪088-04
勘定
かんじょう

計算

名(する)他 ③

▶いっしょに勘定して下さい。
かんじょう　　　くだ

請一起結帳。

相似字 会計 名(する) ⓪ 結帳、付款
かいけい

♪088-05
感心
かんしん

欽佩

名(する)自 ⓪

▶妹の働きぶりに感心する。
いもうと　はたら　　　かんしん

我佩服妹妹的工作態度。

♪088-06
関心
かんしん

關心

名(する)自 ⓪

▶政治には無関心でいられても、無関係ではいられない。
せいじ　　　むかんしん　　　　　　　　　むかんけい

即使不關心政治，也脫離不了關係。

♪088-07
完成
かんせい

完成

名(する)自他 ⓪

▶2月に完成の予定だ。
がつ　かんせい　よてい

預定二月完成。

相關單字 済み 接尾 ② ……完了（接在名詞後面）
ず

♪088-08
乾燥
かんそう

乾燥

名(する)自他 ⓪

▶乾燥で肌が痒い。
かんそう　はだ　かゆ

皮膚因為乾燥而發癢。

♪089-01
かんそく
観測
観測
名(する)他 0

商 校 科 休 社 生　80 90 100 120%

▶ きしょうちょう さまざま そっき もち きしょう かんそく おこな
気象庁は様々な測器を用いて気象の観測を行っています。
氣象廳用各種儀器觀測氣象。

♪089-02
かんちが
勘違い
判断錯誤、誤會
名(する)自他 3

商 校 科 休 社 生　80 90 100 120%

▶ わたし かんちが
私が勘違いしていた。
是我弄錯了。

相似字 さっかく 錯覚 名(する)自 0 錯覺、誤會

♪089-03
かんどう
感動
感動
名(する)自 0

商 校 科 休 社 生　80 90 100 120%

▶ ふゆやす おとな かんどう な
冬休みに大人でも感動して泣けるアニメをまとめてみた。
這個寒假集中看了幾部連大人也感動落淚的動漫。

♪089-04
かんとく
監督
監督
名(する)他 0

商 校 科 休 社 生　80 90 100 120%

▶ お づ やす じ ろう めいじつ すぐ えい が かんとく
小津安二郎は名実ともに優れた映画監督だった。
小津安二郎是名符其實的傑出電影導演。

♪089-05
かんねん
観念
観念
名(する)自他 1

商 校 科 休 社 生　80 90 100 120%

▶ けいざいかんねん ひと かね た
経済観念のない人はお金が貯められない。
沒有經濟觀念的人無法存錢。

相似字 コンセプト 名 3 （英）concept。概念

♪089-06
かんびょう
看病
護理、照護
名(する)他 1

商 校 科 休 社 生　80 90 100 120%

▶ はは かたわ いっしゅうかんかんびょう
母の傍らにいて1週間看病した。
我在生病的母親身邊照顧了一星期。

相關單字 み ま お見舞い 名 な形 0 探病

♪089-07
かんり
管理
管理
名(する)他 1

商 校 科 休 社 生　80 90 100 120%

▶ かのじょ かん り にん し ごと ねんかん
彼女はマンション管理人の仕事を10年間していました。
她當公寓的管理員已經有10年了。

動詞 あ～さ
動詞 し～わ
名詞(する) あ～く
名詞(する) け～し
名詞(する) す～り
名詞 あ～お
名詞 か
名詞 き～く
名詞 け～こ
名詞 さ
名詞 し
名詞 す～せ
名詞 そ～ち
名詞 つ～と
名詞 な～わ
形容詞
副詞
其他

♪090-01 **完了**
かんりょう
完結
名(する) 自 他 0

▶登録はこれで完了です。
とうろく　　　　　　かんりょう
登録就此完成。

♪090-02 **関連**
かんれん
（有）關聯、
（有）關係
名(する) 自 0

▶蜂蜜関連商品の種類が豊富である。
はちみつかんれんしょうひん　　しゅるい　　ほう ふ
跟蜂蜜有關的商品，種類相當豐富。

相反字 無関心 名 な形 2 不關心、沒興趣
むかんしん

♪090-03 **記憶**
き おく
記憶
名(する) 自 0

▶港町の風景を記憶にとどめる。
みなとまち　ふうけい　き おく
把港都的風景保留在記憶裡。

♪090-04 **起床**
き しょう
起床
名(する) 自 0

▶就寝時間と起床時間を早めるとメリットがたくさんある。
しゅうしん じ かん　き しょうじ かん　はや
早睡早起有不少好處。

♪090-05 **季節**
き せつ
季節
名(する) 他 1 2

▶彼女は季節ごとに咲く花を日記に記録し続けている。
かのじょ　き せつ　　　 さ　はな　にっき　きろく　つづ
她持續用日記記錄不同季節綻放的花朵。

♪090-06 **期待**
き たい
期待
名(する) 他 0

▶若者の政治参加率の増加を期待する。
わかもの　せい じ さんか りつ　ぞうか　き たい
期待年輕人參與政治的比例能增加。

相反字 不本意 名 な形 2 非情願、不得已
ふ ほん い

♪090-07 **帰宅**
き たく
回家
名(する) 自 0

▶主人は帰宅時間が不規則です。
しゅじん　き たくじ かん　ふ きそく
我先生回家的時間不一定。

商校科休社生 | 80 90 100 120%

♪091-01 **記入**<rt>き にゅう</rt>
填入
名(する) 他 0

▶空欄にお名前とご住所を記入して下さい。<rt>くうらん　　な まえ　　じゅうしょ　き にゅう　　くだ</rt>
請在空格處填寫姓名、住址等資料。

商校科休社生 | 80 90 100 120%

♪091-02 **記念**<rt>き ねん</rt>
紀念
名(する) 他 0

▶11月5日は広島大学の創立記念日です。<rt>がついつか　ひろしまだいがく　そうりつき ねん び</rt>
十一月五日是廣島大學的校慶。

相關單字 記念日<rt>き ねん び</rt> 名 2 紀念日

商校科休社生 | 80 90 100 120%

♪091-03 **機能**<rt>き のう</rt>
機能、功能
名(する) 自 1

▶この洗濯機には乾燥機能がついている。<rt>せんたくき　　かんそう き のう</rt>
這台洗衣機附帶烘乾機能。

商校科休社生 | 80 90 100 120%

♪091-04 **寄付**<rt>き ふ</rt>
捐款、贈送
名(する) 他 1

▶無理のない範囲で寄付をしていきたい。<rt>む り　　　はん い　　き ふ</rt>
我想在自己能力範圍內持續捐款。

商校科休社生 | 80 90 100 120%

♪091-05 **希望**<rt>き ぼう</rt>
希望、期望
名(する) 他 0

▶夢と希望に満ち溢れた人生を歩んでほしい。<rt>ゆめ　き ぼう　み　あふ　　じんせい　あゆ</rt> ◎見 P.18 溢れる
希望你過著充滿夢想與希望的人生。

商校科休社生 | 80 90 100 120%

♪091-06 **キャンプ**
（英）camp。
露營、帳篷
名(する) 自 1

▶キャンプファイヤーは野外活動の中で最も印象に残るも<rt>や がいかつどう　なか　もっと　いんしょう　のこ</rt>
のである。
營火晚會是野外活動當中最令人印象深刻的。

相關補充 「帳篷」也可用「テント」（英：tent），而且「テント」較常用，例如：
キャンプでテントを張る。<rt>は</rt>（露營時搭帳篷。）

商校科休社生 | 80 90 100 120%

♪091-07 **休業**<rt>きゅうぎょう</rt>
停止營業
名(する) 自 0

▶本店は、当分の間休業致します。<rt>ほんてん　　とうぶん　あいだきゅうぎょういた</rt>
本店暫停營業。

♪092-01
急行
きゅうこう

急往、快速列
車

名(する) 自 0

▶ 梅田へは次の快速急行が先着する。
うめ だ　　　　つぎ　かいそくきゅうこう　せんちゃく

下一班快速急行列車先抵達梅田。

相似字 エクスプレス 名 4 （英）express。急行列車、特快車

♪092-02
休講
きゅうこう

停課

名(する) 自 0

▶ 明日の二限目の授業は休講だ。
あした　にげんめ　じゅぎょう　きゅうこう

明天第二堂課停課。

♪092-03
吸収
きゅうしゅう

吸収

名(する) 他 0

▶ ゼロから新しい知識を吸収するのは楽しい。
あたら　　ちしき　きゅうしゅう　たの

從零開始學習新知很愉快。

♪092-04
救助
きゅうじょ

救助

名(する) 他 1

▶ 川に落ちた子供を救助する。
かわ　お　　こども　きゅうじょ

搭救掉入河裡的小孩。

♪092-05
休息
きゅうそく

休息

名(する) 自 0

▶ 眠れない時には、リラックスして横になるだけで十分休
ねむ　　とき　　　　　　　　　　　　よこ　　　　　　　　　　じゅうぶんきゅう
息効果がある。
そくこうか

睡不著的時候，即使只是放鬆躺著也能充分達到休息的功效。

♪092-06
給与
きゅうよ

薪水

名(する) 他 1

▶ 給与明細をもらった。
きゅうよめいさい

拿到薪資明細表了。

♪092-07
休養
きゅうよう

休養、休息

名(する) 自 0

▶ 何もせず休養するのが最高のバカンスなのだと思った。
なに　　　きゅうよう　　　　さいこう　　　　　　　　　　おも

我認為什麼事都不做，才是最棒的休養。

相關補充 「休養」、「静養」、「保養」是三個同中有異的單字，同樣都是名
詞，都可以加上「する」變成動詞來使用。依照「目的」和「採取行
動」，可區別如下：

	休養 きゅうよう	静養 せいよう	保養 ほよう
採取行動	停下工作等活動	讓身心得到靜養	吸收養分、保持活力
目的	讓體力恢復	恢復健康	增進健康、培養活力

動詞
あ〜さ

動詞
し〜わ

名詞(する)
あ〜く

名詞(する)
け〜し

名詞(する)
す〜り

名詞
あ〜お

名詞
か

名詞
き〜く

名詞
け〜こ

名詞
さ

名詞
し

名詞
す〜せ

名詞
そ〜ち

名詞
つ〜と

名詞
な〜わ

形容詞

副詞

其他

♪093-01
教育
きょういく

教育

名(する) 他 0

商校科休社生 | 80 90 100 120%

▶「教育ママ」になりそうな女性の特徴は何ですか。
きょういく　　　　　　　　　　じょせい　とくちょう　なん

容易成為「虎媽」的女性有什麼特質？

♪093-02
強化
きょうか

強化、加強

名(する) 他 1

商校科休社生 | 80 90 100 120%

▶暴走族に対する取締りを強化する。
ぼうそうぞく　たい　とりしま　きょうか

加強取締暴走族。

相似字 補強 名(する) 他 0 補強
ほきょう

♪093-03
競技
きょうぎ

比賽（項目）

名(する) 他 1

商校科休社生 | 80 90 100 120%

▶市民体育大会の陸上競技に出場した。
し みんたいいくたいかい　りくじょうきょうぎ　しゅつじょう

我參加了市民運動會的田徑賽。

♪093-04
供給
きょうきゅう

供給、供應

名(する) 他 0

商校科休社生 | 80 90 100 120%

▶大豆からつくった豆腐は良質な蛋白質の供給源となる。
だい ず　　　　　とう ふ　りょうしつ　たんぱくしつ　きょうきゅうげん

用黃豆作成的豆腐，是優良蛋白質的供應來源。

♪093-05
教授
きょうじゅ

大學教授、講
授

名(する) 他 1 0

商校科休社生 | 80 90 100 120%

▶名誉教授の称号を授与された。
めい よ きょうじゅ　しょうごう　じゅよ

我獲頒名譽教授的頭銜。

相似字 プロフェッサー 名 3 （英）professor。大學教授

♪093-06
競争
きょうそう

競爭、競賽

名(する) 自他 0

商校科休社生 | 80 90 100 120%

▶A選手は競争相手のはるか先を行っている。
せんしゅ　きょうそうあい て　　　　　さき　い

A選手遠遠超前競爭對手。

相反字 協 力 名(する) 自他 0 協助
きょうりょく
▶先輩の事業に協 力する。協助前輩（學長姐）的事業。
せんぱい　じ ぎょう　きょうりょく

♪093-07
強調
きょうちょう

強調、極力主
張

名(する) 他 0

商校科休社生 | 80 90 100 120%

▶先生は特にその点を強調した。
せんせい　とく　　　　　てん　きょうちょう

老師特別強調那一點。

相關單字 誇張 名(する) 他 0 誇張
こちょう

「強 調」是基於事實，只是用力主張；「誇張」雖然也是基於事實，

但為了強化、渲染表達的效果，誇大其程度，有時荒謬而不可信，但

令人印象深刻。

♪094-01
共同
きょうどう
共同
名(する)自 0

▶どうやって共同経営者を見つけましたか。
きょうどうけいえいしゃ み
你是怎樣找到共同經營者的？

♪094-02
恐怖
きょうふ
恐懼、恐怖
名(する)自 1 0

▶恐怖と不安が消えない。
きょうふ ふあん き
恐懼和不安揮之不去。

♪094-03
協力
きょうりょく
合作、協助
名(する)自 0

▶家事や育児は夫婦が協力してやるものだ。
かじ いくじ ふうふ きょうりょく
家事和養育兒女應由夫妻合力互助。
相似字 助け合う たす あ 動Ⅰ他 4 0 互相幫助

♪094-04
行列
ぎょうれつ
行列、隊伍
名(する)自 0

▶心斎橋には、行列ができる店が多い。
しんさいばし ぎょうれつ みせ おお
心齋橋有很多大排長龍的店。

♪094-05
許可
きょか
許可
名(する)他 1

▶建築許可が下りた。
けんちくきょか お
建築許可下來了。

♪094-06
議論
ぎろん
討論、爭辯
名(する)他 1

▶その議論に筋は通っていない。
ぎろん すじ とお
那番議論很不合理。

♪094-07
禁止
きんし
禁止
名(する)他 0

▶女子寮は男性の立ち入りを禁止しています。
じょしりょう だんせい た い きんし
女生宿舍禁止男性進入。
相反字 解禁 かいきん 名(する)他 0 解禁

商校科休社生 | 80　90　100 120%

♪095-01
きんちょう
緊張
緊張
名(する)自 0

▶ストレスがかかると、心
こころ
だけでなく体
からだ
も緊張
きんちょう
する。

壓力大的時候，不只心情，連身體都會緊繃。

相關單字 肩こり／肩凝り
かた　　　　かたこ
名 2 脖子僵硬、五十肩

心情的緊張和身體的緊繃是一體兩面，皆由長時期的壓力或保持同一
姿勢
かた
所致，「肩こり」就是其中一種。

相關單字 心理與情感上的緊張，可說是「ストレス」(英：stress) 或「テン
ション」(英：tension)，表示壓力、緊張或是焦慮。

商校科休社生 | 80　90　100 120%

♪095-02
くうそう
空想
空想、幻想
名(する)他 0

▶夢
ゆめ
というのは、空想
くうそう
にすぎない。

所謂夢想，不過是幻想。

商校科休社生 | 80　90　100 120%

♪095-03
く　しん
苦心
苦心
名(する)自 1 2

▶せっかくの苦心
く　しん
も水
みず
の泡
あわ
だ。

一片苦心全都白費了。

商校科休社生 | 80　90　100 120%

♪095-04
く　つう
苦痛
（感到）痛苦
名(する)自 0

▶料理
りょうり
をすることが苦痛
く　つう
だと感
かん
じる人
ひと
もいる。⊙見 P.33 感じる

也有人對做菜感到痛苦。

相反字 快楽
かいらく
名 1 0 快樂／安楽
あんらく
名 な形 1 0 安樂的、舒適的

商校科休社生 | 80　90　100 120%

♪095-05
く　ふう
工夫
設法、動腦筋
名(する)他 0

▶時間
じかん
の使
つか
い方
かた
を工夫
く　ふう
するべきだ。

應當講究時間的使用方法。

商校科休社生 | 80　90　100 120%

♪095-06
く　ぶん
区分
劃分、分類
名(する)他 1 0

▶生物
せいぶつ
を二大区分
に　だい　く　ぶん
すると、植物
しょくぶつ
と動物
どうぶつ
になる。

將生物分成兩大類的話，可分為植物與動物。

商校科休社生 | 80　90　100 120%

♪095-07
く　べつ
区別
區別、辨別
名(する)他 1

▶公私
こう　し
の区別
く　べつ
をつけよう。

公私要分明！

動詞
あ〜さ

動詞
し〜わ

名詞(する)
あ〜く

名詞(する)
け〜し

名詞(する)
す〜り

名詞
あ〜お

名詞
が

名詞
き〜く

名詞
け〜こ

名詞
さ

名詞
し

名詞
す〜せ

名詞
そ〜ち

名詞
つ〜と

名詞
な〜わ

形容詞

副詞

其他

♪096-01 **クリーニング**
（英）
cleaning。
乾洗、洗淨
名(する) 他 2 4

▶靴^{くつ}やバッグもクリーニングに出^だしますか。

你的鞋子和皮包也送去乾洗嗎？

相關單字 ドライクリーニング 名(する)他 5 7 乾洗、西式洗衣／
クリーニング屋^や 名 洗衣店

♪096-02 **訓練**^{くんれん}
訓練
名(する) 他 1

▶ただ今^{いま}、防災訓練中^{ぼうさいくんれんちゅう}です。

現在正進行防災訓練。

相似字 トレーニング 名(する)他 2 （英）training。訓練／
鍛練^{たんれん} 名(する)他 1 鍛鍊（各種技藝能力）／
鍛^{きた}える 動II 他 3 鍛鍊（各種技藝能力）

關鍵片語

頭^{あたま}が上^あがらない：抬不起頭、比不上

頭^{あたま}が切^きれる：頭腦轉得快、聰明

頭^{あたま}が下^さがる：低下頭、佩服

頭^{あたま}が低^{ひく}い：謙虛

頭^{あたま}を抱^{かか}える：抱頭苦惱、束手無策

頭^{あたま}をひねる：絞盡腦汁、費盡心思

頭^{あたま}に入^いれる：記住、記得

頭^{あたま}を冷^ひやす：冷靜下來

頭^{あたま}に来^くる：憤怒、生氣

頭^{あたま}が重^{おも}い：頭暈、心情沉重

名詞（する）

け～し

経営～信頼

新日檢N2
關鍵單字

詞性、重音介紹

名 名詞	副 副詞	接助 接續助詞
名(する) 名詞（する）	副(する) 副詞（する）	自 自動詞
動Ⅰ 第一類動詞	副助 副助詞	他 他動詞
動Ⅱ 第二類動詞	接尾 接尾詞	感 感嘆詞
動Ⅲ 第三類動詞	接頭 接頭詞	量 量詞
い形 い形容詞	代 代名詞	數字 表重音
な形 な形容詞	連 連語	
慣 慣用語	接 接續詞	

動詞變化介紹

て て形	可 可能形	受 受身形
た た形	意 意向形	使 使役形
否 否定形	條 條件形	使受 使役受身形

商校科休社生 | 80 90 100 120%

♪098-01 **経営** けいえい
經營
名(する)他 0

▶妻は経営コンサルタントとして活躍している。
つま けいえい かつやく
我太太是一名活躍的經營顧問。

商校科休社生 | 80 90 100 120%

♪098-02 **計画** けいかく
計畫
名(する)他 0

▶物事がすべて計画通りに進むとは限らない。
ものごと けいかくどお すす かぎ
並非每件事都能按計畫進行。

相似字 プラン 名 1 （英）plan。計畫、方案

商校科休社生 | 80 90 100 120%

♪098-03 **経験** けいけん
經驗、經歷
名(する)他 0

▶小さい頃にたくさんの経験をすることが、将来の選択肢
ちい ころ けいけん しょうらい せんたくし
につながる。
小時候的各種經驗，與未來的選擇會有關聯。

商校科休社生 | 80 90 100 120%

♪098-04 **稽古** けいこ
練習、學習
名(する)他 1

▶S先生についてピアノを稽古する。
せんせい けいこ
跟著S老師學習鋼琴。

商校科休社生 | 80 90 100 120%

♪098-05 **傾向** けいこう
傾向、趨勢
名(する)自 0

▶少子化傾向を無視したら、台湾の未来はどうなるのだろ
しょうしか けいこう むし たいわん みらい
うか。
如果無視少子化的傾向，台灣的未來將何去何從？

商校科休社生 | 80 90 100 120%

♪098-06 **警告** けいこく
警告
名(する)他 0

▶警告を発するべきだ。
けいこく はっ
應該發出警告。

商校科休社生 | 80 90 100 120%

♪098-07 **経済** けいざい
經濟、治理
名(する)他 1

▶世界経済の動向を見る上で、気になるポイントが二つあ
せかいけいざい どうこう み うえ き ふた
る。
在世界經濟動向的觀察當中，有兩個要點是我比較在意的。

相關單字 安上がり 名 な形 3 省錢、便宜 やすあ

商校科休社生 | 80 90 100 120%

♪099-01 **計算** けいさん
計算、考慮
名(する) 他 0

▶必ず計算し直して下さい。
請務必重新計算。

相關單字 電卓 名 0 電子計算機／計算機 名 3 電子計算機、電腦（＝コンピューター）

商校科休社生 | 80 90 100 120%

♪099-02 **掲示** けいじ
掲示、布告
名(する) 他 0

▶本学所定の掲示板に合格者の受験番号を掲示します。
在本校規定的布告欄公布合格者的准考證號碼。

商校科休社生 | 80 90 100 120%

♪099-03 **継続** けいぞく
繼續、持續
名(する) 他 0

▶気象観測を継続する。
繼續觀測氣象。

相關單字 持続 名(する) 自他 0 持續
▶保湿力に優れ、うるおい効果が持続する。
保濕性強，持續發揮滋潤效果。

商校科休社生 | 80 90 100 120%

♪099-04 **警備** けいび
警戒、戒備
名(する) 他 1

▶イベントを企画したので警備を依頼したい。
因為策畫活動，想要請警衛（來維持秩序）。

商校科休社生 | 80 90 100 120%

♪099-05 **契約** けいやく
契約、合約
名(する) 他 0

▶仮契約書を作成した。
我擬了草約。

相似字 契約書 名 4 契約書／コントラクト 名 4 （英）contract。契約

商校科休社生 | 80 90 100 120%

♪099-06 **経由／経由** けいゆ／けいゆう
經由、經過
名(する) 他 1 0

▶ホンコン経由で東京に行く。
經由香港前往東京。

相關單字 トランジット 名 2 4 （英）transit。轉機／
通過 名(する) 他 0 通過、經過

商校科休社生 | 80 90 100 120%

♪099-07 **激増** げきぞう
突然增加
名(する) 自 0

▶激増する高齢者犯罪は社会問題です。
突然增加的老年犯罪已成為社會問題。

名詞(する) あ～く
名詞(する) け～し
名詞(する) す～り
名詞 あ～お
名詞 か
名詞 き～く
名詞 け～こ
名詞 さ
名詞 し
名詞 す～せ
名詞 そ～ち
名詞 つ～と
名詞 な～わ
形容詞
副詞
其他

♪100-01 **下車**
げしゃ

下車

名(する) 自 1

▶ 金沢駅で下車する。
かなざわえき　げしゃ

要在金澤車站下車。

相關單字 降車 名(する) 自 1 0 下車／乗車 名(する) 自 0 上車
こうしゃ　　　　　　　　　　　　　　　じょうしゃ

♪100-02 **下宿**
げしゅく

宿舍

名(する) 自 0

▶ 下宿の家賃は2万5千円です。
げしゅく　やちん　　まん　せんえん

宿舍房租是二萬五千日圓。

♪100-03 **化粧**
けしょう

化妝

名(する) 自 2

▶ 店員にすすめられていろいろな化粧品を買った。
てんいん　　　　　　　　　　　けしょうひん　か

在店員推薦下買了一堆化妝品。

♪100-04 **結果**
けっか

結果

名(する) 自 他 0

▶ 望みどおりの結果だ。
のぞ　　　　　　けっか

是預期的結果。

♪100-05 **決心**
けっしん

決心

名(する) 自 1

▶ なかなか決心がつかない。
けっしん

很難下定決心。

相關單字 固める 動II 他 0 使（意志、決心）堅定
かた

♪100-06 **欠席**
けっせき

缺席

名(する) 自 0

▶ 遅刻や無断欠席はよくない。
ちこく　む だんけっせき

遲到、曠課都不好。

♪100-07 **決断**
けつだん

決斷、當機立斷

名(する) 自 他 0

▶ 決断を迫られた。
けつだん　せま

被迫要做出決斷。

商 校 科 休 社 生 | 80 90 100 120%

動詞
あ〜さ

動詞
し〜わ

名詞(する)
あ〜く

名詞(する)
け〜し

名詞(する)
す〜り

名詞
あ〜お

名詞
か

名詞
き〜く

名詞
け〜こ

名詞
さ

名詞
し

名詞
す〜せ

名詞
そ〜ち

名詞
つ〜と

名詞
な〜わ

形容詞

副詞

其他

♪101-01
けつろん
結論
結論
名(する) 自 0

▶ それについて、よく考えて結論を出してください。

關於那件事，請詳加考慮後再提出結論。

♪101-02
げんいん
原因
原因
名(する) 自 0

▶ 原因を調べてもらえませんか。

能幫我查出原因嗎？

♪101-03
けん か
**喧嘩／ケン
カ**
吵架、打架
名(する) 自 0

▶ 新婚の時期も喧嘩が多い時期の一つだ。

新婚時期也是經常吵架的一段時間。

♪101-04
けんかい
見解
見解
名(する) 他 0

▶ 成果については見解が分かれている。

關於成果的看法分歧了。

♪101-05
けん さ
検査
檢查
名(する) 他 1

▶ 空港で厳格な検査が行われている。

在機場進行嚴格的檢查。

相似字 捜査 そうさ 名(する) 他 1 捜查、調查（特別是跟法律、犯罪有關的）

♪101-06
げんざい
現在
現在、目前
名(する) 自 副 1

▶ 現在する最重要課題は何ですか。

目前最重要的課題是什麼？

相關單字 今 いま 名 副 接頭 1 現在／
今や いま 副 1 現在（「今」的強調形式）

♪101-07
げんさん
原産
原産
名(する) 他 0

▶ カネフォラは中央アフリカ原産のコーヒー豆の一種です。

卡尼弗拉咖啡（中果咖啡）是非洲中部原產的咖啡豆之一。

相關單字 地元 じもと 名 3 0 當地、本地、居住地／
輸入 ゆにゅう 名(する) 他 0 （由外國、外地）進口

♪102-01 **研修**
けんしゅう
研修、進修
名(する) 他 0

▶今回の語学研修旅行は、とても良い経験になりました。
こんかい ご がくけんしゅうりょこう よ けいけん
這次的外語遊學是很好的經驗。

♪102-02 **建設**
けんせつ
建設
名(する) 他 0

▶あのマンションは建設中だ。
けんせつちゅう
那棟大樓正在蓋。

相關單字 できる 動Ⅱ 自 2 建造、完成、能夠
▶駅前に本屋ができるそうだ。 聽説車站前面要開書店。
えきまえ ほん や

建前 名 0 （建築）上樑儀式／建前・立前 名 2 3 基本原則、方針
たてまえ たてまえ たてまえ

♪102-03 **謙遜**
けんそん
謙遜、謙虛
名(する) 自 な形
0

▶謙遜は自分を控えて、相手に譲る意味を持つ。
けんそん じ ぶん ひか あい て ゆず い み も
「謙遜」有謙抑自己、禮讓對方的意思。

♪102-04 **建築**
けんちく
建築、建築物
名(する) 他 0

▶洋風の煉瓦建築が好きです。
ようふう れん が けんちく す
我喜歡有洋味的紅磚建築。

相關單字 建築物 名 4 建築物／建物 名 2 3 建築物
けんちくぶつ たてもの

♪102-05 **検討**
けんとう
檢討、研討
名(する) 他 0

▶その件はもう検討済みです。
けん けんとう ず
那件事已經討論完畢。

♪102-06 **見物**
けんぶつ
遊覽
名(する) 他 0

▶今日は西湖の絶景を見物しようと思います。
きょう せい こ ぜっけい けんぶつ おも
我今天想遊覽西湖美景。

相關單字 見物客 名 觀眾、觀光客
けんぶつきゃく

♪102-07 **講演**
こうえん
演講
名(する) 自 0

▶受賞者による記念講演があります。
じゅしょうしゃ き ねんこうえん
將舉行得獎者的紀念演講。

商 校 科 休 社 生 | 80 90 100 120%

♪103-01
こうかん
交換
交換
名(する) 他 ⓪

▶ こうかんりゅうがくけいけんしゃ はなし き
交換留学経験者の話を聞きたい。

我想聽聽交換留學者的經驗談。

相關單字 交換手 名 ③ 接線生（＝電話交換手）

商 校 科 休 社 生 | 80 90 100 120%

♪103-02
こうぎ
講義
大學課程（以
講授式為主）
名(する) 他 ③

▶ せんせい こうぎ はいちょう おも
先生の講義を拝聴したいと思っています。

我一直想去聽老師的課。

相關補充 上課時分發的「講義」，日文說「プリント」或「レジュメ」，意思都
一樣。

プリント 名 ⓪（英）print。講義
▶ プリントを配る。 發講義。

レジュメ 名 ⓪（法）résumé。大意、講義
▶ レジュメを作ります。 製作講義。

商 校 科 休 社 生 | 80 90 100 120%

♪103-03
こうげき
攻撃
攻擊
名(する) 他 ⓪

▶ こうげき さいりょう ぼうぎょ き
攻撃は最良の防御であると聞いた。

我聽說「攻擊是最佳的防禦」。

商 校 科 休 社 生 | 80 90 100 120%

♪103-04
こうこく
広告
廣告、宣傳
名(する) 他 ⓪

▶ こうこく
チラシで広告する。

發傳單做宣傳。

相關單字 コマーシャル 名 ②（英）commercial。廣告、宣傳／
シーエム 名 ⓪（英）CM。廣告訊息、廣告文案

商 校 科 休 社 生 | 80 90 100 120%

♪103-05
こうさい
交際
交際、交往
名(する) 自 ⓪

▶ こうさいあいて つ あ あいて
交際相手とは付き合う相手のことだ。

「交際對象」指的就是交往中的人。

商 校 科 休 社 生 | 80 90 100 120%

♪103-06
こうじ
工事
工程、施工
名(する) 自 ①

▶ こうじちゅう
デパートのエレベーターは工事中だ。

百貨公司的電梯正在整修。

動詞 あ～さ
動詞 し～わ
名詞(する) あ～く
名詞(する) け～し
名詞(する) す～り
名詞 あ～お
名詞 か
名詞 き～く
名詞 け～こ
名詞 さ
名詞 し
名詞 す～せ
名詞 そ～ち
名詞 つ～と
名詞 な～わ
形容詞
副詞
其他

♪104-01
行動 こうどう
行動、行為
名(する) 自 0

▶行動に気を付けたほうがいいよ。
要留意自己的行動哦。
慣用句 有言実行 ゆうげんじっこう 慣 0 言出必行

♪104-02
合同 ごうどう
聯合、合併
名(する) 自 他 0

▶合同合宿の日はいつですか。
聯合集訓是哪一天？

♪104-03
交番 こうばん
派出所、輪換
名(する) 他 0

▶交番はどこにありますか。
派出所在哪裡？

♪104-04
公表 こうひょう
公布、發表
名(する) 他 0

▶試験発表は公表されましたか。
考試結果已經公布了嗎？

♪104-05
紅葉 こうよう
紅葉（不限於楓葉；秋冬變紅或變黃的樹葉）
名(する) 自 0

▶紅葉の季節は秋です。
適合觀賞紅葉的季節是秋季。
相似字 紅葉 もみじ 名(する) 自 1 （狹義）楓葉；（廣義）秋冬變紅或變黃的樹葉

♪104-06
合流 ごうりゅう
合流、合併
名(する) 自 0

▶学校で合流してから駅に行きましょう。
在學校碰面，再一起去車站吧。

♪104-07
考慮 こうりょ
考慮
名(する) 他 1

▶私の立場も考慮してください。
你也考慮一下我的立場。

商校科休社生 | 80 90 100 120%

♪105-01 **コーチ**

（英）coach。
教練、技術指
導者

名(する) 他 1

▶コーチは誰ですか。
　　　　だれ

教練是誰？

相關單字 ヘッドコーチ 名 4 （英）head coach。（運動競賽的）主教練／
かんとく
監督 名 0 導演、監督者、（運動）教練

商校科休社生 | 80 90 100 120%

♪105-02 **誤解**
ご かい

誤解、誤會

名(する) 他 0

▶誤解を招く発言はしないで下さい。
　ご かい　まね　はつげん　　　　　　くだ

請別作出會讓人誤會的言談。

商校科休社生 | 80 90 100 120%

♪105-03 **呼吸**
こ きゅう

呼吸

名(する) 自 0

▶呼吸が苦しいです。
　こ きゅう　くる

我呼吸困難。

商校科休社生 | 80 90 100 120%

♪105-04 **克服**
こくふく

克服

名(する) 他 0

▶病気を克服したいです。
　びょう き　こくふく

希望能克服這場病。

商校科休社生 | 80 90 100 120%

♪105-05 **故障**
こ しょう

故障

名(する) 自 0

▶このエアコンは故障中です。
　　　　　　　　　こ しょうちゅう

這台冷氣機故障。

商校科休社生 | 80 90 100 120%

♪105-06 **骨折**
こっせつ

骨折

名(する) 自 0

▶骨折した経験はありますか。
　こっせつ　　けいけん

你有骨折過嗎？

相關單字 捻挫 名(する) 他 0 扭傷
ねん ざ

商校科休社生 | 80 90 100 120%

♪105-07 **コメント**

（英）
comment。
評語、解説

名(する) 自 1 0

▶コメントは結構です。
　　　　　　　けっこう

批評就不用了。

相關單字 ノーコメント 慣 3 （英）No comment。沒有意見、不予置評

動詞
あ～さ

動詞
し～わ

名詞(する)
あ～く

名詞(する)
け～し

名詞(する)
す～り

名詞
あ～お

名詞
か

名詞
き～く

名詞
け～こ

名詞
さ

名詞
し

名詞
す～せ

名詞
そ～ち

名詞
つ～と

名詞
な～わ

形容詞

副詞

其他

♪106-01 コレクション
（英）
collection。
收集、收藏
名(する) 2

▶ コレクションしているものはありますか。
你有在收集什麼嗎？

相關單字 パリコレクション 名 巴黎時裝週

♪106-02 混合 こんごう
混合
名(する) 自 他 0

▶ 混合リレーの練習をしています。 こんごう れんしゅう
我們正在練習混合接力賽。

相關單字 ブレンド 名(する) 他 0 （英）blend。混合／
シャッフル 名(する) 他 0 （英）shuffle。洗牌、隨意混合

♪106-03 混雑 こんざつ
混雜、擁擠
名(する) 自 1

▶ 混雑した場所は苦手です。 こんざつ ばしょ にがて
我不喜歡人多擁擠的地方。

♪106-04 コンタクト
（英）
contact。
接觸、隱形眼
鏡
名(する) 自 1 3

▶ コンタクトレンズをつけていません。
沒有戴隱形眼鏡。

相關單字 アイコンタクト 名 5 （英）eye contact。眼神接觸

♪106-05 婚約 こんやく
訂婚、婚約
名(する) 自 0

▶ 婚約したいと考えています。 こんやく かんが
有想要訂婚。

♪106-06 混乱 こんらん
混亂
名(する) 自 0

▶ 頭が混乱します。 あたま こんらん
我腦中一片混亂。

相關單字 ごちゃごちゃ な形 副(する) 1 凌亂

| | | | 商 校 科 休 社 生 | 80 90 100 120% |

♪107-01 **サービス**
（英）
service。
招待、服務
名(する) 自 1

▶サービスを学んでいます。
我正在學習服務之道。

相似字 おまけ 名 0 打折、贈品

| | | | 商 校 科 休 社 生 | 80 90 100 120% |

♪107-02 **在学** ざいがく
就學中、在校
名(する) 自 0

▶在学中です。 ざいがくちゅう
我仍就學中。

| | | | 商 校 科 休 社 生 | 80 90 100 120% |

♪107-03 **催促** さいそく
催促、催收
名(する) 他 1

▶催促中です。 さいそくちゅう
正在催收。

相關單字 催し物 もよおもの 名 0 活動、行事

| | | | 商 校 科 休 社 生 | 80 90 100 120% |

♪107-04 **採点** さいてん
評分
名(する) 他 0

▶私は採点者です。 わたし さいてんしゃ
我是評分者。

| | | | 商 校 科 休 社 生 | 80 90 100 120% |

♪107-05 **裁判** さいばん
裁判
名(する) 他 1

▶裁判沙汰は嫌です。 さいばん ざ た いや
我討厭訴訟的事。

| | | | 商 校 科 休 社 生 | 80 90 100 120% |

♪107-06 **裁縫** さいほう
縫紉
名(する) 自 0

▶裁縫はあまり得意ではないです。 さいほう とくい
我不太會做針線活兒。

| | | | 商 校 科 休 社 生 | 80 90 100 120% |

♪107-07 **作業** さぎょう
工作、操作
名(する) 自 1

▶作業を止めて申し訳ございません。 さぎょう や もう わけ
停止作業，真是抱歉。

動詞 あ～さ
動詞 し～わ
名詞(する) あ～く
名詞(する) け～し
名詞(する) す～り
名詞 あ～お
名詞 か
名詞 き～く
名詞 け～こ
名詞 さ
名詞 し
名詞 す～せ
名詞 そ～ち
名詞 つ～と
名詞 な～わ
形容詞
副詞
其他

♪108-01
さくじょ
削除
刪除
名（する）他 1

▶ さくじょをおねがいします。
削除をお願いします。
麻煩將它刪除。

♪108-02
さくせい
作成
製作
名（する）他 0

▶ しりょうのさくせいはかんりょうです。
資料の作成は完了です。
資料製作完畢。

♪108-03
さくぶん
作文
寫文章、作文
名（する）他 0

▶ さくぶんはわりととくいです。
作文は割と得意です。
我比較擅長寫文章。
相關單字 綴る 動 1 他 2 0 寫作文章或詩歌

♪108-04
さつえい
撮影
攝影
名（する）他 0

▶ いまさつえいちゅうです。
今撮影中です。
現在正在攝影。

♪108-05
さっきょく
作曲
作曲
名（する）自他 0

▶ さっきょくをいつかしてみたいです。
作曲をいつかしてみたいです。
未來我想嘗試作曲。

♪108-06
さ べつ
差別
區別、歧視
名（する）他 1

▶ さべつはいけないです。
差別はいけないです。
不能有歧視。

♪108-07
さん か
参加
參加、加入
名（する）自 0

▶ このパーティーにさんかよていです。
このパーティーに参加予定です。
我預定參加這場派對。
相反字 ボイコット 名（する）他 3 （英）boycott。抵制、不買

♪108-08
さんこう
参考
參考、借鑑
名（する）他 0

▶ さんこうしょをかいましたか。
参考書を買いましたか。
你買參考書了嗎？

商校科休社生　80　90　100　120%

♪109-01

さんせい
賛成

賛成

名(する) 自 0

▶ さんせい
賛成です。

我贊成。

相反字 はんたい 反対 名(する) 自 な形 0 反對

商校科休社生　80　90　100　120%

♪109-02

さん ぽ
散歩

散步

名(する) 自 0

▶ さん ぽ　い
散歩に行きましょう。

去散個步吧！

商校科休社生　80　90　100　120%

♪109-03

じ えい
自衛

自衛

名(する) 自 0

▶ じ えいたい　　くんれん　　きび
自衛隊の訓練は厳しいです。

自衛隊的訓練很嚴格喔。

商校科休社生　80　90　100　120%

♪109-04

し かい
司会

主持人

名(する) 自 0

▶ し かいしゃ　だれ
司会者は誰ですか。

主持人是誰？

商校科休社生　80　90　100　120%

♪109-05

し きゅう
支給

支付

名(する) 他 0

▶ し きゅう　　　かね　すく
支給されたお金が少なすぎます。

付的錢太少了。

相似字 しはら 支払い 名 0 支付

商校科休社生　80　90　100　120%

♪109-06

し げき
刺激

刺激

名(する) 他 0

▶ し げき　　　　　う
刺激をかなり受けました。

受到相當大的刺激。

商校科休社生　80　90　100　120%

♪109-07

し けん
試験

考試、測驗

名(する) 他 2

▶ し けん　　　　きんちょう
試験はいつも緊張します。

考試時總會緊張。

商校科休社生　80　90　100　120%

♪109-08

じ さつ
自殺

自殺

名(する) 自 0

▶ じ さつしゃ　なに　おも　　じ さつ
自殺者は何を思って自殺したのでしょうか。

自殺的人怎麼會想要自殺呢？

動詞
あ〜さ

動詞
し〜わ

名詞(する)
あ〜く

名詞(する)
け〜し

名詞(する)
す〜り

名詞
あ〜お

名詞
が

名詞
き〜く

名詞
け〜こ

名詞
さ

名詞
し

名詞
す〜せ

名詞
そ〜ち

名詞
つ〜と

名詞
な〜わ

形容詞

副詞

其他

♪110-01 **持参**（じさん）
帯來（去）、
自備
名(する) 他 0

▶傘持参（かさじさん）でお願（ねが）いします。
請帶傘。

♪110-02 **指示**（しじ）
指示
名(する) 他 1

▶指示（しじ）を早（はや）く出（だ）してください。
請早點給出指示。
相似字 注文（ちゅうもん）名(する) 他 0 指定商品、訂購

♪110-03 **四捨五入**（ししゃごにゅう）
四捨五入
名(する) 他 1

▶四捨五入（ししゃごにゅう）すると５０歳（さい）です。
四捨五入是五十歲。

♪110-04 **自習**（じしゅう）
自習、自學
名(する) 他 0

▶自習室（じしゅうしつ）に入（はい）ってください。
請進入自修室。

♪110-05 **支出**（ししゅつ）
支出、開支
名(する) 他 0

▶支出（ししゅつ）はいくらですか。
支出多少？
相反字 収入（しゅうにゅう）名 0 收入

♪110-06 **事情**（じじょう）
事情、情況
名(する) 自 0

▶事情（じじょう）がよくわかりません。
我不太了解狀況。

♪110-07 **実感**（じっかん）
確實感覺到
名(する) 他 0

▶そう実感（じっかん）しました。
確實感到如此。

♪111-01
失業 しつぎょう
失業
名(する) 自 0

━━━━━━━━━━━━━━━ 商校科休社生 | 80 90 100 120%

▶ 失業したばかりです。 しつぎょう
我剛失業。

♪111-02
実験 じっけん
實驗、體驗
名(する) 他 0

━━━━━━━━━━━━━━━ 商校科休社生 | 80 90 100 120%

▶ 実験台になるのは嫌です。 じっけんだい いや
我不喜歡被當實驗品。

♪111-03
実現 じつげん
實現
名(する) 自他 0

━━━━━━━━━━━━━━━ 商校科休社生 | 80 90 100 120%

▶ 夢が実現しました。 ゆめ じつげん
夢想實現了。
相似字 施行 しこう 名(する) 他 0 施行、實施

♪111-04
実行 じっこう
實行
名(する) 他 0

━━━━━━━━━━━━━━━ 商校科休社生 | 80 90 100 120%

▶ 実行してください。 じっこう
請付諸實行。

♪111-05
実施 じっし
實施
名(する) 他 0

━━━━━━━━━━━━━━━ 商校科休社生 | 80 90 100 120%

▶ この実験は実施されました。 じっけん じっし
實行了這項實驗。
相似字 施す ほどこ 動I 他 3 0 施行、施加

♪111-06
実習 じっしゅう
實習
名(する) 他 0

━━━━━━━━━━━━━━━ 商校科休社生 | 80 90 100 120%

▶ 実習時間は長いです。 じっしゅう じ かん なが
實習時間很長。

♪111-07
失敗 しっぱい
失敗
名(する) 自 0

━━━━━━━━━━━━━━━ 商校科休社生 | 80 90 100 120%

▶ 失敗は成功のもとです。 しっぱい せいこう
失敗為成功之母。

♪111-08
執筆 しっぴつ
執筆
名(する) 自他 0

━━━━━━━━━━━━━━━ 商校科休社生 | 80 90 100 120%

▶ 執筆活動をしています。 しっぴつかつどう
我從事寫作。

動詞 あ～さ
動詞 し～わ
名詞(する) あ～く
名詞(する) け～し
名詞(する) す～り
名詞 あ～お
名詞 か
名詞 き～く
名詞 け～こ
名詞 さ
名詞 し
名詞 す～せ
名詞 そ～ち
名詞 つ～と
名詞 な～わ
形容詞
副詞
其他

♪112-01 **実用**
じつよう
實用
名(する) 他 0

▶実用性のある商品ですね。
じつようせい　　　　しょうひん
很實用的商品。

♪112-02 **失礼**
しつれい
失禮的、告辭
名(する) 自 な形 2

▶失礼しました。
しつれい
打擾你了。

相似字 ルール違反 名 違反規則
いはん

♪112-03 **失恋**
しつれん
失戀
名(する) 自 0

▶失恋した後泣きました。
しつれん　　　　あと な
失戀之後我哭了。

♪112-04 **指定**
して い
指定
名(する) 他 0

▶指定された席はどこですか。
して い　　　　せき
指定的座位是哪兒？

♪112-05 **指導**
し どう
指導、教導
名(する) 他 0

▶指導が足りません。
し どう　　た
指導不充分。

相似字 鞭撻 名(する) 他 0 鞭策
べんたつ

♪112-06 **支配**
し はい
支配、管理
名(する) 他 1

▶支配人は誰ですか。
し はいにん　だれ
負責人是誰？

♪112-07 **死亡**
し ぼう
死亡
名(する) 自 0

▶死亡者は叔父です。 ⊖見 P.56 亡くす
し ぼうしゃ　お じ
死者是我叔叔。

♪113-01
じまん
自慢
自誇、自大
名(する) 他 0

▶ じまん
自慢ですか。
你很自傲嗎？

♪113-02
しゃせい
写生
寫生
名(する) 他 0

▶ しゃせい たいかい
写生大会がありました。
舉辦了寫生比賽。

相關單字 スケッチ 名(する) 他 2 （英）sketch。速寫、小品文

♪113-03
しゃっきん
借金
借款
名(する) 自 3

▶ しゃっきん
借金はありません。
我沒有借錢。

相似字 ローン 名 1 （英）loan。貸款

♪113-04
しゃっくり
吃逆
打嗝
名(する) 自 1

▶ しゃっくり と
吃逆が止まりません。
不停地打嗝。

♪113-05
じゃ ま
邪魔
打擾、妨礙
名(する) 他 0

▶ じゃ ま はい
邪魔が入りました。
出現障礙。（節外生枝。）

♪113-06
しゅうかい
集会
集會、聚會
名(する) 自 0

▶ しゅうかい
集会がありました。
舉行了集會。

♪113-07
しゅうかく
収穫
收穫
名(する) 他 0

▶ しゅうかく あき
収穫は秋です。
收成時期是秋天。

♪114-01 **集金** しゅうきん
収款
名(する) 自 他 0

しゅうきん び
▶集金日はいつですか。
哪一天收錢？

商 校 科 休 社 生 | 80 90 100 120%

♪114-02 **集合** しゅうごう
集合
名(する) 自 他 0

しゅうごう じ かん おく くだ
▶集合時間に遅れないで下さい。
集合時請勿遲到。

相似字 集会 しゅうかい 名(する) 自 0 集會、聚會

商 校 科 休 社 生 | 80 90 100 120%

♪114-03 **重視** じゅう し
重視
名(する) 他 1 0

なに じゅうし えら
▶何を重視して選びましたか。
是看重哪一點而選的呢？

商 校 科 休 社 生 | 80 90 100 120%

♪114-04 **就職** しゅうしょく
就業
名(する) 自 0

しゅうしょくさき じょうきょう
▶就職先の状況はいかがですか。
你就業的地方情況怎樣？

商 校 科 休 社 生 | 80 90 100 120%

♪114-05 **修正** しゅうせい
修正、修改
名(する) 他 0

しゅうせい ぶ ぶん おし
▶修正した部分を教えてください。
請告訴我你修改的地方。

相關單字 修正液 しゅうせいえき 名 3 修正液

商 校 科 休 社 生 | 80 90 100 120%

♪114-06 **修繕** しゅうぜん
修理
名(する) 他 1 0

しゅうぜん
▶修繕しましたか。
修好了嗎？

商 校 科 休 社 生 | 80 90 100 120%

♪114-07 **渋滞** じゅうたい
塞車、堵塞
名(する) 自 0

じゅうたい たいへん
▶渋滞になると大変です。
一塞車就麻煩了。

商 校 科 休 社 生 | 80 90 100 120%

♪114-08 **集中** しゅうちゅう
集中
名(する) 自 他 0

しゅうちゅう べんきょう
▶集中して勉強しました。
專心讀書。

♪115-01
収入 しゅうにゅう
收入
名(する) 他 0

商 校 科 休 社 生 | 80 90 100 120%

▶ 収入はそこそこです。 しゅうにゅう
收入還過得去。

♪115-02
就任 しゅうにん
就任
名(する) 自 0

商 校 科 休 社 生 | 80 90 100 120%

▶ 課長には林さんが就任しました。 か ちょう　りん　しゅうにん
課長由林先生來任職。

相關單字 単身赴任 たんしんふにん 名 5 0 單身赴任

♪115-03
修理 しゅうり
修理
名(する) 他 1

商 校 科 休 社 生 | 80 90 100 120%

▶ 修理部品を出してください。 しゅうり ぶ ひん　だ
請取出要修理的零件。

♪115-04
終了 しゅうりょう
結束
名(する) 自他 0

商 校 科 休 社 生 | 80 90 100 120%

▶ 本日の営業は終了しました。明日お越しください。 ほんじつ　えいぎょう　しゅうりょう　あした　こ
今天營業結束了，請明天再度光臨。

♪115-05
授業 じゅぎょう
授課、上課
名(する) 自 1

商 校 科 休 社 生 | 80 90 100 120%

▶ 午後の授業は何ですか。 ご ご　じゅぎょう　なん
下午上什麼科目？

♪115-06
縮小 しゅくしょう
縮小、縮減
名(する) 自他 0

商 校 科 休 社 生 | 80 90 100 120%

▶ これは縮小した図です。 しゅくしょう　ず
這是縮小圖。

♪115-07
宿泊 しゅくはく
投宿
名(する) 自 0

商 校 科 休 社 生 | 80 90 100 120%

▶ 朝食は宿泊先で確認します。 ちょうしょく　しゅくはくさき　かくにん
早餐到住宿的地方確認。

相關單字 民宿 みんしゅく 名 0 民宿

♪115-08
受験 じゅけん
應試
名(する) 他 0

商 校 科 休 社 生 | 80 90 100 120%

▶ 二月は日本の受験シーズンですね。 に がつ　に ほん　じゅけん
二月是日本的考試季節。

動詞 あ～さ
動詞 し～わ
名詞 あ～く (する)
名詞 け～し (する)
名詞 す～り (する)
名詞 あ～お
名詞 か
名詞 き～く
名詞 け～こ
名詞 さ
名詞 し
名詞 す～せ
名詞 そ～ち
名詞 つ～と
名詞 な～わ
形容詞
副詞
其他

♪116-01
主張
しゅちょう

主張

名(する) 他 0

▶彼は主張が激しすぎます。
かれ　しゅちょう　はげ

他主張過於偏激。

♪116-02
出勤
しゅっきん

出勤、出門上
班

名(する) 自 0

▶日曜日は出勤予定です。
にちようび　しゅっきん　よてい

星期天預計要上班。

♪116-03
出場
しゅつじょう

上場、參加

名(する) 自 0

▶私は野球の試合に出場しました。
わたし　やきゅう　しあい　しゅつじょう

我參加了棒球的比賽。

相反字 退場 名(する) 自 0 退場
たいじょう

♪116-04
出席
しゅっせき

出席、參加

名(する) 自 0

▶会議の出席者は少なかったです。
かいぎ　しゅっせきしゃ　すく

出席會議的人很少。

♪116-05
出張
しゅっちょう

出差

名(する) 自 0

▶今回は出張費がかかりました。
こんかい　しゅっちょうひ

這次花了出差費。

相關單字 出張所 名 5 0 辦事處／出張先 名 0 出差地點
しゅっちょうじょ　　　　　　　　　　　しゅっちょうさき

♪116-06
出発
しゅっぱつ

出發、動身

名(する) 自 0

▶マラソンの出発地点はどこですか。
しゅっぱつ　ちてん

馬拉松的起點在哪裡？

♪116-07
出版
しゅっぱん

出版、發行

名(する) 他 0

▶金曜日は出版社に行きたいです。
きんようび　しゅっぱんしゃ　い

星期五我想去出版社。

♪117-01

じゅんかん
循環

循環

名(する) 自 0

商 校 科 休 社 生 | 80 90 100 120%

▶ じゅんかん き びょうとう
循環器病棟はこちらです。

循環器官病房在這裡。

♪117-02

しよう
使用

使用

名(する) 他 0

商 校 科 休 社 生 | 80 90 100 120%

▶ しようきょか と
使用許可は取りましたか。

取得使用許可了嗎？

♪117-03

しょうか
消化

消化、理解

名(する) 自 他 0

商 校 科 休 社 生 | 80 90 100 120%

▶ しょうか よ た
消化に良いものを食べてください。

請吃容易消化的東西。

相關單字 ヤクルト 名 2 養樂多

♪117-04

しょうかい
紹介

介紹

名(する) 自 他 0

商 校 科 休 社 生 | 80 90 100 120%

▶ かれ しょうかい い
彼の紹介で行きました。

在他的介紹下前往。

♪117-05

しょうがい
障害

障礙

名(する) 他 0

商 校 科 休 社 生 | 80 90 100 120%

▶ しょうがい も
障害を持っています。

我是身心障礙者。

相似字 ハンディキャップ 名 4 （英）handicap。障礙、殘缺

♪117-06

じょうきょう
上京

到東京、移居
首都

名(する) 自 0

商 校 科 休 社 生 | 80 90 100 120%

▶ じょうきょう よねん
上京して四年になります。

我來到東京四年了。

♪117-07

じょうしゃ
乗車

搭車

名(する) 自 0

商 校 科 休 社 生 | 80 90 100 120%

▶ じょうしゃりつ
乗車率はどのくらいですか。

乘車率多少？

動詞
あ〜さ

動詞
し〜わ

名詞(する)
あ〜く

名詞(する)
け〜し

名詞(する)
す〜り

名詞
あ〜お

名詞
か

名詞
き〜く

名詞
け〜こ

名詞
さ

名詞
し

名詞
す〜せ

名詞
そ〜ち

名詞
つ〜と

名詞
な〜お

形容詞

副詞

其他

♪118-01 **招待** しょうたい
邀請、招待
名(する)他1

▶パーティーに招待してもらえませんか。
可以邀請我去派對嗎？

♪118-02 **上達** じょうたつ
進步
名(する)自0

▶日本語が上達しましたね。
你日文進步了耶。

相關單字 上級 じょうきゅう 名0 高級、最上級

♪118-03 **承知** しょうち
同意、答應
名(する)他0

▶承知しました。
我知道了。

♪118-04 **消毒** しょうどく
消毒
名(する)他0

▶消毒してからお皿を置いてください。
盤子先消毒再擺。

♪118-05 **衝突** しょうとつ
衝撞、矛盾
名(する)自0

▶この交差点では車が衝突ばかりしていますね。
這個十字路口不斷有車子發生相撞呢……。

♪118-06 **承認** しょうにん
承認、批准
名(する)他0

▶この件については、私は承認しました。
我同意這件事了。

♪118-07 **商売** しょうばい
買賣
名(する)自他1

▶商売繁盛を祈っています。
祈求生意興隆。

相關單字 商い あきな 名2 買賣、營業額／売買 ばいばい 名(する)他1 買賣／
物物交換 ぶつぶつこうかん 名5 以物易物

商 校 科 休 社 生　80　90　100　120%

♪119-01
じょうはつ
蒸発
蒸發、失蹤
名(する) 自 0

▶ じょうはつ　みず　くうき　なか　きたい
蒸発した水は空気の中で気体になっています。
蒸發後的水變成空氣中的氣體。

商 校 科 休 社 生　80　90　100　120%

♪119-02
しょう ひ
消費
消費、耗費
名(する) 他 1 0

▶ わたし　つま　しょう ひ
私の妻は消費ばかりしています。
我老婆只會花錢。

相似字 しょうもう 消耗 名(する) 自 他 0 勞累、耗盡

商 校 科 休 社 生　80　90　100　120%

♪119-03
しょう ぶ
勝負
勝負、比賽
名(する) 自 1

▶ わたし　しょう ぶ
私と勝負しましょう。
和我一決勝負吧！

商 校 科 休 社 生　80　90　100　120%

♪119-04
しょうべん
小便
小便
名(する) 自 3

▶ しょうべんどうぞう
小便銅像はかわいいです。
尿尿小童好可愛。

商 校 科 休 社 生　80　90　100　120%

♪119-05
しょうめい
証明
證明、證實
名(する) 他 0

▶ しょうめいしょ　あした　も
証明書を明日持ってきてください。
明天請帶證明書來。

商 校 科 休 社 生　80　90　100　120%

♪119-06
しょうもう
消耗
消耗、消費
名(する) 自 他 0

▶ でん ち　しょうもう　はげ
電池消耗が激しいです。
電池消耗得很劇烈。

相似字 つ
尽くす 動 I 2 全部用完、盡力

商 校 科 休 社 生　80　90　100　120%

♪119-07
しょく じ
食事
飯、用餐
名(する) 自 0

▶ はは　ひ　か ぞく　しょく じ
母の日は家族と食事をします。
母親節要和家人吃飯。

動詞 あ～さ
動詞 し～わ
名詞(する) あ～く
名詞(する) け～し
名詞(する) す～り
名詞 あ～お
名詞 か
名詞 き～く
名詞 け～こ
名詞 さ
名詞 し
名詞 す～せ
名詞 そ～ち
名詞 つ～と
名詞 な～わ
形容詞
副詞
其他

♪120-01
署名
しょめい

簽名、簽署

名(する) 自 0

▶ここに署名してもらえますか。
可以幫我在這簽名嗎?

♪120-02
処理
しょり

處理、處置

名(する) 他 1

▶処理の仕方がわかりません。
我不知道處理的方法。

♪120-03
進学
しんがく

升學

名(する) 自 0

▶進学先はどこですか。
你要升上哪間學校?

相關單字 受験 名(する) 他 0 參加考試

♪120-04
信仰
しんこう

信仰

名(する) 他 0

▶仏教を信仰しています。
我信仰佛教。

♪120-05
診察
しんさつ

看病、檢查

名(する) 他 0

▶この病院の診察時間は短いです。
這家醫院的診療時間很短。

相關單字 診断書 名(する) 他 0 診斷、判斷

♪120-06
心中
しんじゅう

一同自殺、殉情

名(する) 自 0

▶心中した人を知っています。
我認識殉情的人。

♪120-07
診断
しんだん

診斷、判斷

名(する) 他 0

▶診断書をもらいました。
拿到診斷書了。

♪120-08
侵入
しんにゅう

入侵、侵略

名(する) 自 0

▶泥棒に侵入されました。
被小偷闖空門。

♪121-01 しんぱい
心配
擔心、不安
名(する) 自 他 0

商校科休社生 | 80 90 100 120%

▶この子の将来が心配です。
こ しょうらい しんぱい
我擔心這孩子的將來。

相似字 心残り 名 な形 4 遺憾、擔心
こころのこ

♪121-02 しんぱん
審判
審判、裁判
名(する) 他 0

商校科休社生 | 80 90 100 120%

▶審判員は厳しいです。
しんぱんいん きび
裁判很嚴格。

♪121-03 しん ぽ
進歩
進步、好轉
名(する) 自 1

商校科休社生 | 80 90 100 120%

▶科学技術が進歩しました。
か がく ぎ じゅつ しん ぽ
科技進步了。

♪121-04 しんよう
信用
信用、相信
名(する) 他 0

商校科休社生 | 80 90 100 120%

▶この人は信用なりませんね。
ひと しんよう
這個人無法讓人信任呢！

相關單字 信頼関係 名 5 互信關係
しんらいかんけい

♪121-05 しんらい
信頼
信賴
名(する) 他 0

商校科休社生 | 80 90 100 120%

▶私はあなたを信頼しています。
わたし しんらい
我相信你。

> **關鍵片語**
>
> あたま ふる
> **頭が古い**：食古不化
>
> あたま ち のぼ
> **頭に血が上る**：惱怒、發火
>
> かお ひろ
> **顔が広い**：人脈廣
>
> かお う
> **顔が売れる**：有名

動詞
あ～さ

動詞
し～わ

名詞(する)
あ～く

名詞(する)
け～し

名詞(する)
す～り

名詞
あ～お

名詞
か

名詞
き～く

名詞
け～こ

名詞
さ

名詞
し

名詞
す～せ

名詞
そ～ち

名詞
つ～と

名詞
な～わ

形容詞

副詞

其他

未来の幸福を確保する最上の方法は、今日できるかぎり幸福であろうとすることだ。
確保未來幸福最好的方式，就是現在盡最大努力去幸福。

名詞（する）
す～り
炊事～両替

新日檢N2
關鍵單字

詞性、重音介紹

名 名詞	副 副詞	接助 接續助詞
名(する) 名詞（する）	副(する) 副詞（する）	自 自動詞
動Ⅰ 第一類動詞	副助 副助詞	他 他動詞
動Ⅱ 第二類動詞	接尾 接尾詞	感 感嘆詞
動Ⅲ 第三類動詞	接頭 接頭詞	量 量詞
い形 い形容詞	代 代名詞	數字 表重音
な形 な形容詞	連 連語	
慣 慣用語	接 接續詞	

動詞變化介紹

て て形	可 可能形	受 受身形
た た形	意 意向形	使 使役形
否 否定形	條 條件形	使受 使役受身形

名詞
(する)
す～り

炊事〜両替
<ruby>炊<rt>すい</rt></ruby><ruby>事<rt>じ</rt></ruby>〜<ruby>両<rt>りょう</rt></ruby><ruby>替<rt>がえ</rt></ruby>

商 校 科 休 社 生 | 80 90 100 120%

♪124-01　すいじ
炊事
烹調、做飯
名(する) 自 0

▶ 今週の炊事当番は私です。
這週輪到我做飯。

商 校 科 休 社 生 | 80 90 100 120%

♪124-02　すいせん
推薦
推薦
名(する) 他 0

▶ 先生から交換留学申請の推薦書をもらいました。
我從老師那拿到交換留學的推薦信。

商 校 科 休 社 生 | 80 90 100 120%

♪124-03　すいてい
推定
推定
名(する) 他 0

▶ 犯人の年齢は推定 30 歳です。
犯人的年齡推算為三十歲。

商 校 科 休 社 生 | 80 90 100 120%

♪124-04　すいみん
睡眠
睡眠
名(する) 自 0

▶ 私の睡眠時間は少ないほうです。
我算睡得少的。

相關單字 永遠の眠り 名 死亡

商 校 科 休 社 生 | 80 90 100 120%

♪124-05　せいかつ
生活
生活
名(する) 自 0

▶ あなたの生活は向上しましたか。
你的生活有改善了嗎？

商 校 科 休 社 生 | 80 90 100 120%

♪124-06　せいきゅう
請求
請求
名(する) 他 0

▶ 私は出張費の請求書を作成しました。
我寫了出差費的請款單。

相反字 レシート 名 2 （英）receipt。收據

商 校 科 休 社 生 | 80 90 100 120%

♪124-07　せいげん
制限
限制、限度
名(する) 他 3

▶ この仕事に応募するのに年齢制限はありますか。
要應徵這項工作有年齡限制嗎？

♪125-01
成功
せいこう
成功
名(する) 自 0

▶ 私は昨日、「成功者の秘訣」というセミナーで成功者に会いました。

我昨天在「成功者的秘訣」研討會中見到成功人士。

相關單字 商売繁盛 名 生意興隆（多為祈願文句）
しょうばいはんじょう

♪125-02
製作／制作
せいさく　せいさく
製造、生産
名(する) 他 0

▶ 私は初めて日本でCM製作現場に行きました。

在日本第一次去廣告的拍攝現場。

♪125-03
生産
せいさん
生產
名(する) 他 0

▶ カップラーメン生産工場にも行きました。

也去了泡麵的製造工廠。

相關單字 生みの親 名 5 親父母、創始者
う　おや

▶ 安藤百福はインスタントラーメンの生みの親です。安藤百福是速食麵之父。

♪125-04
清書／清書
せいしょ　きよがき
謄寫
名(する) 他 0

▶ 私はコンテストに応募するための作文を清書しました。

我把要參加比賽的作文重新謄寫完畢。

相關單字 草稿 名 0 草稿
そうこう

♪125-05
成人
せいじん
成人
名(する) 自 0

▶ 近年、成人する人の数は多くありません。

最近這幾年，每年成年的人並不多（表人口減少）。

相關單字 成人式 名 3 成年禮
せいじんしき

♪125-06
清掃
せいそう
清掃
名(する) 他 0

▶ 結婚するなら、清掃好きな人がいいです。

結婚的話，喜歡打掃、愛乾淨的人比較好。

♪125-07
製造
せいぞう
製造
名(する) 他 0

▶ 日本へ行ったら、コーラの製造工程を見たいです。

去日本的話，想參觀可樂的製造過程。

♪126-01
生存
せいぞん
生存
名(する) 自 0

▶ 先生、この病気の生存率は何％ですか。
せんせい　　　　びょうき　　せいぞんりつ　なん

醫生，罹患這個疾病的存活率有幾％？

相關單字 五年生存率 名 6 五年存活率
ごねんせいぞんりつ

♪126-02
成長
せいちょう
成長
名(する) 自 0

▶ 子どもの成長は早いものですね。
こ　　　　せいちょう　はや

小孩子真的長得好快呀。

♪126-03
整備
せいび
配備、配齊
名(する) 他 1

▶ こちらはすでに整備された車です。そのまますぐに乗れ
せいび　　　　くるま　　　　　　　　　　　　　　の
ますよ。

這些車子都已經整理好了，可以直接上車出發。

♪126-04
整理
せいり
整理
名(する) 他 1

▶ 学生寮は共同生活の場ですから、整理整頓をきちんとし
がくせいりょう　きょうどうせいかつ　ば　　　　　　せいりせいとん
てください。

學生宿舍是公共生活空間，請確實整理乾淨。

♪126-05
成立
せいりつ
成立、完成
名(する) 自 0

▶ 数々の困難を乗り越え、やっと交渉が成立しました。
かずかず　こんなん　の　こ　　　　　　こうしょう　せいりつ

歷經無數的困難，終於交涉成功達成共識。

♪126-06
接近
せっきん
接近
名(する) 自 0

▶ クマが接近してきた時、とても驚きました。
せっきん　　　　とき　　　　おどろ

當熊朝這接近時，我感到非常驚慌。

♪126-07
設計
せっけい
設計、規劃
名(する) 他 0

▶ 地震シェルターの設計はどうなっているんですか。
じしん　　　　　　　せっけい

地震避難所的設計進度到哪了？

相關單字 インテリア 名 3 （英）interior。室內裝飾、內部空間

♪126-08
接続
せつぞく
連接、接續
名(する) 自 他 0

▶ 公共の Wi-Fi ネットワークは、いつも調子が悪くてなか
こうきょう　　　　　　　　　　　　　　ちょうし　わる
なか接続できません。
せつぞく

公用的 WI-FI 訊號一直很差，很難成功連線。

♪127-01 **セット**
套、準備
名(する) 他 1

商校科休社生 | 80 90 100 120%

▶ 舞台は当日ではなく、前日にセットしておきます。
不只當天，請連同前一天一起預約使用舞台的日期。

相關單字 ティーポットセット 名 （英）teapotset。茶具組

♪127-02 **設備**（せつび）
設備
名(する) 他 1

商校科休社生 | 80 90 100 120%

▶ このホテルは各種娯楽設備も整っています。
這間飯店具備各式完整的娛樂設施。

♪127-03 **説明**（せつめい）
説明
名(する) 他 0

商校科休社生 | 80 90 100 120%

▶ みなが納得できるように、説明をきちんとしてください。
為了讓大家都能理解，請確實說明內容。

♪127-04 **絶滅**（ぜつめつ）
滅絶
名(する) 自 他 0

商校科休社生 | 80 90 100 120%

▶ これまでに絶滅した動物は、数知れないほどいるらしい。
至目前為止，絕種的動物已數不清有多少。

♪127-05 **節約**（せつやく）
節約
名(する) 他 0

商校科休社生 | 80 90 100 120%

▶ あなたはふだんから節約していますか。私はいつでも節約していますよ。
你平常生活會節省嗎？我一直以來都是過著節約的生活。

相關單字 節約家（せつやくか）名 擅長節約者／倹約家（けんやくか）名 特別節儉的人／
浪費家（ろうひか）名 容易浪費的人

♪127-06 **専攻**（せんこう）
專攻、專門研
究
名(する) 他 0

商校科休社生 | 80 90 100 120%

▶ 大学時代の専攻は何でしたか。
你大學時代是主修什麼呢？

♪127-07 **前進**（ぜんしん）
前進
名(する) 自 0

商校科休社生 | 80 90 100 120%

▶ 首脳同士の会合で、やっと両国間の関係は前進しました。
◎見 P.44 進む
透過兩國總統的會面，兩國之間的關係總算前進一步。

♪128-01
潜水
せんすい
潜水
名(する) 自 0

▶沖縄の海で潜水をした体験は、今でも忘れられません。
おきなわ うみ せんすい たいけん いま わす
至今依然無法忘懷當初在沖繩潛水的體驗。

♪128-02
洗濯
せんたく
洗衣服
名(する) 他 0

▶毎日雨ばかりで、洗濯物が乾きません。
まいにちあめ せんたくもの かわ
因為每天下雨，導致衣服都不乾。

♪128-03
選択
せんたく
選擇
名(する) 他 0

▶みんな売り切れてしまったので、選択の余地がありませんでした。
う き せんたく よち
因為所有東西都賣光了，沒有其他的選擇。

相關單字 選択肢 名 3 4 選擇項目、選項
せんたくし

♪128-04
宣伝
せんでん
宣傳
名(する) 自 他 0

▶テレビでの宣伝効果はかなり高く、商品がよく売れました。
せんでんこうか たか しょうひん う
電視宣傳十分成功，商品銷售成績亮眼。

♪128-05
増加
ぞうか
增加
名(する) 自 他 0

▶工場でロボットを取り入れた結果、生産量が増加しました。
こうじょう と い けっか せいさんりょう ぞうか
工廠導入機器人進行生產，增加了產量。

♪128-06
増減
ぞうげん
增減
名(する) 自 他 3
0

▶季節によって、観光客の増減が激しいです。
きせつ かんこうきゃく ぞうげん はげ
根據不同的季節，觀光客的增減容易出現極端分布。

相關單字 増加 名(する) 自 他 0 增加、增多
ぞうか

♪128-07
操作
そうさ
操作
名(する) 他 1

▶操作は簡単な商品のほうがよく売れます。
そうさ かんたん しょうひん う
操作簡單的商品才容易熱賣。

♪129-01 創作
そうさく
創作
名(する) 他 ⓪

▶最近は創作料理が人気があります。
さいきん そうさくりょうり にんき

最近自創料理十分流行。

♪129-02 造船
ぞうせん
造船
名(する) 自 ⓪

▶日本には造船工場がありますか。
にほん ぞうせんこうじょう

日本有造船廠嗎？

相關單字 ヨット 名 ① （英）yacht。遊艇、帆船

♪129-03 想像
そうぞう
想像
名(する) 他 ⓪

▶彼は想像できないくらいのお金持ちらしい。
かれ そうぞう かねも

聽説他是個超乎想像的有錢人。

相關單字 ミューズ 名 （拉丁語）Muses。繆思（比喩作家、藝術家的靈感女神）

♪129-04 相続
そうぞく
繼承、繼任
名(する) 他 ① ⓪

▶これからは相続税が上がるので、遺産相続はますます面倒になるでしょう。
そうぞくぜい あ いさんそうぞく めんどう

今後繼承税會調漲，繼承遺產會變得越來越麻煩。

相關單字 相続放棄 名 ⑤ 放棄繼承
そうぞくほうき

♪129-05 増大
ぞうだい
増大、増多
名(する) 自 他 ⓪

▶大学は収入が増えたおかげで、研究予算も増大した。
だいがく しゅうにゅう ふ けんきゅうよさん ぞうだい

托大學收入增加的福，研究經費也增多。

♪129-06 相談
そうだん
商量
名(する) 他 ⓪

▶一人で悩まないで、誰かに相談したほうがいいですよ。
ひとり なや だれ そうだん

不要一人獨自煩惱，找人商量比較好。

相關單字 カウンセラー 名 ① ② （英）counselor。諮商員、心理諮商師

♪129-07 装置
そうち
設備、裝備
名(する) 他 ①

▶これは高価な装置らしいが、使い方がよくわからない。
こうか そうち つか かた

這個好像是很貴的裝置，不知道該如何使用。

♪130-01 **相当**（そうとう）
相當
名(する) 自 他 副
0

▶今回（こんかい）の試験問題（しけんもんだい）は相当難（そうとうむずか）しかったらしく、多（おお）くの人（ひと）が不合格（ふごうかく）となった。

這次的考試非常難，很多人不及格。

♪130-02 **送別**（そうべつ）
送別
名(する) 他 0

▶来月退職（らいげつたいしょく）する佐藤（さとう）さんのために、送別会（そうべつかい）を開（ひら）くことにした。

為了下個月離職的佐藤先生，我們決定舉辦一個送別會。

♪130-03 **測定**（そくてい）
測量
名(する) 他 0

▶体力測定（たいりょくそくてい）で、平均以上（へいきんいじょう）の体力（たいりょく）だという結果（けっか）が出（で）て嬉（うれ）しかった。

體力測試的結果，我拿到平均以上的成績，好開心。

♪130-04 **測量**（そくりょう）
測量
名(する) 他 2 0

▶山（やま）の高（たか）さの測量方法（そくりょうほうほう）を知（し）っていますか？ ⊖見 P.61 測る

你知道該如何測量山的高度嗎？

相關單字 巻尺（まきじゃく） 名 0 （金屬製或布製）捲尺、軟尺

♪130-05 **組織**（そしき）
組織
名(する) 他 1

▶会社（かいしゃ）で働（はたら）くということは、組織（そしき）の一員（いちいん）になるということです。

所謂在公司工作，就是成為組織的一員。

♪130-06 **損害**（そんがい）
損失、損害
名(する) 他 0

▶昨年（さくねん）の台風（たいふう）の影響（えいきょう）で、多（おお）くの農家（のうか）が損害（そんがい）を受（う）けました。

去年因為颱風的影響，許多農戶受到損失。

♪130-07 **尊敬**（そんけい）
尊敬
名(する) 他 0

▶人生（じんせい）のパートナーは、尊敬（そんけい）できる人（ひと）がいいです。

人生的伴侶，希望能是個令我尊敬的人。　　⊖見 P.131 尊重

相似字 リスペクト 名(する) 他 3 （英）respect。尊敬

♪131-01
存在 そんざい
存在
名(する) 自 0

▶ 彼はいつも静かで、存在感のない人です。
他一直都很安靜，一個沒什麼存在感的人。

♪131-02
損失 そんしつ
損失
名(する) 自 他 0

▶ 地震による農家の損失は莫大なものです。
農戶因為地震損失慘重。

相反字 得 とく 名 な形 0 有利

♪131-03
存続 そんぞく
繼續存在
名(する) 自 他 0

▶ 災害救助ボランティアの活動は、現在でも存続しています。
救災的志工活動現在也都還在進行。

♪131-04
尊重 そんちょう
尊重
名(する) 他 0

▶ 民主主義国家では、少数派の意見も尊重しなければなりません。⊚見 P.130 尊敬
在民主國家裡，少數人的意見也必須尊重。

♪131-05
退院 たいいん
出院
名(する) 自 0

▶ 彼女はガンの化学療法を受けるため、入退院を繰り返している。⊚見 P.139 入院
她因為接受癌症化療的關係，反覆住院又出院。

♪131-06
退屈 たいくつ
無聊
名(する) 自 0

▶ 入院生活は退屈なので、お見舞いに本を持って行くのがいいそうです。
住院的生活很無聊，所以聽說探病的時候帶書去是很棒的。

相關單字 マンネリ 名 0 （英）mannerism。一成不變、老套
▶ マンネリにおちいる。落入陳套。

♪131-07
滞在 たいざい
停留、旅居
名(する) 自 3

▶ あまりに楽しかったので、三日間の滞在予定を延長して、一週間滞在することにした。
因為太開心了，決定把停留時間從三天延長成一個禮拜。

相關單字 ホームステイ先 名 寄宿家庭的地點

♪132-01 **対照**
たいしょう
對照
名(する) 他 ⓪

▶ 左右対照な絵をシンメトリーな図柄と言います。
さ ゆうたいしょう え ず がら い

日文中，左右對稱的圖案稱為「シンメトリー」。

♪132-02 **代表**
だいひょう
代表
名(する) 他 ⓪

▶ 村上春樹の代表作品には、何がありますか。
むらかみはる き だいひょうさくひん なに

村上春樹有什麼代表作品？

♪132-03 **逮捕**
たい ほ
逮捕
名(する) 他 1

▶ 警察は、２ヶ月をかけてその指名手配犯を逮捕した。
けいさつ げつ し めい て はいはん たい ほ

警察花了兩個月終於抓到那個通緝犯。

相關單字 時限 名 1 時效、第……節課
じ げん

♪132-04 **代理**
だい り
代理、代理人
名(する) 他 ⓪

▶ この店は直営店ではなく代理店です。
みせ ちょくえいてん だい り てん

這間店不是直營門市，是代理店。

♪132-05 **対立**
たいりつ
對立、矛盾
名(する) 自 ⓪

▶ 今回の選挙の対立候補者はかなり手強い。
こんかい せんきょ たいりつこう ほ しゃ て ごわ

這次選舉的對手候選人非常厲害。

相反字 両立 名(する) 自 他 ⓪ 並存、並行
りょうりつ

♪132-06 **妥当**
だ とう
妥當
名(する) 自 な形
⓪

▶ 彼が選んだ方法は、妥当な選択だと思います。
かれ えら ほうほう だ とう せんたく おも

他選的方式我覺得很妥當。 ➾見 P.331 不当

♪132-07 **誕生**
たんじょう
出生、成立
名(する) 自 ⓪

▶ 祖父は孫の誕生を楽しみにしていました。
そ ふ まご たんじょう たの

祖父很期待孫子的誕生。

♪133-01
断水
だんすい
停水
名(する) 自 他 0

▶ 水不足のため、この地区では午後2時から5時までの間、断水になることになった。

因為缺水，這個地區從下午2點到5點停水。

♪133-02
断定
だんてい
斷定、判斷
名(する) 他 0

▶ 証拠がないので、これがAの仕業であると断定できない。

因為沒有證據，所以不能斷言這是A幹的。

相似字 言い切る 動I 他 3 斷言、說完

♪133-03
暖房
だんぼう
暖氣
名(する) 他 0

▶ 日本では、暖房が効いている場所が多いから、冬でもあまり寒く感じない。☞見 P.33 感じる

日本有許多地方都會開暖氣，所以即使是冬天也不覺得很冷。

♪133-04
遅刻
ちこく
遲到
名(する) 自 3

▶ 止むを得ず遅刻する場合は、会社に電話を入れるべきである。

非不得已而遲到時，應該向公司電話報備。

♪133-05
注意
ちゅうい
注意
名(する) 自 1

▶ 犬が道路を渡る時に、左右を注意してから渡っているのを見かけると偉いと思う。

看到狗先注意左右來車後才過馬路的模樣，我覺得牠很棒。

♪133-06
中止
ちゅうし
中止
名(する) 自 他 0

▶ 暴風雨のため、富士登山は中止せざるをえなくなった。

因為下暴風雨，不得不取消富士山的登山行程。

相反字 決行 名(する) 他 0 堅決進行

♪133-07
注射
ちゅうしゃ
打針
名(する) 自 他 0

▶ インフルエンザが流行る前に、ワクチンを注射したほうがいいでしょう。

在流感爆發前，先打疫苗比較好吧。

相關單字 ワクチン 名 1 （德）Vakzin。疫苗

動詞 あ〜さ
動詞 し〜わ
名詞 (する) あ〜く
名詞 (する) け〜し
名詞 (する) す〜り
名詞 あ〜お
名詞 か
名詞 き〜く
名詞 け〜こ
名詞 さ
名詞 し
名詞 す〜せ
名詞 そ〜ち
名詞 つ〜と
名詞 な〜わ
形容詞
副詞
其他

♪134-01 **駐車** ちゅうしゃ
停車
名(する) 自 0

▶路上駐車や並列駐車は人の迷惑になるのに、まったくな
くなりません。

明明路邊停車跟並排停車會造成人們的困擾，卻完全沒有減少的
跡象。

相關單字 停車 ていしゃ 名(する) 自 0 停車（一般指電車、新幹線、巴士）／
駐輪 ちゅうりん 名(する) 自 0 停自行車或摩托車

♪134-02 **抽象** ちゅうしょう
抽象
名(する) 他 0

▶書道作品も外国人にとっては、抽象画のようなもので
しょう。

書法作品對外國人來説，應該就像抽象畫吧。

♪134-03 **注目** ちゅうもく
注目
名(する) 自他 3

▶最近、甘酒の効能が注目され、売上は9倍も伸びたそう
だ。

最近甜酒的功效受大眾矚目，據説銷售量增加了九倍。

相關單字 一目瞭然 いちもくりょうぜん 名 な形 2 0 一目瞭然

♪134-04 **注文** ちゅうもん
訂購、要求
名(する) 他 0

▶注文が殺到して、生産が追いつかない状態だ。

來了好多訂單，生產速度跟不上。

♪134-05 **超過** ちょうか
超過
名(する) 他 0

▶飛行機に乗る際に荷物が重量オーバーすると超過料金が
かかりますから、気をつけましょう。

搭飛機時，若行李超重就必須支付超重費用，要小心。

♪134-06 **彫刻** ちょうこく
雕刻、雕像
名(する) 自他 0

▶彼はまるで彫刻作品のように彫りの深い顔立ちをしてい
るが、両親ともに日本人だそうだ。

他的臉孔深邃得宛如雕刻品一樣，但聽説雙親都是日本人。

♪134-07 **調査** ちょうさ
調査
名(する) 他 1

▶事故を調査したところ、原因はタバコの火の不始末だっ
たということだ。

根據調查結果，事故起因是菸蒂的火沒被處理好。

相似字 調べる しら 名 3 調査、考査

♪135-01
調節
ちょうせつ
調節
名(する) 他 0

商 校 科 休 社 生 | 80 90 100 120%

▶音量を調節するつまみが壊れて、大きな音が出ない。

音量的調解鈕壞掉了，所以聲音很小。

♪135-02
貯金
ちょきん
存款
名(する) 自 0

商 校 科 休 社 生 | 80 90 100 120%

▶お金を貯めるには、毎月引き落としで強制的に貯金するといいですよ。

要存錢的話，可以試試看每個月強迫性地從戶頭轉帳。

相關單字 貯金箱 ちょきんばこ 名 2 撲滿

♪135-03
直通
ちょくつう
直通、直達
名(する) 自 0

商 校 科 休 社 生 | 80 90 100 120%

▶直通バスのほうが乗り換えなくていいから、電車より便利です。

直達巴士因為不用轉車，比電車還方便。

♪135-04
貯蔵
ちょぞう
儲藏、貯存
名(する) 他 0

高 校 科 休 社 生 | 80 90 100 120%

▶ワインは貯蔵して寝かせることで、さらに味わいが良くなるそうです。

葡萄酒好像可以透過儲藏放置，讓味道更好。

♪135-05
追加
ついか
追加
名(する) 他 0

商 校 科 休 社 生 | 80 90 100 120%

▶参加者が増えたので、お弁当を追加で三つお願いします。

因為參加者變多了，請增加 3 個便當。

易混單字 追伸 ついしん 名 0 附言、又及

♪135-06
通過
つうか
通過
名(する) 自 0

商 校 科 休 社 生 | 80 90 100 120%

▶特急列車は小さい駅は通過してしまうため、各駅停車に乗り換えます。

因為特急列車不會停小站，所以要換搭區間車。

♪135-07
通学
つうがく
上學
名(する) 自 0

商 校 科 休 社 生 | 80 90 100 120%

▶通学路で見かけた秋田犬がかわいくて、思わず写真を撮ってしまいました。

上學的路上看到的秋田犬很可愛，我不假思索地拍下照片。

♪135-08
通勤
つうきん
通勤、上下班
名(する) 自 0

商 校 科 休 社 生 | 80 90 100 120%

▶日本人の平均通勤時間は 1 時間だそうです。郊外に住んでいる人が多いからでしょう。

據說日本人的平均通勤時間是一個小時。大概是因為有很多人住在郊外吧。

相關單字 満員電車 まんいんでんしゃ 名 塞滿乘客的電車

動詞 あ〜さ
動詞 し〜わ
名詞 あ〜く (する)
名詞 げ〜し (する)
名詞 す〜り (する)
名詞 あ〜お
名詞 か
名詞 き〜く
名詞 け〜こ
名詞 さ
名詞 し
名詞 す〜せ
名詞 そ〜ち
名詞 つ〜と
名詞 な〜わ
形容詞
副詞
其他

♪136-01 **通行**
つうこう
通行、往來
名(する) 自 0

▶日本は左側通行ですが、台湾では右側通行だから、ときどき歩く時に間違えてしまいます。
にほん　ひだりがわつうこう　たいわん　みぎがわつうこう
あ　とき　まちが

日本是靠左行走，台灣是靠右行走，有時候會不小心走錯。

相關單字 流行 名(する) 自 0 流行／はやり 名 3 流行／血行 名 0 血液循環
りゅうこう　けっこう

♪136-02 **通信**
つうしん
互通訊息、通訊
名(する) 自 0

▶インターネットは、一種の通信革命だと言えるだろう。
いっしゅ　つうしんかくめい　い

網路可以說是一種通信革命吧。

相關單字 文通 名(する) 自 0 互相寫信／
ぶんつう

ペンフレンド 名 4 （英）pen-friend。筆友

♪136-03 **通知**
つうち
通知
名(する) 他 0

▶合格通知を手にしたとたん、思わず涙が頬を流れた。
ごうかくつうち　て　おも　なみだ　ほお　なが

手裡握著合格通知時，不知不覺眼淚就滑過臉。

相關單字 通知書 名 5 書面通知、通知書
つうちしょ

♪136-04 **通訳**
つうやく
口譯
名(する) 他 1

▶同時通訳になるには、多くの訓練を積む必要がありますが、私は通訳になりたいです。
どうじつうやく　おお　くんれん　つ　ひつよう
わたし　つうやく

雖然同步口譯需要累積很多的訓練，但我還是想要當口譯員。

相關單字 翻訳 名(する) 他 0 （書面）翻譯
ほんやく

♪136-05 **提案**
ていあん
建議、提案
名(する) 他 0

▶この会議では、新たな提案について協議したいと思います。
かいぎ　あら　ていあん　きょうぎ　おも

我想要在這個會議上討論新的提案。

♪136-06 **低下**
ていか
下降、低落
名(する) 自 0

▶うつ病になると「意欲の低下・おっくう感」がよく見られるそうです。
びょう　いよく　ていか　かん　み

如果得了憂鬱症，好像會經常有「變得消極、空虛」的感覺。

相關單字 落下 名(する) 自 1 0 落下
らっか

♪136-07 **抵抗**
ていこう
抵抗、抗拒
名(する) 自 0

▶無駄な抵抗だとわかっていても、すぐに諦めるのは好きではない。
むだ　ていこう　あきら　す

雖然知道是垂死掙扎，但還是不想那麼快放棄。

商 校 科 休 社 生 | 80　90　100 120%

♪137-01

停止
てい　し

停止

名(する) 自 他 0

▶ ご覧になっている動画を一時的に停止したい場合は、この一時停止ボタンを押してください。
らん　　　　　　　　どう が　　いち じ てき　　てい し　　　　ば あい
いち じ てい し　　　　　　　　お

想要暫時停止觀看中的影片，請按壓這個暫時停止鍵。

商 校 科 休 社 生 | 80　90　100 120%

♪137-02

停車
てい しゃ

停車、煞車

名(する) 自 0

▶ 停車中の電車は、特急列車です。特急券をお持ちでない
てい しゃちゅう　でん しゃ　　とっきゅうれっしゃ　　とっきゅうけん　　も
お客様はご乗車になれません。
きゃくさま　　じょうしゃ

進站的電車為特快車。未持有特急卷的客人不能上車。

商 校 科 休 社 生 | 80　90　100 120%

♪137-03

提出
てい しゅつ

提出

名(する) 他 0

▶ レポート提出期限は必ず守るようにしましょう。
てい しゅつ き げん　　かなら　まも

請務必遵守報告的繳交期限。

相似字 言い出す 動I 他 3 開始說、提出
い　だ

商 校 科 休 社 生 | 80　90　100 120%

♪137-04

停電
てい でん

停電

名(する) 自 0

▶ 落雷でここら辺一帯は一時的に停電したが、すぐに復旧
らくらい　　　　へんいったい　いち じ てき　　てい でん　　　　　　　　ふっきゅう
した。

打雷造成這一帶暫時停電，但很快就恢復了。

商 校 科 休 社 生 | 80　90　100 120%

♪137-05

適用
てき よう

適用

名(する) 他 0

▶ この案件には、この条例を適用することができるので、
あんけん　　　　　じょうれい　てき よう
補助金が得られます。
ほ じょきん　え

這個案件，因為適用這個條文，所以可以領到補助金。

相關單字 法律 名 0 法律
ほうりつ

商 校 科 休 社 生 | 80　90　100 120%

♪137-06

徹夜
てつ や

通宵

名(する) 自 0

▶ 徹夜で勉強するのは効率が悪いから、ふだんからコツコ
てつ や　べんきょう　　　　こうりつ　わる
ツ勉強したほうがいいですよ。
べんきょう

熬夜念書的效率很差，所以平時認真學習比較好。

商 校 科 休 社 生 | 80　90　100 120%

♪137-07

展開
てん かい

展開、展開

名(する) 自 他 0

▶ A国とR国の今後の外交政策の展開に世界中が注目して
こく　　こく　こん ご　　がいこうせいさく　　てん かい　　せ かいじゅう　ちゅうもく
います。

全世界都在關注A國和R國外交政策的發展。

商 校 科 休 社 生 | 80　90　100 120%

♪137-08

伝染
でん せん

傳染、傳播

名(する) 自 0

▶ 豚肉を持ち込むと、豚コレラが伝染する恐れがあるので、
ぶたにく　　も　こ　　　　　ぶた　　　　　でん せん　　おそ
税関検査に時間がかかるようだ。
ぜいかんけん さ　　じ かん

因為帶豬肉入境可能會讓豬瘟傳播開來，所以海關的檢查好像會花很多時間。

動詞
あ〜さ

動詞
し〜わ

名詞(する)
あ〜く

名詞(する)
け〜し

名詞(する)
す〜り

名詞
あ〜お

名詞
か

名詞
き〜く

名詞
け〜こ

名詞
さ

名詞
し

名詞
す〜せ

名詞
そ〜ち

名詞
つ〜と

名詞
ね〜わ

形容詞

副詞

其他

♪138-01 **統一** とういつ
統一、一致
名(する) 他 ⓪

▶同じ民族でありながら、分断されてしまった両国の国民は、祖国の統一を心から願っているだろう。

身為同樣的民族，卻被拆散的兩國國民，應該打從心底渴望和祖國統一吧。

♪138-02 **統計** とうけい
統計
名(する) 他 ⓪

▶この論文は、統計学のデータを基に書かれたものですから、信頼度が高いものです。

這個論文是以統計學的資料為基礎編寫的，所以可信度很高。

♪138-03 **動作** どうさ
動作、舉止
名(する) 自 ①

▶カメは動作が鈍いが、寿命は長い。私たちもせかせかしないで、もっとゆっくりしたほうがいいのかもしれない。

烏龜的動作很慢，壽命很長。我們也不應該急急忙忙，稍微慢活一點好像也不錯。

相似字 動き 名 ③ 動作、變化

♪138-04 **登場** とうじょう
上場、出現
名(する) 自 ⓪

▶今年中に新たな航空会社が登場するということで、みな期待している。

今年內會成立新的航空公司，大家都很期待。

♪138-05 **投票** とうひょう
投票
名(する) 自 ⓪

▶日本では、18歳から投票権を持つことになったが、その代わり責任も待たなければならないだろう。

在日本，雖然18歲就有投票權，但相對的需要負起責任。

相關單字 国民投票 名 ⑤ 公民投票

♪138-06 **毒** どく
毒
名(する) 他 ②

▶色のきれいなキノコには毒があると言われているから、むやみに食べないことに限る。

人們都說顏色鮮豔的蘑菇有毒，所以千萬不要亂吃。

♪138-07 **特定** とくてい
特別指定、查明、斷定
名(する) 他 ⓪

▶三億円事件は、証拠不十分なために犯人を特定することが困難な事件の一つだ。

三億元事件，因證據不足所以成為無法斷定嫌犯的事件之一。

商校科休社生 | 80 90 100 120%

♪139-01 **特壳**
とくばい
廉讓、賣給特別指定者
名(する) 他 0

▶ 両親は、いつも広告を見て特売品を買いに行くのが楽しみなようである。

雙親好像一直都很以看了廣告後去買特賣品為樂。

商校科休社生 | 80 90 100 120%

♪139-02 **独立**
どくりつ
獨立、單獨存在
名(する) 自 0

▶ 海外では、「独立の英雄」という銅像をよく見かけるが、日本の「独立の英雄」は誰だと思いますか。

在國外常會看到「獨立英雄」的銅像，日本的「獨立英雄」你們覺得是誰呢？

相關單字 自立心 じりつしん 名 3 獨立精神

商校科休社生 | 80 90 100 120%

♪139-03 **登山**
とざん
爬山
名(する) 自 1 0

▶ 日本では、登山が好きな女性を山ガールと言い、その服装もファッショナブルだ。

在日本，喜歡登山的女生會被稱為登山女孩，她們的衣服也都很時髦。

商校科休社生 | 80 90 100 120%

♪139-04 **トレーニング**
（英）training。
訓練、練習
名(する) 他 2

▶ 私は毎週2回、筋力トレーニングをしているから、かなり筋肉がついた。

我每個禮拜會做兩次肌肉訓練，所以練出滿多肌肉的。

相似字 鍛える きたえる 動II 他 3 鍛錬

商校科休社生 | 80 90 100 120%

♪139-05 **泥棒**
どろぼう
小偷、偷
名(する) 他 0

▶ 留守宅に入る泥棒を空き巣と言います。外出の際には、しっかり戸締りをしましょう。

進到空屋偷東西的小偷被稱為「空き巣」。外出的時候要好好關門窗。

商校科休社生 | 80 90 100 120%

♪139-06 **入院**
にゅういん
住院
名(する) 自 0

▶ 「愛犬が入院したので、今日は欠席させていただきます」というメッセージが来て驚いたが、愛犬家にとっては、犬も家族の一員なのだろう。見 P.131 退院

「我的愛犬住院了，今天讓我請假」的訊息傳來嚇了我一跳。對愛狗人士而言，狗狗也是家人之一吧。

商校科休社生 | 80 90 100 120%

♪139-07 **入学**
にゅうがく
入學
名(する) 自 0

▶ 少子化の影響で、入学生数は年々減少傾向にある。

因為少子化的關係，入學的學生年年減少。

動詞 あ～さ
動詞 し～わ
名詞(する) あ～く
名詞(する) け～し
名詞(する) す～り
名詞 あ～お
名詞 か
名詞 き～く
名詞 け～こ
名詞 さ
名詞 し
名詞 す～せ
名詞 そ～も
名詞 つ～と
名詞 な～わ
形容詞
副詞
其他

♪140-01 **入社**
にゅうしゃ
進公司
名(する) 自 0

▶ 入社式は４月ですが、運がよければ桜がまだ咲いています。
にゅうしゃしき　がつ　　　　　うん　　　　　　　さくら　　　　さ

入社式雖然是四月，但運氣好的話櫻花還會開著。

♪140-02 **入場**
にゅうじょう
入場
名(する) 自 0

▶ オリンピックの開幕式では、選手たちの入場が見られます。
かいまくしき　　　せんしゅ　　　にゅうじょう　み

在奧運的開幕典禮，可以看到選手們入場。

♪140-03 **寝坊**
ねぼう
賴床
名(する) 自 な形
0

▶ 寝坊して遅刻しないように、早く寝るようにしています。
ねぼう　　ちこく　　　　　　　　はや　ね

為了不要因賴床而遲到，我都會早點睡。

相關單字 朝型 名 0 早睡早起（的生活型態）／
あさがた
夜型 名 0 晚睡晚起（的生活型態）
よるがた

♪140-04 **配達**
はいたつ
投遞
名(する) 他 0

▶ 先日、伏見稲荷でリュックを背負って配達している配達
せんじつ　ふしみいなり　　　　　　せお　　　はいたつ　　　　はいたつ
員を見かけました。毎日、登山でたいへんだろうと思い
いん　み　　　　　　まいにち　とざん　　　　　　　　　　おも
ました。

之前在伏見稻荷看到背著後背包在配送東西的送貨員。覺得他每
天都要爬山很辛苦吧。

相關單字 宅急便 名 2 宅配、宅急便
たっきゅうびん

♪140-05 **売買**
ばいばい
買賣、交易
名(する) 他 1

▶ 台湾では、株の売買で儲けている人がかなりいるように
たいわん　　　かぶ　ばいばい　もう　　　　　　ひと
思う。●見 P.144 販売
おも

我覺得在台灣，利用買賣股份來賺錢的人有很多。

♪140-06 **拍手**
はくしゅ
拍手
名(する) 自 1

▶ これから新郎新婦が入場致します。みなさま、拍手でお
しんろうしんぷ　にゅうじょういた　　　　　　　　　はくしゅ
迎えください。
むか

接下來是新郎新娘的入場。請大家掌聲歡迎。

♪140-07 **爆発**
ばくはつ
爆炸、爆發
名(する) 自 0

▶ 何がきっかけで人気爆発するかわからないから、何事も
なに　　　　　　にんき ばくはつ　　　　　　　　　　　なにごと
手抜きはいけない。
てぬ

不知道什麼原因（商品等）突然爆紅，所以現在什麼地方都不能
偷工減料了。

相關單字 爆弾 名 0 炸彈／爆弾発言 名 5 衝擊性言論
ばくだん　　　　　　　ばくだんはつげん

─────────────── 商校科休社生 | 80 90 100 120%

♪141-01 破産
は さん
破産

名(する) 自 0

▶カードの使いすぎによる、カード破産には気をつけましょう。

注意信用卡不要刷太兇，會變成卡奴。

相關單字 スランプ 名 2 （英）slump。不景氣、衰落

─────────────── 商校科休社生 | 80 90 100 120%

♪141-02 パス
（英）pass。
通過、合格

名(する) 自 1

▶日本語能力検定試験のＮ１にパスすることは容易なことではありません。

要通過新日檢 N1 不是一件簡單的事。

─────────────── 商校科休社生 | 80 90 100 120%

♪141-03 発育
はついく
發育、成長

名(する) 自 0

▶栄養が十分でないと発育不良になってしまうから、偏った食事は改善する必要がある。

如果沒有十足的營養，就會造成發育不良，所以應該改變偏食的習慣。

相似字 発達 名(する) 自 0 發達、發展

─────────────── 商校科休社生 | 80 90 100 120%

♪141-04 発音
はつおん
發音

名(する) 他 0

▶日本人にとって、英語の発音は難しいものがある。

對日本人來説，英文的發音很難。

─────────────── 商校科休社生 | 80 90 100 120%

♪141-05 発見
はっけん
發現

名(する) 他 0

▶蒸気船の発明によって、大航海時代が始まり、アメリカ大陸が発見されたのだ。

因為蒸汽船的發明，開始了大航海時代，也因此發現了美洲大陸。

─────────────── 商校科休社生 | 80 90 100 120%

♪141-06 発行
はっこう
發行

名(する) 他 0

▶雑誌の発行部数は、年々減少し、出版業界は苦しい状況にあるようだ。

雜誌發行的量一年一年在減少，出版業好像面臨著很艱難的處境。

─────────────── 商校科休社生 | 80 90 100 120%

♪141-07 発車
はっしゃ
發車、開車

名(する) 自 0

▶地方を旅行する際は、事前に発車時間を確認するために時刻表で調べたほうがいいですよ。

去地方旅遊的時候，事前用時刻表確認發車時間會比較好喲。

相關單字 駆け込み乗車 名 衝刺搭車、趕上車／
押し屋 名 尖鋒時間以推乘客上電車為工作者

動詞 あ～さ
動詞 し～わ
名詞(する) あ～く
名詞(する) け～し
名詞(する) す～り
名詞 あ～お
名詞 か
名詞 き～く
名詞 け～こ
名詞 き
名詞 し
名詞 す～ぜ
名詞 そ～ち
名詞 つ～と
名詞 な～わ
形容詞
副詞
其他

♪142-01 **発想**
はっそう
想出、表達
名(する) 他 ⓪

▶子どもの発想は、時に大人が思いつかないすばらしいア
イデアを秘めている。

小孩有時候會想出大人都想不到的、很棒的點子

相關單字 思いつく・思い付く 動Ⅰ 他 ④ ⓪ 忽然想起、想出／
ひらめく 動Ⅰ 自 ③ 閃耀、忽然想出

♪142-02 **発達**
はったつ
發育、發展
名(する) 他 ③ ⓪

▶国が発展するためには、まずインフラを整備し、交通網
を発達させなければならない。

發展一個國家，應該先做好基礎建設，讓交通網絡發達起來。

相關單字 ブーム 名 ① （英）boom。突然流行、突然盛行、景氣驟升

♪142-03 **発展**
はってん
發展
名(する) 自 ③ ⓪

▶十年前には想像もしていなかった国が現在では発展し、
GDP成長率は世界第一位になった。

十年前完全無法想像的國家現在發展了起來，GDP成長率成了世
界第一。

♪142-04 **発電**
はつでん
發電
名(する) 自 ⓪

▶現在、原子力発電に代わるソーラー発電が注目されてい
る。

現在，取代核能發電的太陽能發電正備受矚目。

♪142-05 **パット**
（英）putt。
（高爾夫球的）
推桿、輕擊球
名(する) 他 ①

▶一流選手でも、お気に入りのパットでないといいプレイ
ができないようだ。

聽說就算是一流的選手，只要不是用喜歡的高爾夫球桿就沒辦法
表現好。

♪142-06 **発売**
はつばい
出售
名(する) 他 ⓪

▶人気歌手のコンサートチケットは、発売と同時に、秒殺
で売り切れてしまった。

當紅歌手的演唱會門票一開賣就被秒殺。

相關單字 売り出す 動Ⅰ 他 ③ 開始販賣、賣得好

商校科休社生 | 80 90 100 120%

♪143-01 **発表**
はっぴょう
發表、發布
名(する)他 0

▶発表会まで時間がありませんから、みなさん気合いを入
はっぴょうかい じかん きあ い
れてがんばりましょう。

發表會快到了，大家加把勁努力吧！

商校科休社生 | 80 90 100 120%

♪143-02 **発明**
はつめい
發明
名(する)他 2 0

▶安藤百福は苦労の末、カップラーメンを発明しました。
あんどうももふく くろう すえ はつめい

安藤百福辛苦研究後，終於發明了杯麵。

商校科休社生 | 80 90 100 120%

♪143-03 **反映**
はんえい
反映、反射
名(する)自他 0

▶今回の選挙結果は、民意を反映したものでしょう。
こんかい せんきょけっか みんい はんえい

這次的選舉結果反應了民意吧。

相關單字 反応 名(する)自 0 反應
はんのう

商校科休社生 | 80 90 100 120%

♪143-04 **反抗**
はんこう
反抗
名(する)自 0

▶子どもには、反抗期があるのが普通です。
こ はんこうき ふつう

小孩有叛逆期是很正常的。

商校科休社生 | 80 90 100 120%

♪143-05 **反省**
はんせい
反省、重新考
慮
名(する)他 0

▶犬でも反省するようです。犬は賢い動物ですね。
いぬ はんせい いぬ かしこ どうぶつ

狗好像也會反省。狗真是聰明的動物。

相似字 振り返る 動Ⅰ他 3 回顧、反省
ふ かえ

商校科休社生 | 80 90 100 120%

♪143-06 **反対**
はんたい
反對、相反
名(する)自 0

▶野党は与党の政策に反対するだけでなく、もっと具体的
やとう よとう せいさく はんたい ぐたいてき
な案を掲げて欲しい。
あん かか ほ

在野黨不僅僅是反對執政黨，還希望執政黨能提出更具體的政策。

商校科休社生 | 80 90 100 120%

♪143-07 **判断**
はんだん
判斷
名(する)他 1

▶眠くなると判断力が鈍るので、コーヒーでも飲みましょ
ねむ はんだんりょく にぶ の
う。

想睡的時候判斷力會下降，喝杯咖啡吧。

動詞
あ〜さ

動詞
し〜わ

名詞(する)
あ〜く

名詞(する)
け〜し

名詞(する)
す〜り

名詞
あ〜お

名詞
か

名詞
き〜く

名詞
け〜こ

名詞
さ

名詞
し

名詞
す〜せ

名詞
そ〜ち

名詞
つ〜と

名詞
な〜わ

形容詞

副詞

其他

♪144-01 **販売** (はんばい)
銷售
名(する) 他 0

▶銭湯（せんとう）では、タオルを忘（わす）れた人（ひと）のためにタオルのレンタルと販売（はんばい）も行（おこな）っています。◎見 P.140 売買

為了忘記攜帶毛巾的人們，大浴場提供毛巾出租與販售。

相關單字 自動販売機（じどうはんばいき）名 6 自動販賣機／

オートマット 名 4 （英）automatic。車票、香煙、飲料等的自動販賣機

♪144-02 **日帰り** (ひがえり)
當天來回
名(する) 自 4 0

▶日帰（ひがえ）りで温泉（おんせん）に行（い）ってきました。

當天來回去泡溫泉。

♪144-03 **比較** (ひかく)
比較
名(する) 他 0

▶これは比較的初歩（ひかくてきしょほ）のミスですから、次回（じかい）から気（き）をつけてください。

這次的錯誤比較初階，下次要小心。

相關單字 食（た）べ比（くら）べ 名 品嘗、比較味道

♪144-04 **否決** (ひけつ)
否決
名(する) 他 0

▶その案（あん）は会議（かいぎ）で否決（ひけつ）されました。

那個案子在會議上被否決了。

♪144-05 **筆記** (ひっき)
筆記、記下來
名(する) 他 0

▶筆記用具（ひっきようぐ）を忘（わす）れた人（ひと）は、入（い）り口（ぐち）で借（か）りてください。

忘記帶文具的人請在入口借。

相關單字 筆記試験（ひっきしけん）名 4 5 紙筆考試

♪144-06 **批判** (ひはん)
批判、批評
名(する) 他 0

▶あまりにミスが多（おお）いと、批判（ひはん）を受（う）けますよ。

出太多錯的話會被批評喔！

♪144-07 **批評** (ひひょう)
批評、評論
名(する) 他 0

▶批評（ひひょう）を参考（さんこう）にして、さらにいいものができるようにがんばりたいと思（おも）います。

我想參考評論，創作出更好的作品。

商校科休社生 | 80 90 100 120%

♪145-01
評価 ひょうか
評價
名(する) 他 1

▶ これは評価の高い本ですから、おすすめです。

這本書評價很好，很推薦。

商校科休社生 | 80 90 100 120%

♪145-02
表現 ひょうげん
表現、表達
名(する) 他 3

▶ こちらは、表現豊かな作品に仕上がっています。

這個作品的表現力非常豐富。

商校科休社生 | 80 90 100 120%

♪145-03
評論 ひょうろん
評論、批評、
議論
名(する) 他 0

▶ これは、映画評論家一押しの映画だそうだ。

這部電影聽說是影評家們最推薦的。

相反字 ノーコメント 名 3 （英）nocomment。不予置評

商校科休社生 | 80 90 100 120%

♪145-04
普及 ふきゅう
普及
名(する) 自 0

▶ 携帯電話は今や、高齢者の間でも普及している必需品である。

現在手機在年長者之間也是很普及的必需品。

相關單字 普遍 名(する) 自 0 普遍／永遠不変 名 永遠不變

商校科休社生 | 80 90 100 120%

♪145-05
複写 ふくしゃ
抄寫、複印
名(する) 他 0

▶ 図書館の複写サービスはどこにありますか。

圖書館裡的影印機在哪裡？

商校科休社生 | 80 90 100 120%

♪145-06
復習 ふくしゅう
複習
名(する) 他 0

▶ 今日習ったことをきちんと復習しておきます。

我會好好複習今天學的東西。

相關單字 振り返る 動I 他 3 回顧、回頭望
▶ 歩んできた一年を振り返る。 回顧過去的這一年。

商校科休社生 | 80 90 100 120%

♪145-07
ご無沙汰 ぶさた
久沒問候
名(する) 自 な形 0

▶ どうもご無沙汰しております。

真是好久不見。

動詞 あ～さ
動詞 し～わ
名詞(する) あ～く
名詞(する) け～し
名詞(する) す～り
名詞 あ～お
名詞 か
名詞 き～く
名詞 け～ご
名詞 さ
名詞 し
名詞 す～せ
名詞 そ～ち
名詞 つ～と
名詞 な～わ
形容詞
副詞
其他

♪146-01 **附属／付属**

ふぞく／ふぞく

附屬

名(する) 自 0

▶ 母は、有名大学附属病院で治療を受けています。

はは　ゆうめいだいがくふぞくびょういん　ちりょう　う

媽媽在知名大學的附屬醫院接受治療。

♪146-02 **プラス**

（英）plus。

有利、加上、正號

名(する) 他 1 0

▶ 今回の経験は、あなたにとって何かプラスになりましたか。

こんかい　けいけん　　　　　　　　　なに

這次的經驗對你而言有加分嗎？

相反字 マイナス 名(する) 他 0 （英）minus。減少、負面

♪146-03 **プログラム**

（英）program。

電腦程式、計畫

名(する) 他 3

▶ パソコンでプログラムを作る職業をプログラマーといいます。

つく　しょくぎょう

用電腦寫程式的職業叫工程師。

相關單字 パンフレット 名 1 4 （英）pamphlet。手冊

♪146-04 **噴火**

ふんか

爆發、噴火

名(する) 自 0

▶ 聞くところによると、桜島は三日に一度は噴火するそうです。

き　　　　　　　　　さくらじま　みっか　いちど　ふんか

聽説櫻島的火山三天噴發一次。

♪146-05 **分解**

ぶんかい

分解、拆開

名(する) 自他 0

▶ 時計を分解して、部品を交換したらまだ十分使えます。

とけい　ぶんかい　　　ぶひん　こうかん　　　　　じゅうぶんつか

只要把時鐘拆解開，更換個零件就還很夠用。

♪146-06 **分析**

ぶんせき

分析

名(する) 他 0

▶ 詳細は、分析結果が出ないとわかりません。

しょうさい　ぶんせきけっか　で

在分析結果出來前都無法知道詳細內容。

相關單字 人工透析 名 3 洗腎

じんこうとうせき

商校科休社生　80　90　100　120%

動詞
あ～さ

♪147-01 **分担**
ぶんたん

分擔

名(する) 他 0

▶ 分担して仕事をしましょう。
ぶんたん　　　　しごと

分工合作吧。

動詞
し～わ

商校科休社生　80　90　100　120%

名詞(する)
あ～く

♪147-02 **分布**
ぶんぷ

分布

名(する) 自 他 0

▶ 火山分布地図をご覧ください。
かざんぶんぷ ちず　　　らん

請看火山分佈地圖。

名詞(する)
け～し

名詞(する)
す～り

商校科休社生　80　90　100　120%

名詞
あ～お

♪147-03 **分類**
ぶんるい

分類、分門別
類

名(する) 他 0

▶ 資料の分類分けをしましょう。
しりょう　ぶんるい わ

來分類資料吧。

相反字 まとめる 動II 他 0 彙整、統一

名詞
か

商校科休社生　80　90　100　120%

名詞
き～く

♪147-04 **閉会**
へいかい

閉會、會議結
束

名(する) 自 他 0

▶ 閉会式は五時から始まります。
へいかいしき ごじ　　　 はじ

閉幕典禮從五點開始。

相反字 開会 名(する) 0 開始會議（集會）
かいかい

名詞
け～こ

名詞
さ

商校科休社生　80　90　100　120%

名詞
し

♪147-05 **平行**
へいこう

平行、並行

名(する) 自 0

▶ 平行線を描いてください。
へいこうせん　えが

請畫平行線。

名詞
す～せ

名詞
そ～ち

商校科休社生　80　90　100　120%

名詞
つ～と

♪147-06 **変化**
へんか

變更、變化

名(する) 自 1

▶ 何か変化はありましたか。
なに　へんか

有什麼變化嗎？

名詞
な～わ

形容詞

商校科休社生　80　90　100　120%

副詞

♪147-07 **変更**
へんこう

變更、更改

名(する) 他 0

▶ 会議の時間を変更しました。
かいぎ　じかん　へんこう

會議的時間變更了。

相反字 不変 名 な形 0 不變（的）
ふへん

其他

♪148-01 返事 (へんじ)
回應、回答
名(する) 自 3

▶昨日メールを送ったのに、まだ返事がありません。
昨天就傳訊息了，但都沒有回覆。

♪148-02 編集 (へんしゅう)
編輯
名(する) 他 0

▶やっと編集の仕事が終わりました。
終於完成了編輯的工作。

相關單字 編集長 (へんしゅうちょう) 名 3 主編

♪148-03 ボイコット
（英）
boycott。
共同抵制、排
斥
名(する) 他 3

▶不良学生たちは集団で授業をボイコットした。
壞學生們一起抵制上課。

相反字 出席 (しゅっせき) 名(する) 自 0 出席、參加

♪148-04 冒険 (ぼうけん)
冒險、探險
名(する) 自 0

▶時間とお金があったら、冒険の旅に出てみたいです。
如果我有錢有閒，想要試著出去冒險。

♪148-05 報告 (ほうこく)
報告、告知
名(する) 他 0

▶今朝部長から異動報告を受けました。
今天早上從部長那接到異動通知。

相似字 お知らせ 名 0 通知

♪148-06 防止 (ぼうし)
防止
名(する) 他 0

▶これは薬物乱用防止のための対策です。
這是防止濫用藥物的對策。

♪148-07 放送 (ほうそう)
廣播、傳播
名(する) 他 0

▶この番組の放送日はいつですか。
這個節目什麼時候會播出呢？

商 校 科 休 社 生 | 80　90　100　120%

♪149-01 **包装**
ほうそう
包装
名(する) 他 0

▶ プレゼントですから、きれいに包装してください。
ほうそう
因為要送人，請包得漂亮一點。

商 校 科 休 社 生 | 80　90　100　120%

♪149-02 **訪問**
ほうもん
訪問、拜訪
名(する) 他

▶ 首相は本日、ロシアを訪問予定です。
しゅしょう　　ほんじつ　　　　　　　ほうもん　よ てい
首相預計今天會拜訪俄羅斯。

相關單字 訪問着 名 3 簡式和服
ほうもん ぎ

商 校 科 休 社 生 | 80　90　100　120%

♪149-03 **捕獲**
ほ かく
捕獲
名(する) 他 0

▶ 世間を騒がせたクマが、やっと捕獲されました。
せ けん　さわ　　　　　　　　　　　　ほ かく
大家議論紛紛的熊終於被抓了。

商 校 科 休 社 生 | 80　90　100　120%

♪149-04 **募集**
ぼ しゅう
募集、招募
名(する) 他 0

▶ 現在募集している職種は何ですか。
げんざい ぼ しゅう　　　　しょくしゅ　なに
請問現在是在招募哪種職位的人呢？

商 校 科 休 社 生 | 80　90　100　120%

♪149-05 **保証**
ほ しょう
保證
名(する) 他 0

▶ この商品は保証はありますか。
しょうひん　ほ しょう
這個商品有保固嗎？

商 校 科 休 社 生 | 80　90　100　120%

♪149-06 **舗装**
ほ そう
鋪修、鋪路
名(する) 他 0

▶ 今では多くの道が舗装されているので、花粉が地面に吸
いま　　おお　　みち　ほ そう　　　　　　　　　か ふん　じ めん　きゅう
収されずに空中を飛散しているそうです。
しゅう　　　　くうちゅう　ひ さん
現在鋪設了很多道路，花粉無法被地面吸收因此在空中飛散。

商 校 科 休 社 生 | 80　90　100　120%

♪149-07 **保存**
ほ ぞん
保存
名(する) 他 0

▶ お土産は、保存期間が長いものがいいです。
み やげ　　　ほ ぞん き かん　なが
伴手禮還是保存期限長一點的比較好。

相關單字 保存食 名 2 保存食品、乾貨
ほ ぞんしょく

動詞
あ～さ

動詞
し～わ

名詞(する)
あ～く

名詞(する)
け～し

名詞(する)
す～り

名詞
あ～お

名詞
か

名詞
き～く

名詞
け～こ

名詞
さ

名詞
し

名詞
す～せ

名詞
そ～ち

名詞
つ～と

名詞
な～わ

形容詞

副詞

其他

♪150-01
ほんやく
翻訳
翻譯（筆譯）、
譯本
名(する) 他 0

▶ 翻訳はふだんからのトレーニングが大切です。毎日少し
ずつでもやってみましょう。

翻譯是需要平日練習的，每天都練習一下吧。

易混單字 通訳 名(する) 他 1 口譯、口譯員

♪150-02
ま さつ
摩擦
摩擦、意見分
歧
名(する) 自 他 0

▶ 摩擦によって静電気が発生するらしい。

好像會因為摩擦而產生靜電。

♪150-03
まんぞく
満足
満足
名(する) 自 な形
1

▶ 今日の料理はいかがでしたか？ご満足していただけまし
たか？

今天的料理如何呢？吃得滿意嗎？

相似字 満悦 名(する) 自 0 喜悅、大悅

♪150-04
む じゅん
矛盾
矛盾
名(する) 自 0

▶ 野党の主張はいつも矛盾しているように感じます。

我覺得在野黨的主張一直都很矛盾。

♪150-05
めいわく
迷惑
麻煩、為難、
打擾、造成困
擾
名(する) 自 1

▶ みなさまにご迷惑をおかけし、誠に申し訳ありませんで
した。

造成大家的困擾，真的很不好意思。

易混單字 思惑 名 0 投機、想法

♪150-06
りゅうこう
流行
流行、時尚
名(する) 自 0

▶ 今、台湾で流行している食べ物は何ですか。 ◎見 P.63 流行る

台灣現在流行什麼食物？

♪150-07
りょうがえ
両替
兌換、換錢
名(する) 他 0

▶ 私は台湾元を日本円に両替したいです。

我想要把台幣換成日幣。

新日檢N2
關鍵單字

名詞
あ～お

愛情～温度
（あいじょう～おんど）

詞性、重音介紹

名 名詞	副 副詞	接助 接續助詞
名(する) 名詞（する）	副(する) 副詞（する）	自 自動詞
動I 第一類動詞	副助 副助詞	他 他動詞
動II 第二類動詞	接尾 接尾詞	感 感嘆詞
動III 第三類動詞	接頭 接頭詞	量 量詞
い形 い形容詞	代 代名詞	數字 表重音
な形 な形容詞	連 連語	
慣 慣用語	接 接續詞	

動詞變化介紹

て て形	可 可能形	受 受身形
た た形	意 意向形	使 使役形
否 否定形	條 條件形	使受 使役受身形

商校科休社生 | 80 90 100 120%

♪152-01
愛情
あいじょう
愛戀之情、疼
愛的心情
名 0

▶「自分の仕事に愛情を持つことだ」と、彼は成功の秘訣を語った。

「要對自己的工作有愛」，他說出了成功的祕訣。

商校科休社生 | 80 90 100 120%

♪152-02
アイディア／アイデア
（英）idea。
主意、想法
名 1 3

▶海外のCMはアイディアがおもしろい。 ➡見 P.169 海外

外國的廣告文案構想很有趣。

相關單字 ひらめく 動I 自 3 忽然想出、閃現

商校科休社生 | 80 90 100 120%

♪152-03
足跡／足跡
あしあと　そくせき
腳印、行蹤、
業績
名 3

▶アルベルト・アインシュタインは科学史上に大きな足跡を残した。

亞伯特・愛因斯坦在科學史上留下了偉大的功績。

商校科休社生 | 80 90 100 120%

♪152-04
足元／足下
あしもと　あしもと
腳下、身邊、
附近
名 3

▶語学では彼女の足元にも及ばない。

在外語能力方面我遠不及她。

商校科休社生 | 80 90 100 120%

♪152-05
宛名／宛て名
あてな　あ
な
收件人姓名(住
址)、抬頭
名 0

▶領収書の宛名は必ず会社名でもらってください。

收據抬頭務必用公司的名字。

易混單字 渾名／綽名 名 0 綽號

商校科休社生 | 80 90 100 120%

♪152-06
跡／痕
あと　あと
痕跡、去向
名 1

▶消しゴムで消した跡が残っている。

留下了用橡皮擦擦過的痕跡。

商校科休社生 | 80　90　100　120%

♪153-01 アマチュア／アマ
（英）
amateur。
業餘愛好者、
門外漢
名 0

▶ 文学に関しては、全くのアマチュアだ。
我對於文學是完全外行。

相關單字 素人 名 1 2 業餘愛好者
▶ それは素人考えだ。 那是門外漢的想法。

愛好家 名 0 愛好者
▶ 私の彼氏は野外活動愛好家です。 我的男朋友是戶外活動愛好者。

プロフェッショナル（英）professional。專家、專業的 名 な形 1 2
▶ 言語に精通したプロフェッショナルになりたい。 我想成為精通語言的專業人士。

玄人 名 1 2 內行、行家
▶ 彼女は玄人なみにギターが弾ける。 她的吉他演奏有職業水準。

商校科休社生 | 80　90　100　120%

♪153-02 雨戸
防雨門窗、護窗板
名 2

▶ 雨戸が開かないんです。
防雨窗打不開。

商校科休社生 | 80　90　100　120%

♪153-03 編物／編み物
編織品
名 2

▶ 家内の趣味は洋裁と編物です。
我太太的嗜好是裁縫和編織。

相關單字 かぎ針 名 鉤針

商校科休社生 | 80　90　100　120%

♪153-04 粗筋
概要、大意
名 0

▶ 前回やったお話しの粗筋を話してください。
請告訴我前次的故事概要。

商校科休社生 | 80　90　100　120%

♪153-05 アンケート
（法）
enquête。
問卷調査
名 1 3

▶ 卒業論文のために街道アンケートを取ろうと思っています。
為了寫畢業論文，我想在街上做問卷調查。

♪154-01 **アンテナ**
（英）
antenna。
天線、線索
名0

▶彼は自分でテレビのアンテナを取り付けた。

他自己安裝了電視天線。

[易混單字] アンダンテ 名3（義）andante。行板、慢板

♪154-02 **息**
いき
呼吸、氣息
名1

▶疲れてきたから、この辺で一息入れよう。

我已經精疲力竭了，在這邊休息一下吧！

♪154-03 **意義**
いぎ
意義、價值
名1

▶意義のあるイベントだから全力で応援したい。

因為是有意義的活動，我想全力支援。

♪154-04 **戦**
いくさ
戰爭、戰鬥
名30

▶「戦を見て矢をはぐ」というのは平素の準備が大事だという戒めだ。●見 P.271 戦争

「臨陣磨槍」是勸誡人平常就要有所準備。

♪154-05 **生け花**
いばな
插花、花道
名2

▶生け花は奥が深い。

插花藝術博大精深。

[相關單字] 剣山 名1 剣山（插花道具）

♪154-06 **医師**
いし
醫生、醫師
名1

▶医師の処方箋を持っていけば、薬局で薬を受け取れる。

只要拿著醫師的處方箋，就可在藥房領藥。

♪154-07 **意思**
いし
意思、打算
名1

▶A 社は意思の疎通がしっかりしているので、仕事の効率が上がりました。

A 公司因溝通良好，提升了工作效率。

♪155-01
衣食住（いしょくじゅう）
吃穿住、生活
情況
名3

商校科休社生 | 80 90 100 120%

▶ 生活の基本は衣食住だと思います。
我覺得生活的基礎是吃穿和居住。

♪155-02
泉（いずみ）
泉水、泉源
名0

商校科休社生 | 80 90 100 120%

▶ 彼女は両手で泉の水を掬って、一口飲んだ。
她用雙手捧起泉水，喝了一口。

♪155-03
板（いた）
木板、板子、
舞台
名1

商校科休社生 | 80 90 100 120%

▶ 主人のフランス語が板についてきたようだ。
我先生的法文漸漸地學得有模有樣。

相關單字 降板（こうばん）名(する)0 辭職、退場

♪155-04
一昨日（いっさくじつ）
前天
名4

商校科休社生 | 80 90 100 120%

▶ 荷物は一昨日届いた。
貨物已在前天送達。

相關補充 也可讀成「一昨日（おととい）」，重音是3。

♪155-05
一昨年（いっさくねん）
前年
名4

商校科休社生 | 80 90 100 120%

▶ これは一昨年買ったパジャマだ。
這是前年買的睡衣。

相關補充 也可讀成「一昨年（おととし）」，重音是2。

♪155-06
一種（いっしゅ）
一種、稍微
名1

商校科休社生 | 80 90 100 120%

▶ すだちは柑橘類の一種だ。
醋橘是柑橘屬的一種。

♪155-07
一瞬（いっしゅん）
一瞬間
名0

商校科休社生 | 80 90 100 120%

▶ ほんの一瞬で彼女の笑顔は消えた。
就在那一瞬間，她的笑容消失了。

名詞
あ～さ
動詞
し～わ
名詞（する）
あ～く
名詞（する）
け～し
名詞（する）
す～り
名詞
あ～お
名詞
か
名詞
き～く
名詞
け～こ
名詞
さ
名詞
し
名詞
す～そ
名詞
そ～ち
名詞
つ～と
名詞
な～わ
形容詞
副詞
其他

♪156-01 **一生**
いっしょう
一輩子
名0

▶その俳優は亡くなる直前に「悔いのない幸せな一生だった」と言っていたそうだ。

聽説那位演員在臨終前説了：「這是沒有悔恨，幸福的一生。」

♪156-02 **従兄弟／**
いとこ
従姉妹
いとこ
堂（表）兄弟
姉妹
名2

▶彼女たちは従姉妹でもあり、クラスメートでもある。

她們既是表姐妹，又是同班同學。

相關單字 従姉妹／従姉妹 名3 堂表姉妹

♪156-03 **稲**
いね
稲子
名1

▶稲は順調に成長して、田んぼは一面、青々と茂る。

稲子順利生長，農田一片青綠茂密。

♪156-04 **命**
いのち
生命、最寶貴
的東西
名1

▶命に限りがあるからこそ、今を精一杯生きる意味があるのだ。

正因為生命有限，努力活在當下才有意義。

♪156-05 **岩**
いわ
岩石
名2

▶こんな岩の裂け目に咲く花は初めて見た。

這種從岩石裂縫中綻放的花朵，我還是第一次看到。

相關單字 岩塩 名10 岩鹽

♪156-06 **祝い**
いわ
祝賀、慶賀
名20

▶結婚祝いのメッセージに何を書いていいか分からない。

結婚賀禮的賀詞不知該寫什麼好。

♪156-07 **インク**
（英）ink。
墨水、油墨
名10

▶その紙はインクを吸わない。

那種紙不會吸收墨水。

	商	校	科	休	社	生	80 90 100 120%

♪157-01
印象 いんしょう
印象、感受
名⓪

▶クロード・モネはフランスの「印象派」を代表する画家だ。

克勞德・莫內是法國「印象派」的代表畫家。

	商	校	科	休	社	生	80 90 100 120%

♪157-02
引力 いんりょく
引力、萬有引力、魅力
名①

▶万有引力は、全ての物体間に働く引力のことだ。

萬用引力就是作用於所有物體之間的引力。

相似字 重力 じゅうりょく 名① 萬有引力、重力

	商	校	科	休	社	生	80 90 100 120%

♪157-03
ウイルス
（拉丁文）
virus。
病毒
名①②

▶インターネットウイルスに感染する可能性がある。

有可能受到網路病毒感染。

相似字 黴菌 ばいきん 名⓪ 黴菌

	商	校	科	休	社	生	80 90 100 120%

♪157-04
宇宙 うちゅう
宇宙、太空
名①

▶いつか宇宙遊泳がしたい。

總有一天我想在太空漫步。

	商	校	科	休	社	生	80 90 100 120%

♪157-05
器 うつわ
容器、才幹
名⓪

▶器の大きい人になる方法を学びたい。

我想學習成為度量大的人。

	商	校	科	休	社	生	80 90 100 120%

♪157-06
腕 うで
前臂、本事
名②

▶働きながら腕を磨く修業時代だった。

一邊工作一邊磨練技藝的學習期間。

	商	校	科	休	社	生	80 90 100 120%

♪157-07
うどん／饂 う
飩 どん
烏龍麵、麵條
名⓪

▶蕎麦よりうどんのほうが好き。

比起蕎麥麵，我更喜歡烏龍麵。

相關補充 漢字同樣寫成「饂飩」的還有「ワンタン」，也就是中文的「餛飩」。
「ワンタン」的漢字又寫作「雲吞」，是餛飩在兩廣與天津的中文寫法。

動詞 あ～さ
動詞 し～わ
名詞（する）あ～く
名詞（する）け～し
名詞（する）す～り
名詞 あ～お
名詞 か
名詞 き～く
名詞 け～こ
名詞 さ
名詞 し
名詞 す～せ
名詞 そ～ち
名詞 つ～と
名詞 な～わ
形容詞
副詞
其他

♪158-01 **有無** うむ

有無、可否

名1

▶この仕事は経験の有無を問わず従事できる。
しごと けいけん うむ と じゅうじ

這份工作不管有沒有經驗都可以做。

♪158-02 **裏** うら

背面、內部

名2

▶家の裏の空地で鶏を飼う。
いえ うら あきち にわとり か

利用房子後頭的空地養雞。

相反字 表 おもて 名3 表面、外表

♪158-03 **裏口** うらぐち

後門、不正當
的做法

名0

▶鍵の掛かっていない裏口のドアから入れる。
かぎ か うらぐち はい

可以從沒上鎖的後門進去。

相關補充 後門又稱為「勝手口」。 かってぐち

♪158-04 **売り上げ** う あ

交易金額、營
業額

名0

▶先月の売り上げは 30%伸びた。
せんげつ う あ の

上個月的營業額成長了百分之三十。

相似字 業績 ぎょうせき 名0 業績

♪158-05 **売り場** う ば

販售處

名0

▶売り場の台の上に様々な食料品が並べてある。
う ば だい うえ さまざま しょくりょうひん なら

賣場櫃台上陳列著各式各樣的食品。

♪158-06 **運** うん

命運、運氣

名1

▶運が良くてコンサートのチケットが取れた。
うん よ と

我運氣很好，買到演唱會的票。

♪158-07 **運河** うんが

運河

名1

▶小樽運河は多くの観光客で賑わう。
おたるうんが おお かんこうきゃく にぎ

小樽運河觀光客很多，熱鬧非凡。

商校科休社生 | 80 90 100 120%

♪159-01
えいきゅう
永久
永久、永遠、
永恆
名 な形 0

▶ えいきゅう たいさく た
永久の対策を立てなければならない。

必須擬訂永久的對策。

相反字 暫く 副(する) 自2 暫且、片刻

商校科休社生 | 80 90 100 120%

♪159-02
えいせい
衛生
衛生
名 0

▶ びょうき うつ かんきょうえいせい ちゅうい
病気が移らないように、環境衛生に注意しないといけない。

為了避免疾病傳染，必須留意環境衛生。

商校科休社生 | 80 90 100 120%

♪159-03
えいよう
栄養
營養
名 0

▶ やさい の えいよう
野菜ジュースを飲むようにしているが、やっぱり栄養が
かたよ き
偏っている気がする。

雖然會盡量喝蔬菜汁，還是覺得營養不均衡。

商校科休社生 | 80 90 100 120%

♪159-04
えい わ
英和
英國與日本、
英語和日語
名 0

▶ ほんしょ すぐ えい わ じ てん
本書は優れた英和辞典である。 ➡見 P.185 漢和

本書是卓越的英日辭典。

相關單字 和製英語 名 4 和製英語、日式英語
わせいえいご

商校科休社生 | 80 90 100 120%

♪159-05
え がお
笑顔
笑容
名 1

▶ つか こ え がお いや
疲れたときは、子どもの笑顔が癒してくれる。

疲倦時，孩子的笑容能夠療癒我。

商校科休社生 | 80 90 100 120%

♪159-06
えきたい
液体
液體
名 0

▶ ぜんしん つか えきたいせっけん
これは全身に使える液体石鹸だ。

這是可以洗全身的液體皂。

商校科休社生 | 80 90 100 120%

♪159-07
えさ
餌
誘餌、飼料
名 2 0

▶ ねこ えさ
猫に餌をやった。

餵過貓食了。

動詞 あ～さ
動詞 し～わ
名詞(する) あ～く
名詞(する) け～し
名詞(する) す～り
名詞 あ～お
名詞 か
名詞 き～く
名詞 け～こ
名詞 さ
名詞 し
名詞 す～そ
名詞 た～ち
名詞 つ～と
名詞 な～わ
形容詞
副詞
其他

♪160-01 枝 <small>えだ</small>
樹枝、分支
名 0

▶ 風に揺れる桜の枝を見つめる。
<small>かぜ ゆ さくら えだ み</small>

我凝視臨風搖擺的櫻花樹枝。

♪160-02 エチケット
（法）
étiqutte。
禮節、禮儀、
規矩
名 1 3

▶ 喫茶店で仕事をする際に守るべきエチケットを七つ挙げる。
<small>きっさてん しごと さい まも なな あ</small>

舉出在咖啡店工作時必須遵守的七種禮節。

相似字 教養 名(する) 他 0 教養、培養
<small>きょうよう</small>

♪160-03 エネルギー
（徳）
Energie。
能源、氣力
名 2 3

▶ 人間はさらにエネルギーを節約する必要がある。
<small>にんげん せつやく ひつよう</small>

人類有必要節省更多能源。

♪160-04 絵の具 <small>え ぐ</small>
（繪畫用）顔
料、顔色
名 0

▶ 二種の絵の具を混ぜ合わせて使う。
<small>にしゅ え ぐ ま あ つか</small>

調和兩種顏料來畫圖。

♪160-05 縁 <small>えん</small>
縁分、血緣
名 1

▶ 遊びとは縁のない生活を送っている。
<small>あそ えん せいかつ おく</small>

我過著跟遊玩無緣的生活。

相關單字 縁結び 名 3 結婚、結親
<small>えんむす</small>

♪160-06 円 <small>えん</small>
圓形、圓滿、
日本貨幣單位
名 1

▶ 地面に円を描く。
<small>じめん えん か</small>

在地面上畫圓。

♪161-01

宴会
宴會
名 0

▶ 新年宴会は大いに盛り上がった。
新年宴會氣氛熱烈。

♪161-02

園芸
園藝
名 0

▶ 私は趣味で園芸をやっている。
我把園藝當成嗜好。

♪161-03

演劇
演戲、戲劇
名 0

▶ 私は学生時代に部活で演劇をやっていた。
我在學生時代參加戲劇社。

相似字 芝居 名 0 戲劇、演技
▶ 彼女は芝居の中で裁判官に扮した。 她在戲裡扮演法官。

♪161-04

円周
圓周
名 0

▶ 円周率とは、円の直径に対する円周の長さの比のことだ。
所謂圓周率，指圓的周長與直徑的比率。

♪161-05

煙突
煙囪、計程車
掛空牌載客
名 0

▶ 小さい頃サンタクロースは煙突から入って来ると思って
いた。
我小時候以為聖誕老人是從煙囪進來的。

♪161-06

甥
姪兒、外甥
名 0

▶ 『ラモーの甥』はディドロの対話体の小説である。
《拉摩的侄兒》是德尼・狄德羅的對話體小說。

♪161-07

**御出で／
お出で／
おいで**
「去、來、在」
的尊敬語
名 慣 0

▶ 社長の奥さんも教会へ御出でになるそうです。
聽說總經理夫人也要來教會。

相反字 参る 動I 自 1 去／來之謙讓語

♪162-01 **王様**（おうさま）
國王、大王
名 0

▶ライオンは動物の王様だ。

獅子是獸中之王。

♪162-02 **王子**（おうじ）
王子
名 1

▶あのピアニストは「ピアノの王子様」と呼ばれている。

那位鋼琴家被稱為「鋼琴王子」。

♪162-03 **王女**（おうじょ）
公主
名 1

▶王女様のためにドレスをお作りいたしました。

在下為公主殿下製作了禮服。

相似字 プリンセス 名 2 （英）princess。公主、太子妃

♪162-04 **欧米**（おうべい）
歐美
名 0

▶トムは若いとき欧米諸国を漫遊した。

湯姆年輕時漫遊過歐美各國。

♪162-05 **オーケストラ**
（英）
orchestra。
管弦樂
名 3

▶姉は大学時代、オーケストラ部に所属していた。

我姊姊大學時參加管弦樂社團。

相關單字 伴奏（ばんそう）名(する) 自 0 伴奏（者）

♪162-06 **お蔭様**（かげさま）
恩惠
名 0

▶お蔭様で、家族全員、元気にいたしております。

托您的福，我們全家都很好。

♪162-07 **おかず**
菜餚、配菜
名 0

▶作り置きおかずの献立をご紹介いたしましょう。

為您介紹可以做起來放的菜色。

♪163-01
おき
沖
海面上
名 0

商 校 科 休 社 生　| 80　90　100 120%

▶いっしょに沖釣りに行こう。

一起出海釣魚吧。

相關單字 磯波 名 0 拍岸浪濤
いそなみ

♪163-02
おくがい
屋外
室外、露天
名 2

商 校 科 休 社 生　| 80　90　100 120%

▶ピクニックとは、屋外に出て自然豊かな場所で食事することだ。
おくがい　で　しぜんゆた　ばしょ　しょくじ

所謂野餐，指的是走出戶外，在自然美景中用餐。

♪163-03
おくじょう
屋上
屋頂
名 0

商 校 科 休 社 生　| 80　90　100 120%

▶屋上ビアガーデンが流行っている。
おくじょう　はや

屋頂上的啤酒屋正流行。

♪163-04
おく　がな
送り仮名
為日文漢字注
音的假名
名 0

商 校 科 休 社 生　| 80　90　100 120%

▶ワードで送り仮名をつける方法を教えてください。
おく　がな　ほうほう　おし

請教我用 Word 標示漢字讀音的方法。

♪163-05
おく　もの
贈り物
禮物
名 0

商 校 科 休 社 生　| 80　90　100 120%

▶贈り物のお礼状の書き方を紹介しましょう。
おく　もの　れいじょう　か　かた　しょうかい

為您介紹送禮感謝卡的寫法。

♪163-06
おじ　おじ
伯父／叔父
（提及自己
的）伯父、叔
父、舅舅、姑
丈、姨丈
名 0

商 校 科 休 社 生　| 80　90　100 120%

▶叔父が車で駅まで送ってくれた。
おじ　くるま　えき　おく

叔叔開車送我到車站。

相關單字 叔母 名 0 阿姨、嬸嬸、姑姑、伯母等女性長輩
おば

動詞
あ〜さ
動詞
し〜わ
名詞(する)
あ〜く
名詞(する)
け〜し
名詞(する)
す〜り
名詞
あ〜お
名詞
か
名詞
き〜く
名詞
け〜こ
名詞
さ
名詞
し
名詞
す〜せ
名詞
そ〜ち
名詞
つ〜と
名詞
な〜わ
形容詞
副詞
其他

♪164-01 **お爺さん／お祖父さん**
じい／じい
爺爺、祖父、外祖父
名②

▶隣のお爺さんは早寝早起だ。
となり　じい　はや ね はやおき
鄰家祖父每天睡早起。

♪164-02 **伯父さん／叔父さん**
おじ／おじ
（尊稱）伯父、叔父、舅舅、姑丈、姨丈；一般對中年男性的稱呼
名⓪

▶伯父さんは頼りになる存在だ。
おじ　　たよ　　そんざい
我伯伯是個能仰賴的人。

相反字 叔母さん 名⓪ 尊稱阿姨、嬸嬸、姑姑、伯母等女性長輩

♪164-03 **夫**
おっと
丈夫
名⓪

▶先月夫とロシア旅行に行った。
せんげつおっと　　りょこう　い
我上個月跟丈夫去俄羅斯旅遊。

♪164-04 **お手伝いさん**
てつだ
家政婦、管家
名③

▶実家がお手伝いさんを雇っていた。
じっか　　てつだ　　やと
我的老家以前有請女傭。

相似字 家政婦 名② 幫忙家事之女傭
かせいふ

♪164-05 **音**
おと
（自然或機械的）聲音
名②

▶クラリネットの音が流れている。
おと　なが
黑管的聲音流瀉著。

♪164-06 **鬼**
おに
鬼怪
名②

▶心を鬼にしてスポーツ禁止を宣告した。
こころ　おに　　　　きんし　せんこく
硬著心腸，宣布禁止運動。

♪165-01

おび
帯

帯子、腰帯

名①

80 90 100 120%

▶浴衣帯をしっかり締めておきましょう。 見 P.43 締める

浴衣腰帯要綁緊喲。

♪165-02

おもちゃ
玩具

玩具

名②

80 90 100 120%

▶おままごとキッチンは人気の玩具だ。

廚房扮家家酒是很受歡迎的玩具。

♪165-03

おもて
表

表面、正面

名③

80 90 100 120%

▶表向き留学ということにしておく。

表面上裝成去留學。

♪165-04

おやゆび
親指

（手腳的）大
拇指

名⓪

80 90 100 120%

▶右足の親指を怪我した。

右腳大拇指受傷了。

相關單字 小指 名⓪ 小指

♪165-05

オルガン

（葡）orgão。
管風琴

名⓪

80 90 100 120%

▶デンマークの教会でパイプオルガンの演奏を聴いた。

我在丹麥的教堂聽了管風琴的演奏。 見 P.315 パイプ

♪165-06

おん
恩

恩情、情誼

名①

80 90 100 120%

▶先生のご恩は、一生忘れません。

我一輩子都不會忘記老師的恩情。

相似字 恵み 名⓪ 恩惠、恩澤

♪165-07

おんけい
恩恵

恩惠、好處

名⓪

80 90 100 120%

▶与えられた恩恵を忘れてはいけない。

不可忘卻得之於人的恩惠。

♪166-01

おんしつ
温室
溫室
名 0

▶ ブロンディのアパートには温室が付いている。
白朗黛住的公寓有溫室。

♪166-02

おんせん
温泉
溫泉
名 0

▶ 北海道の温泉といえば登別温泉だ。
提到北海道的溫泉，首先想到的是登別溫泉。

♪166-03

おんたい
温帯
溫帶
名 0

▶ 温帯は熱帯と寒帯との間の地帯である。 ⮕見 P.184 寒帯
溫帶是介於熱帶跟寒帶之間的地帶。
[相反字] 寒帯 名 0 寒帶

♪166-04

おんだん
温暖
溫暖（的）
名 な形 0

▶ 地球温暖化は地球全体の平均気温が上昇する現象である。
地球溫暖化是指整個地球的平均溫度升高的現象。

♪166-05

おんちゅう
御中
（用於信
封）……台
啟、……收
名 1

▶ 封筒に「台湾大学御中」と書いてある。
信封上寫著「台灣大學公啟」。
[相似字] 宛名 名 0 收件人姓名

♪166-06

おんど
温度
溫度
名 1

▶ 放射温度計を使う際に注意すべき点を解説する。
解説放射溫度計使用時的注意事項。

新日檢N2
關鍵單字

名詞

か

蚊〜漢和

詞性、重音介紹

名 名詞	副 副詞	接助 接續助詞
名(する) 名詞(する)	副(する) 副詞(する)	自 自動詞
動Ⅰ 第一類動詞	副助 副助詞	他 他動詞
動Ⅱ 第二類動詞	接尾 接尾詞	感 感嘆詞
動Ⅲ 第三類動詞	接頭 接頭詞	量 量詞
い形 い形容詞	代 代名詞	數字 表重音
な形 な形容詞	連 連語	
慣 慣用語	接 接續詞	

動詞變化介紹

て て形	可 可能形	受 受身形
た た形	意 意向形	使 使役形
否 否定形	條 條件形	使受 使役受身形

商校科休社生 | 80 90 100 120%

♪168-01 蚊
か

蚊子

名0

▶蚊帳生地は奈良の特産品である。
か や き じ　なら　とくさんひん

蚊帳布料是奈良的特產。

關聯單語 五月蠅い い形3 吵人的、瑣碎的
うるさ

商校科休社生 | 80 90 100 120%

♪168-02 科
か

科、生物分類

名1

▶著者は現役産婦人科医である。
ちょしゃ　げんえきさん ふ じん か い

作者是執業中的婦產科醫師。

商校科休社生 | 80 90 100 120%

♪168-03 カーペット

（英）carpet。
地毯

名13

▶ロビーにはカーペットが敷いてある。
し

大廳鋪著地毯。

相似字 絨毯 名1 地毯
じゅうたん

商校科休社生 | 80 90 100 120%

♪168-04 貝
かい

貝類

名1

▶ハマグリは貝類の一種で、よく料理に使われている。
かいるい　いっしゅ　　　りょう り　つか

蛤蜊是貝類的一種，經常用來入菜。

商校科休社生 | 80 90 100 120%

♪168-05 害
がい

危害、損害

名1

▶空港が台風でここまでの被害に遭うとは思っていなかった。
くうこう　たいふう　　　　ひ がい　あ　　　　　おも

我沒想到機場竟因颱風受損這麼嚴重。

商校科休社生 | 80 90 100 120%

♪168-06 会員
かいいん

會員

名0

▶会員は会費を支払う義務がある。
かいいん　かい ひ　しはら　ぎ む

會員有繳納會費的義務。

商校科休社生 | 80 90 100 120%

♪168-07 絵画
かい が

繪畫、圖畫

名1

▶印象派は科学技術が生んだ美しい絵画流派である。
いんしょうは　か がくぎじゅつ　う　　うつく　　かい が りゅうは

印象派是由科學技術孕生出來的美麗繪畫流派。

♪169-01 かいがい
海外
海外、國外
名 1

商 校 科 休 社 生 | 80 90 100 120%

▶ かいがいきんむ きぼう
海外勤務を希望しております。

我希望有到國外工作的機會。

相關單字 しんこんりょこう 新婚旅行 名 5 蜜月旅行

♪169-02 かいかん
会館
會館
名 0

商 校 科 休 社 生 | 80 90 100 120%

▶ こうえん しみんぶんか かいかん おこな
公演は市民文化会館で行われる。

公演將在市民文化會館舉行。

♪169-03 かいがん
海岸
海岸、海邊
名 0

商 校 科 休 社 生 | 80 90 100 120%

▶ きた みどりゆた いなか ふうけい うつく かいがん
北アイルランドには緑豊かな田舎の風景と美しい海岸が
ある。 ➡見 P.182 岸／岸

北愛爾蘭擁有綠意盎然的鄉野風景與美麗的海岸。

♪169-04 がいこう
外交
外交
名 0

商 校 科 休 社 生 | 80 90 100 120%

▶ かた せかい な がいこうかん
あの方は世界に名だたる外交官だ。

那個人是聞名世界的外交官。

♪169-05 がいこく
外国
外國
名 0

商 校 科 休 社 生 | 80 90 100 120%

▶ がいこく りょこう しや ひろ
外国を旅行して視野を広げたい。

我想藉由國外旅行來增廣見聞。

相關單字 がいこくじんかんり きょく 外国人管理局 名 出入境管理局

♪169-06 かいしや
会社
公司
名 0

商 校 科 休 社 生 | 80 90 100 120%

▶ おお て けんちくがいしや つと
大手建築会社に勤めている。

我任職於大型建設公司。

相關補充 如果「かいしや 会社」前面加上名詞，唸作「～がいしや 会社」。

♪169-07 かいじょう
会場
會場、會議地
點、活動地點
名 0

商 校 科 休 社 生 | 80 90 100 120%

▶ ちょうしょく かいじょう だい
朝食の会場は大ホールでございます。

用早餐的地點在大廳。

名詞
あ～さ

動詞
し～わ

名詞（する）
あ～く

名詞（する）
け～し

名詞（する）
す～り

名詞
あ～お

名詞
か

名詞
き～く

名詞
け～こ

名詞
さ

名詞
し

名詞
す～せ

名詞
そ～ち

名詞
つ～と

名詞
な～わ

形容詞

副詞

其他

♪170-01 **海水浴** かいすいよく
海水浴、海泳
名③

▶南仏のビーチで海水浴を存分に楽しむ。
なんふつ　　　　　　　　　かいすいよく　ぞんぶん　たの
在法國南部的海岸充分享受海水浴。

♪170-02 **回数** かいすう
次數
名③

▶ただ回数を重ねて復習すればいいというわけではない。
かいすう　かさ　　ふくしゅう
並不是增加複習的次數就好。

♪170-03 **回数券** かいすうけん
回數票
名③

▶大阪モノレールの回数券をゲットした。
おおさか　　　　　　　　かいすうけん
我買到大阪單軌電車的回數票。

相關單字　周遊券 しゅうゆうけん 名③ 周遊券、長途旅遊優待券

♪170-04 **快晴** かいせい
晴朗、萬里無
雲
名⓪

▶快晴なら、駅まで歩いて行くつもりだ。
かいせい　　えき　　ある　い
如果天氣晴朗，我打算步行到車站。

♪170-05 **階段** かいだん
樓梯、等級、
階段
名⓪

▶階段の踊り場に獅子の絵が掛けてある。
かいだん　おど　ば　しし　え　か
樓梯轉角的地方掛著獅子的畫。

易混單字　段階 だんかい 名⓪ 階段、等級

♪170-06 **外部** がいぶ
外部、局外人
名①

▶誰が顧客の個人情報を外部に漏らしたのか。
だれ　こきゃく　こじんじょうほう　がいぶ　も
是誰讓顧客的個人資料外流的呢？

♪170-07 **海洋** かいよう
海洋
名⓪

▶妹は海洋生物学を専攻している。
いもうと　かいようせいぶつがく　せんこう
我妹妹主修海洋生物學。

♪171-01
かい わ
会話
會話
名 0

▶ ていねん えいかい わ きょうしつ かよ
定年してから、英会話教室に通いはじめた。

我退休後才開始去學英語會話。

♪171-02
か おく
家屋
房屋、建築物
名 1

▶ にほん か おく す
日本家屋に住んでみたい。

我想住住看日式房屋。

相關單字 埴生の宿 名 英國民謠「Home! Sweet Home!」之日譯

♪171-03
かお かお
香り／薫り
香味、香氣
名 0

▶ うめ はな かお ただよ
梅の花はほのかな香りが漂う。

梅花散發出淡淡幽香。

♪171-04
が か
画家
畫家
名 0

▶ よ さ ぶ そん え ど じ だいちゅうき ぶんじん が か
与謝蕪村は江戸時代中期の文人画家である。

與謝蕪村是江戶時代中期的文人畫家。

♪171-05
か かく
価格
價格、定價
名 1 0

▶ ふたつ しょうひん か かく ひ かく き
二つの商品の価格を比較してから決める。

比較兩種商品的價格之後再做決定。

♪171-06
か がく
科学
科學
名 1

▶ つうぞく か がく たいしゅう か がく い
通俗科学は大衆科学とも言う。

通俗科學又稱大眾科學。

♪171-07
か がく ばけがく
化学／化学
化學
名 1

▶ おもちゃ た しゅ き けん か がくぶっしつ けんしゅつ
玩具から多種の危険化学物質が検出された。

從玩具中檢測出多種危險的化學物質。

相關補充 為了和「科学」的讀音區別，有時讀作「化学」。

♪171-08
かがみ かがみ
鑑／鏡
模範、鏡子
名 3

▶ せい じ か かがみ
これこそ政治家の鑑だ。

這才是政治家的典範。

名詞あ～さ
動詞あ～さ
動詞し～わ
名詞あ～く（する）
名詞け～し（する）
名詞す～り（する）
名詞あ～お
名詞か
名詞き～く
名詞け～ご
名詞さ
名詞し
名詞す～せ
名詞そ～ち
名詞つ～と
名詞な～わ
形容詞
副詞
其他

♪172-01
鍵 かぎ
鑰匙、鎖、關鍵
名②

▶彼がこの問題の鍵を握っている。
他掌握解決這個問題的關鍵。

相似字 キー 名① （英）key。鑰匙、鍵盤

♪172-02
書留 かきとめ
掛號（信）
名⓪

▶書留小包は 80 台湾ドルです。
掛號包裹要台幣八十元。

♪172-03
書き取り かきと
抄寫、聽寫
名⓪

▶十分後に書き取りを始めます。
十分鐘後開始考聽寫。

易混單字 切り取り 名⓪ 剪下、謀財害命

♪172-04
垣根 かきね
圍牆、（有）隔閡
名②③

▶人間は知らず知らずのうちに心の垣根を作ります。
人類會不知不覺在心裡築牆。

♪172-05
家具 かぐ
家具
名①

▶家具付きの部屋を借りている。
我租提供家具的房間。

♪172-06
額 がく
金額、數量
名②⓪

▶支払額を教えてください。
請告訴我支付金額。

相關補充 指「額頭」時唸作「額」。「猫の額ほどの庭」比喻狹小的庭院。

♪172-07
各自 かくじ
各自、每個人
名①

▶空港で各自搭乗手続きをしてください。
請在機場各自辦理登機手續。

商校科休社生 | 80 90 100 120%

♪173-01 **学者**
がくしゃ
學者
名 0

▶ 叔母は経済学者を自任している。
おば けいざいがくしゃ じ にん

我阿姨自命為經濟學者。

商校科休社生 | 80 90 100 120%

♪173-02 **各地**
かく ち
各地、到處
名 1

▶ 日本各地で花火大会が開催されている。
に ほんかく ち はな び たいかい かいさい

日本各地都會舉行煙火大會。

相似字 ローカル 名 な形 1 （英）local。當地、本地

商校科休社生 | 80 90 100 120%

♪173-03 **角度**
かく ど
角度、立場
名 1

▶ 違った角度から同じ場所を観察する。
ちが かく ど おな ばしょ かんさつ

從不同角度觀察同一個地方。

商校科休社生 | 80 90 100 120%

♪173-04 **学年**
がくねん
學年（度）、
年級
名 0

▶ 全学年で英語の授業が必修だ。
ぜんがくねん えい ご じゅぎょう ひっしゅう

所有年級都必修英文。

商校科休社生 | 80 90 100 120%

♪173-05 **学部**
がく ぶ
學院、本科
名 1 0

▶ 工学部出身だが、文学にも興味がある。
こうがく ぶ しゅっしん ぶんがく きょう み

我雖然是工學院畢業，也喜歡文學。

商校科休社生 | 80 90 100 120%

♪173-06 **確率**
かくりつ
機率、可能性
名 0

▶ 明日の降水確率は 50％です。
あ す こうすいかくりつ

明天的降雨機率是百分之五十。

相似字 能率 名 0 效率
のうりつ

商校科休社生 | 80 90 100 120%

♪173-07 **影**
かげ
影子
名 1

▶ ほとんど人影の見えない公園に入った。
ひとかげ み こうえん はい

我走進幾乎不見人影的公園。

動詞 あ〜さ
動詞 し〜わ
名詞（する）あ〜く
名詞（する）け〜し
名詞（する）す〜り
名詞 あ〜お
名詞 か
名詞 き〜く
名詞 け〜こ
名詞 さ
名詞 し
名詞 す〜せ
名詞 そ〜ち
名詞 つ〜と
名詞 な〜わ
形容詞
副詞
其他

♪174-01 **掛け算**
かけざん
乗法
名[2]

▶「掛け算」は中国語で「乗法」だ。
か　ざん　ちゅうごくご　じょうほう
「掛け算」用中文講是「乗法」。

♪174-02 **過去**
かこ
過去
名[1]

▶過去のある時期に同じ問題が発生していた。
かこ　じき　おな　もんだい　はっせい
過去某個時期也發生過同樣的問題。

相似字 未来 名[1] 未來、將來
みらい

♪174-03 **籠**
かご
籃、籠
名[0]

▶竹を割って籠を編む。
たけ　わ　かご　あ
剖竹編成籠子。

♪174-04 **火口**
かこう
火山口、爐門
名[0]

▶火口は噴火口とも言う。
かこう　ふんかこう　い
火山口又稱為噴火口。

♪174-05 **火災**
かさい
火災
名[0]

▶地震による火災が起こった。
じしん　かさい　お
由於地震引發了火災。

相關單字 火災保険 名[4] 火災保險
かさいほけん

♪174-06 **菓子**
かし
點心
名[1]

▶親しい友人に焼き菓子アソートをもらいました。
した　ゆうじん　や　かし
好朋友送我什錦餅乾。

♪174-07 **火事**
かじ
火災、失火
名[1]

▶山火事で森林のほとんどが焼けてしまった。
やまかじ　しんりん　や
因為山林火災森林幾乎全被燒毀。

♪175-01 **家事** かじ
家事、家庭事務
名①

▶ 家事で多くの時間を取られる。
家事占掉我許多時間。

♪175-02 **過失** かしつ
過失、疏失
名⓪

▶ 彼は過失で解雇された。
他因疏失被解雇。

♪175-03 **果実** かじつ
果實、收益
名①

▶ 自宅で果実酒を作る。
在自己的家製作水果酒。

♪175-04 **貸し家／貸し家** かやか／いえ
出租的房子
名⓪

▶ 赴任先で貸し家を借りて暮らしている。
在派任處租屋生活。

♪175-05 **数** かず
數目、有……價值的事物
名①

▶ 数あるビーチのなかでも、ここが旅行者に人気のエリアである。
為數眾多的海灘當中，這裡是旅客所鍾愛的。

相關單字 家主 やぬし 名①⓪ 屋主、一家之主

♪175-06 **肩** かた
肩膀
名①

▶ 肩だけでなく、首も凝ることが多い。
不只是肩膀，脖子也經常痠痛。

♪175-07 **型** かた
模型、形式、慣例、規矩
名②

▶ 新型インフルエンザが流行する時期は不明です。
新型流感的流行時期並不明確。

相關補充 「型」前面若有附加字，多唸作「〜型」，例如「新型」或「小型」等。

動詞 あ〜さ
動詞 し〜わ
名詞 あ〜く（する）
名詞 け〜し
名詞 す〜り（する）
名詞 あ〜お
名詞 か
名詞 き〜く
名詞 け〜こ
名詞 さ
名詞 し
名詞 す〜せ
名詞 そ〜ち
名詞 つ〜と
名詞 な〜わ
形容詞
副詞
其他

♪176-01

形／形
かたち／かた

外形、形狀、
形式

名 0 ／ 2

▶形にとらわれる。
かたち

拘於形式。

♪176-02

塊
かたまり

團塊、疙瘩、
集團

名 0

▶肉を塊で買う。
にく　かたまり　か

買整塊的肉。

相反字 粉々 な形 0 粉碎狀態
こなごな

♪176-03

片道
かたみち

單程、單方面

名 0

▶片道一時間半の通勤時間がかかります。
かたみちいちじかんはん　つうきんじかん

通勤時間單程要一個半小時。

♪176-04

価値
か ち

價值

名 1

▶その映画には映画館でお金を払って見る価値はないと思
えいが　えいがかん　かね　はら　み　かち
う。
おも

那部電影沒有到電影院付錢看的價值。

♪176-05

学科
がっか

學科、課程

名 0

▶同じ学科でも、コースによって選択すべき科目が異なる。
おな　がっか　せんたく　かもく　こと

即使同一個科系，組別不同，必修科目也有差異。

♪176-06

学会
がっかい

學會、學術會
議

名 0

▶娘は日本数学学会の会員として認められた。
むすめ　にほんすうがくがっかい　かいいん　みと

我的女兒被日本數學會認可為會員。

相關單字 懇親会 名 3 0 聯歡會、餐會
こんしんかい

♪176-07

活気
かっき

生機、活力

名 0

▶ここは市内で最も活気のあるエリアだ。
しない　もっと　かっき

這裡是本市最有活力的區域。

♪177-01
楽器
がっき

樂器

名 0

▶ 当店は世界中の民族楽器を揃えております。☺見 P.46 揃える
とうてん　せかいじゅう　みんぞくがっき　そろ

本店備有世界各地的傳統樂器。

♪177-02
学期
がっき

學期

名 0

▶ アメリカの大学はどの学期からでも入学することができ
だいがく　　　がっき　　　にゅうがく
ます。

美國的大學每個學期皆可入學。

♪177-03
活字
かつじ

印刷品

名 0

▶ もっと活字に親しむ充実のひとときを増やそう。
かつじ　した　じゅうじつ　　　　　　ふ

讓我們增加親近閱讀的充實時光吧！

♪177-04
カタログ
（英）

catalogue。
商品目錄、樣
本

名 0

▶ ２０１９年度版のカタログを二冊送ってください。
ねんどばん　　　　　　　　にさつおく

請寄兩本 2019 年度的目錄來。

[相似字] 献立 名 0 籌備、菜單
こんだて

♪177-05
格好
かっこう

樣子、外形

名 な形 接尾 0

▶ あんなに綺麗な格好は毎日やっていられない。
きれい　かっこう　まいにち

我沒辦法每天都打扮得那麼漂亮。

♪177-06
月日
がっぴ

日期

名 0

▶ 生年月日を記入しなければならない。☺見 P.323 日付
せいねんがっぴ　きにゅう

必須填寫出生年月日。

[相關補充] 另有「月日」的讀法，重音是 2 。除了「時間」、「光陰」，還有「每
つきひ
天的生活（日子）」的意思，也具體地指月亮和太陽。
▶ 月日が経つのは早いものだ。時間過得很快啊！
つきひ　た　　はや

♪177-07
活力
かつりょく

活力、生命力、
力量

名 2

▶ 適度な光は生活に活力を与えてくれます。
てきど　ひかり　せいかつ　かつりょく　あた

適度的光線為生活注入活力。

♪178-01
家庭
かてい
家庭
名 0

▶ホームステイを利用することで家庭の暖かさを味わった。

經由住宿家庭，感受到家庭的溫暖。

♪178-02
過程
かてい
過程
名 0

▶結果より過程が大切だと思う。

我認為過程比結果更重要。

相關單字 結果 名 0 結果

♪178-03
課程
かてい
課程
名 0

▶大学院修士課程に通っている。

我正在讀研究所碩士班。

♪178-04
カテゴリー
（徳）
Kategorie。
範疇、分類
名 2

▶芸能人として彼女は伝統的なカテゴリーのいずれにも当てはまらない。

作為演藝人員，她不屬於任何傳統的類型。

♪178-05
門／門
かど もん
門、門口、家
名 1

▶門松は正月に門の前に立てられる飾りである。☞見 P.267 正門

門松是過年時會放在門前的裝飾品。

相關補充 「門」另有學問派別或生物學分類的作用，也是「門限」（門禁）的簡稱。

♪178-06
仮名
かな
假名（日文字母）
名 0

▶平仮名と片仮名と、どちらが書きやすいですか。

平假名和片假名，哪個容易寫呢？

相關單字 ローマ字 名 3 0 羅馬拼音

♪178-07
仮名遣い
か な づか
（日文）假名用法
名 3

▶歴史的仮名遣いを学ぶ目的は何でしょうか。

為什麼要學舊式假名用法呢？

♪179-01
鐘 かね
鐘、鐘聲
名 ⓪

▶ 除夜の鐘は多くの寺で 108 回撞かれる。
大多數寺院除夕的鐘都是敲 108 下。

♪179-02
金 かね
金屬、錢財
名 ⓪

▶ 「金の切れ目が縁の切れ目」とは皮肉に聞こえる。
「沒有錢就沒有緣」這句話，聽起來很諷刺。

♪179-03
金持ち かね も
有錢人
名 ③

▶ 金持ちは、例外なく金を大切にする。
毫無例外地，有錢人都重視錢。
相關單字 襤褸屋 ぼろや 名 ② 破舊房屋

♪179-04
過半数 か はんすう
超過半數
名 ② ④

▶ クラスの過半数が入学試験に合格した。
班上超過半數的人通過入學考試。

♪179-05
花瓶 か びん
花瓶
名 ⓪

▶ 花瓶が粉々に割れた。
花瓶粉碎了。
相關單字 盆栽 ぼんさい 名 ⓪ 盆栽

♪179-06
壁 かべ
牆壁、障礙
名 ⓪

▶ 壁に水色のペンキを塗った。
在牆壁上塗了淡藍色的油漆。

♪179-07
釜 かま
鍋
名 ⓪

▶ 釜飯はもちろん、串焼きもおいしい釜飯屋を見つけた。
找到了釜飯不消説，連串燒都很好吃的釜飯店。

♪179-08
構い かま
在意、招待
名 ②

▶ どうぞお構いなく。
您別張羅了。

♪180-01 **神**
かみ
神
名1

▶ギリシャ神話の神々は個性豊かで人間臭い。
しん わ　かみがみ　こ せいゆた　にんげんくさ
希臘神話諸神都充滿個性，飽含人味。

♪180-02 **髪**
かみ
頭髮
名2

▶髪にかんざしを挿す。
かみ　　　　　　　　　さ
為頭髮插上髮簪。

♪180-03 **紙屑**
かみくず
紙屑
名3

▶紙屑のポイ捨てを止めましょう。
かみくず　　　　　す　　　　や
請不要隨地扔紙屑。

相關單字 シュレッダー 名2 （英）shredder。碎紙機

♪180-04 **剃刀**
かみそり
剃刀
名3 4

▶切れ味のよい安全剃刀を探している。
き　あじ　　　　　あんぜんかみそり　さが
我正在找銳利的安全剃刀。

♪180-05 **髪の毛**
かみ　け
頭髮
名3

▶私は髪の毛を弄る癖がある。
わたし　かみ　け　　いじ　くせ
我有玩弄頭髮的怪癖。

♪180-06 **科目**
か もく
學科、科目
名0

▶これらは必須科目ですか。
ひっ す　か もく
這些都是必修科目嗎？

相關單字 履修 名(する)他 0 修習
り しゅう

♪180-07 **殻**
から
外殼
名2

▶卵の殻がうまく剥けない。
たまご　から　　　　　む
我剝不好蛋殼。

♪181-01 カラー
（英）color。
顔色、色彩
名1

▶「パーソナルカラー」とは「自分に似合う色」のことです。

所謂「個人的顔色」就是「適合自己的顔色」。

♪181-02 かるた
（葡）carta。
紙牌遊戲
名1

▶かるた取りのルールが分からない。

我不知玩歌牌的規則。

相似字 トランプ 名2 （英）trump。撲克牌

♪181-03 カルテ
（德）Karte。
病歴卡、診断記録
名1

▶字の汚い私にとって、電子カルテは力強い味方です。

我的字很難看，電子病歴表正是救星。

♪181-04 カレンダー
（英）
calendar。
日暦、月暦
名2

▶そろそろ新年のカレンダーを準備しておこう。

月暦也差不多要換新年度的了。 ⇒見 P.377 そろそろ

相似字 ポスター 名1 （英）poster。海報

♪181-05 皮
皮、外觀
名2

▶布団皮の生地では藍染木綿がいちばん好きだ。

棉被套的布料我最喜歡藍染棉布。

相關補充 前面接名詞時唸作「〜皮」。

♪181-06 革
皮革
名2

▶本革でキーホルダーを作った。

用真皮做了鑰匙圈。

相關補充 前面接名詞時唸作「〜革」，例如「毛革」（毛皮）。

♪181-07 為替
匯兌、匯票
名0

▶こちらでは今日の外国為替レート情報を提供しています。

這邊提供今天的外幣匯率資訊。

♪182-01
かわら
瓦
瓦、無價值的
東西
名⓪

▶ かわらせんべい つく かた おし くだ
瓦煎餅の作り方を教えて下さい。

請教我瓦片煎餅的作法。

♪182-02
かん
勘
直覺、第六感
名⓪

▶ まわ かん するど ひと
周りに勘が鋭い人がいますか。

你周圍有感覺敏銳的人嗎？

♪182-03
がん きし
岸／岸
岸、崖
名①／②

▶ かわ りょうがん さくらなみ き えんえん つづ
川の両岸に桜並木が延々と続く。 ⊙見 P.169 海岸

河川兩岸的櫻花並列綿延不絕。

相關補充 「岸①」是音讀；「岸②」是訓讀。

♪182-04
かんが
考え
想法、觀念
名③

▶ かんが う
とてもいい考えが浮かんできた。

我腦中浮現了很好的想法。

♪182-05
かんかく
感覚
感覺、觀感
名⓪

▶ こくさいかんかく み つ ひと
国際感覚を身に付けた人になってほしい。

我希望你成為有國際觀的人。

相似字 センス 名① （英）sense。感性

♪182-06
かんかく
間隔
間隔、距離
名⓪

▶ かんかく さくら き う
5メートル間隔で桜の木を植える。

每隔五公尺種一棵櫻花樹。

♪182-07
かんきゃく
観客
觀眾
名⓪

▶ はいゆう かんきゃく ほう かお む
俳優が観客の方に顔を向けた。

演員把臉朝向觀眾。

商校科休社生 | 80 90 100 120%

♪183-01
環境
かんきょう
環境
名0

▶人間は環境に左右されやすい生き物だ。
にんげん　かんきょう　さゆう　い　もの

人類是容易受環境影響的生物。

商校科休社生 | 80 90 100 120%

♪183-02
看護師
かんごし
護理師
名3

▶看護師が息子の体温を測った。
かんごし　むすこ　たいおん　はか

護理師幫我兒子量體溫。

相關補充 「ナース」（英：nurse）和「看護師」男女護士都通用。
かんごし

商校科休社生 | 80 90 100 120%

♪183-03
関西
かんさい
（日本）關
西地區、京阪
神
名1

▶関西弁とは近畿方言のことだ。 ➡見 P.185 関東
かんさいべん　きんきほうげん

「關西腔」指近畿地區的方言。

相似字 近畿 名1 近畿地方
きんき

商校科休社生 | 80 90 100 120%

♪183-04
感じ
かん
感覺、印象
名0

▶耳を出して大人っぽい感じで素敵なヘアースタイルだ。
みみ　だ　おとな　かん　すてき

露出耳朵的成熟髮型。 ➡見 P.33 感じる

商校科休社生 | 80 90 100 120%

♪183-05
漢字
かんじ
漢字
名0

▶欧米人が頭を抱える漢字は、中華圏の人にとって楽勝の領域である。
おうべいじん　あたま　かか　かんじ　ちゅうかけん　ひと　らくしょう　りょういき

讓歐美人頭痛的漢字，卻是華人圈輕鬆取勝的領域。

商校科休社生 | 80 90 100 120%

♪183-06
元日
がんじつ
元旦
名0

▶元日の朝、国旗掲揚式に参加した。
がんじつ　あさ　こっきけいようしき　さんか

元旦去參加了升旗典禮。

商校科休社生 | 80 90 100 120%

♪183-07
患者
かんじゃ
病人
名0

▶思いやりをもって患者に接する。
おも　かんじゃ　せっ

體貼地對待病人。

動詞あ〜さ
動詞し〜わ
名詞あ〜く
名詞け〜し
名詞す〜り
名詞あ〜お
名詞か
名詞き〜く
名詞け〜こ
名詞さ
名詞し
名詞す〜せ
名詞そ〜ち
名詞つ〜と
名詞な〜わ
形容詞
副詞
其他

♪184-01
感情
かんじょう

感情、情緒

名 0

▶ 自分の感情に流されないようにしている。
じ ぶん かんじょう なが

我努力不受自己的情緒左右。

♪184-02
間接
かんせつ

間接

名 0

▶ 間接喫煙は二次喫煙ともいう。
かんせつきつえん に じ きつえん

間接抽煙又稱為吸二手煙。

相關補充 吸二手煙可稱為「間接喫煙」、「二次喫煙」、「受動喫煙」。
かんせつきつえん に じ きつえん じゅどうきつえん

♪184-03
感想
かんそう

感想

名 0

▶ ご使用後のご感想をお聞かせください。
し ようご かんそう き

請告訴我們您的使用感想。

♪184-04
寒帯
かんたい

寒帯

名 0

▶ ロシアのビクトリア島は寒帯である。⊖見 P.166 温帯
とう かんたい

俄羅斯的維多利亞島屬於寒帯。

♪184-05
官庁
かんちょう

政府機構

名 1

▶ 官庁は中央官庁と地方官庁に分類される。
かんちょう ちゅうおうかんちょう ち ほうかんちょう ぶんるい

行政機關有中央行政機關與地方行政機關二大類。

相似字 役所 名 3 政府機構
やくしょ

♪184-06
缶詰
かんづめ

罐頭、把人隔
離

名 3 4

▶ 山の上のホテルに缶詰状態になって、原稿を書く小説家
やま うえ かんづめじょうたい げんこう か しょうせつか
の様子を聞いた。
ようす き

我聽説過有小説家躲進山間飯店寫稿。

♪184-07
乾電池
かんでんち

乾電池

名 3

▶ ショッピングセンターで乾電池単3形4本パックを買っ
かんでんちたん がた ほん か
た。

在大賣場買了一組四個的三號乾電池。

♪185-01
関東（かんとう）
關東地區
名①

商校科休社生 | 80 90 100 120%

▶ ここは関東（かんとう）で最大級（さいだいきゅう）のアウトレットモールです。
這裡是關東地區規模最大的暢貨中心。　　　　　 ⊜見 P.183 関西

♪185-02
看板（かんばん）
招牌
名⓪

商校科休社生 | 80 90 100 120%

▶ 「全美映画館（ぜんびえいがかん）」は手描（てが）き看板（かんばん）で有名（ゆうめい）である。
「全美戲院」因手繪看板而聞名。

相關單字 看板娘（かんばんむすめ）名⑤ 招牌女店員

♪185-03
漢和（かんわ）
中文與日文
名①⓪

商校科休社生 | 80 90 100 120%

▶ 漢和辞典（かんわじてん）を一冊（いっさつ）持（も）っている。 ⊜見 P.159 英和
我有一本中日辭典。

關鍵片語

顔（かお）から火（ひ）が出（で）る：因害羞、羞愧而滿臉通紅
顔（かお）が立（た）つ：有面子
顔（かお）に泥（どろ）を塗（ぬ）る：丟臉、名譽掃地
顔（かお）を貸（か）す：替人赴約、出面

目（め）が利（き）く：眼尖、有鑑賞力、有眼光
目（め）が回（まわ）る：忙碌、頭昏眼花
目（め）がない：非常喜歡、沒有判斷力
目（め）が届（とど）く：注意到、照顧到

動詞 あ〜さ
動詞 し〜わ
名詞 する あ〜く
名詞 け〜し
名詞 する す〜り
名詞 あ〜お
名詞 か
名詞 き〜く
名詞 け〜こ
名詞 さ
名詞 し
名詞 す〜せ
名詞 そ〜ち
名詞 つ〜と
名詞 な〜わ
形容詞
副詞
其他

人生は自転車に乗るのと似ている。あなたがペダルを踏むのをやめない限り、倒れないから。　人生就像是騎腳踏車，只要不停止踩踏板就不會倒下。

名詞

き～く

気圧（きあつ）～軍隊（ぐんたい）

新日檢N2
關鍵單字

詞性、重音介紹

名 名詞	副 副詞	接助 接續助詞
名(する) 名詞（する）	副(する) 副詞（する）	自 自動詞
動Ⅰ 第一類動詞	副助 副助詞	他 他動詞
動Ⅱ 第二類動詞	接尾 接尾詞	感 感嘆詞
動Ⅲ 第三類動詞	接頭 接頭詞	量 量詞
い形 い形容詞	代 代名詞	数字 表重音
な形 な形容詞	連 連語	
慣 慣用語	接續 接續詞	

動詞變化介紹

て て形	可 可能形	受 受身形
た た形	意 意向形	使 使役形
否 否定形	條 條件形	使受 使役受身形

♪188-01 **気圧**
きあつ
氣壓
名 0

| 商 校 科 休 社 生 | 80 90 100 120% |

▶ 鹿児島では、太平洋高気圧に覆われて晴れる日が多い。
かごしま　　　　たいへいようこうきあつ　　おお　　　　　　は　　　ひ　　おお

鹿兒島籠罩在太平洋高氣壓下，晴天較多。

♪188-02 **黄色／黄色**
きいろ　　こうしょく
／黄色
おうしょく
黄色
名 0

| 商 校 科 休 社 生 | 80 90 100 120% |

▶ あの黄色い花は向日葵だ。
きいろ　はな　ひまわり

那朵黄色的花是向日葵。

相關單字 リスボンレモン 名 里斯本檸檬（黄色）

♪188-03 **議員**
ぎいん
議員
名 1

| 商 校 科 休 社 生 | 80 90 100 120% |

▶ 彼は選挙で議員に選ばれた。
かれ　せんきょ　ぎいん　えら

他在選舉時選上議員。

♪188-04 **気温**
きおん
氣溫
名 0

| 商 校 科 休 社 生 | 80 90 100 120% |

▶ クアラルンプールでは 1 年を通して気温の差が少ない。
いちねん　とお　　きおん　さ　すく

吉隆坡一年當中氣溫變化小。

♪188-05 **機会**
きかい
機會
名 2 0

| 商 校 科 休 社 生 | 80 90 100 120% |

▶ 格好の機会に恵まれる。
かっこう　きかい　めぐ

我很幸運得到一個好機會。

相似字 見込み 名 0 前景、未來性
みこ

♪188-06 **機械**
きかい
機器、機械
名 2

| 商 校 科 休 社 生 | 80 90 100 120% |

▶ 自動演奏楽器とは、機械によって自動的に演奏する楽器
じどうえんそうがっき　　　きかい　　　　じどうてき　えんそう　がっき
です。⊕見 P.331 部品

所謂「自動演奏樂器」就是靠著機器而自動演奏的機器。

♪188-07 **議会**
ぎかい
議會、國會
名 1

| 商 校 科 休 社 生 | 80 90 100 120% |

▶ 大分市議会臨時会の日程をお知らせします。
おおいたしぎかいりんじかい　にってい　　し

謹通知大分市議會臨時會議日程。

♪189-01 **期間**
期間、期限
名 1 2

▶ 観光ビザの滞在期間を延長することはできますか。
観光簽證的停留時間可以延長嗎？

♪189-02 **機関**
機關、單位
名 1 2

▶ 公共交通機関でストライキが起こると、利用者は足を奪われ、不便な思いをする。⊜見 P.23 奪う
大眾交通運輸罷工時，乘客彷彿雙腳被剝奪般地不便。

♪189-03 **機関車**
火車頭
名 2

▶ 伯父は蒸気機関車ファンだ。
我伯伯是蒸汽火車頭的粉絲。

♪189-04 **企業**
企業
名 1

▶ このタピオカのレシピは企業秘密です。
這種「珍珠」的食譜，屬於企業機密。
相關單字 大企業 名 大企業

♪189-05 **器具**
器具、用具
名 1

▶ 実験器具をインテリアとして販売しているお店がある。
有的店把實驗器材當成室內擺設來賣。

♪189-06 **危険**
危険的、危険
性
名 な形 0

▶ 彼は危険をかえりみず、現地へ向かった。
他不顧危險前往現場。
相關單字 危機意識 名 3 危機意識

♪189-07 **期限**
期限、時效
名 1

▶ これは有効期限がないお得な回数券です。⊜見 P.235 締め切り
這是沒有期限的優惠回數票。

動詞 あ〜さ
動詞 し〜わ
名詞（する）あ〜く
名詞（する）け〜し
名詞（する）す〜り
名詞 あ〜お
名詞 か
名詞 き〜く
名詞 け〜こ
名詞 さ
名詞 し
名詞 す〜せ
名詞 そ〜ち
名詞 つ〜と
名詞 な〜わ
形容詞
副詞
其他

♪190-01 **機嫌**（きげん）
心情、情緒
名 な形 0

▶いつも機嫌（きげん）よくいたいのに、つい感情的（かんじょうてき）になってしまう。
我總是想要保持心情愉快，卻不知不覺流於情緒化。

♪190-02 **気候**（きこう）
氣候
名 0

▶意外（いがい）にも、台湾（たいわん）は地域（ちいき）によって気候（きこう）が違（ちが）う。
很意外地，台灣的氣候隨著地區而有不同變化。

♪190-03 **記号**（きごう）
記號、符號
名 0

▶反復記号（はんぷくきごう）は楽譜（がくふ）を繰（く）り返（かえ）して演奏（えんそう）することを表（あらわ）す記号（きごう）です。
反覆記號是提示重覆演奏的樂譜記號。

♪190-04 **生地**（きじ）
素質、本色、
麵團
名 1

▶パン生地（きじ）をしっかりこねる。
使勁揉捏做麵包的麵團。

♪190-05 **記事**（きじ）
報導、消息、
新聞
名 1

▶５Ｗ１Ｈはニュース記事（きじ）の鉄則（てっそく）とされるほど、基本的（きほんてき）なポイントです。
5W1H 被視為新聞報導的規則，也是基本要點。

♪190-06 **技師**（ぎし）
技師、技術員、
工程師
名 1

▶シンガポールで土木技師（どぼくぎし）として働（はたら）いている。
我在新加坡當土木工程師。

相似字 エンジニア 名 3 （英）engineer。工程師

♪190-07 **儀式**（ぎしき）
儀式、典禮
名 1

▶成人式（せいじんしき）は単（たん）なる儀式（ぎしき）ではない。
成人禮不只是一種儀式而已。

♪191-01 **汽車** きしゃ
火車、列車
名2

商校科休社生 | 80 90 100 120%

▶ グズグズしていると汽車に乗り遅れるぞ。
慢吞吞地會趕不上蒸氣火車喲！

相關補充 蒸氣火車指觀光用、臨時行駛的列車；中文的「火車」可說「列車」或「電車」。

♪191-02 **記者** きしゃ
記者
名12

商校科休社生 | 80 90 100 120%

▶ 記者会見はソウル市で開かれる。
記者會將在首爾市舉行。

相似字 レポーター 名20 （英）reporter。記者、報導者

♪191-03 **技術** ぎじゅつ
技術、工藝
名1

商校科休社生 | 80 90 100 120%

▶ 運転技術には個人差がある。
駕駛技術的水平每個人都不同。

♪191-04 **基準** きじゅん
標準、基準
名0

商校科休社生 | 80 90 100 120%

▶ 採点基準が曖昧であると信頼性は損なわれる。
如果評分標準曖昧不明，就會損及可靠性。

♪191-05 **傷／疵** きず／きず
傷口、瑕疵
名0

商校科休社生 | 80 90 100 120%

▶ 傷口に塩を塗るようなことをする人は、何が楽しいのでしょうか。
在別人傷口上撒鹽的人，有什麼樂趣？

相關補充 表示「瑕疵」或「毛病」時，漢字可寫「疵」。

♪191-06 **奇数** きすう
單數、奇數
名2

商校科休社生 | 80 90 100 120%

▶ 番地は片側に奇数、反対側に偶数が並ぶ。
門牌號碼有一邊是奇數；另一邊是偶數。

♪191-07 **基礎** きそ
基礎、根基
名12

商校科休社生 | 80 90 100 120%

▶ 基礎をしっかりと身につけることが、成功への鍵です。
堅實的基礎，是導向成功的關鍵。

右側索引：
動詞 あ～さ
動詞 し～わ
名詞 する あ～く
名詞 する け～し
名詞 する す～り
名詞 あ～お
名詞 か
名詞 き～く
名詞 け～こ
名詞 さ
名詞 し
名詞 す～せ
名詞 そ～ち
名詞 つ～と
名詞 な～わ
形容詞
副詞
其他

♪192-01 **規則** きそく
規則、規矩
名 [1] [2]

▶ 規則正しい生活は生活習慣病予防につながる。
きそくただ せいかつ せいかつしゅうかんびょう よぼう

規律的生活可以預防「生活習慣病」。

♪192-02 **気体** きたい
氣體
名 [0]

▶ 窒素が気体から液体になる温度は -196℃である。
ちっそ きたい えきたい おんど

氮氣變成液氮的溫度是攝氏負 196 度。

相似字 空気 名 [1] 空氣
くうき

♪192-03 **基地** きち
基地、根據地
名 [1] [2]

▶ 昭和基地は南極圏内にある日本の観測基地である。
しょうわ きち なんきょくけんない にほん かんそくきち

昭和基地是位於南極圈內的日本觀測基地。

♪192-04 **議長** ぎちょう
議長、主持人、
司儀
名 [1]

▶ 議長が議案を表決に付する。
ぎちょう ぎあん ひょうけつ ふ

議長將議案交付表決。

相關單字 書記官 名 [2] 書記官
しょきかん

♪192-05 **きっかけ**
原因、契機
名 [0]

▶ 日本語を習い始めたのは、日本人のペンフレンドができ
にほんご なら はじ にほんじん
たことがきっかけです。

因為交到日本筆友，就此開始學習日語。

♪192-06 **喫茶／喫茶** きっさ きっちゃ
喝茶
名 [0]

▶ 喫茶店なのに美味しいラーメンが食べられるなんて。
きっさてん おい た

雖然是咖啡店，卻吃得到美味的拉麵。

♪192-07 **絹** きぬ
絲綢、蠶絲
名 [1]

▶ 絹織物は絹糸を使用した織物である。
きぬおりもの きぬいと しよう おりもの

絲綢是用蠶絲編製成的紡織品。

♪193-01 **基盤**（きばん）
基礎、底子
名 0

商校科休社生 | 80 90 100 120%

▶ この作品で夏目漱石に絶賛され、作家としての基盤を築いた。

他這部作品得到夏目漱石的高度讚揚，奠定了當作家的基礎。

♪193-02 **気分**（きぶん）
心情、情緒、氣氛
名 1

商校科休社生 | 80 90 100 120%

▶ うきうきした気分を隠しきれないような顔つきだ。

無法完全隱藏喜悅之情的臉孔。

相關補充 與「気分」類似的單字有「気持ち」（感覺、心情）、「感じ」（感覺）、「機嫌」（心情）等。「気持ち」和「気分」都兼有身、心兩面的感覺，可以說：「気分（気持ち）がいい。」（心情不錯、感覺不錯）或「気分（気持ち）が悪い。」（心情不好、感覺不好）。「気持ち」和「気分」用來傳達個人主觀的感覺；「機嫌」（心情）則多用來描述第二或第三人稱的心情，例如「機嫌がいいね。」（你看起來心情很好呢）。

♪193-03 **基本**（きほん）
基本、根本、基礎
名 0

商校科休社生 | 80 90 100 120%

▶ 今回は、「語彙」「文法」「フレーズ」から韓国語の基本をご紹介します。

這次從「單字」、「文法」、「片語」來介紹基礎韓語。

♪193-04 **義務**（ぎむ）
義務、本分
名 1

商校科休社生 | 80 90 100 120%

▶ あなたは自分の義務を果たすべきだ。

你應該履行自己的義務。

相反字 権利（けんり）名 1 權利

♪193-05 **着物**（きもの）
衣服、和服
名 0

商校科休社生 | 80 90 100 120%

▶ 有名な呉服店で着物を買った。

在有名的和服店買了和服。

♪193-06 **疑問**（ぎもん）
疑問、改進
名 0

商校科休社生 | 80 90 100 120%

▶ 購入する前の疑問点や、よくある質問をQ＆A形式でまとめました。

購買之前會有的疑問和常見問題，已用Q＆A的方式整理好了。

動詞 あ～さ / 動詞 し～わ / 名詞（する）あ～く / 名詞（する）け～し / 名詞（する）す～り / 名詞 あ～お / 名詞 か / **名詞 き～く** / 名詞 け～こ / 名詞 さ / 名詞 し / 名詞 す～せ / 名詞 そ～ち / 名詞 つ～と / 名詞 な～わ / 形容詞 / 副詞 / 其他

♪194-01 **客席** きゃくせき
客人的座席、觀眾席
名 0

▶ 客席から一斉に拍手が湧き起こった。
きゃくせき　いっせい　はくしゅ　わ　お

觀眾席上一起揚起了掌聲。

♪194-02 **客間** きゃく ま
客廳、客房
名 0

▶ 来客があると、客間に通す。
らいきゃく　　　　きゃく ま　とお

有客人來，就帶到客廳。

相似字 応接間 おうせつま 名 0 客廳、接待室／リビング 名 1 客廳／
客室 きゃくしつ 名 0 客廳、飯店房間

♪194-03 **キャンパス**
（英）
campus。
校園、校內
名 1

▶ オープンキャンパスを利用して志望校の雰囲気を確認す
りょう　　　しぼうこう　ふんいき　かくにん
る。

利用校園說明會確認自己想讀學校的風氣。

相關單字 学内 がくない 名 2 大學內部／校内 こうない 名 1 學校裡／校舎 こうしゃ 名 1 校舎／
学舎 がくしゃ 名 1 校舎

♪194-04 **旧** きゅう
舊、陳舊
名 1

▶ ２０１９年の旧正月は何月何日ですか。
ねん　きゅうしょうがつ　なんがつなんにち

2019 年的農曆新年是幾月幾號呀？

相關單字 古い ふる い形 2 舊的、不新鮮的／新しい あたら い形 4 新的、新鮮的

♪194-05 **休暇** きゅう か
休假、假期
名 0

▶ 有給休暇は何日もらえますか。
ゆうきゅうきゅう か　なんにち

有薪假可以請幾天？

相關補充 注意漢字是「暇」而不是「假」。

相似字 休み やす 名 3 休息、休假／バケーション 名 2 （英）vacation。假期、休
假／バカンス 名 2 （法）vacances。假期／憩い いこ 名 0 休憩、休息／
息抜き いきぬ 名(する)自 3 4 喘口氣／寛ぎ くつろ 名 0 放鬆休息／休息 きゅうそく 名(する)
自 0 休息／休む やす 動Ⅱ自 2 休息／一休み ひとやす 名 2 小憩／骨休め ほねやす 名(する)
他 3 休養／リラックス 名 2 （英）relax。放鬆。

♪194-06 **休憩** きゅうけい
休息
名(する)自 0

▶ たまには休憩することも大切です。
きゅうけい　　　　たいせつ

偶爾休息也很重要。

♪195-01 **給料** きゅうりょう
工資、薪水
名 ①

▶楽で給料のいい仕事を知っていますか。
你知道既輕鬆薪水又高的工作嗎？

♪195-02 **教員** きょういん
教員、教師
名 U

▶父は教員生活を 30 年続けた。
我父親過了三十年的教師生活。

相關補充 老師的說法主要有三種：「教員」、「教師」都是指老師的「職業」或「身分」，或者老師自稱，第三種的「先生」則是學生對老師的尊稱。學生的說法主要有四種：「学生」、「生徒」、「児童」、「学童」。「学生」是大專以上的學生；「生徒」指中學生和高中生；「児童」、「学童」指小學生，以上皆指「職業」和「身分」。學生自稱時應用「学生」，例如：「私は学生です。」

♪195-03 **教会** きょうかい
教堂、教會
名 ⓪

▶フランスにはカトリック教会がたくさんある。
法國有很多天主教堂。

♪195-04 **境界** きょうかい
境界、邊界
名 ⓪

▶仕事と私生活の境界線は曖昧になっていく一方だ。
工作和私生活的界線愈來愈模糊了。 ⊜見 P.222 境

易混淆字 境地 名 ① 境界、心境、環境
▶彼は独自の技法で銅版画界に新境地をひらいた。
他藉由獨特的技巧，開創了銅版畫的新境界。

相關補充 「境界」和「境地」都含有「土地」的要素，不過「境界」側重「邊界」的意義；「境地」比較不凸顯「邊界」的意思。此外，中文「開創新境界」的說法，在日文要用「境地」，而不是「境界」。

♪195-05 **教科書** きょうかしょ
教科書、課本
名 ③

▶おすすめしたい中国語教科書をご紹介します。
我要介紹我想推薦的中文教科書。

♪196-01 **行儀**（ぎょう ぎ）
言談舉止、禮
貌、規矩
名 0

▶なんて他人行儀（た にんぎょうぎ）なんだ！
那太見外了！
相似字 礼儀（れいぎ） 名 3 禮節、禮貌
▶礼儀正しく挨拶する。（れいぎただしく あいさつ） 很有禮貌地打招呼。

♪196-02 **行事**（ぎょう じ）
儀式、活動
名 1 0

▶私たちの暮らしは年中行事で彩られている。（わたし、く、ねんじゅうぎょうじ、いろど）
我們的生活因一年中的例行活動，顯得多彩多姿。
相似字 イベント 名 1 0 （英）event。活動、比賽

♪196-03 **興味**（きょう み）
興趣、興致、
關心
名 1

▶息子は歴史に興味津々だ。（むすこ、れきし、きょうみ しんしん）
我兒子對歷史很有興趣。
相似字 趣味（しゅみ） 名 1 嗜好、興趣

♪196-04 **教養**（きょうよう）
素養、教養、
教育
名 0

▶作者は教養ある聖職者と推定されている。（さくしゃ、きょうよう、せいしょくしゃ、すいてい）
作者推定是有教養的神職人員。

♪196-05 **郷里**（きょう り）
鄉里、故鄉、
家鄉
名 1

▶久しぶりに郷里に帰る。（ひさ、きょうり、かえ）
久違的返鄉。
相關單字 里帰り（さとがえ） 名(する) 自 3 0 返鄉、回娘家／
都落ち（みやこお） 名 0 從都市搬到鄉下

♪196-06 **漁業**（ぎょぎょう）
漁業、水產業
名 1

▶漁業協同組合に加入した。（ぎょぎょうきょうどうくみあい、か にゅう）
我加入漁會了。
相關單字 漁師（りょうし） 名 1 漁夫

♪196-07 **曲**（きょく）
曲子、曲調
名 1 0

▶この曲はどこかで聴いたことがある。（きょく、き）
這首曲子好像在哪兒聽過。

動詞
あ～さ

動詞
し～わ

名詞（する）
あ～く

名詞（する）
け～し

名詞（する）
す～り

名詞
あ～お

名詞
か

名詞
き～く

名詞
け～こ

名詞
さ

名詞
し

名詞
す～せ

名詞
そ～ち

名詞
つ～と

名詞
な～わ

形容詞

副詞

其他

♪197-01
きょくせん
曲線
曲線
名 0

▶ きょくせん か
曲線を描く。
畫曲線。

相反字 直線 名 0 直線

♪197-02
きょり
距離
距離、間隔
名 1

▶ えんきょり れんあい の こ
遠距離恋愛を乗り越えられると思います。
我認為遠距離戀愛是可以克服的。

♪197-03
きり
霧
霧、噴霧
名 0

▶ うすぎり た こ
薄霧が立ち込める。
薄霧彌漫。

♪197-04
き りつ
規律
規律、規定
名 0

▶ き りつ きび わる おも
規律に厳しいリーダーは悪くないと思います。
嚴格要求規範的領導者，我覺得不錯。

相似字 ルール 名 1 （英）rule。規則

♪197-05
ぎん
銀
銀
名 1

▶ りくじょう じょし ぎん かくとく
陸上の女子マラソンで銀メダルを獲得した。
田徑賽中，我得到女子馬拉松銀牌。

相關補充 說到成績或比賽名次，依序是「一位」、「二位」、「三位」，或是「優勝」、「準優勝」，如果有獎牌（獎盃），那就是：

金牌→金メダル＝ゴールドメダル gold medal

銀牌→銀メダル＝シルバーメダル silver medal

銅牌→銅メダル＝ブロンズメダル bronze meda

♪197-06
きんがく
金額
金額、款項
名 0

▶ ばくだい きんがく つい
莫大な金額を費やす。
花費巨大的金額。

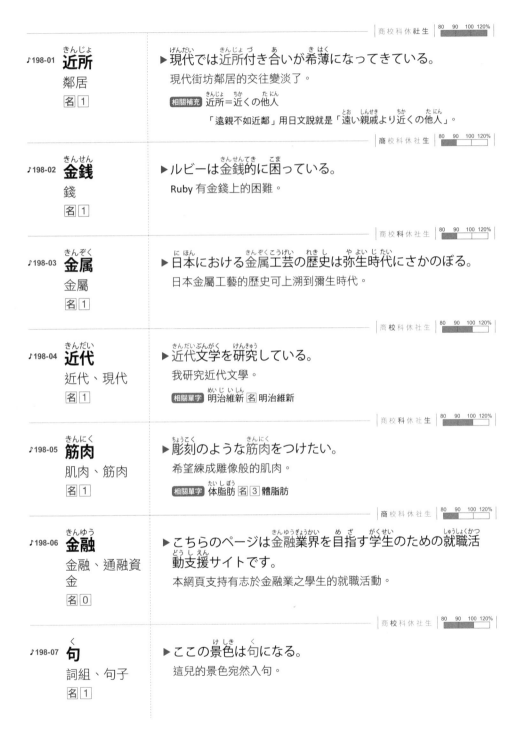

♪198-01 **近所**
きんじょ
鄰居
名①

▶現代では近所付き合いが希薄になってきている。
げんだい　　きんじょづ　あ　　　　きはく

現代街坊鄰居的交往變淡了。

相關補充 近所＝近くの他人
きんじょ　ちか　　たにん

「遠親不如近鄰」用日文說就是「遠い親戚より近くの他人」。
とお　しんせき　　ちか　　たにん

♪198-02 **金銭**
きんせん
錢
名①

▶ルビーは金銭的に困っている。
きんせんてき　こま

Ruby 有金錢上的困難。

♪198-03 **金属**
きんぞく
金屬
名①

▶日本における金属工芸の歴史は弥生時代にさかのぼる。
にほん　　　　　　きんぞくこうげい　れきし　やよいじだい

日本金屬工藝的歷史可上溯到彌生時代。

♪198-04 **近代**
きんだい
近代、現代
名①

▶近代文学を研究している。
きんだいぶんがく　けんきゅう

我研究近代文學。

相關單字 明治維新 名 明治維新
めいじ　いしん

♪198-05 **筋肉**
きんにく
肌肉、筋肉
名①

▶彫刻のような筋肉をつけたい。
ちょうこく　　　　きんにく

希望練成雕像般的肌肉。

相關單字 体脂肪 名③ 體脂肪
たい　しぼう

♪198-06 **金融**
きんゆう
金融、通融資
金
名⓪

▶こちらのページは金融業界を目指す学生のための就職活
きんゆうぎょうかい　めざ　がくせい　　　　　しゅうしょくかつ
動支援サイトです。
どうしえん

本網頁支持有志於金融業之學生的就職活動。

♪198-07 **句**
く
詞組、句子
名①

▶ここの景色は句になる。
けしき　く

這兒的景色宛然入句。

商校科休社生　80　90　100　120%

♪199-01
具合
_{ぐ あい}
情況、狀態
名 0

▶ 昨夜から具合が悪いので、今日は仕事を休みます。
_{さくや ぐ あい わる きょう し ごと やす}

從昨天晚上開始就一直很不舒服，所以今天就向公司請假了。

商校科休社生　80　90　100　120%

♪199-02
区域
_{く いき}
地區、區域、
範圍
名 1

▶ 台風の被害が大きく、立ち入り禁止になっている区域が
_{たいふう ひ がい おお た い きん し く いき}
あった。

颱風的損害很大，有些地區禁止進入。

相似字 エリア 名 1 （英）area。區域、地區

商校科休社生　80　90　100　120%

♪199-03
空気
_{くう き}
空氣、氣氛
名 1

▶ 部屋の空気を入れかえる。
_{へ や くう き い}

讓房間的空氣流通。

相關補充 當「空氣」引申為「氣氛」，「讀空氣」就變成「察言觀色」，也就是
讀取現場氛圍的意思。偏偏有些人不擅長此道，總是講錯話、做錯事，
無法掌握現場的氣氛，這時候，就可用日文說是「空気が読めない」
_{くう き よ}
（Kuuki ga Yomenai）。兩個關鍵詞「Kuuki」和「Yomenai」的羅馬
拼音首字合起來，就是「KY」。

商校科休社生　80　90　100　120%

♪199-04
偶数
_{ぐうすう}
偶數、雙數 (包
括零)
名 3

▶ お手洗いは偶数の車両にあります。
_{て あら ぐうすう しゃりょう}

洗手間在偶數車廂。

商校科休社生　80　90　100　120%

♪199-05
空中
_{くうちゅう}
空中、天空
名 0

▶ 空中写真は航空写真のことだ。
_{くうちゅうしゃしん こうくうしゃしん}

「空中攝影」就是「航空攝影」。

相關補充 三位一體的空中花園（屋頂花園）＝
空中庭園 名 5 空中庭園／屋上庭園 名 5 屋頂庭園／
_{くうちゅうていえん おくじょうていえん}
ルーフガーデン 名 4 （英）Rooftop gardening。屋頂庭園

商校科休社生　80　90　100　120%

♪199-06
釘／クギ
_{くぎ}
釘、釘子
名 0

▶ 壁に釘を打たずに物を飾りたい。
_{かべ くぎ う もの かざ}

我想在牆上掛東西，但不想釘釘子。

動詞 あ～さ
動詞 し～わ
名詞 (する) あ～く
名詞 (する) け～し
名詞 (する) す～り
名詞 あ～お
名詞 か
名詞 き～く
名詞 け～こ
名詞 さ
名詞 し
名詞 す～せ
名詞 そ～ち
名詞 つ～と
名詞 な～わ
形容詞
副詞
其他

♪200-01 <ruby>鎖<rt>くさり</rt></ruby>

鎖鏈、關聯

名30

▶ <ruby>鎖<rt>くさり</rt></ruby>でつないでください。

請用鏈子鎖住。

♪200-02 <ruby>櫛<rt>くし</rt></ruby>

梳子

名2

▶ お<ruby>土産<rt>みやげ</rt></ruby>に<ruby>京都<rt>きょうと</rt></ruby>のつげ<ruby>櫛<rt>ぐし</rt></ruby>を<ruby>買<rt>か</rt></ruby>った。

我買了京都的黃楊梳當伴手禮。

♪200-03 **くしゃみ／**
<ruby>嚏<rt>くしゃみ</rt></ruby>

噴嚏

名2

▶ くしゃみが<ruby>止<rt>と</rt></ruby>まらない。

噴嚏打個不停。

相關單字 <ruby>花粉症<rt>かふんしょう</rt></ruby> 名20 花粉症

♪200-04 <ruby>苦情<rt>くじょう</rt></ruby>

請求、抱怨

名0

▶ ユーザーから<ruby>苦情<rt>くじょう</rt></ruby>が<ruby>続出<rt>ぞくしゅつ</rt></ruby>した。

使用者不斷發出怨言。

♪200-05 <ruby>薬指<rt>くすりゆび</rt></ruby>

無名指

名3

▶ <ruby>左手<rt>ひだりて</rt></ruby>の<ruby>薬指<rt>くすりゆび</rt></ruby>に<ruby>婚約指輪<rt>こんやくゆびわ</rt></ruby>をはめる。

在左手無名指戴上訂婚戒指。

相關單字 <ruby>親指<rt>おやゆび</rt></ruby> 名0 大拇指／<ruby>人差し指<rt>ひとさしゆび</rt></ruby> 名4 食指／<ruby>中指<rt>なかゆび</rt></ruby> 名2 中指／
<ruby>小指<rt>こゆび</rt></ruby> 名0 小指

♪200-06 <ruby>唇<rt>くちびる</rt></ruby>

嘴唇

名0

▶ <ruby>唇<rt>くちびる</rt></ruby>がカサカサに<ruby>荒<rt>あ</rt></ruby>れている。

嘴唇粗糙乾裂。

♪200-07 <ruby>口紅<rt>くちべに</rt></ruby>

口紅

名0

▶ かすかに<ruby>震<rt>ふる</rt></ruby>える<ruby>手<rt>て</rt></ruby>で<ruby>口紅<rt>くちべに</rt></ruby>を<ruby>塗<rt>ぬ</rt></ruby>り<ruby>直<rt>なお</rt></ruby>す。

用微微發抖的手重塗了口紅。

相關補充 <ruby>紅<rt>べに</rt></ruby>しょうが 名 染紅的嫩薑（漬物的一種）

用梅醋染紅的嫩薑，最近多用色素。是博多拉麵等料理常用的配料，

吃丼飯時也常會搭配食用。

商 校 科 休 社 生 　 80　90　100　120%

♪201-01

（く とうてん）
句読点
（句號或逗號
等）標點符號
名②

▶（よ）（ぶんしょう）（く とうてん）（けいさん）（つ）
読みやすい文章は句読点まで計算されて付けられています。

容易讀的文章，是連標點符號都計算在內的。

商 校 科 休 社 生 　 80　90　100　120%

♪201-02

（くみあい）
組合
工會、公會、
組合
名⓪

▶（せいきょう）（せいかつきょうどうくみあい）（りゃくしょう）
生協は生活協同組合の略称です。

「生協」是「生活協同組合」的簡稱。

易混單字 （く）（た）組み立てる 動II 他 4 0 組裝

商 校 科 休 社 生 　 80　90　100　120%

♪201-03

（くも）
雲
雲、雲朵、雲
彩
名①

▶（いってん）（くも）（あおぞら）
一点の雲もない青空。

晴空萬里。

相關單字 （くも）曇り 名③ 陰天、陰

商 校 科 休 社 生 　 80　90　100　120%

♪201-04

（ぐんたい）
軍隊
軍隊、部隊
名①

▶（らいげつ）（ぐんたい）（はい）（よてい）
来月軍隊に入る予定です。

我預計下個月入伍。

（ 關鍵片語 ）

（め）（で）
目が出る：運氣好

（め）（ひか）
目が光る：嚴密地監視

（め）（あま）
目に余る：看不下去

（め）（あ）
目に遭う：經歷到、遭遇到不好的事

動詞 あ～さ
動詞 し～わ
名詞 あ～く (する)
名詞 け～し (する)
名詞 す～り (する)
名詞 あ～お
名詞 か
名詞 き～く
名詞 け～こ
名詞 さ
名詞 し
名詞 す～せ
名詞 そ～ち
名詞 つ～と
名詞 な～わ
形容詞
副詞
其他

幸せは自分の心が決める。　幸福是由自己的心所決定的。

新日檢N2
關鍵單字

名詞

け〜こ

毛〜コンパス

詞性、重音介紹

名 名詞	副 副詞	接助 接續助詞
名(する) 名詞(する)	副(する) 副詞(する)	自 自動詞
動Ⅰ 第一類動詞	副助 副助詞	他 他動詞
動Ⅱ 第二類動詞	接尾 接尾詞	感 感嘆詞
動Ⅲ 第三類動詞	接頭 接頭詞	量 量詞
い形 い形容詞	代 代名詞	數字 表重音
な形 な形容詞	連 連語	
慣 慣用語	接 接續詞	

動詞變化介紹

て て形	可 可能形	受 受身形
た た形	意 意向形	使 使役形
否 否定形	條 條件形	使受 使役受身形

♪204-01
毛 け

毛、毛髪

名⓪

▶眉毛を上手に描くことは難しいです。

要把眉毛畫漂亮，並不容易。

相關補充 前面有加字時，唸作「～毛」。

♪204-02
敬意 けい い

敬意

名①

▶どんな人にも敬意を払うことが重要です。

不論對誰都抱持敬意是很重要的。

♪204-03
景気 けい き

景氣

名⓪

▶早く景気が上向いて欲しい。

我希望經濟能快點好轉。

相反字 不景気 名 な形②不景氣、蕭條／不況 名⓪不景氣、蕭條

♪204-04
敬語 けい ご

敬語

名⓪

▶外国人には日本語の敬語は難しい。

對外國人來説，日語的敬語很難。

♪204-05
蛍光灯 けいこうとう

日光燈、螢光
燈

名⓪

▶蛍光灯はさまざまな分野で使用されている。

螢光燈廣泛使用於各領域。

♪204-06
警察 けいさつ

警察、警察局

名⓪

▶落とし物を警察に届けた。

把失物交到警察局。

♪204-07
警察官 けいさつかん

警（察）官

名③④

▶警察官の仕事内容と関連する資格について説明します。

説明警察官的工作內容及所需資格。

補充單字 警官 名⓪警官（「警察官」的通稱）

商校科休社生 | 80 90 100 120%

♪205-01
けいしき
形式
方式、形式
名 0

▶ 彼は形式に拘泥しすぎる。
かれ けいしき こうでい

他太過拘泥於形式。

商校科休社生 | 80 90 100 120%

♪205-02
げいじゅつ
芸術
藝術
名 0

▶ 自然観察は芸術家にとって重要なことだ。
しぜんかんさつ げいじゅつか じゅうよう

自然觀察對藝術家來説很重要。

商校科休社生 | 80 90 100 120%

♪205-03
け いと
毛糸
毛線
名 0

▶ 毛糸で靴下を編む。
け いと くつした あ

用毛線織襪子。

相關單字 編物 名 2 3 編織品
あみもの

商校科休社生 | 80 90 100 120%

♪205-04
けい ど
経度
經度
名 1

▶ 経度から時差を求めてみましょう。
けい ど じ さ もと

由經度推算時差吧。

相關單字 緯度 名 1 緯度／経緯 名 1 經緯、事情的來龍去脈
い ど けい い

商校科休社生 | 80 90 100 120%

♪205-05
けいとう
系統
系統、體系
名 0

▶ 系統的に学習したほうがいい。
けいとうてき がくしゅう

有系統地學習比較好。

商校科休社生 | 80 90 100 120%

♪205-06
げいのう
芸能
技藝
名 0

▶ 芸能人になる気はない。
げいのうじん き

我不想成為演藝人員。

商校科休社生 | 80 90 100 120%

♪205-07
けいよう し
形容詞
形容詞
名 3

▶ 副詞や形容詞に頼り過ぎないよう注意しましょう。
ふくし けいよう し たよ す ちゅうい

別太過於依賴副詞和形容詞。

補充單字 レトリック 名 1 3 （英）rhetoric。修辭學

動詞
あ～さ

動詞
し～わ

名詞（する）
あ～く

名詞
け～し

名詞（する）
す～り

名詞
あ～お

名詞
か

名詞
き～く

名詞
け～こ

名詞
さ

名詞
し

名詞
す～せ

名詞
そ～ち

名詞
つ～と

名詞
な～わ

形容詞

副詞

其他

♪206-01 **ケース**
（英）case。
事件、場合、
盒子
名①

▶スーツケースを預かってくれませんか。

能幫我保管行李箱嗎？

相關單字 ケースバイケース 名⑥ （英）case by case。個別處理、逐一處理

♪206-02 **怪我**（けが）
受傷、過失
名②

▶おととい転んで膝に怪我をしました。

我前天跌倒，膝蓋受傷。

相關單字 七転八起（ななころびやおき）四字熟語①③ 百折不撓（字面意思：跌倒七次，爬起八次）

♪206-03 **外科**（げか）
外科（醫學）
名⓪

▶外科手術を受けることにした。

我決定接受外科手術治療。

♪206-04 **劇**（げき）
戲劇、程度劇
烈
名①

▶主人は毎日時代劇を見ている。

我先生每天都看歷史劇。

相關補充 中文的「劇痛」，日文可以說「劇痛」（げきつう），或「激痛」（げきつう）。
激 接頭 用於形容詞前面，表示程度的強烈／激安 名⓪ 超級便宜／
激辛（げきから）名⓪ （味道）超級辣、（評價）嚴苛

♪206-05 **劇場**（げきじょう）
劇場、劇院
名⓪

▶関西の宝塚大劇場は有名な劇場です。

位於關西的寶塚大劇場是有名的劇院。

♪206-06 **景色**（けしき）
景色、風景
名①

▶思う存分に雪景色が見たい。

想盡情觀賞雪景。

相關補充 前面有名詞時唸成「〜景色」（げしき）。

相關補充 色紙（しきし）名⓪ 寫紀念話語、臨別贈言的四方形紙板（單一顏色較多）／
色紙（いろがみ）名② （摺東西用的）色紙（一包當中有各種顏色）

♪207-01 **下旬**
（毎月）下旬
名 0

▶ 締め切りは2月下旬となります。 ⇨見 P.250 初旬
二月下旬截稿。

商 校 科 休 社 生 | 80 90 100 120%

♪207-02 **下水**
廃水、下水道
名 0

▶ 下水管が詰まっているようだ。
下水管道好像堵塞了。

相關單字 水道水 名 3 自來水、飲用水／断水 名（する）自 0 停水

商 校 科 休 社 生 | 80 90 100 120%

♪207-03 **ゲスト**
（英）guest。
客人、客串演
員
名 1

▶ ゲストが喜ぶような寝室を準備しましょう。
準備讓客人欣喜的臥室吧。

商 校 科 休 社 生 | 80 90 100 120%

♪207-04 **下駄**
木屐
名 0

▶ 下駄を履いて歩く。
穿木屐走路。

相關單字 スリッパ 名 1 2 （英）slipper。拖鞋

商 校 科 休 社 生 | 80 90 100 120%

♪207-05 **血圧**
血壓
名 0

▶ 下の血圧が高い。
舒張壓比較高。

商 校 科 休 社 生 | 80 90 100 120%

♪207-06 **血液**
血液
名 2

▶ 血液型で性格が決まりますか。
血型能決定性格嗎？

相關單字 献血 名（する）自 0 捐血

商 校 科 休 社 生 | 80 90 100 120%

♪207-07 **欠陥**
缺陷、缺點
名 0

▶ 商品に欠陥があれば、返品や交換ができます。
商品若有瑕疵，可以退換。

♪208-01 **月給** げっきゅう
月薪、薪水
名 0

▶ 月給で暮らす。
げっきゅう く

我靠薪水生活。

相關單字 月謝 名 0 每個月的學費
げっしゃ

♪208-02 **傑作** けっさく
傑作、有趣的
名 0

▶ これは一世一代の傑作だ。
いっせ いちだい けっさく

這是畢生傑作。

♪208-03 **欠点** けってん
缺點、缺陷
名 3

▶ 私は欠点だらけの人間だ。
わたし けってん にんげん

我是個充滿缺點的人。

相關單字 短所 名 1 缺點／美点 名 0 長處、優點／利点 名 0 優點／
たんしょ びてん りてん

メリット 名 1 優點、好處／長所 名 1 長處、優點
ちょうしょ

♪208-04 **月末** げつまつ
月底
名 0

▶ 翌月分の会費を当月末までにお支払いいただきます。
よくげつぶん かいひ とうげつまつ し はら

下個月的會費規定在本月月底之前繳交。

♪208-05 **権** けん
權限、權利
名 1

▶ 人権を守る弁護士になります。
じんけん まも べんごし

我要成為捍衛人權的律師。

♪208-06 **限界** げんかい
界限、極限
名 0

▶ もう限界だ。
げんかい

我已經到極限了。

♪208-07 **玄関** げんかん
前門、進出口、
玄關
名 1

▶ 玄関で靴を脱ぐ。
げんかん くつ ぬ

在玄關脫鞋子。

商校科休社生 | 80 90 100 120%

♪209-01
げん ご
言語
語言
名1

▶なな こく ご たいおう た げん ご つうやく
七ヶ国語対応の多言語通訳サービスを提供いたします。
ていきょう

提供對應七國語言的口譯服務。

商校科休社生 | 80 90 100 120%

♪209-02
けんこう
健康
健康（的）、
健全
名 な形0

▶けんこう
健康をとりもどすためには、体と心を上手くコントロー
からだ こころ うま
ひつよう
ルする必要があります。

想要恢復健康，有必要巧妙地控制身、心。

商校科休社生 | 80 90 100 120%

♪209-03
げんこう
原稿
原稿、草稿
名0

▶しょうせつ げんこう あ
小説の原稿が上がりました。

小説的原稿寫好了。

商校科休社生 | 80 90 100 120%

♪209-04
げん し
原始
原始
名1

▶かすが やまげん し りん とくべつてんねん き ねんぶつ
春日山原始林は特別天然記念物です。

春日山原始森林是天然紀念物。

相關單字 元祖 名1 始祖
がんそ

商校科休社生 | 80 90 100 120%

♪209-05
げんじつ
現実
現實、真實
名0

▶こ ことば かのじょ げんじつ ひ もど
子どもの言葉は彼女を現実に引き戻した。

小孩説的話把她拉回現實。

相反字 架空 名 な形0 虚構
かくう

商校科休社生 | 80 90 100 120%

♪209-06
げんしょう
現象
現象
名0

▶げんしょう む し
この現象は無視することができない。

這個現象無法忽視。

商校科休社生 | 80 90 100 120%

♪209-07
げんじょう
現状
現狀
名0

▶げんじょう
現状のままでいいです。

保持現狀就可以了。

動詞 あ～さ
動詞 し～わ
名詞(する) あ～く
名詞(する) け～し
名詞(する) す～り
名詞 あ～お
名詞 か
名詞 き～く
名詞 け～こ
名詞 さ
名詞 し
名詞 す～せ
名詞 そ～ち
名詞 つ～と
名詞 な～わ
形容詞
副詞
其他

♪210-01 **現代**
げんだい
現代、現今
名①

▶ 古文と現代文では、動詞が違う。
こ ぶん げんだいぶん どう し ちが

（日文的）古文和現代文，在動詞上有所不同。

♪210-02 **県庁**
けんちょう
縣廳、縣政府
名①0

▶ 小倉県庁跡は明治の雰囲気を残すレトロな洋館です。
こ くらけんちょうせき めい じ ふん い き のこ ようかん

小倉縣廳是一棟保有明治時代氣圍的舊西洋建築。

♪210-03 **限度**
げん ど
限度、界限
名①

▶ 我慢にも限度がある。
が まん げん ど

忍耐也有限度。

相似字 限界 名0 界線、極限
げんかい

♪210-04 **見当**
けんとう
方向、估計
名③

▶ 全く見当がつかない。
まった けんとう

完全摸不著頭緒。

♪210-05 **現場**
げん ば
現場、工地
名0

▶ 現場から離れられない。
げん ば はな

無法離開現場。

♪210-06 **顕微鏡**
けん び きょう
顯微鏡
名0

▶ これは雪結晶の顕微鏡写真です。
ゆきけっしょう けん び きょうしゃしん

這是雪結晶的顯微照片。

相關單字 近眼鏡 名0 近視眼鏡／老眼鏡 名0 老花眼鏡／
きんがんきょう ろうがんきょう
拡大鏡 名0 放大鏡／万華鏡 名0 萬花筒／望遠鏡 名0 望遠鏡
かくだいきょう まん げ きょう ぼうえんきょう

♪210-07 **権利**
けん り
權利
名①

▶ 義務を果たしていれば権利を主張して良いと思う。
ぎ む は けん り しゅちょう よ おも

我認為：若盡到義務，就可以要求權利。

相關單字 権力 名① 權力
けんりょく
▶ 政治権力を失いました。失去了政治權力。
せい じ けんりょく うしな

商校科休社生 | 80 90 100 120%

♪211-01

こううん
幸運

幸運

名 な形 0

▶ラッキーアイテムは幸運を招くものです。
こううん まね

幸運物是會招來好運的東西。

商校科休社生 | 80 90 100 120%

♪211-02

こうか
効果

効果

名 1

▶そろばん学習は記憶力の強化に大きな効果を発揮します。
がくしゅう き おくりょく きょうか おお こうか はっき

學珠算對於加強記憶力，大有效果。

商校科休社生 | 80 90 100 120%

♪211-03

こうか
硬貨

硬幣

名 1

▶新しい硬貨が発行された。
あたら こうか はっこう

新硬幣發行了。

相關單字 コイン 名 1 （英）coin。硬幣（＝硬貨）／金貨 名 1 金幣／
こうか きんか
銀貨 名 1 銀幣／銅貨 名 1 銅幣／札 名 0 鈔票（＝お札＝紙幣）
ぎんか どうか さつ さつ しへい

商校科休社生 | 80 90 100 120%

♪211-04

こうがい
郊外

郊外、郊區

名 1

▶台南の郊外にある安平を楽しもう。
たいなん こうがい あんぴん たの

好好享受位於台南郊區的安平吧！

相關單字 下町 名 0 都市中小工商業較多的地區、老街。
したまち

商校科休社生 | 80 90 100 120%

♪211-05

こうがい
公害

公害

名 0

▶騒音公害は苦情の存在を前提とする。
そうおんこうがい く じょう そんざい ぜんてい

噪音公害以有人不滿、投訴為前提。

商校科休社生 | 80 90 100 120%

♪211-06

こうけい
光景

光景、景象

名 1 0

▶山頂から見る日の出の光景は実にすばらしい。
さんちょう み ひ で こうけい じつ

在山頂上看到的日出光景，實在太美了！

商校科休社生 | 80 90 100 120%

♪211-07

こうしき
公式

公式、正式的

名 な形 0

▶和食検定の公式サイトを見た。
わ しょくけんてい こうしき み

我看了「和食檢定」的官網。

動詞 あ～さ
動詞 し～わ
名詞（する） あ～く
名詞（する） け～し
名詞（する） す～り
名詞 あ～お
名詞 か
名詞 き～く
名詞 け～こ
名詞 さ
名詞 し
名詞 す～せ
名詞 そ～ち
名詞 つ～と
名詞 な～ほ
形容詞
副詞
其他

♪212-01　こうじつ
口実
藉口
名 0

商 校 科 休 社 生 ｜ 80　90　100 120%

▶それは口実にすぎない。
那只是藉口。

相似字 言い訳／言い分け 名 0 辯解

♪212-02　こうすい
香水
香水
名 0

商 校 科 休 社 生 ｜ 80　90　100 120%

▶私は普段、香水をつけません。
我平常不擦香水。

相似字 パフューム 名 2 （英）perfume。香水

♪212-03　こうそう
高層
高樓層（大
樓）、高空
名 0

商 校 科 休 社 生 ｜ 80　90　100 120%

▶私は高層ビルに住んでいる。
我住在很高的大樓。

♪212-04　こうち
耕地
耕地
名 1

商 校 科 休 社 生 ｜ 80　90　100 120%

▶耕地は少なくなっている。
耕地漸漸變少。

♪212-05　こうてい
校庭
（學校）操場、
校園
名 0

商 校 科 休 社 生 ｜ 80　90　100 120%

▶小学生が校庭で遊んでいる。
小學生在校園裡玩耍著。

相似字 キャンパス 名 1 （英）campus。校園

♪212-06　こうど
高度
高度、海拔
名 な形 1

商 校 科 休 社 生 ｜ 80　90　100 120%

▶富士山の高度を知っていますか。
你知道富士山的海拔高度嗎？

♪212-07　こうどう
講堂
禮堂、大廳
名 0

商 校 科 休 社 生 ｜ 80　90　100 120%

▶講堂に 2 時集合です。
兩點在禮堂集合。

商校科休社生　80　90　100　120%

♪213-01
ごうとう
強盗
強盗、搶劫
名 0

▶ごうとう
強盗に入られないように戸締りをします。
防止強盗進入，把門鎖好。

商校科休社生　80　90　100　120%

♪213-02
こうこう
高校
高中
名 5

▶えき　　　こうこう　　　ある
駅から高校まで歩いてどのくらいかかりますか。
從車站走到學校（高中）要花多久時間？

商校科休社生　80　90　100　120%

♪213-03
こうはい
後輩
學弟妹、後輩
（較自己晚進
學校或進公
司）
名 0

▶かれ　わたし　こうはい
彼は私の後輩です。
他是我學弟。

商校科休社生　80　90　100　120%

♪213-04
こうぶつ
鉱物
礦物
名 1

▶こうぶつしげん　と　くに
ここは鉱物資源が採れる国です。
這裡是能採收到礦物資源的國家。

相關單字　きんこう
金鉱 名 0 金礦、寶庫（比喻）

商校科休社生　80　90　100　120%

♪213-05
こうほ
候補
候選人、候補
名 1

▶かれ　だいとうりょうせんきょこう　ほ　しゃ
彼は大統領選挙候補者です。
他是總統候選人。

商校科休社生　80　90　100　120%

♪213-06
こうむ
公務
公務、國家及
行政機構事務
名 1

▶きょう　こうむ　なん
今日の公務は何ですか。
今天要執行的公務是什麼？

相反字　わたしごと
私事 名 0 個人的事、隱瞞的事

商校科休社生　80　90　100　120%

♪213-07
こうもく
項目
項目
名 0

▶こうもく　むずか
この項目は難しいです。
這個項目很難。

動詞 あ～さ
動詞 し～わ
名詞(する) あ～く
名詞(する) け～し
名詞(する) す～り
名詞 あ～お
名詞 か
名詞 き～く
名詞 け～こ
名詞 さ
名詞 し
名詞 す～せ
名詞 そ～ち
名詞 つ～と
名詞 な～わ
形容詞
副詞
其他

♪214-01 **コーラス**
（英）
chorus。
合唱團
名①

▶コーラスグループに入^{はい}りたいです。
我想加入合唱團。

相似字 合唱団^{がっしょうだん} 名 合唱團

♪214-02 **合理^{ごう り}**
合理
名①

▶合理性^{ごう り せい}がある話^{はなし}が好^すきです。
我喜歡符合邏輯的談話。

相關單字 合理的^{ごう り てき} な形 ⓪ 合理的、符合理性的／
非合理^{ひ ごう り} な形 ② 不合理的、不合理性的

♪214-03 **交流^{こうりゅう}**
交流、往來
名⓪

▶明後日^{あさって}交流会^{こうりゅうかい}に行^いきます。
我後天參加交流會。

♪214-04 **効力^{こうりょく}**
效果
名①

▶薬^{くすり}の効力^{こうりょく}がない。
藥吃了沒效。

相關補充 日文「効^{こう}」與中文「效」，部首不同。

♪214-05 **語学^{ご がく}**
外語能力、語
言學
名①⓪

▶語学^{ご がく}は得意^{とく い}です。
我擅長外語。

♪214-06 **故郷^{こ きょう}**
故鄉
名①

▶故郷^{こ きょう}は京都^{きょう と}です。
我的故鄉是京都。

相關單字 第二^{だい に}の故郷^{こ きょう} 名 第二故鄉

♪214-07 **国際^{こくさい}**
國際
名⓪

▶国際試合^{こくさい し あい}が来月^{らいげつ}あります。
國際性比賽將於下個月舉行。

♪215-01
こくせき
国籍
國籍
名 ⓪

▶あなたの国籍_{こくせき}はどこですか。

你是哪國人？

♪215-02
こくばん
黒板
黑板
名 ⓪

▶黒板_{こくばん}にあなたの名前_{なまえ}が書_かいてありました。

黑板上有寫著你的名字呢。

相關單字 ホワイトボード 名 ⑤ （英）whiteboard。白板（＝白板_{はくばん}）

♪215-03
こくみん
国民
國民、公民
名 ⓪

▶国民投票_{こくみんとうひょう}で法律_{ほうりつ}が決_きまります。

藉公民投票決定法律。

♪215-04
こくもつ
穀物
穀物
名 ②

▶穀物_{こくもつ}の中_{なか}で好_すきなものは何_{なん}ですか。

五穀雜糧裡你喜歡哪些？

♪215-05
こくりつ
国立
國立
名 ⓪

▶国立図書館_{こくりつとしょかん}へ明日_{あした}行_いきます。

我明天去國立圖書館。

♪215-06
こ しょう
胡椒
胡椒（粉）
名 ②

▶胡椒_{こしょう}が多_{おお}い料理_{りょうり}は嫌_{きら}いです。

我討厭加很多胡椒粉的菜。

相關單字 山椒 名 ⓪ 山椒（中文又稱「花椒」）／ちりめん山椒_{さんしょう} 名 山椒小魚乾

♪215-07
こっか
国家
國家
名 ①

▶これは国家機密_{こっかきみつ}です。

這是國家機密。

♪215-08
こっかい
国会
國會、議會
名 ⓪

▶国会予算_{こっかいよさん}はいくらですか。

國會預算有多少呢？

相關單字 立法機関_{りっぽうきかん} 名 ⑤⑥ 立法機構

♪216-01 **小包** _{こ づつみ}
郵包、小包裏
名 2

▶ 小包を開けてください。 _{こ づつみ} _あ
請打開包裏。

♪216-02 **ゴッド**
（英）god。
神、上帝
名 1

▶ 彼はゴッドハンドを持っています。 _{かれ} _も
他擁有一雙神手。

相似字 神様 _{かみさま} 名 1 神

♪216-03 **古典** _{こ てん}
古典作品
名 0

▶ 古典文学は昔習いました。 _{こ てんぶんがく} _{むかしなら}
我以前讀過古典作品。

相關單字 古 _{いにしえ} 名 0 往昔、過去

♪216-04 **事** _{こと}
事情、事件
名 2

▶ 事が起こってからでは遅いのです。 _{こと} _お _{おそ}
等事情發生就太慢了。

♪216-05 **琴** _{こと}
古琴、箏
名 1

▶ 琴を弾いてみたいです。 _{こと} _ひ
我想彈古琴看看。

♪216-06 **こないだ／**
此間 _{こないだ}
最近、前些時
候
名 2

▶ こないだ大阪へ行ってきました。 _{おおさか} _い
前些日子去了一趟大阪。

相似字 先日 _{せんじつ} 名 0 前些日子

相關補充 為「この間」的口語簡縮。 _{あいだ}

♪216-07 **ごみ**
塵埃、垃圾
名 2

▶ ごみはごみばこへ捨ててください。 _す
垃圾請丟進垃圾箱。

| | | 商 校 科 休 社 生 | 80 90 100 120% |

♪217-01 **コミュニケーション**
（英）
communication。
溝通
名4

▶私達はコミュニケーション不足です。
我們溝通不足。

相反字 疎外 名(する) 0 疏離

| | | 商 校 科 休 社 生 | 80 90 100 120% |

♪217-02 **小屋**
こ や
小房子、棚子
名2 0

▶今夜は小屋に泊まります。
こんや こ や と
今天晚上會住在簡易小屋。

| | | 商 校 科 休 社 生 | 80 90 100 120% |

♪217-03 **小指**
こ ゆび
小指、情婦
名0

▶私の小指は短いです。
わたし こ ゆび みじか
我的小指比較短。

相關單字 フィンガー 名1 （英）finger。手指、手指狀的東西／
フィンガーチョコレート 名 手指形巧克力

| | | 商 校 科 休 社 生 | 80 90 100 120% |

♪217-04 **紺**
こん
深藍、藏青
名1

▶紺のスカートが好きです。
こん す
我喜歡深藍色的裙子。

| | | 商 校 科 休 社 生 | 80 90 100 120% |

♪217-05 **コンクール**
（法）
concours。
競賽
名3

▶ピアノコンクールまであと一週間です。
いっしゅうかん
還有一星期就是鋼琴比賽了。

| | | 商 校 科 休 社 生 | 80 90 100 120% |

♪217-06 **コンセント**
（英）
concent。
插座
名1 3

▶コンセントを抜いてください。
ぬ
請拔掉插頭。

相關補充 片假名與原字（英文）意義不同。

動詞 あ～さ
動詞 し～わ
名詞(する) あ～く
名詞(する) け～し
名詞 す～り
名詞 あ～お
名詞 か
名詞 き～く
名詞 け～こ
名詞 さ
名詞 し
名詞 ず～せ
名詞 そ～ち
名詞 つ～と
名詞 な～わ
形容詞
副詞
其他

♪218-01
献立
<ruby>献立<rt>こんだて</rt></ruby>
籌備、菜單
名⓪

▶<ruby>献立<rt>こんだて</rt></ruby>を<ruby>作<rt>つく</rt></ruby>るのは<ruby>難<rt>むずか</rt></ruby>しいです。
編製菜單很難。

♪218-02
コンテスト
（英）
contest。
比賽
名①

▶<ruby>料理<rt>りょうり</rt></ruby>コンテストが<ruby>週末<rt>しゅうまつ</rt></ruby>あります。
烹飪比賽將在週末舉行。

相似字 コンクール 名③ （法）concours。競爭、競賽

♪218-03
コントラスト
（英）
contrast。
對比
名①④

▶この<ruby>色<rt>いろ</rt></ruby>のコントラストはきれいです。
這個顏色對比鮮明。

相反字 ハーモニー 名① （英）harmony。和諧、和聲

♪218-04
コンパス
（荷）
kompas。
羅盤、指南針
名①

▶コンパスをいつ<ruby>使<rt>つか</rt></ruby>いますか。
什麼時候會用到指南針？

（**關鍵片語**）

<ruby>目<rt>め</rt></ruby>に<ruby>障<rt>さわ</rt></ruby>る：對眼睛不好、阻礙視線、礙眼

<ruby>目<rt>め</rt></ruby>を<ruby>細<rt>ほそ</rt></ruby>める：瞇眼

<ruby>目<rt>め</rt></ruby>を<ruby>丸<rt>まる</rt></ruby>くする：（驚訝地）瞪大眼睛

<ruby>目<rt>め</rt></ruby>を<ruby>瞑<rt>つぶ</rt></ruby>る：閉眼、假裝沒看見

新日檢N2
關鍵單字

名詞

さ

最後〜山林
（さいご）（さんりん）

詞性、重音介紹

名 名詞	副 副詞	接助 接續助詞
名(する) 名詞（する）	副(する) 副詞（する）	自 自動詞
動I 第一類動詞	副助 副助詞	他 他動詞
動II 第二類動詞	接尾 接尾詞	感 感嘆詞
動III 第三類動詞	接頭 接頭詞	量 量詞
い形 い形容詞	代 代名詞	數字 表重音
な形 な形容詞	連 連語	
慣 慣用語	接續 接續詞	

動詞變化介紹

て て形	可 可能形	受 受身形
た た形	意 意向形	使 使役形
否 否定形	條 條件形	使受 使役受身形

商 校 科 休 社 生 ｜ 80　90　100 120%

♪220-01
さいご
最後

最後

名①

▶ 最後は円満にイベントを終えることができました。

最後活動圓滿結束了。　　　　　　　　　　⊙見 P.25 終える

商 校 科 休 社 生 ｜ 80　90　100 120%

♪220-02
ざいさん
財産

財產

名①⓪

▶ 財産目的で彼女は彼に近づきました。

她接近他的目的是為了財產。

相關單字 資財 名① 財產、物資與財產／リッチ な形① （英）rich。富有的

商 校 科 休 社 生 ｜ 80　90　100 120%

♪220-03
さいじつ
祭日

節日

名⓪

▶ 日本の祭日は一年に何日ありますか。

日本的節日一年有幾天？

商 校 科 休 社 生 ｜ 80　90　100 120%

♪220-04
さいしゅう
最終

最終、最後

名⓪

▶ 最終章まであと少しです。

再寫一點就進入最後一章了。

相似字 ラスト 名① （英）last。最後、最終

商 校 科 休 社 生 ｜ 80　90　100 120%

♪220-05
さいしょ
最初

最初、起初

名副⓪

▶ 最初の約束はどうなりましたか。

起初是怎麼約定的？

相似字 ファースト 名⓪ （英）first。第一、最初

商 校 科 休 社 生 ｜ 80　90　100 120%

♪220-06
さいちゅう
最中

正進行中、最
盛時期

名①

▶ 今はテストの最中です。

現在正在考試。

相關補充 最中 名① 和菓子名稱（用兩片薄糯米皮包餡，象徵滿月；除了圓形還

有其他形狀）

商 校 科 休 社 生 ｜ 80　90　100 120%

♪220-07
さいなん
災難

災難、不幸

名③

▶ 家で災難がありました。

家裡發生災難。

相似字 トラブル 名② （英）trouble。紛爭、故障

♪221-01 才能
さいのう
才能
名⓪

▶あなたは絵の才能があります。
你有畫畫的才能。

♪221-02 財布
さいふ
錢包
名⓪

▶新しい財布を買いました。
我買了新錢包。

♪221-03 材木
ざいもく
木材
名⓪

▶あなたは材木屋の知り合いがいますか。
你有認識的木材行嗎？

♪221-04 材料
ざいりょう
材料、素材
名③

▶この材料は何ですか。
這是什麼材料？

♪221-05 サイレン
（英）siren。
警笛、汽笛
名①

▶サイレンが鳴っています。
警鈴在響。

相似字 ブザー 名① （英）buzzer。警鈴、門鈴

♪221-06 サイン
（英）sign。
簽名、暗號
名①

▶ここにサインをお願いします。
請在這裡簽名。

相似字 署名 名(する) 自⓪ 簽名

♪221-07 坂
さか
坡
名①②

▶この坂は急です。
這個坡很陡。

動詞 あ～さ
動詞 し～わ
名詞(する) あ～く
名詞(する) け～し
名詞(する) す～り
名詞 あ～お
名詞 か
名詞 き～く
名詞 け～こ
名詞 さ
名詞 し
名詞 す～せ
名詞 そ～ち
名詞 つ～と
名詞 な～わ
形容詞
副詞
其他

♪222-01
さかい
境
邊界、交界
名[2]

▶ 天国と地獄の境はどこなんでしょう。 ⊜見 P.195 境界

天堂與地獄的邊界何在？

♪222-02
さか ば
酒場
酒吧、小酒館
名[3][0]

▶ 私は酒場に行くのが好きです。

我喜歡去酒吧。

♪222-03
さくいん
索引
索引
名[0]

▶ 私は本の索引をしました。

我做了書的索引。

♪222-04
さくしゃ
作者
作者
名[1]

▶ この本の作者は誰ですか。

這本書的作者是誰？

相關單字 訳者 名[1] 譯者

♪222-05
さくひん
作品
作品
名[0]

▶ この作品はいいと思います。

我覺得這部作品不錯。

♪222-06
さくもつ
作物
（農業或園
藝）作物
名[2]

▶ 今どんな作物を育てていますか。

現在在種什麼作物？

易混淆字 作物 名[2]（文學、藝術）作品／
作物 名[0]（刀劍、器具）名作

♪222-07
さくら
桜
櫻花
名[0]

▶ 桜の咲くころ日本に行きたいです。

我想在櫻花的季節去日本。

♪223-01
酒
さけ
酒
名 0

▶お酒はあまり好きではないです。
我不太喜歡喝酒。

相關單字 地酒 名 0 地方特產酒／泡盛 名 2 琉球群島特產蒸餾酒

♪223-02
座敷
ざしき
宴會、應酬、
（日式）客廳
或房間
名 3

▶夕食は座敷の席で食事をします。
晚餐要在日式包廂吃。

相關單字 芸者 名 0 藝妓

♪223-03
刺身
さしみ
生魚片
名 3

▶私は刺身が大好きです。
我最喜歡生魚片了。

♪223-04
座席
ざせき
座位、席次
名 0

▶バスの座席はまだ残っていますか。
巴士還有座位嗎？

♪223-05
札
さつ
紙幣、牌子
名 0

▶私は今お札を数えています。
我正在數鈔票。

相關單字 硬貨 名 1 硬幣

♪223-06
雑音
ざつおん
雜音、閒話
名 0

▶この録音には雑音が入っています。
這段錄音有雜音。

♪223-07
作家
さっか
作家
名 0

▶あの陶芸作家は有名です。
那位陶藝作家很有名。

動詞 あ～さ
動詞 し～わ
名詞 あ～く (する)
名詞 け～し (する)
名詞 す～り (する)
名詞 あ～お
名詞 か
名詞 き～く
名詞 け～と
名詞 さ
名詞 し
名詞 す～せ
名詞 そ～ち
名詞 つ～と
名詞 な～わ
形容詞
副詞
其他

♪224-01 **雑誌**
<ruby>雑誌<rt>ざっし</rt></ruby>

雑誌
名 ⓪

商 校 科 休 社 生 | 80 90 100 120%

▶<ruby>本屋<rt>ほんや</rt></ruby>で<ruby>雑誌<rt>ざっし</rt></ruby>を<ruby>買<rt>か</rt></ruby>いました。

我在書店買了雜誌。

♪224-02 **砂糖**
<ruby>砂糖<rt>さとう</rt></ruby>

砂糖
名 ②

商 校 科 休 社 生 | 80 90 100 120%

▶<ruby>砂糖<rt>さとう</rt></ruby>を<ruby>入<rt>い</rt></ruby>れすぎですよ。

放太多糖了喔。

相關單字 サトウキビ 名 ③ 甘蔗／サトウダイコン 名 糖用甜菜

♪224-03 **砂漠**
<ruby>砂漠<rt>さばく</rt></ruby>

沙漠
名 ⓪

商 校 科 休 社 生 | 80 90 100 120%

▶<ruby>私<rt>わたし</rt></ruby>は<ruby>以前<rt>いぜん</rt></ruby><ruby>砂漠<rt>さばく</rt></ruby>へ<ruby>行<rt>い</rt></ruby>ったことがあります。

我以前去過沙漠。

♪224-04 **錆び**
<ruby>錆<rt>さ</rt></ruby>び

鏽、鐵鏽、惡
果、副歌
名 ②

商 校 科 休 社 生 | 80 90 100 120%

▶このはさみは<ruby>錆<rt>さ</rt></ruby>びてきているので<ruby>買<rt>か</rt></ruby>い<ruby>換<rt>か</rt></ruby>えたいです。

剪刀都生鏽了想買新的。 ☺見 P.40 錆びる

易混單字 <ruby>侘寂<rt>わびさび</rt></ruby> 名 侘寂（日本美意識之一）

相關補充 例句為動詞用法。

♪224-05 **座布団**
<ruby>座布団<rt>ざぶとん</rt></ruby>

坐墊、墊子
名 ②

商 校 科 休 社 生 | 80 90 100 120%

▶ここに<ruby>座布団<rt>ざぶとん</rt></ruby>を<ruby>持<rt>も</rt></ruby>ってきてください。

請自己帶坐墊來這。

♪224-06 **作法**
<ruby>作法<rt>さほう</rt></ruby>

作法、禮節、
規矩
名 ①

商 校 科 休 社 生 | 80 90 100 120%

▶<ruby>日本<rt>にほん</rt></ruby>の<ruby>作法<rt>さほう</rt></ruby>は<ruby>多<rt>おお</rt></ruby>いです。

日本禮數真多。

相似字 <ruby>作<rt>つく</rt></ruby>り<ruby>方<rt>かた</rt></ruby> 名 ④ ⑤ 做法、成品

♪224-07 **様**
<ruby>様<rt>さま</rt></ruby>

先生、女士、
樣子
名 ②

商 校 科 休 社 生 | 80 90 100 120%

▶お<ruby>客様<rt>きゃくさま</rt></ruby>がお<ruby>見<rt>み</rt></ruby>えになりました。

客人來了。

♪225-01 皿（さら）
盤子、……盤
（量詞）
名 接尾 0

▶このお皿はきれいですね。
　這個盤子好漂亮。

♪225-02 猿（さる）
猴子
名 1

▶日本には「猿も木から落ちる」ということわざがあります。
　日本有「智者千慮，必有一失」的諺語。

相關單字 ゴリラ 名 1 （英）gorilla。大猩猩

♪225-03 三角（さんかく）
三角形
名 1

▶この近くには三角公園があります。
　這附近有三角形的公園。

♪225-04 産業（さんぎょう）
産業、工業
名 0

▶第一次産業は農業、漁業のことです。
　第一級產業是農業和漁業。

相關單字 西陣織（にしじんおり） 名 0 西陣織

♪225-05 算数（さんすう）
算數
名 3

▶あなたは算数が好きですか。
　你喜歡算數嗎？

♪225-06 酸性（さんせい）
酸性
名 0

▶酸性体質はよくないそうです。
　酸性體質好像不太好。

♪225-07 酸素（さんそ）
氧氣
名 1

▶緊急時には、酸素マスクが降りてきます。
　發生緊急狀況時，氧氣罩會降下來。

動詞 あ〜さ
動詞 し〜わ
名詞（する）あ〜く
名詞（する）け〜し
名詞（する）す〜り
名詞 あ〜お
名詞 か
名詞 き〜く
名詞 け〜こ
名詞 さ
名詞 し
名詞 す〜せ
名詞 そ〜ち
名詞 つ〜と
名詞 な〜わ
形容詞
副詞
其他

♪226-01
産地 さんち
産地、出生地
名1

▶この野菜の産地はどこですか。 やさい さんち
這種蔬菜在哪裡生產的？

♪226-02
サンプル
（英）
sample。
樣品、樣本
名1

▶サンプルを送ってください。 おく
請寄樣本來。

♪226-03
山林 さんりん
山和樹林、山
間林木
名0

▶山林を散策します。 さんりん さんさく
在森林間散步。

相關單字　山林火災 さんりんかさい 名 森林火災

（**關鍵片語**）

耳を疑う みみ うたが ：懷疑自己聽到的（事或聲音）

耳を傾ける みみ かたむ ：傾聽

耳を澄ます みみ す ：認真聽

耳が遠い みみ とお ：耳朵聽力差

耳が早い みみ はや ：消息很靈通

耳にたこができる みみ ：聽到耳朵長繭

鼻が高い はな たか ：驕傲、得意

鼻息が荒い はないき あら ：盛氣凌人

鼻が利く はな き ：敏感、感覺靈敏

鼻につく はな ：討厭、厭煩

新日檢N2
關鍵單字

名詞

し
詩～神話

詞性、重音介紹

名 名詞	**副** 副詞	**接助** 接續助詞
名(する) 名詞（する）	**副(する)** 副詞（する）	**自** 自動詞
動Ⅰ 第一類動詞	**副助** 副助詞	**他** 他動詞
動Ⅱ 第二類動詞	**接尾** 接尾詞	**感** 感嘆詞
動Ⅲ 第三類動詞	**接頭** 接頭詞	**量** 量詞
い形 い形容詞	**代** 代名詞	**數字** 表重音
な形 な形容詞	**連** 連語	
慣 慣用語	**接** 接續詞	

動詞變化介紹

て て形	**可** 可能形	**受** 受身形
た た形	**意** 意向形	**使** 使役形
否 否定形	**條** 條件形	**使受** 使役受身形

商校科休社生 | 80 90 100 120%

♪228-01 **詩**
し
詩歌
名⓪

▶詩を最近書いています。
し　さいきん か

我最近在寫詩。

商校科休社生 | 80 90 100 120%

♪228-02 **試合**
し あい
比賽
名⓪

▶試合まであと少しです。
し あい　　　　すこ

再不久就比賽了。

商校科休社生 | 80 90 100 120%

♪228-03 **シーズン**
（英）
season。
季節
名①

▶紅葉のシーズンですね。
こうよう

賞楓季節到了。

相似字 旬 名①⓪ 時令、十天
しゅん

商校科休社生 | 80 90 100 120%

♪228-04 **シート**
（英）seat。
座位
名①

▶シートを倒してもいいですよ。
たお

你也可以把椅背往後倒。

商校科休社生 | 80 90 100 120%

♪228-05 **寺院**
じ いん
寺院
名①

▶寺院めぐりが好きです。
じ いん　　　　　す

我喜歡寺廟周遊之旅。

相似字 寺 名②⓪ 寺廟
てら

商校科休社生 | 80 90 100 120%

♪228-06 **時間割**
じ かんわり
課表
名⓪

▶時間割を早く知りたいです。
じ かんわり　はや　し

我想早點知道課表。

♪229-01 **式**
しき
典禮、方式
名 1 2

▶ 結婚式が楽しみです。
けっこんしき たの
我盼望著結婚典禮。

♪229-02 **四季**
し き
四季
名 1 2

▶ 日本には四季があります。
に ほん し き
日本有四季。

♪229-03 **時期**
じ き
時期
名 1

▶ 旅行の時期でいい時期はありますか。
りょこう じ き じ き
有好的旅行時期嗎?

相似字 間 名 1 0 期間、中間
あいだ

♪229-04 **敷地**
しきち
地基、用地
名 0

▶ ここの敷地は父親の敷地です。
しき ち ちちおや しき ち
這塊地是我父親的。

♪229-05 **資源**
し げん
資源
名 1

▶ 日本の資源は多いですか。
に ほん し げん おお
日本的資源很多嗎?

♪229-06 **事件**
じ けん
事件
名 1

▶ 事件から一カ月たちました。
じ けん いっ げつ
事件發生後經過一個月了。

相關單字 損害賠償 名 5 損害賠償
そんがいばいしょう

♪229-07 **事故**
じ こ
事故
名 1

▶ 事故現場にも行きました。
じ こげん ば い
我也去了事故現場。

♪229-08 **時刻**
じ こく
時刻
名 1

▶ 時刻設定はそんなに難しくないです。
じ こくせってい むずか
時間的設定並不難。

動詞 あ～さ
動詞 し～わ
名詞 する あ～く
名詞 する け～し
名詞 する す～り
名詞 あ～お
名詞 か
名詞 き～く
名詞 け～こ
名詞 さ
名詞 し
名詞 す～せ
名詞 そ～ち
名詞 つ～と
名詞 な～わ
形容詞
副詞
其他

♪230-01 **事実**
じじつ
事實
名副①

▶それは事実ではありません。
じじつ
那並非事實。

♪230-02 **磁石**
じしゃく
磁鐵、指南針
名①

▶私は磁石を持っています。
わたし じしゃく も
我有指南針。

相關單字 コンパス 名① （荷）kompas。圓規、羅盤

♪230-03 **辞書**
じしょ
字典
名①

▶辞書を持ってきてくださいね。
じしょ も
請帶字典來。

♪230-04 **詩人**
しじん
詩人
名⓪

▶彼は詩人です。
かれ しじん
他是詩人。

♪230-05 **自信**
じしん
自信
名⓪

▶彼女は容姿に自信があります。
かのじょ ようし じしん
她對容貌有自信。

♪230-06 **自身**
じしん
自己、本身
名①

▶私自身はそうは思いません。
わたし じ しん おも
我自己並不那樣想。

♪230-07 **地震**
じしん
地震
名⓪

▶地震はとても怖いです。
じしん こわ
地震很可怕。

相關單字 防災非常袋 名 緊急逃生袋
ぼうさい ひじょうぶくろ

♪230-08 **姿勢**
しせい
態度、姿勢
名⓪

▶姿勢をよくしてください。
しせい
請保持良好姿勢。

♪231-01
自然科学
しぜんかがく
自然科學
名4

商校科休社生 | 80 90 100 120%

▶ 自然科学は好きですか。
しぜんかがく　す

你喜歡自然科學嗎？

♪231-02
思想
しそう
思想、意見
名0

商校科休社生 | 80 90 100 120%

▶ あなたの思想は特別ですね。
しそう　　とくべつ

你的想法很特別。

相關單字 哲学の道 名 哲學之道（京都名勝之一）
てつがく　みち

♪231-03
時速
じそく
時速
名10

商校科休社生 | 80 90 100 120%

▶ 時速60キロで走行中です。
じそく　　　　　そうこうちゅう

時速六十公里行駛中。

♪231-04
子孫
しそん
子孫、後代
名1

商校科休社生 | 80 90 100 120%

▶ 子孫繁栄を親は願っています。
しそんはんえい　おや　ねが

父母祈願子孫繁榮。

♪231-05
死体
したい
屍體
名0

商校科休社生 | 80 90 100 120%

▶ 死体は臭かったです。
したい　くさ

屍體發臭。

♪231-06
事態
じたい
事態、情勢
名1

商校科休社生 | 80 90 100 120%

▶ 緊急事態です。
きんきゅう　じ たい

事態緊急。

♪231-07
時代
じだい
時代
名 な形 0

商校科休社生 | 80 90 100 120%

▶ 江戸時代はおもしろいです。
え ど じ だい

江戶時代很有趣。

相關單字 中島みゆき 名 中島美雪（「時代」主唱人）
なかじま

♪231-08
自宅
じたく
家
名0

商校科休社生 | 80 90 100 120%

▶ 自宅まで3キロです。
じ たく

還有三公里到家。

動詞
あ〜さ

動詞
し〜わ

名詞（する）
あ〜く

名詞（する）
け〜し

名詞（する）
す〜り

名詞
あ〜お

名詞
か

名詞
き〜く

名詞
け〜こ

名詞
さ

**名詞
し**

名詞
す〜せ

名詞
そ〜ち

名詞
つ〜と

名詞
な〜わ

形容詞

副詞

其他

♪232-01
下町
したまち
商業、手工業
者的居住區
名 0

▶ 東京の下町に行きたいです。
とうきょう　したまち　い

我想去東京下町。

♪232-02
自治
じ ち
自治
名 1

▶ 自治会館は東にあります。
じ ち かいかん　ひがし

自治會館在東方。

相關單字 官治 かん ち 名 1 官治

♪232-03
質
しつ
品質
名 2

▶ 質がいいものが好きです。
しつ　　　　　　す

我喜歡品質好的東西。

相關語句 花より団子 はな　だんご 慣 注重實質

♪232-04
湿気
しっ け
溼氣
名 0

▶ 湿気が多いとかびが生えやすいです。
しっ け　おお　　　　　　は

溼氣多會容易發霉。

♪232-05
実際
じっさい
實際
名 副 0

▶ 実際はどうなんですか。
じっさい

實際上到底是怎樣？

♪232-06
実績
じっせき
實際成績
名 0

▶ 彼女は仕事の実績があります。
かのじょ　しごと　じっせき

她在工作上有實際成果。

♪232-07
湿度
しつ ど
溼度
名 1 2

▶ 台湾は湿度が高いですね。
たいわん　しつ ど　たか

台灣溼度很高耶。

♪233-01 **実物** (じつぶつ)
實物
名 ⓪

▶ 実物を見たいです。
我想看現貨。

商 校 科 休 社 生 | 80 90 100 120%

♪233-02 **尻尾** (しっぽ)
尾巴、末端
名 ③

▶ トカゲの尻尾が切れました。
蜥蜴的尾巴斷了。

商 校 科 休 社 生 | 80 90 100 120%

♪233-03 **実力** (じつりょく)
實力
名 ⓪

▶ 彼は実力がある方です。
他有實力的人。

商 校 科 休 社 生 | 80 90 100 120%

♪233-04 **実例** (じつれい)
實例
名 ⓪

▶ 実例を挙げてください。
請舉出實例。
相似字 立証 (りっしょう) 名(する) ⓪ 舉證

商 校 科 休 社 生 | 80 90 100 120%

♪233-05 **私鉄** (してつ)
民營鐵路
名 ⓪

▶ 日本に私鉄はたくさんあります。
日本有很多家私鐵。

商 校 科 休 社 生 | 80 90 100 120%

♪233-06 **支店** (してん)
分店、分公司
名 ⓪

▶ それは何支店ですか。
那是哪家分店？
相關單字 本店 (ほんてん) 名 ⓪ 總店

商 校 科 休 社 生 | 80 90 100 120%

♪233-07 **辞典** (じてん)
辭典
名 ⓪

▶ 辞典を引いてください。
請查辭典。

商 校 科 休 社 生 | 80 90 100 120%

♪233-08 **自動** (じどう)
自動
名 ⓪

▶ 自動装置で動いています。
靠自動裝置在動。

動詞 あ〜さ
動詞 し〜わ
名詞(する) あ〜く
名詞(する) け〜し
名詞(する) す〜り
名詞 あ〜お
名詞 か
名詞 き〜く
名詞 け〜こ
名詞 さ
名詞 し
名詞 す〜せ
名詞 そ〜ち
名詞 つ〜と
名詞 な〜わ
形容詞
副詞
其他

♪234-01 **児童**
じどう
兒童
名①

▶児童相談所に行きたいです。
じどうそうだんじょ い
我想去兒童諮商處。

♪234-02 **自動車**
じどうしゃ
汽車
名②⓪

▶自動車を持っていません。
じどうしゃ も
我沒有車子。

相關單字 レンタカー 名③（英）rent-a-car。租車

♪234-03 **芝居**
しばい
戲劇、花招
名⓪

▶芝居がかった演技です。
しばい えんぎ
是做作的表演。

♪234-04 **芝生**
しばふ
草坪
名⓪

▶芝生がきれいです。
しばふ
這草地很漂亮。

♪234-05 **支払**
しはらい
支付
名⓪

▶支払は私に任せてください。
しはらい わたし まか
請讓我付錢。

相關單字 PayPal PayPal 網際網路第三方支付
ペイパル

♪234-06 **地盤**
じばん
地基、地面
名⓪

▶地盤が固いです。
じばん かた
地基很堅固。

♪234-07 **字引**
じびき
字典
名③

▶彼は生き字引です。
かれ い じびき
他是一本活字典。

♪234-08 **紙幣**
しへい
紙鈔
名①

▶ここに紙幣のお金があります。
しへい かね
這裡有紙鈔。

234

♪235-01
資本 しほん
資本
名 0

商 校 科 休 社 生 | 80 90 100 120%

▶ 資本金はいくらですか。 しほんきん
資本金額多少？

♪235-02
島 しま
島嶼
名 2

商 校 科 休 社 生 | 80 90 100 120%

▶ きれいな島を見たいです。 しま み
想去看看美麗的島嶼。

相似字 岬 みさき 名 0 岬角

♪235-03
縞 しま
條紋（花樣）
名 2

商 校 科 休 社 生 | 80 90 100 120%

▶ この縞模様はきれいですね。 しま もよう
這種條紋很好看呢。

♪235-04
事務 じむ
事務、辦公
名 1

商 校 科 休 社 生 | 80 90 100 120%

▶ 事務処理は彼女に任せてください。 じむしょり かのじょ まか
事務性的工作請交給她處理。

♪235-05
締め切り しき
截止日、期限
名 0

商 校 科 休 社 生 | 80 90 100 120%

▶ 締め切りまであと三日です。 しき みっか 見 P.43 締め切る
距離交稿期限只有三天。

相反字 受付 うけつけ 名（する）0 收件、收費處

♪235-06
地面 じめん
土地、地面
名 1

商 校 科 休 社 生 | 80 90 100 120%

▶ 地面は暖かいです。 じめん あたた
地面很溫暖。

♪235-07
霜 しも
霜、霧、白髪
名 2

商 校 科 休 社 生 | 80 90 100 120%

▶ 霜がおりました。 しも
起霧了。

相關單字 霧 きり 名 0 霧

♪235-08
社会 しゃかい
社會
名 1

商 校 科 休 社 生 | 80 90 100 120%

▶ 社会は厳しいです。 しゃかい きび
世間是很嚴苛的。

動詞 あ～さ
動詞 し～わ
名詞 あ～く（する）
名詞 け～し（する）
名詞 す～り（する）
名詞 あ～お
名詞 か
名詞 き～く
名詞 け～こ
名詞 さ
名詞 し
名詞 す～せ
名詞 そ～ち
名詞 つ～と
名詞 な～わ
形容詞
副詞
其他

♪236-01
社会科学
しゃかい か がく

社會科學
名4

▶社会科学の知識はありますか。
しゃかい か がく　　ち しき

具備社會科學的知識嗎？

♪236-02
蛇口
じゃ ぐち

水龍頭
名0

▶蛇口をひねってください。
じゃ ぐち

請扭開水龍頭。

♪236-03
弱点
じゃくてん

弱點、缺點
名3

▶弱点を知っています。
じゃくてん　　し

知道弱點。

相似字 短所 たんしょ 名1 缺點

♪236-04
車庫
しゃ こ

車庫
名1

▶車庫は大切です。
しゃ こ　　たいせつ

車庫很重要。

♪236-05
車掌
しゃしょう

車掌、列車長
名0

▶車掌さんがいました。
しゃしょう

有車掌。

相關單字 無人駅 むじんえき 名 無站員車站

♪236-06
写真
しゃしん

照片、拍照
名0

▶写真を撮ってください。
しゃしん　　と

請拍照。

♪236-07
社説
しゃせつ

社論
名0

▶社説は難しいですよ。
しゃせつ　　むずか

社論很難寫喲。

♪237-01 **シャッター**
（英）
shutter。
百葉窗、快門
名１

▶シャッターはもう閉まっています。
百葉窗已經拉下了。

♪237-02 **車輪**（しゃりん）
車輪
名０

▶車輪の大きさはどのくらいですか。
車輪大概多大？

相關單字 輪切り（わぎ）名３０ 切成圓輪片狀／輪ゴム（わ）名０ 圓形細橡皮圈

♪237-03 **じゃん拳**（けん）
猜拳
名３０

▶じゃん拳は弱いです。
我不太會猜拳。

相關單字 手玉（てだま）名０ 沙包（遊戲）

♪237-04 **種**（しゅ）
種類
名１

▶この種の病気は怖いです。
這種病很可怕。

相似字 たぐい 名３０ 類

♪237-05 **州**（しゅう）
州、洲
名１

▶そこはなに州ですか。
你那裡是什麼州？

相似字 都道府県（とどうふけん）名４５ 都道府縣（日本行政區劃）

♪237-06 **自由**（じゆう）
自由、隨意
名 な形 ２

▶自由が好きです。
我愛好自由。

♪237-07 **周囲**（しゅうい）
四周
名１

▶周囲の反応はどうですか。
周圍反應如何？

動詞 あ〜さ
動詞 し〜わ
名詞（する）あ〜く
名詞（する）け〜し
名詞（する）す〜り
名詞 あ〜お
名詞 か
名詞 き〜く
名詞 け〜と
名詞 さ
名詞 し
名詞 す〜せ
名詞 そ〜ち
名詞 つ〜と
名詞 な〜わ
形容詞
副詞
其他

♪238-01
週間
しゅうかん
星期、週間
名 0

▶週間予報はどうなっていますか。
しゅうかん よ ほう

一周的天氣預報怎麼說呢？

♪238-02
習慣
しゅうかん
習慣
名 0

▶私は朝早く起きる習慣があります。
わたし あさはや お しゅうかん

我有早起的習慣。

♪238-03
宗教
しゅうきょう
宗教
名 1

▶宗教はありますか。
しゅうきょう

你有信什麼教嗎？

相似字 信仰 名(する) 他 0 信仰
しんこう

♪238-04
習字
しゅう じ
學寫字
名 0

▶習字を昔習っていました。
しゅう じ むかしなら

我以前學過寫字。

♪238-05
住所
じゅうしょ
地址
名 1

▶住所を教えてもらえませんか。
じゅうしょ おし

方便告訴我住址嗎？

相關單字 アドレス帳 名 聯絡簿、通訊錄
ちょう

♪238-06
重体
じゅうたい
病危
名 0

▶重体にはなっていないのでご心配なく。
じゅうたい しんぱい

沒有生命危險請別擔心。

♪238-07
住宅
じゅうたく
住宅
名 0

▶住宅地は静かです。
じゅうたく ち しず

住宅區很安靜。

♪238-08
集団
しゅうだん
集團、團體
名 0

▶集団登校しています。
しゅうだんとうこう

集體上學。

商校科休社生 | 80 90 100 120%

♪239-01
絨毯
じゅうたん
地毯
名①

▶ 絨毯の色が鮮やかですね。
地毯顏色鮮豔。

商校科休社生 | 80 90 100 120%

♪239-02
終点
しゅうてん
終點
名⓪

▶ 終点地はどこですか。
終點站是哪裡？
相似字 終着駅 名④ 終點站

商校科休社生 | 80 90 100 120%

♪239-03
重点
じゅうてん
重點
名③⓪

▶ 重点項目は何ですか。
重點項目是什麼？

商校科休社生 | 80 90 100 120%

♪239-04
周辺
しゅうへん
周邊、四周
名⓪

▶ 周辺はきれいです。
周圍環境清爽。
相似字 周り 名⓪ 周圍

商校科休社生 | 80 90 100 120%

♪239-05
住民
じゅうみん
居民
名③⓪

▶ 住民票が欲しいです。
我想要申請住民票。

商校科休社生 | 80 90 100 120%

♪239-06
重量
じゅうりょう
重量
名③

▶ 重量は何キロですか。
幾公斤重？

商校科休社生 | 80 90 100 120%

♪239-07
重力
じゅうりょく
重力、萬有引力
名①

▶ 地球には重力があります。
地球有重力。

動詞 あ〜ざ
動詞 し〜わ
名詞(する) あ〜く
名詞 け〜し
名詞(する) す〜り
名詞 お〜お
名詞 か
名詞 き〜く
名詞 け〜こ
名詞 さ
名詞 し
名詞 す〜そ
名詞 そ〜ち
名詞 つ〜と
名詞 な〜わ
形容詞
副詞
其他

♪240-01
主義 しゅぎ
主義、方針
名①

▶ 民主主義国に住んでいます。

我一直住在民主國家。

♪240-02
熟語 じゅくご
慣用句
名⓪

▶ 熟語をいくつか言ってください。

請説幾句慣用語。

相關單字 四字熟語 よじじゅくご 名③（日文的）四字成語／

イディオム 名①（英）idiom。慣用句、成語

♪240-03
祝日 しゅくじつ
節日、國定假日
名②③

▶ 祝日にどこに行きますか。

國定假日你要去哪兒？

♪240-04
宿題 しゅくだい
功課
名⓪

▶ 宿題が多すぎます。

習題太多。

相關單字 勉強 べんきょう 名(する)⓪ 他學習、讀書

♪240-05
主語 しゅご
主語
名①

▶ 主語は何ですか。

主語是什麼？

♪240-06
手術 しゅじゅつ
手術
名①

▶ 手術後は安静にしてください。

手術後請靜養。

相似字 オペ 名①（英）operation。手術

♪240-07
首相 しゅしょう
首相、內閣總理大臣
名⓪

▶ 首相官邸は東京にあります。

首相官邸在東京。

動詞 あ～さ
動詞 し～わ
名詞 する あ～く
名詞 する け～し
名詞 する す～り
名詞 あ～お
名詞 か
名詞 き～く
名詞 け～こ
名詞 さ
名詞 し
名詞 す～せ
名詞 そ～ち
名詞 つ～と
名詞 な～わ
形容詞
副詞
其他

♪241-01

手段
しゅだん

手段、方法

名 1

商 校 科 休 社 生　80　90　100 120%

▶どんな手段で成功したのですか。

是用什麼方法成功的呢？

♪241-02

述語
じゅつご

謂語、賓語

名 0

商 校 科 休 社 生　80　90　100 120%

▶述語を探しました。

尋找句中的賓語。

♪241-03

出身
しゅっしん

出生地、畢業
學校

名 0

商 校 科 休 社 生　80　90　100 120%

▶出身地を教えてください。

請説出生地。

相關單字 母国語 名 0 母語

♪241-04

首都
しゅと

首都

名 1 2

商 校 科 休 社 生　80　90　100 120%

▶アメリカの首都を教えてください。

請告訴我美國的首都。

相關單字 都落ち 名 0 由都市搬到鄉下

♪241-05

主婦
しゅふ

主婦

名 1

商 校 科 休 社 生　80　90　100 120%

▶主婦についてどう思いますか。

你對主婦有什麼看法？

相關單字 専業主婦 名 5 家庭主婦／パートタイマー 名 4 （英）part-timer。
按時計酬的零工

♪241-06

趣味
しゅみ

嗜好

名 1

商 校 科 休 社 生　80　90　100 120%

▶趣味は何ですか。

你的嗜好是什麼？

♪241-07

寿命
じゅみょう

壽命

名 0

商 校 科 休 社 生　80　90　100 120%

▶日本人の寿命は長いです。

日本人的壽命很長。

♪242-01
主役
しゅやく
主角
名[0]

▶ 主役の人はきれいですね。
しゅやく　ひと

主角很美耶。

♪242-02
需要
じゅよう
需求、需要
名[0]

▶ 需要があって売りました。
じゅよう　　　　　う

因有需要就賣了。

相似字　必要 名[0] 必要
ひつよう

♪242-03
種類
しゅるい
種類
名[1]

▶ こんな種類の鍋があるのですね。
しゅるい　なべ

竟然有這種鍋子！

♪242-04
受話器
じゅわき
話筒
名[2]

▶ 受話器を取ってください。
じゅわき　と

請拿起話筒。

♪242-05
順
じゅん
順序
名[0]

▶ 順に話していきましょう。
じゅん　はな

請輪流發言。

相似字　順番 名[0] 順序
じゅんばん

♪242-06
瞬間
しゅんかん
瞬間、轉眼
名[0]

▶ 頭をぶつけた瞬間、全部忘れてしまいました。
あたま　　　　　しゅんかん　ぜんぶわす

頭撞到的瞬間全忘了。

♪242-07
巡査
じゅんさ
警察、巡邏
名[1][0]

▶ 警察が巡査中です。
けいさつ　じゅんさちゅう

警察正在巡邏。

♪242-08
順々
じゅんじゅん
次序、逐一
名[3]

▶ 順々に周りの人が結婚していきました。
じゅんじゅん　まわ　ひと　けっこん

我周圍的人逐一結婚了。

242

♪243-01 じゅんじょ
順序
順序、步驟
名1

商校科休社生 | 80 90 100 120%

▶ じゅんじょ
順序がありますよ。
有先後順序喲。

♪243-02 じゅんばん
順番
順序
名0

商校科休社生 | 80 90 100 120%

▶ じゅんばん ま
順番を待ってくださいね。
請依序等待。

♪243-03 しょうがくきん
奨学金
獎學金、助學
金
名0

商校科休社生 | 80 90 100 120%

▶ しょうがくきん
奨学金はもらっていません。
我沒拿獎學金。

易混單字 ボーナス 名1 （英）bonus。 金、分紅

♪243-04 しょうがくせい
小学生
小學生
名3 4

商校科休社生 | 80 90 100 120%

▶ しょうがくせい こ
小学生の子どもはかわいいです。
小學生很可愛。

♪243-05 しょうがつ
正月
新年
名4

商校科休社生 | 80 90 100 120%

▶ しょうがつ たの
正月が楽しみです。
期待新年。

♪243-06 しょうがっこう
小学校
小學
名3

商校科休社生 | 80 90 100 120%

▶ あした しょうがっこう い
明日小学校に行きます。
明天去小學。

相關單字 エスカレーター式 名 手扶梯式升學或升遷

♪243-07 しょう ぎ
将棋
日本象棋
名0

商校科休社生 | 80 90 100 120%

▶ わたし しょう ぎ
私は将棋ができますよ。
我會下日本象棋。

動詞
あ〜さ

動詞
し〜わ

名詞（する）
あ〜く

名詞（する）
け〜し

名詞（する）
す〜り

名詞
あ〜お

名詞
か

名詞
き〜く

名詞
け〜こ

名詞
さ

名詞
し

名詞
す〜せ

名詞
そ〜つ

名詞
て〜と

名詞
な〜わ

形容詞

副詞

其他

♪244-01 **蒸気** (じょうき)
水蒸氣、蒸汽、汽船
名①

▶蒸気機関車に乗ったことはありますか。(じょうき きかんしゃ の)
你坐過蒸汽火車嗎？

♪244-02 **定規** (じょうぎ)
尺、標準
名①

▶定規を貸してください。(じょうぎ か)
請借我尺。

相關單字 コンパス 名① （荷）Kompas。圓規

♪244-03 **乗客** (じょうきゃく)
乘客
名⓪

▶乗客はもうすでに降りています。(じょうきゃく お)
乘客已經下來了。

♪244-04 **上級** (じょうきゅう)
更高一級、高級
名⓪

▶あなたは上級者ですね。(じょうきゅうしゃ)
高級程度的學習者。

相反字 初級 名⓪ 初級 (しょきゅう)

♪244-05 **商業** (しょうぎょう)
商業
名①

▶私は商業科をでました。(わたし しょうぎょうか)
我是商科畢業的。

♪244-06 **状況／情況** (じょうきょう／じょうきょう)
情況、狀況
名⓪

▶私は状況を把握できないです。(わたし じょうきょう はあく)
我無法掌握狀況。

♪244-07 **賞金** (しょうきん)
賞金
名⓪

▶賞金はいくらですか。(しょうきん)
賞金有多少？

相似字 賞与 名① 獎金 (しょうよ)

♪245-01

じょうけん
条件

條件、條款

名③

商校科休社生 | 80 90 100 120%

▶ 条件を言ってください。
じょうけん　い

請開出條件。

♪245-02

しょうご
正午

中午、正午

名①

商校科休社生 | 80 90 100 120%

▶ 正午に会いましょう。
しょうご　あ

中午見。

相關單字 真昼 名⓪ 正中午／子午線 名②⓪ （地球）經線、子午線／
まひる　　　　　　　　　　　しごせん

経線 名⓪ 經線／国際日付変更線 名 國際換日線／
けいせん　　　　　　　こくさいひづけへんこうせん

シエスタ 名① （西）siesta。午睡／昼寝 名(する)自⓪ 午睡
ひるね

♪245-03

しょうじ
障子

紙拉門、紙拉
窗

名⓪

商校科休社生 | 80 90 100 120%

▶ 障子を開けてください。
しょうじ　あ

請拉開紙門。

相關單字 襖 名③⓪ 紙拉門、布拉門／襖絵 名③⓪ 畫在木門或紙門上的畫
ふすま　　　　　　　　　　　ふすまえ

♪245-04

じょうしき
常識

常識、常情

名⓪

商校科休社生 | 80 90 100 120%

▶ 彼女は常識を持った人です。
かのじょ　じょうしき　も　　ひと

她是個有常識的人。

相反字 非常識 名 な形② 違反社會常識
ひじょうしき

♪245-05

しょうしゃ
商社

貿易公司、商
社

名①

商校科休社生 | 80 90 100 120%

▶ 私は商社で働きたいです。
わたし　しょうしゃ　はたら

我想到貿易公司工作。

♪245-06

しょうじょう
症状

症情、症狀

名③

商校科休社生 | 80 90 100 120%

▶ 彼の病気の症状は重いです。
かれ　びょうき　しょうじょう　おも

他的病情很嚴重。

相關單字 自覚症状 名④ 病人的自覺症狀
じかくしょうじょう

♪245-07

しょうすう
少数

少數派

名③

商校科休社生 | 80 90 100 120%

▶ あなた方は少数派ですね。
がた　しょうすう　は

你們是少數派。

動詞
あ〜さ

動詞
し〜わ

名詞(する)
あ〜く

名詞(する)
け〜し

名詞(する)
す〜り

名詞
あ〜お

名詞
か

名詞
き〜く

名詞
け〜こ

名詞
さ

名詞
し

名詞
す〜せ

名詞
そ〜ち

名詞
つ〜と

名詞
な〜わ

形容詞

副詞

其他

♪246-01 **小説**
しょうせつ
小説
名 ⓪

▶小説を書いたことがあります。
しょうせつ か

我寫過小説。

商 校 科 休 社 生 | 80 90 100 120%

♪246-02 **冗談**
じょうだん
玩笑
名 ③

▶冗談ばかり言わないで下さい。
じょうだん い くだ

別淨開玩笑。

商 校 科 休 社 生 | 80 90 100 120%

♪246-03 **商店**
しょうてん
商店
名 ①

▶商店は多いです。
しょうてん おお

商店很多。

商 校 科 休 社 生 | 80 90 100 120%

♪246-04 **焦点**
しょうてん
焦點、中心
名 ①

▶焦点を合わせてください。
しょうてん あ

請集中焦點。

相關單字 着目 名(する)自 ⓪ 著眼、留神／着眼点 名 ③ 著眼點
ちゃくもく ちゃくがんてん

商 校 科 休 社 生 | 80 90 100 120%

♪246-05 **少年**
しょうねん
少年
名 ⓪

▶この少年は野球が好きです。
しょうねん やきゅう す

這個少年喜歡棒球。

商 校 科 休 社 生 | 80 90 100 120%

♪246-06 **勝敗**
しょうはい
勝負、輸贏
名 ⓪

▶勝敗はどうでしたか。
しょうはい

輸贏如何？

相似字 勝ち負け 名 ①② 勝敗、勝負
か ま

商 校 科 休 社 生 | 80 90 100 120%

♪246-07 **商品**
しょうひん
商品
名 ①

▶商品は多いですね。
しょうひん おお

商品好多！

商 校 科 休 社 生 | 80 90 100 120%

♪246-08 **賞品**
しょうひん
獎品
名 ⓪

▶賞品は水筒でした。
しょうひん すいとう

獎品是水壺。

♪247-01
しょうぼう
消防
消防、消防隊
（員）
名 0

商校科休社生 | 80 90 100 120%

▶ しょうぼうたい ふんごき
消防隊は5分後に来ました。
消防隊在五分鐘後到了。

♪247-02
じょうほう
情報
資訊、消息
名 0

商校科休社生 | 80 90 100 120%

▶ じょうほう すく
情報が少なすぎます。
資訊太少。

相關單字 うわさ 噂 名 0 流言

♪247-03
しょうぼうしょ
消防署
消防機關
名 5 0

商校科休社生 | 80 90 100 120%

▶ しょうぼうしょ みなみ
消防署は南にあります。
消防局在南邊。

♪247-04
しょうめん
正面
正面
名 3

商校科休社生 | 80 90 100 120%

▶ しょうめん
正面からみたらいいです。
從前面看就好。

♪247-05
しょう ゆ
醤油
醬油
名 0

商校科休社生 | 80 90 100 120%

▶ しょう ゆ す
醤油が好きです。
我喜歡醬油。

相關單字 ポン酢 名 0 柚子醋

♪247-06
しょうりゃく
省略
省略
名 0

商校科休社生 | 80 90 100 120%

▶ しょうりゃく
省略するとこうなります。
省略後就是這樣。

♪247-07
じょおう
女王
女王、女皇
名 2

▶ じょおうさま かん
女王様って感じですね。 ◎見 P.183 感じ
簡直像女王！

動詞
あ～さ

動詞
し～わ

名詞（する）
あ～く

名詞
け～し

名詞（する）
す～り

名詞
あ～ご

名詞
か

名詞
き～く

名詞
け～ご

名詞
さ

名詞
し

名詞
す～せ

名詞
そ～ち

名詞
つ～と

名詞
な～わ

形容詞

副詞

其他

♪248-01
しょきゅう
初級
初級
名 0

▶ しょきゅうしゃ にとっては むずか しいですね。

對初學者太難了。

♪248-02
じゅんきょうじゅ
准教授
副教授
名 1 3

▶ じゅんきょうじゅ はあちらにいらっしゃいますか。

副教授在你們那邊嗎？

♪248-03
しょく
職
職業、工作
名 0

▶ どんな しょくぎょう につこうかと まよ っています。

我還在猶豫要走哪一行。

相關單字 しょくにんきしつ 職人気質 名 5 職人氣質

♪248-04
しょくえん
食塩
鹽
名 2

▶ しょくえん を か してもらえますか。

可以跟你借鹽嗎？

♪248-05
しょくぎょう
職業
職業
名 2

▶ しょくぎょうびょう ですね。

這是職業病耶。

♪248-06
しょくたく
食卓
餐桌
名 0

▶ か ぞく で しょくたく を かこ みました。

家人同桌吃飯。

♪248-07
しょくどう
食堂
食堂
名 0

▶ しょくどう まで あんない しましょう。

我帶你去食堂吧。

相關單字 いざかや 居酒屋 名 3 0 居酒屋

♪248-08
しょくにん
職人
職人、行家
名 0

▶ しょくにんかた ぎ の かた です。

有職人氣息的人物。

商 校 科 休 社 生 ｜ 80　90　100 120%

♪249-01 職場
しょくば

職場、工作單
位
名 3 0

▶職場は楽しいです。
しょくば　たの

職場是愉快的。

商 校 科 休 社 生 ｜ 80　90　100 120%

♪249-02 食品
しょくひん

食品
名 0

▶食品サンプルを送ってください。
しょくひん　　　　おく

請寄食品樣本來。

商 校 科 休 社 生 ｜ 80　90　100 120%

♪249-03 植物
しょくぶつ

植物
名 2

▶植物繊維が入っています。
しょくぶつせんい　　はい

內含植物纖維。

相關單字 癒し
いや
名 0 療癒作用

商 校 科 休 社 生 ｜ 80　90　100 120%

♪249-04 食物
しょくもつ

食物
名 2

▶これは食物連鎖の関係ですか。
しょくもつれんさ　かんけい

這是食物鏈的關係嗎？

商 校 科 休 社 生 ｜ 80　90　100 120%

♪249-05 食欲
しょくよく

食慾、胃口
名 2 0

▶食欲はあります。
しょくよく

有胃口。

相關單字 食欲の秋
しょくよく　あき
名 食慾之秋、味覺之秋

商 校 科 休 社 生 ｜ 80　90　100 120%

♪249-06 食料
しょくりょう

食品、食物
名 2

▶私に食料を送ってください。
わたし　しょくりょう　おく

請寄食物來給我。

商 校 科 休 社 生 ｜ 80　90　100 120%

♪249-07 書斎
しょさい

書房、書齋
名 0

▶書斎は右手です。
しょさい　みぎて

書房在右手邊。

動詞
あ～さ

動詞
し～わ

名詞(する)
あ～く

名詞
け～し

名詞(する)
す～り

名詞
あ～お

名詞
か

名詞
を～く

名詞
け～こ

名詞
さ

名詞
し

名詞
す～せ

名詞
そ～ち

名詞
つ～と

名詞
な～わ

形容詞

副詞

其他

♪250-01 **助手**（じょしゅ）
幫手、助手
名0

▶助手（じょしゅ）はありがたいです。
有助手真是幫了大忙。

♪250-02 **初旬**（しょじゅん）
上旬
名0

▶3月初旬（がつしょじゅん）に会（あ）いましょう。 ⇨見 P.207 下旬
三月上旬碰面吧。

相似字 上旬（じょうじゅん）名0 上旬

♪250-03 **書籍**（しょせき）
書籍、圖書
名1 0

▶書籍（しょせき）の中（なか）にお金（かね）がありました。
書本裡有錢。

♪250-04 **食器**（しょっき）
食器、餐具
名0

▶食器（しょっき）を片付（かたづ）けましょうか。
把餐具收一收吧。

♪250-05 **書店**（しょてん）
書店
名1 0

▶書店（しょてん）の中（なか）は涼（すず）しいです。
書店裡很涼爽。

相關單字 ネット書店（しょてん）名 網路書店

♪250-06 **書道**（しょどう）
書法、書道
名1

▶私（わたし）は書道（しょどう）が好（す）きです。
我喜歡書法。

♪250-07 **初歩**（しょほ）
初步、初學
名1

▶初歩（しょほ）はこんな感（かん）じですよ。 ⇨見 P.183 感じ
初步就像這樣。

易混單字 処方（しょほう）名（する）他0 處置、處方

♪250-08 **書物**（しょもつ）
書籍、圖書
名1

▶書物（しょもつ）は重（おも）いです。
書本很重。

250

♪251-01
女優 <ruby>女優<rt>じょゆう</rt></ruby>
女演員
名 0

▶ <ruby>女優<rt>じょゆう</rt></ruby>さんを<ruby>見<rt>み</rt></ruby>かけました。
我看見女明星。

商 校 科 休 社 生 | 80 90 100 120%

♪251-02
書類 <ruby>書類<rt>しょるい</rt></ruby>
文件、資料
名 0

▶ <ruby>書類<rt>しょるい</rt></ruby>を<ruby>整理<rt>せいり</rt></ruby>してください。
請把文件整理好。

易混單字 <ruby>書籍<rt>しょせき</rt></ruby> 名 1 0 書籍

商 校 科 休 社 生 | 80 90 100 120%

♪251-03
白髪 <ruby>白髪<rt>しらが</rt></ruby>
白頭髮
名 3

▶ <ruby>白髪<rt>しらが</rt></ruby>が<ruby>増<rt>ふ</rt></ruby>えて<ruby>悲<rt>かな</rt></ruby>しいです。
白頭髮增多，有點傷感。

商 校 科 休 社 生 | 80 90 100 120%

♪251-04
尻 <ruby>尻<rt>しり</rt></ruby>
屁股、最末
名 2

▶ お<ruby>尻<rt>しり</rt></ruby>が<ruby>痛<rt>いた</rt></ruby>いです。
屁股痛。

相似字 <ruby>尻尾<rt>しっぽ</rt></ruby> 名 3 尾巴、末端

商 校 科 休 社 生 | 80 90 100 120%

♪251-05
シリーズ
（英）series。
系列
名 1 2

▶ これはシリーズものの<ruby>映画<rt>えいが</rt></ruby>ですね。
這是系列電影。

商 校 科 休 社 生 | 80 90 100 120%

♪251-06
私立 <ruby>私立<rt>しりつ</rt></ruby>
個人的、私立
名 1

▶ <ruby>私立<rt>しりつ</rt></ruby>の<ruby>中学校<rt>ちゅうがっこう</rt></ruby>に<ruby>行<rt>い</rt></ruby>きました。
我以前讀私立中學。

相關補充 為與「<ruby>市立<rt>しりつ</rt></ruby>」區別，有時會讀作「<ruby>私立<rt>わたくしりつ</rt></ruby>」。

商 校 科 休 社 生 | 80 90 100 120%

♪251-07
資料 <ruby>資料<rt>しりょう</rt></ruby>
資料
名 1

▶ <ruby>参考<rt>さんこう</rt></ruby><ruby>資料<rt>しりょう</rt></ruby>が<ruby>多<rt>おお</rt></ruby>いです。
參考資料很多。

動詞 あ～さ
動詞 し～わ
名詞 あ～く (する)
名詞 け～し (する)
名詞 す～り (する)
名詞 あ～お
名詞 か
名詞 き～く
名詞 け～こ
名詞 さ
名詞 し
名詞 す～せ
名詞 そ～ち
名詞 つ～と
名詞 な～わ
形容詞
副詞
其他

♪252-01 **汁**
しる
汁液
名①

▶汁をこぼしました。
しる
我把湯汁潑出來了。

相關單字 豚汁 名③⓪ 加豬肉片的味噌湯。
とんじる

商 校 科 休 社 生 | 80 90 100 120%

♪252-02 **皺**
しわ
皺紋、皺褶
名⓪

▶皺が増えました。
しわ ふ
皺紋變多了。

相關單字 アイロンがけ 名 熨平、燙平

商 校 科 休 社 生 | 80 90 100 120%

♪252-03 **芯**
しん
中心、核
名①

▶芯から冷えますね。
しん ひ
從身體裡頭發冷。

商 校 科 休 社 生 | 80 90 100 120%

♪252-04 **新幹線**
しんかんせん
新幹線、高鐵
名③

▶新幹線で東京に行きました。
しんかんせん とうきょう い
我搭新幹線去東京。

商 校 科 休 社 生 | 80 90 100 120%

♪252-05 **神経**
しんけい
神經、感覺
名①

▶神経が細かいです。
しんけい こま
纖細敏感。

商 校 科 休 社 生 | 80 90 100 120%

♪252-06 **信号**
しんごう
信號、紅綠燈
名⓪

▶信号は守りましょう。
しんごう まも
紅綠燈要遵守。

相似字 ネオン 名①（英）neon。霓虹燈

商 校 科 休 社 生 | 80 90 100 120%

♪252-07 **人口**
じんこう
人口
名⓪

▶中国は人口の多い国です。
ちゅうごく じんこう おお くに
中國是人口眾多的國家。

商 校 科 休 社 生 | 80 90 100 120%

♪252-08 **人工**
じんこう
人工、人造
名⓪

▶人工呼吸をしたことはありますか。
じんこう こきゅう
你做過人工呼吸嗎？

♪253-01 **人事** じんじ
世事、人事
名1

▶ 人事異動がありました。
有人事異動。

♪253-02 **神社** じんじゃ
神社
名1

▶ 神社に行くのが好きです。
我喜歡去神社。

相關單字 神前結婚 名5 神前結婚（日式婚禮之一）

♪253-03 **人種** じんしゅ
人種、種族
名0

▶ 人種差別はいけないことです。
種族歧視要不得。

♪253-04 **心身** しんしん
身心
名1

▶ 心身から疲れました。
身心都感覺疲勞。

相關單字 心身ともに 副 身體與心理兩面同時
▶ 彼は心身ともに健康だ。 他身心都很健康。

♪253-05 **人生** じんせい
人生、生涯
名1

▶ 人生って厳しいですね。
人生著實不容易。

♪253-06 **親戚** しんせき
親戚、親屬
名0

▶ 親戚からお金をもらいました。
親戚給我錢。

易混單字 親友 名0 好朋友、摯友

♪253-07 **心臓** しんぞう
心臓、中心
名0

▶ 心臓発作は怖いです。 ⇨見 P.315 ハート
害怕心臟病發作。

動詞 あ〜さ
動詞 し〜わ
名詞 あ〜く する
名詞 け〜し する
名詞 す〜り する
名詞 あ〜お
名詞 か
名詞 き〜く
名詞 け〜こ
名詞 さ
名詞 し
名詞 す〜せ
名詞 そ〜ち
名詞 つ〜と
名詞 な〜わ
形容詞
副詞
其他

♪254-01
寝台 しんだい
床鋪、臥鋪
名 0

▶寝台列車に乗ったことがありますか。
しんだいれっしゃ の
你有搭過臥鋪列車嗎？

♪254-02
身長 しんちょう
身高、個子
名 0

▶身長は高いです。
しんちょう たか
身高很高。
相似字 身の丈 み たけ 名 2 身高

♪254-03
人物 じんぶつ
人、人物
名 1

▶どんな人物ですか。
じんぶつ
是怎樣的人？

♪254-04
新聞 しんぶん
報紙
名 0

▶昨日新聞を読みました。
きのう しんぶん よ
昨天我有看報。

♪254-05
人文科学 じんぶん か がく
人文科學
名 5

▶人文科学について教えてください。
じんぶん か がく おし
請教我人文科學的內容。

♪254-06
人命 じんめい
人命
名 0

▶人命救助は大切です。
じんめいきゅうじょ たいせつ
救人一命很重要。
相似字 命 いのち 名 1 生命

♪254-07
深夜 しん や
深夜、半夜
名 1

▶深夜本を読みました。
しん や ほん よ
半夜看了書。

商 校 科 休 社 生 ｜ 80　90　100 120%

♪255-01
親友 しんゆう

親密親友、摯
友

名 0

▶ しんゆう はな
親友に話しました。

跟好朋友說了。

商 校 科 休 社 生 ｜ 80　90　100 120%

♪255-02
心理 しんり

心理

名 0

▶ しん り じょうたい
心理状態はいいですか。

心理狀態還好嗎？

相關單字 りんしょうしんりし 臨床心理士 名 臨床心理師

商 校 科 休 社 生 ｜ 80　90　100 120%

♪255-03
森林 しんりん

森林

名 0

▶ しんりん す
森林が好きです。

我喜歡森林。

商 校 科 休 社 生 ｜ 80　90　100 120%

♪255-04
人類 じんるい

人類

名 1

▶ じんるいぜんめつ か のうせい
人類全滅の可能性はありますか。

人類有可能全部滅絕嗎？

商 校 科 休 社 生 ｜ 80　90　100 120%

♪255-05
進路 しんろ

發展方向、前
進的道路

名 1

▶ しん ろ けってい
進路は決定しましたか。

決定好將來要走的路了嗎？

商 校 科 休 社 生 ｜ 80　90　100 120%

♪255-06
神話 しんわ

神話

名 0

▶ しん わ す
神話が好きです。

我喜歡神話。

動詞 あ〜さ
動詞 し〜わ
名詞（する）あ〜く
名詞（する）け〜し
名詞（する）す〜り
名詞 あ〜お
名詞 か
名詞 き〜く
名詞 け〜こ
名詞 さ
名詞 し
名詞 す〜せ
名詞 そ〜ち
名詞 つ〜と
名詞 な〜わ
形容詞
副詞
其他

- メモ -

努力できることは才能である。 努力本身就是一種才能。

新日檢N2
關鍵單字

名詞
す～せ
巢～線路

詞性、重音介紹

名 名詞	副 副詞	接助 接續助詞
名(する) 名詞（する）	副(する) 副詞（する）	自 自動詞
動I 第一類動詞	副助 副助詞	他 他動詞
動II 第二類動詞	接尾 接尾詞	感 感嘆詞
動III 第三類動詞	接頭 接頭詞	量 量詞
い形 い形容詞	代 代名詞	數字 表重音
な形 な形容詞	連 連語	
慣 慣用語	接 接續詞	

動詞變化介紹

て て形	可 可能形	受 受身形
た た形	意 意向形	使 使役形
否 否定形	條 條件形	使受 使役受身形

商校科休社生 | 80　90　100　120%

♪258-01
巣
す

巣

名 1 0

▶鳥の巣を発見しました。
とり　す　　はっけん

我發現鳥巢。

相關單字 蜘蛛の巣 名 1 蜘蛛網
くも　す

商校科休社生 | 80　90　100　120%

♪258-02
酢
す

醋

名 1

▶酢の物が嫌いです。
す　もの　きら

我討厭醋料理。

相關單字 すっぱい い形 3 酸的

商校科休社生 | 80　90　100　120%

♪258-03
図
ず

圖

名 0

▶図を描いてください。
ず　か

請畫圖。

商校科休社生 | 80　90　100　120%

♪258-04
水産
すいさん

水產

名 0

▶水産会社に勤めています。
すいさんがいしゃ　つと

我在水產公司工作。

商校科休社生 | 80　90　100　120%

♪258-05
水準
すいじゅん

水準

名 0

▶語学水準は高いほうですね。
ごがくすいじゅん　たか

語言水平頗高。

相似字 レベル 名 1 （英）level。水準、水平

商校科休社生 | 80　90　100　120%

♪258-06
水蒸気
すいじょうき

水蒸氣

名 3

▶水蒸気が発生しました。
すいじょうき　はっせい

產生水蒸氣。

商校科休社生 | 80　90　100　120%

♪258-07
水素
すいそ

氫氣

名 1

▶水素爆発が発生しています。
すいそばくはつ　はっせい

氫氣爆炸。

動詞
あ〜さ

動詞
し〜わ

名詞(する)
あ〜く

名詞(する)
け〜し

名詞(する)
す〜り

名詞
あ〜お

名詞
か

名詞
き〜く

名詞
け〜こ

名詞
さ

名詞
し

名詞
す〜せ

名詞
そ〜ち

名詞
つ〜と

名詞
な〜わ

形容詞

副詞

其他

♪259-01 **スイッチ**
開關
名 [1][2]

▶スイッチが入（はい）りました。
打開開關了。

商校科休社生 | 80 90 100 120%

♪259-02 **水滴**（すいてき）
水滴
名 [0]

▶水滴（すいてき）がたくさんついています。
滲著許多水滴呢！

相關單字 しずく 名(する)自[3] 水滴、滴水／水差（みずさ）し 名[3][4] 注水器具

商校科休社生 | 80 90 100 120%

♪259-03 **水筒**（すいとう）
水筒、水壺
名 [0]

▶水筒（すいとう）を持（も）ってきてください。
請帶水壺來。

商校科休社生 | 80 90 100 120%

♪259-04 **水道**（すいどう）
自來水
名 [0]

▶水道費（すいどうひ）は安（やす）いです。
水費很便宜。

相關單字 ミネラルウオーター 名[6]（英）mineral water。礦泉水

商校科休社生 | 80 90 100 120%

♪259-05 **随筆**（ずいひつ）
随筆、小品文
名 [0]

▶随筆（ずいひつ）は好（す）きですか。
你喜歡隨筆文學嗎？

商校科休社生 | 80 90 100 120%

♪259-06 **水分**（すいぶん）
水分
名 [1]

▶水分（すいぶん）をたくさんとりましょう。
多喝水。

相關單字 塩分（えんぶん）名[1] 鹽分

商校科休社生 | 80 90 100 120%

♪259-07 **水平線**（すいへいせん）
水平線、地平線
名 [0]

▶水平線（すいへいせん）を見（み）ました。
看到地平線。

商校科休社生 | 80 90 100 120%

♪260-01
水面 すいめん
水面
名 0

▶水面からカエルが飛び出してきました。 すいめん と だ
青蛙跳出水面來。

♪260-02
数学 すうがく
數學
名 0

▶数学の成績はあまりよくなかったです。 すうがく せいせき
我的數學成績不大好。

♪260-03
数字 すうじ
數字
名 0

▶数字は苦手です。 すうじ にがて
我對數字很不在行。

相關單字 理科系 名 理科 りかけい

♪260-04
末っ子 すえっこ
老么
名 0

▶末っ子はかわいいですね。 すえ こ
最小的孩子很可愛呢。

♪260-05
姿 すがた
姿態、態度
名 1

▶どんな姿ですか。 すがた
怎樣的身影呢？

♪260-06
図鑑 ずかん
圖鑑
名 0

▶図鑑をみてわかりました。 ずかん
看了圖鑑就會明白。

♪260-07
杉 すぎ
杉木
名 0

▶杉の木は大きいです。 すぎ き おお
杉樹長得高大。

相關單字 セコイア 名 （英）Coastredwood。紅杉

♪260-08
隙間 すきま
空隙
名 0

▶隙間産業で生きています。 すきま さんぎょう い
以利基產業而生存著。

相關單字 ニッチ市場 名 （英）niche market。利基市場 しじょう

♪261-01 **スクール**
（英）school。
學校、教室
名 0

▶ 水泳スクールに行っていました。
我曾上過游泳班。

♪261-02 **図形**（ずけい）
圖形、圖案
名 0

▶ 目をつぶって、図形を描いてください。
請閉上眼睛畫個圖形出來。

♪261-03 **スケジュール**
（英）
schedule。
日程、時間表
名 2 3

▶ スケジュールを教えてください。
請告訴我你的行程。

相似字 予定（よてい）名（する）他 0 預定

♪261-04 **鈴**（すず）
鈴、鈴鐺
名 0

▶ 鈴が鳴っています。
鈴鐺在響。

♪261-05 **スタイル**
（英）style。
姿態、體態
名 2

▶ あの女優はスタイルがいいですね。
那個女演員的體態真好。

♪261-06 **頭痛**（ずつう）
頭痛、煩惱
名 0

▶ 突然、激しい頭痛に襲われました。
突然一陣強烈的頭痛。

相關單字 胃痛（いつう）名 0 胃痛

♪261-07 **ステージ**
（英）stage。
舞台
名 2

▶ 私はやっと念願のステージに立ちました。
我終於站上了心心念念的舞台。

♪262-01 **ストーブ**
（英）stove。
火爐、爐子
名2

▶ストーブから離れてください。
請離火爐遠一點。

♪262-02 **ストッキング**
（英）
stocking。
絲襪
名2

▶ストッキングが破けました。
絲襪破了。

♪262-03 **ストレス**
（英）stress。
壓力、緊張狀態
名2

▶ストレスがたまります。
累積壓力。

♪262-04 **ストロー**
吸管
名2

▶ストローは捨ててください。
請丟掉吸管。

♪262-05 **砂**
沙子
名0

▶砂がある場所に行きます。
去有沙子的地方。

相關單字 ビーチ 名1 （英）beach。海邊、沙灘

♪262-06 **頭脳**
頭腦、智力、領導人
名1

▶彼女は優れた頭脳の持ち主です。
她是金頭腦。

商校科休社生 | 80 90 100 120%

♪263-01 スピーチ
（英）
speech。
演説、致詞
名2

▶スピーチが得意です。
我擅長演説。

商校科休社生 | 80 90 100 120%

♪263-02 スピード
（英）speed。
速度、快速
名0

▶この車のスピードは遅いです。
這台車的速度很慢。

相似字 猛スピード 名 非常快速

商校科休社生 | 80 90 100 120%

♪263-03 図表
（ず ひょう）
圖表
名0

▶図表を描くことは得意です。
我很能畫圖表。

相似字 グラフ 名10 圖表

商校科休社生 | 80 90 100 120%

♪263-04 スペース
（英）space。
空間、空白
名20

▶スペースを開けてください。
請隔開距離。

商校科休社生 | 80 90 100 120%

♪263-05 墨
（すみ）
墨、墨汁
名2

▶墨をすって書道をします。
用墨汁來寫書法。

相關單字 硯 名3 硯台

商校科休社生 | 80 90 100 120%

♪263-06 隅
（すみ）
角落
名1

▶隅っこが好きです。
我喜歡角落。

商校科休社生 | 80 90 100 120%

♪263-07 相撲
（すもう）
相撲、角力
名0

▶両国の国技館で相撲を見ました。
在兩國國技館看了相撲比賽。

動詞 あ～さ
動詞 し～わ
名詞（する）あ～く
名詞（する）け～し
名詞（する）す～り
名詞 あ～お
名詞 か
名詞 き～く
名詞 け～ご
名詞 さ
名詞 し
名詞 す～せ
名詞 そ～ち
名詞 つ～と
名詞 な～わ
形容詞
副詞
其他

♪264-01 **スライド**
（英）slide。
滑動、幻燈機
名0

▶学生にスライドを見せます。

讓學生看投影片。

♪264-02 **スラックス**
（英）slacks。
褲子
名2

▶素敵なスラックスですね。

很好看的褲子耶。

♪264-03 **背**
身高
名1

▶背の高い男性が私の兄です。

個子高的男人是我哥。

♪264-04 **製**
製造、製品
名1

▶このかばんは日本製です。

這個包包是日本製的。

相似字 生産 名(する)他0 生産、製造

♪264-05 **性格**
性格
名0

▶彼女の性格はいいです。

她的性格很好。

♪264-06 **税関**
海關
名0

▶私の犬は税関の検疫を通りました。

我的狗通過海關的檢查了。

相關單字 入国審査 名 入境審核

♪264-07 **世紀**
世紀、年代
名1

▶これは世紀の発見です。

這是世紀性的發現。

商 校 科 休 社 生 | 80　90　100　120%

♪265-01 **税金**
ぜいきん
税金
名 0

▶私はその場で税金を払いました。
わたし　　　　　ば　　　ぜいきん　　はら
我當場付了稅金。

相關單字 デューティーフリーショップ 名（英）duty-free shop。免稅店／
めんぜいひん
免稅品 名 免稅商品

商 校 科 休 社 生 | 80　90　100　120%

♪265-02 **政治**
せい じ
政治
名 0

▶私に政治批判はできません。
わたし　せい じ　ひ はん
我無法做政治評論。

相關單字 政治家 名 0 政治家
せいじ か

商 校 科 休 社 生 | 80　90　100　120%

♪265-03 **性質**
せいしつ
性質、特性
名 0

▶この生物はどんな性質をもったものですか。
せいぶつ　　　　　　せいしつ
這個生物是怎樣性質的東西呢？

商 校 科 休 社 生 | 80　90　100　120%

♪265-04 **青少年**
せいしょうねん
青少年、年輕
人
名 3

▶昨日、青少年センターに行きました。
きのう　　せいしょうねん　　　　　　　　い
昨天我去了青少年中心。

相似字 弱年／若年 名 0 少年、青年
じゃくねん　じゃくねん

商 校 科 休 社 生 | 80　90　100　120%

♪265-05 **精神**
せいしん
精神、精力
名 1

▶あの中年男性は精神病なのですか。
ちゅうねんだんせい　　せいしんびょう
那個中年男子是有精神疾病嗎？

商 校 科 休 社 生 | 80　90　100　120%

♪265-06 **整数**
せいすう
整數
名 3

▶整数を言ってください。
せいすう　　い
請說出整數。

商 校 科 休 社 生 | 80　90　100　120%

♪265-07 **成績**
せいせき
成績、成果
名 0

▶あなたは成績が悪すぎます。
せいせき　わる
你成績太差。

動詞
あ〜さ

動詞
し〜わ

名詞
あ〜く（する）

名詞
け〜し（する）

名詞
す〜り（する）

名詞
あ〜お

名詞
か

名詞
き〜く

名詞
け〜こ

名詞
さ

名詞
し

名詞
す〜せ

名詞
そ〜ち

名詞
つ〜と

名詞
な〜わ

形容詞

副詞

其他

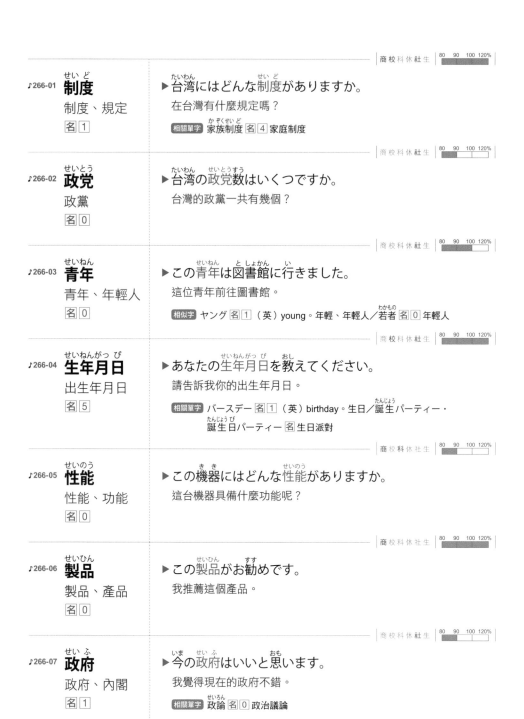

♪266-01
制度
せい ど
制度、規定
名①

▶台湾にはどんな制度がありますか。
た いわん　　　　　　せい ど

在台灣有什麼規定嗎？

相關單字 家族制度 名④ 家庭制度
か ぞくせい ど

♪266-02
政党
せいとう
政黨
名⓪

▶台湾の政党数はいくつですか。
た いわん　　せいとうすう

台灣的政黨一共有幾個？

♪266-03
青年
せいねん
青年、年輕人
名⓪

▶この青年は図書館に行きました。
せいねん　　 と しょかん　い

這位青年前往圖書館。

相似字 ヤング 名① （英）young。年輕、年輕人／若者 名⓪ 年輕人
わかもの

♪266-04
生年月日
せいねんがっ ぴ
出生年月日
名⑤

▶あなたの生年月日を教えてください。
せいねんがっ ぴ　　 おし

請告訴我你的出生年月日。

相關單字 バースデー 名① （英）birthday。生日／誕生パーティー・
たんじょう
誕生日パーティー 名 生日派對
たんじょう び

♪266-05
性能
せいのう
性能、功能
名⓪

▶この機器にはどんな性能がありますか。
き き　　　　　　　　せいのう

這台機器具備什麼功能呢？

♪266-06
製品
せいひん
製品、產品
名⓪

▶この製品がお勧めです。
せいひん　　 すす

我推薦這個產品。

♪266-07
政府
せい ふ
政府、內閣
名①

▶今の政府はいいと思います。
いま　せい ふ　　　　　　 おも

我覺得現在的政府不錯。

相關單字 政論 名⓪ 政治議論
せいろん

商 校 科 休 社 生　80　90　100　120%

♪267-01
せいぶつ
生物
生物
名 1 0

▶生物学を学ぶのが好きです。
せいぶつがく　まな　　　　　す

我喜歡生物學。

商 校 科 休 社 生　80　90　100　120%

♪267-02
せいぶん
成分
成分
名 1

▶この液体の成分は何ですか。
えきたい　せいぶん　なん

這液體的成分是什麼？

商 校 科 休 社 生　80　90　100　120%

♪267-03
せいべつ
性別
性別
名 0

▶座席は性別で分けられるのですか。 ⊚見 P.223 座席
ざせき　せいべつ　わ

座位是按性別區分的嗎？

相關單字 性差
せいさ
名 1 性別差異

商 校 科 休 社 生　80　90　100　120%

♪267-04
せいほうけい
正方形
正方形
名 3 0

▶これが正方形です。
せいほうけい

這是正方形。

商 校 科 休 社 生　80　90　100　120%

♪267-05
せいめい
生命
生命
名 1

▶生命保険に入りました。
せいめい　ほ けん　　はい

我保了壽險。

商 校 科 休 社 生　80　90　100　120%

♪267-06
せいもん
正門
正門、前門
名 0

▶学校の正門で会いましょう。 ⊚見 P.178 門／門
がっこう　せいもん　あ

在學校正門碰面吧。

相關單字 赤門
あかもん
名 0 朱色的門、東京大學古蹟

商 校 科 休 社 生　80　90　100　120%

♪267-07
せいよう
西洋
西洋、西方
名 1

▶西洋風な絵ですね。
せいようふう　え

是西洋風格的畫呢。

相關單字 和洋折衷
わようせっちゅう
名 4 0 日西合璧

商 校 科 休 社 生　80　90　100　120%

♪267-08
せいれき
西暦
西暦、新暦
名 0

▶今は西暦何年ですか。
いま　せいれきなんねん

今年西暦幾年？

相關補充 日文「暦」和中文「曆」寫法稍有差異。

動詞
あ〜さ

動詞
し〜わ

名詞
あ〜く
（する）

名詞
け〜し
（する）

名詞
す〜り
（する）

名詞
あ〜お

名詞
か

名詞
き〜く

名詞
け〜こ

名詞
さ

名詞
し

名詞
す〜せ

名詞
そ〜ち

名詞
つ〜と

名詞
な〜わ

形容詞

副詞

其他

♪268-01
世界 せかい
世界
名①

▶世界は広いですね。 せかい ひろ

世界遼闊呀。

♪268-02
席 せき
座位
名①

▶何番の席ですか。 なんばん せき

是幾號的座位？

相關單字 席割 せきわり 名④⓪ 安排座位、分配座位

♪268-03
咳 せき
咳嗽
名②

▶咳が止まりません。 せき と

我咳個不停。

相關單字 鎮咳去痰薬 ちんがいきょたんやく 名 止咳化痰藥／咳止め せきどめ 名⓪ 止咳藥

♪268-04
石炭 せきたん
煤、煤炭
名③

▶石炭から有毒なガスがでます。 せきたん ゆうどく

燃燒煤炭會產生有毒的氣體。

♪268-05
赤道 せきどう
赤道
名⓪

▶赤道の近くに住んでいます。 せきどう ちか す

我居住在赤道附近。

♪268-06
責任 せきにん
責任
名⓪

▶あなたは責任感がないですね。 せきにんかん

你沒有責任感。

相關單字 係員 かかりいん 名③ 部門負責人、服務員

♪268-07
石油 せきゆ
石油
名⓪

▶アラビアは石油が豊富な国です。 せきゆ ほうふ くに

阿拉伯是石油豐富的國家。

♪269-01 **世間**（せけん）
世間、世人
名1

▶世間の目は厳しいですよ。
世人的眼光還真嚴厲。
相關單字 世間体（せけんてい）名0 面子、體面
▶世間体を気にする。在意面子問題。

♪269-02 **石鹸**（せっけん）
肥皂
名0

▶石鹸の香りがします。
有香皂的味道。
相關單字 入浴剤（にゅうよくざい）名0 入浴劑（有香味或可促進血液循環）／
バスソルト 名（英）bath salts。浴鹽

♪269-03 **瀬戸物**（せともの）
陶瓷
名0

▶瀬戸物を買いました。
我買了陶瓷器。

♪269-04 **背中**（せなか）
背、背後
名0

▶背中が痛いです。
我的背很痛。
相關單字 中肉中背（ちゅうにくちゅうぜい）名0 標準的體格（不胖也不瘦；不高也不矮）

♪269-05 **背広**（せびろ）
西服
名0

▶背広を新調しました。
訂製了一套新的西裝。

♪269-06 **セメント**
（英）
cement。
水泥
名0

▶この建物はセメントで作りました。
這棟建築物是用水泥蓋的。
相關單字 コンクリート 名4（英）concret。混凝土

♪269-07 **台詞**（せりふ）
台詞
名0

▶台詞を言ってください。
請説台詞。

♪270-01
世話（せ わ）
幫助、照料
名②

▶世話がやけます。（せ わ）
真費事啊！

相似字 ケア 名① （英）care。照顧、考量

♪270-02
洗剤（せんざい）
洗潔劑
名⓪

▶浴室を掃除するのに、洗剤を使います。（よくしつ そう じ）（せんざい つか）
我會用洗潔劑清洗浴室。

♪270-03
先日（せんじつ）
前幾天、上次
名⓪

▶先日彼に会いました。（せんじつかれ あ）
前幾天我遇到他。

♪270-04
選手（せんしゅ）
選手
名①

▶選手交代です。（せんしゅこうたい）
選手輪換。

♪270-05
全身（ぜんしん）
全身
名⓪

▶全身から汗がでました。（ぜんしん）（あせ）
我全身都出汗。

相關單字 ナイスバディー／ナイスボディー 名 （和製英語）nice body。好身材
（多半指女性）

♪270-06
扇子（せん す）
扇子、折扇
名⓪

▶扇子を買えて満足です。（せん す）（か）（まんぞく）
買了扇子，我很滿意。

♪270-07
センス
（英）sense。
感性、感覺
名①

▶センスがいいですね。
你很有品味耶。

♪271-01
先祖
せんぞ
祖先
名1

商校科休社生 | 80 90 100 120%

▶ 先祖の名前を知っていますか。
你知道祖先的名字嗎？

商校科休社生 | 80 90 100 120%

♪271-02
戦争
せんそう
戰爭
名0

▶ 戦争は嫌です。 ☺見 P.154 戦
我討厭戰爭。

相關單字 ファイト 名10 （英）fight。戰鬥精神；加油（＝頑張れ）

商校科休社生 | 80 90 100 120%

♪271-03
センター
（英）center。
中心、中立
名1

▶ ホームランのボールがセンターからライトに飛んでいきました。 ☺見 P.288 中央
全壘打的球從中間飛向了右外野的方向。

商校科休社生 | 80 90 100 120%

♪271-04
先端
せんたん
前端、頂端
名0

▶ はさみの先端は尖っていますから、気をつけてください。
剪刀前端很尖銳，請小心。

商校科休社生 | 80 90 100 120%

♪271-05
先頭
せんとう
前頭、最前列
名0

▶ 先頭は誰ですか。
誰在最前面？

商校科休社生 | 80 90 100 120%

♪271-06
先輩
せんぱい
前輩
名0

▶ 先輩から言ってください。
請學長說兩句。

相反字 後輩 名0 學弟妹、後進

商校科休社生 | 80 90 100 120%

♪271-07
全般
ぜんぱん
全體、整體
名0

▶ 全般的にきれいですね。
整體很漂亮。

動詞 あ～さ
動詞 し～わ
名詞 あ～く (する)
名詞 け～し (する)
名詞 す～り (する)
名詞 あ～お
名詞 か
名詞 き～く
名詞 け～こ
名詞 さ
名詞 し
名詞 す～せ
名詞 そ～ち
名詞 つ～と
名詞 な～わ
形容詞
副詞
其他

♪272-01
扇風機 せんぷうき

電風扇

名3

▶扇風機を買いました。 せんぷうき か

我買了電風扇。

相關單字 冷暖房 れいだんぼう 名3 冷暖氣機

♪272-02
全力 ぜんりょく

全力

名0

▶全力で攻撃しました。 ぜんりょく こうげき

盡全力攻擊。

相關單字 全力投球 ぜんりょくとうきゅう 名(する)自5 奮力投球、盡全力

♪272-03
線路 せんろ

鐵路、線路

名1

▶線路は長いです。 せんろ なが

鐵軌好長。

（關鍵片語）

鼻で笑う はな わら：嗤之以鼻、嘲笑

鼻を折る はな お：挫人銳氣

口が重い くち おも：話少

口が堅い くち かた：口風緊

口が滑る くち すべ：說溜嘴

口が過ぎる くち す：說過頭

口が腐っても くち くさ：守口如瓶

口に合う くち あ：合得來

口車に乗る くちぐるま の：被花言巧語騙、上當

舌が肥える した こ：挑嘴、對吃的很講究

舌が回る した まわ：口齒流利

舌を巻く した ま：讚嘆不已

舌鼓を打つ したつづみ う：因為食物好吃而發出嘖嘖聲

舌を出す した だ：暗地嘲笑

舌を鳴らす した な：因讚嘆或不滿而發出嘖嘖聲

歯が立たない は た：敵不過

歯がゆい は：感到焦急的

歯が浮く は う：（聽到輕浮、奉承的話或討厭的聲音）感到不舒服

新日檢N2
關鍵單字

名詞

そ〜ち

騒音（そうおん）〜ちりがみ

詞性、重音介紹

名 名詞	副 副詞	接助 接續助詞
名(する) 名詞（する）	副(する) 副詞（する）	自 自動詞
動Ⅰ 第一類動詞	副助 副助詞	他 他動詞
動Ⅱ 第二類動詞	接尾 接尾詞	感 感嘆詞
動Ⅲ 第三類動詞	接頭 接頭詞	量 量詞
い形 い形容詞	代 代名詞	數字 表重音
な形 な形容詞	連 連語	
慣 慣用語	接 接續詞	

動詞變化介紹

て て形	可 可能形	受 受身形
た た形	意 意向形	使 使役形
否 否定形	條 條件形	使受 使役受身形

商 校 科 休 社 生 | 80 90 100 120%

♪274-01

そうおん
騒音

噪音

名 ⓪

▶ そうおん はげ
騒音が激しいです。

噪音很吵。

相關單字 そうおんたいさく 騒音対策 名 噪音對策

商 校 科 休 社 生 | 80 90 100 120%

♪274-02

ぞうきん
雑巾

抹布

名 ⓪

▶ ぞうきん が
雑巾掛けをしてください。

請用抹布擦地板。

相關單字 ふきん 布巾 名 ② 把碗盤擦乾的布

商 校 科 休 社 生 | 80 90 100 120%

♪274-03

そう こ
倉庫

倉庫

名 ①

▶ そう こ つ い
倉庫まで連れて行ってください。

請帶他（們）到倉庫。

相關單字 しゃこ 車庫 名 ① 車庫／ガレージ 名 ①② （英）garage。車庫

商 校 科 休 社 生 | 80 90 100 120%

♪274-04

そう ご
相互

互相

名 ①

▶ そう ご きょうりょく ひつよう
相互協力が必要です。

需要互相協助。

相關單字 たが さま お互い様 慣 ⓪ 彼此彼此

商 校 科 休 社 生 | 80 90 100 120%

♪274-05

そうしき
葬式

葬禮

名 ⓪

▶ そうしき さん か
葬式に参加しました。

我去參加了喪禮。

商 校 科 休 社 生 | 80 90 100 120%

♪274-06

ぞう り
草履

草鞋、人字拖

名 ⓪

▶ きょう ぞう り
今日は草履をはいているのですね。

你今天穿夾腳拖耶。

商 校 科 休 社 生 | 80 90 100 120%

♪274-07

そう り だいじん
総理大臣

內閣總理、首
相

名 ④

▶ そう り だいじん な まえ い
総理大臣の名前を言えますか。

你説得出內閣總理的姓名嗎？

274

動詞
あ～さ

動詞
し～わ

名詞（する）
あ～く

名詞（する）
け～し

名詞（する）
す～り

名詞
あ～お

名詞
か

名詞
き～く

名詞
け～こ

名詞
さ

名詞
し

名詞
す～せ

名詞
そ～ち

名詞
つ～と

名詞
な～わ

形容詞

副詞

其他

♪275-01 そうりょう
送料
運費
名 1 3

商 校 科 休 社 生 | 80 90 100 120%

▶ この商品は送料がかかります。
しょうひん そうりょう

這個商品需要運費。

♪275-02 **ソース**
（英）sauce。
醬料
名 1

商 校 科 休 社 生 | 80 90 100 120%

▶ お好み焼きソースを買いました。
この や か

我買了大阪燒的醬。

相似字 タレ 名 2 佐料、醬料

♪275-03 そくたつ
速達
限時、快捷郵
件
名 0

商 校 科 休 社 生 | 80 90 100 120%

▶ 速達がきました。
そくたつ

快捷寄來了。

相關單字 モーニング10（翌朝10時郵便）名 （日本郵局）翌日十點寄達快捷
よくあさ じゅうびん

郵件

♪275-04 そくど
速度
速度
名 1

商 校 科 休 社 生 | 80 90 100 120%

▶ 速度が速すぎます。
そくど はや

速度太快。

♪275-05 そくりょく
速力
速度
名 2

商 校 科 休 社 生 | 80 90 100 120%

▶ 速力はどのくらいですか。
そくりょく

速度是多少？

♪275-06 そしつ
素質
素質
名 0

商 校 科 休 社 生 | 80 90 100 120%

▶ 陶器は保温する素質をもっています。
とうき ほおん そしつ

陶器有保溫的特性。

♪275-07 そせん
祖先
祖先
名 1

商 校 科 休 社 生 | 80 90 100 120%

▶ 祖先を祀ります。
そせん まつ

祭祀祖先。

♪276-01　**ソックス**
（英）socks。
短襪
名 1

商校科休社生 | 80 90 100 120%

▶可愛いソックスを買いました。

買了可愛的襪子。

♪276-02　**蕎麦**（そば）
蕎麥麵
名 1

商校科休社生 | 80 90 100 120%

▶昼ごはんは蕎麦を食べました。

我午餐吃蕎麥麵。

相關單字 そばボーロ 名 3 京菓子之一，以蕎麥粉為主要材料，烤成梅花形狀。

♪276-03　**祖父**（そふ）
祖父、外祖父
名 1

商校科休社生 | 80 90 100 120%

▶祖父はまだ生きています。

我爺爺還在。

♪276-04　**祖母**（そぼ）
祖母、外祖母
名 1

商校科休社生 | 80 90 100 120%

▶祖母も健在です。

我祖母也仍健在。

♪276-05　**算盤**（そろばん）
算盤、計算利
害得失
名 0

商校科休社生 | 80 90 100 120%

▶算盤を習ったことがあります。

我學過珠算。

♪276-06　**損得**（そんとく）
得失、利害
名 1

商校科休社生 | 80 90 100 120%

▶彼女はいつも損得勘定ばかりしています。

她總是在計較得失。

相似字 為になる 慣 有利益、有好處

♪276-07　**田**（た）
稲田、水田
名 1

商校科休社生 | 80 90 100 120%

▶私は田んぼを見ています。

我正看著稻田。

276

商 校 科 休 社 生　80　90　100　120%

♪277-01
たいいく
体育
體育
名 ①

▶ 今日は体育の授業がありました。
きょう　たいいく　じゅぎょう

今天以前有體育課。

商 校 科 休 社 生　80　90　100　120%

♪277-02
たいおん
体温
體溫
名 ① ⓪

▶ 私の体温は高めです。
わたし　たいおん　たか

我體溫偏高。

相關單字 体温計 名 ③ ⓪ 體溫計
たいおんけい

商 校 科 休 社 生　80　90　100　120%

♪277-03
たいかい
大会
集會、比賽
名 ⓪

▶ 大会準備で忙しいです。
たいかいじゅんび　いそが

忙著準備大會。

商 校 科 休 社 生　80　90　100　120%

♪277-04
だいがくいん
大学院
研究所
名 ④

▶ 私は大学院をでました。
わたし　だいがくいん

我研究所畢業了。

商 校 科 休 社 生　80　90　100　120%

♪277-05
たいきん
大金
巨款
名 ⓪

▶ 私は今大金を持っています。
わたし　いまたいきん　も

我現在有一大筆錢。

相關單字 借金 名(する) 自 ③ 借錢、借款
しゃっきん

商 校 科 休 社 生　80　90　100　120%

♪277-06
だいきん
代金
款（項）
名 ① ⓪

▶ 代金をお支払いください。
だいきん　しはら

請付款。

商 校 科 休 社 生　80　90　100　120%

♪277-07
だい く
大工
木匠
名 ①

▶ 私は大工さんの友達がいます。
わたし　だいく　ともだち

我有當木工的朋友。

相關單字 日曜大工 名 ⑤ 利用假日做木工活兒的人、DIY
にちようだいく

商 校 科 休 社 生　80　90　100　120%

♪277-08
たいけい
体系
體系、系統、
系列
名 ⓪

▶ 私はアルバイトをして、国文学体系の本を買いました。
わたし　こくぶんがくたいけい　ほん　か

我打工賺錢，買了日本文學的系列書。　→見 P.278 体系

相似字 シリーズ 名 ① ② （英）series。系列、連續

動詞
あ～さ

動詞
し～わ

名詞(する)
あ～く

名詞(する)
け～し

名詞(する)
す～り

名詞
あ～お

名詞
か

名詞
き～く

名詞
け～こ

名詞
さ

名詞
し

名詞
す～せ

名詞
そ～ち

名詞
と～つ

名詞
な～わ

形容詞

副詞

其他

♪278-01 **太鼓**
たいこ
鼓、大鼓
名 0

商 校 科 休 社 生 | 80 90 100 120%

▶太鼓の音は大きいです。
たいこ　おと　おお
鼓聲很大。

相關單字 和太鼓 名 日本打擊樂器之一
わだいこ

♪278-02 **対策**
たいさく
對策
名 0

商 校 科 休 社 生 | 80 90 100 120%

▶対策を提出してください。
たいさく　ていしゅつ
請提出對策。

♪278-03 **大使**
たいし
大使
名 1

商 校 科 休 社 生 | 80 90 100 120%

▶観光大使になりました。
かんこうたいし
我當上了觀光大使。

相關單字 アンバサダーホテル 名 （英）Ambassador Hotel 。國賓飯店

♪278-04 **体重**
たいじゅう
體重
名 0

商 校 科 休 社 生 | 80 90 100 120%

▶体重計に乗るとき勇気がいります。
たいじゅうけい　の　　　　ゆうき
站上體重計需要勇氣。

♪278-05 **対象**
たいしょう
對象
名 0

商 校 科 休 社 生 | 80 90 100 120%

▶応募対象者は誰ですか。
おうぼたいしょうしゃ　だれ
應徵對象是誰？

♪278-06 **大臣**
だいじん
大臣、部長
名 1

商 校 科 休 社 生 | 80 90 100 120%

▶農林大臣は立派です。
のうりんだいじん　　りっぱ
農林部長很傑出。

♪278-07 **体制**
たいせい
體制
名 0

商 校 科 休 社 生 | 80 90 100 120%

▶体制が厳しい会社です。 ◎見 P.277 体系
たいせい　きび　　かいしゃ
制度嚴格的公司。

♪278-08 **体積**
たいせき
體積
名 1

商 校 科 休 社 生 | 80 90 100 120%

▶この物体の体積はどのくらいですか。
ぶったい　たいせき
這個物體的體積多少？

相關單字 面積 名 1 面積
めんせき

♪279-01 **大戦**
たいせん
大戰
名 0

商 校 科 休 社 生 | 80 90 100 120%

▶大戦中に中国に行きました。
たいせんちゅう ちゅうごく い

大戰時我去了中國。

♪279-02 **体操**
たいそう
體操
名 0

商 校 科 休 社 生 | 80 90 100 120%

▶私は体操選手としてオリンピックに出場しました。
わたし たいそうせんしゅ しゅつじょう

我以體操選手的身分參加了奧運。

相關單字 ボディビル 名 （英）body building。健身

♪279-03 **態度**
たいど
態度
名 1

商 校 科 休 社 生 | 80 90 100 120%

▶あなたは態度がでかいですね。
たいど

你態度很傲慢呢。

♪279-04 **大統領**
だいとうりょう
總統
名 3

商 校 科 休 社 生 | 80 90 100 120%

▶アメリカの大統領の評判はどうですか。
だいとうりょう ひょうばん

美國總統評價如何？

相似字 プレジデント 名 2 （英）president。總統、校長、社長

♪279-05 **タイトル**
（英）title。
標題、題目
名 1 0

商 校 科 休 社 生 | 80 90 100 120%

▶タイトルを知りたいです。
し

想知道標題。

♪279-06 **台風**
たいふう
颱風
名 3

商 校 科 休 社 生 | 80 90 100 120%

▶来週台風がきます。
らいしゅうたいふう

颱風下禮拜來。

♪279-07 **大木**
たいぼく
大樹
名 0

▶私は山で大木に触りました。
わたし やま たいぼく さわ

我在山裡摸到了一棵大樹。

相關單字 神木 名 1 0 神木
しんぼく

動詞 あ〜さ
動詞 し〜わ
名詞 あ〜く（する）
名詞 け〜し（する）
名詞 す〜り
名詞 あ〜お
名詞 が
名詞 き〜く
名詞 け〜こ
名詞 さ
名詞 し
名詞 す〜せ
名詞 そ〜ち
名詞 と〜つ
名詞 な〜ち
形容詞
副詞
其他

♪280-01 **タイマー**
（英）timer。
計時器
名①

▶タイマーをセットします。
設定計時器。

♪280-02 **題名**　だいめい
標題、題目
名⓪

▶題名を教えてください。　だいめい　おし
請告訴我題目。

♪280-03 **代名詞**　だいめいし
代名詞
名③

▶代名詞をいくつか言ってください。　だいめいし　い
請說出幾個代名詞。

♪280-04 **ダイヤ**
（英）
diamond。
鑽石
名①⓪

▶ダイヤの指輪を持っています。　ゆびわ　も
我有鑽石戒指

易混淆字 ダイヤグラム／ダイヤ 名④ （英）service planning diagram；
diagram。列車時刻表

♪280-05 **ダイヤル**
（英）dial。
轉盤、字盤
名⓪

▶これはダイヤル式の電話です。　しき　でんわ
這是手撥式電話。

♪280-06 **太陽**　たいよう
太陽
名①

▶太陽を直接見るのは危険です。　たいよう　ちょくせつみ　きけん
直視太陽很危險。

相關單字 月 名② 月球、月亮　つき

♪280-07 **大陸**　たいりく
大陸
名⓪①

▶今日は大陸性の風ですね。　きょう　たいりくせい　かぜ
今天是大陸性的風。

♪281-01
田植え
たう
插秧
名 ③

高校科休社生 | 80 90 100 120%

▶ 田植えの時期に実家に帰ります。
たう じき じっか かえ
插秧的時候會回去老家。

♪281-02
宝
たから
珍寶
名 ③

高校科休社生 | 80 90 100 120%

▶ あなたの宝物は何ですか。
たからもの なん
你的寶物是什麼？

相關單字 掛け替えのない 慣 無可取代的
か が
▶ かけがえのない君へ。 給無人能取代的你。
きみ

♪281-03
滝
たき
瀑布
名 ⓪

高校科休社生 | 80 90 100 120%

▶ 私は滝に打たれました。
わたし たき う
我身受瀑布衝擊。（日本一種修行方法）

♪281-04
竹
たけ
竹子
名 ⓪

高校科休社生 | 80 90 100 120%

▶ 竹から生まれたかぐや姫の話を知っていますか。
たけ う ひめ はなし し
你曉得輝耀姬從竹子出生的故事嗎？

♪281-05
縦
たて
縦、豎
名 ②

高校科休社生 | 80 90 100 120%

▶ 縦50センチメートル、横40センチメートル、幅30セ
たて よこ はば
ンチメートルのスーツケースです。
長50公分，寬40公分，深30公分的行李箱。

相關單字 横綱 名 ⓪ 横綱（相撲最高頭銜）
よこづな

♪281-06
棚
たな
架子
名 ⓪

高校科休社生 | 80 90 100 120%

▶ 棚から物が落ちました。
たな もの お
架子上的東西掉下來了。

♪281-07
谷
たに
谷、山谷
名 ②

高校科休社生 | 80 90 100 120%

▶ 自転車が谷に落ちました。
じてんしゃ たに お
腳踏車掉落山谷裡。

動詞 あ〜さ / 動詞 し〜わ / 名詞(する) あ〜く / 名詞(する) け〜し / 名詞(する) す〜り / 名詞 あ〜お / 名詞 か / 名詞 き〜く / 名詞 け〜こ / 名詞 さ / 名詞 し / 名詞 す〜せ / 名詞 そ〜ち / 名詞 つ〜と / 名詞 な〜わ / 形容詞 / 副詞 / 其他

♪282-01
煙草／タバコ
（葡）
tabaco。
香煙
名0

▶私は煙草は嫌いです。

我討厭香煙。

相似字 シガー 名1 （英）cigar。雪茄＝葉巻きたばこ

♪282-02
溜息
嘆氣
名3

▶溜息をつかないで下さい。

別嘆氣。

♪282-03
試し
嘗試、試驗
名3

▶試しに話してみましょうか。

試著説説看。

♪282-04
タレント
（英）talent。
演出者、才能
名10

▶あなたはタレントになりたいのですか。

你是想當藝人嗎？

♪282-05
単位
學分、單位
名1

▶私は単位はもう取りました。

我學分修完了。

♪282-06
段階
階段、步驟
名0

▶これからは段階をふんで話し合いましょう。

接下來我們按步驟會談吧。

易混淆字 階段 名0 階梯

♪282-07
短期
短期
名0

▶今回は短期の留学です。

這次是短期留學。

相關單字 短大 名0 短期大學（日本兩年或三制大學）

♪283-01 **単語**
たんご
單字、詞彙
名 0

▶単語をたくさん覚えたいです。
我想背很多單字

商校科休社生 | 80 90 100 120%

♪283-02 **炭鉱**
たんこう
礦場
名 0

▶昔炭鉱で働いていました。
我以前在礦場工作。

商校科休社生 | 80 90 100 120%

♪283-03 **男子**
だんし
男孩、男性
名 1

▶男子は二階で着替えてください。
男生請在二樓換衣服。

商校科休社生 | 80 90 100 120%

♪283-04 **短所**
たんしょ
缺點
名 1

▶短所はすぐ怒ることです。 ⊕見 P.20 怒る
容易生氣是缺點。

相似字 デメリット 名 2 （英）demerit。缺點（＝欠点）

商校科休社生 | 80 90 100 120%

♪283-05 **箪笥**
たんす
衣櫃
名 0

▶箪笥から着物を取り出しました。
我從衣櫃取出和服。

商校科休社生 | 80 90 100 120%

♪283-06 **淡水**
たんすい
淡水
名 0

▶これは淡水魚です。
這是淡水魚。

相關單字 淡々 な形 0 淡定、安靜

商校科休社生 | 80 90 100 120%

♪283-07 **単数**
たんすう
單數、一個
名 3

▶これは単数です。複数ではないです。 ⊕見 P.329 複数
是單數，不是複數。

商校科休社生 | 80 90 100 120%

♪283-08 **男性**
だんせい
男子、男性
名 0

▶男性の意見を聞きたいです。
想聽男士的意見。

動詞 あ～さ
動詞 し～わ
名詞 あ～く（する）
名詞 け～し（する）
名詞 す～り（する）
名詞 あ～お
名詞 か
名詞 き～く
名詞 け～こ
名詞 さ
名詞 し
名詞 す～せ
名詞 そ～ち
名詞 つ～と
名詞 な～わ
形容詞
副詞
其他

♪284-01 **団体**
だんたい
團體、集體
名0

▶ 団体で生活するのは難しいですよ。
だんたい せいかつ むずか

團體生活很為難。

♪284-02 **団地**
だん ち
社區
名0

▶ 団地に住んでいます。
だん ち す

我住在社區大樓。

相關單字 団塊の世代 名60 團塊世代、二戰後出生於嬰兒潮的世代（日本）
だんかい せだい

♪284-03 **担当**
たんとう
擔任、擔當
名0

▶ 担当者は誰ですか。
たんとうしゃ だれ

負責人是誰呢？

♪284-04 **血**
ち
血液、血緣
名0

▶ 血がでていますよ。
ち

你在流血耶！

♪284-05 **地**
ち
地面、陸地
名1

▶ 夏の地面はあついです。
なつ じ めん

夏天的地面很燙。

相關補充 「地」較常以和其他字搭配使用的形式出現，且讀音可能不同。

♪284-06 **地位**
ち い
地位、職位
名1

▶ あの人は地位が高い人のようです。
ひと ち い たか ひと

那個人好像是個地位很高的人。

相似字 ポスト 名1 （英）post。職位、郵筒

♪284-07 **地域**
ち いき
地域、地區
名1

▶ 高知県は日本のどこの地域にありますか。
こう ち けん に ほん ち いき

高知縣是在日本的哪裡呀？

♪285-01

チーム
（英）team。
團隊
名1

商校科休社生　80　90　100　120%

▶これはチームワーク作業です。
さぎょう

這是團體合作的工作。

♪285-02

知恵
ち　え
智慧、辦法
名2

商校科休社生　80　90　100　120%

▶あなたも知恵を絞ってください。
ち　え　しぼ

你也來動動腦。

相關單字 モットー 名1 （英）motto。座右銘、標語

♪285-03

地下水
ち　か　すい
地下水
名2

商校科休社生　80　90　100　120%

▶地下水からこのお酒を造っています。
ち　か　すい　　　　　　さけ　　つく

這種酒取用地下水釀造。

♪285-04

地下鉄
ち　か　てつ
地下鐵
名0

商校科休社生　80　90　100　120%

▶昨日地下鉄に乗りました。
きのう　ち　か　てつ　　の

我昨天搭地下鐵。

♪285-05

力
ちから
力量、能力
名3

商校科休社生　80　90　100　120%

▶あなたは力が強いですね。
ちから　　つよ

你力氣好大喔！

♪285-06

地球
ち　きゅう
地球
名0

商校科休社生　80　90　100　120%

▶地球は丸いです。
ち　きゅう　　まる

地球是圓的。

相關單字 グローバル な形2 （英）global。全球性的

♪285-07

地区
ち　く
地區
名12

商校科休社生　80　90　100　120%

▶どこの地区にお住まいですか。
ち　く　　　す

您府上在哪一區？

相關單字 風致地区 名4 （為保護自然或建築的）法定風景區
ふう　ち　ち　く

動詞
あ～さ

動詞
し～わ

名詞（する）
あ～く

名詞（する）
け～し

名詞（する）
す～り

名詞
あ～か

名詞
か

名詞
き～く

名詞
け～こ

名詞
さ

名詞
し

名詞
す～せ

名詞
そ～ち

名詞
つ～と

名詞
な～わ

形容詞

副詞

其他

♪286-01 **知事**
ちじ
知事、（都道
府縣）首長
名1

▶知事官邸の位置を知っていますか。
ちじかんてい　いち　し
你知道「知事官邸」（首長官邸）的位置嗎？

相關單字 市長 名12 市長／町長 名1 町長／住持 名1 寺廟住持
しちょう　　　　　ちょうちょう　　　　　　じゅうじ

♪286-02 **知識**
ちしき
知識
名1

▶あなたは知識が豊富ですね。
ちしき　ほう　ふ
你真是知識淵博。

♪286-03 **地質**
ちしつ
地質
名0

▶ここの地質はいいです。
ちしつ
這裡的地質很好。

相關單字 ジオロジー 名2 （英）geology。地質、地質學

♪286-04 **知人**
ちじん
熟人
名0

▶この噂は知人から聞きました。
うわさ　ちじん　き
有熟人問起這個傳言。

♪286-05 **地図**
ちず
地圖
名1

▶私は地図を見るのが好きです。
わたし　ちず　み　す
我喜歡看地圖。

相關單字 ガイドマップ 名 （英）guide map。導覽地圖、觀光地圖

♪286-06 **地帯**
ちたい
地帶、地區
名1

▶台湾の南部は何地帯に属しますか。
たいわん　なんぶ　なにちたい　ぞく
台灣南部屬於哪個地帶呀？

相關單字 長男の嫁 名 長媳
ちょうなん　よめ

♪286-07 **チップ**
（英）tip。
小費
名1

▶チップを受け取りました。
う　と
收到了小費。

相關單字 サービス料 名 （店家向顧客收取之）服務費
りょう

商 校 科 休 社 生 | 80 90 100 120%

♪287-01 **地点**
ち てん
地點
名①0

▶ どの地点から出発ですか。
是從哪裡出發呀？

相關單字 ロケ 名(する)自 （英）location。位置、場所

商 校 科 休 社 生 | 80 90 100 120%

♪287-02 **知能**
ち のう
智能
名①

▶ これは知能が高いロボットです。
這是高智能機器人。

相關單字 インテリ 名① （俄）intelligentsiya。知識階級、知識人／
ハイブロー 名 な形① （英）highbrow。有教養的、知性的

商 校 科 休 社 生 | 80 90 100 120%

♪287-03 **地平線**
ち へいせん
地平線
名0

▶ ここから地平線が見えますね。
從這裡看得到地平線呢。

商 校 科 休 社 生 | 80 90 100 120%

♪287-04 **地方**
ち ほう
地方
名0

▶ どこの地方出身ですか。
你來自哪個地方？

商 校 科 休 社 生 | 80 90 100 120%

♪287-05 **地名**
ち めい
地名
名③

▶ 日本の地名をどのくらい言えますか。
你能說出多少個日本地名？

相關單字 渾名 名0 綽號

商 校 科 休 社 生 | 80 90 100 120%

♪287-06 **茶碗**
ちゃわん
茶杯、碗
名0

▶ 私の茶碗が割れました。
我的茶杯破了。

相關單字 丼 名0 大碗、碗公（比茶碗大一些的陶缽）

商 校 科 休 社 生 | 80 90 100 120%

♪287-07 **チャンス**
（英）
chance。
機會、時機
名①

▶ チャンスを逃がさないで。
別放棄機會。

相關單字 頃合 名0 合適、良機

♪288-01 **中央**
ちゅうおう
中心、中央
名③0

▶その木は公園の中央にあります。 ⊖見 P.271 センター
き こうえん ちゅうおう

那棵樹在公園的中央。

相關單字 ど真ん中 名②中心、中央
ま なか

♪288-02 **中間**
ちゅうかん
中間、中途
名0

▶中間発表は終わりましたか。
ちゅうかんはっぴょう お

期中報告完了嗎？

相關單字 中間テスト 名⑥期中考試／期末テスト 名④ 期末考試
きまつ

♪288-03 **中古**
ちゅう こ
中古、二手
名0

▶中古車を買いました。
ちゅうこしゃ か

買了二手車。

相關單字 新品 名0 新製品
しんぴん

♪288-04 **中旬**
ちゅうじゅん
中旬
名0

▶今月中旬にそちらに行きます。
こんげつちゅうじゅん い

本月中旬會過去您那裡。

相關單字 旬の野菜 名 時令蔬菜
じゅん やさい

♪288-05 **昼食**
ちゅうしょく
午餐
名0

▶もう昼食をすませました。
ちゅうしょく

已經吃完午餐了。

♪288-06 **中心**
ちゅうしん
中心、集中場
所
名0

▶世界の中心はどこですか。
せ かい ちゅうしん

世界中心在哪兒呢？

相關單字 中心食 名③ 日環蝕、月環蝕
ちゅうしんしょく

♪288-07 **中世**
ちゅうせい
中世紀
名①

▶中世の時代にこんなものはありませんでした。
ちゅうせい じ だい

這種東西中世紀沒有。

相關單字 ミドルエージ 名④（英）middle age。中年

♪289-01
ちょう
庁
廳、局、行政
機構
名①

きんゆうちょう ば しょ し
▶金融庁の場所を知っています。

我知道金融廳在哪裡。

しょうぼうちょう　　　けいしちょう
相關單字 消防庁 名③ 消防局／警視庁 名③ 警察局

♪289-02
ちょう きざし きざ
**兆／兆／兆
し**
苗頭、預兆
名⓪

きっちょう　　　　　　　　　　お　　　きざ
▶吉兆とはめでたいことが起こる兆しである。

「吉兆」是喜事的預兆。

ちょう　　　　　きざし
相關補充 「兆」是音讀；「兆」是訓讀。

♪289-03
ちょう き
長期
長期
名①

ちょう き　　に ほん　　き
▶長期で日本に来ています。

長期停留在日本。

♪289-04
ちょう し
調子
情況、樣子
名⓪

ちょう し　　の
▶調子に乗っていますね。

一帆風順呢。

♪289-05
ちょうしょ
長所
優點
名①

ちょうしょ　　なん
▶あなたの長所は何ですか。

你的優點是什麼？

♪289-06
ちょうじょ
長女
長女
名①

ちょうじょ　　きゅうさい
▶長女は九歳です。 ●見 P.290 長男

我大女兒九歲。

♪289-07
ちょうじょう
頂上
頂點、頂峰
名③

ちょうじょうけっせん
▶頂上決戦です。

這是頂峰決戰。

動詞 あ～さ
動詞 し～わ
名詞(する) あ～く
名詞(する) け～し
名詞(する) す～り
名詞 あ～お
名詞 か
名詞 き～く
名詞 け～こ
名詞 さ
名詞 し
名詞 す～せ
名詞 そ～ち
名詞 つ～と
名詞 な～わ
形容詞
副詞
其他

♪290-01

頂点
ちょうてん

頂點

名①

▶ 頂点にいくのは難しいですよ。
ちょうてん　　　　　　　　　　むずか

登頂很困難喲。

♪290-02

長男
ちょうなん

長子

名①③

▶ 長男は大学生です。　⊕見 P.289 長女
ちょうなん　だいがくせい

我大兒子讀大學。

♪290-03

長方形
ちょうほうけい

長方形

名③⓪

▶ 長方形をかいてください。
ちょうほうけい

請畫長方形。

相關單字 等脚台形 名⑤ 等腰梯形
　　　　とうきゃくだいけい

♪290-04

調味料
ちょう み りょう

調味料

名③

▶ 調味料は何ですか。
ちょう み りょう　なん

用什麼調味料？

相關單字 香辛料 名③ 香料、香辛料／スパイス 名② （英）spice。香料／
　　　　こうしんりょう
塩加減 名③ 鹹度、鹹淡
しおかげん

♪290-05

直線
ちょくせん

直線

名⓪

▶ 直線でこの図形をかきました。
ちょくせん　　　ずけい

我用直線畫出這個圖形。

♪290-06

著者
ちょしゃ

作者

名①

▶ 著者は誰ですか。
ちょしゃ　だれ

作者是誰？

相關單字 物書き 名③④ 寫文章、靠書寫生活者
　　　　ものか

♪290-07

直角
ちょっかく

直角

名⓪

▶ 直角に曲がります。
ちょっかく　ま

九十度轉彎。

♪291-01
直径
直徑
名 0

▶直径8ミリです。
直徑八毫米。
相關單字 半径 名 1 半徑

商 校 科 休 社 生 | 80 90 100 120%

♪291-02
地理
地理
名 1

▶地理に詳しいです。
我熟悉地理。

商 校 科 休 社 生 | 80 90 100 120%

♪291-03
ちりがみ
衛生紙
名 0

▶ちりがみを持って外出します。
帶著衛生紙出門。
相關單字 あぶらとり紙 名 吸油面紙／てんぷら敷き紙 名 天婦羅吸油墊紙

商 校 科 休 社 生 | 80 90 100 120%

右側邊欄：
動詞 あ〜さ
動詞 し〜わ
名詞(する) あ〜く
名詞(する) け〜し
名詞(する) す〜り
名詞 あ〜お
名詞 か
名詞 き〜く
名詞 け〜こ
名詞 さ
名詞 し
名詞 す〜せ
名詞 そ〜ち
名詞 つ〜と
名詞 な〜わ
形容詞
副詞
其他

（關鍵片語）

歯を食いしばる：緊咬牙關、咬牙切齒

歯に衣着せぬ：直言不諱

首を突っ込む：介入、參與、埋首做某事

首を長くする：引頸期盼

首を切る：解雇、開除

首にする：解雇

首が飛ぶ：被解雇

首が回らない：債台高築、對債務束手無策

肩を落とす：沮喪、疲倦

肩を持つ：力挺、偏袒

肩を貸す：援助

肩身が狭い：覺得自己卑微沒有立場而感到抱歉、沒有講話的份

肩が凝る：肩膀痠、緊張

肩で風を切る：得意洋洋的樣子

人を信じよ、しかしその百倍も自らを信じよ。　相信別人，更要一百倍地相信自己。

新日檢N2
關鍵單字

名詞

つ～と

通貨〜トンネル

詞性、重音介紹

名 名詞	副 副詞	接助 接續助詞
名(する) 名詞（する）	副(する) 副詞（する）	自 自動詞
動I 第一類動詞	副助 副助詞	他 他動詞
動II 第二類動詞	接尾 接尾詞	感 感嘆詞
動III 第三類動詞	接頭 接頭詞	量 量詞
い形 い形容詞	代 代名詞	數字 表重音
な形 な形容詞	連 連語	
慣 慣用語	接 接續詞	

動詞變化介紹

て て形	可 可能形	受 受身形
た た形	意 意向形	使 使役形
否 否定形	條 條件形	使受 使役受身形

♪294-01
つうか
通貨
通貨、法定貨
幣
名 1

商校科休社生 | 80 90 100 120%

▶ つうか ぼうちょう なん
通貨膨張とは何ですか。

通貨膨脹是什麼？

相關單字 インフレ 名 0 （英）inflation。通貨膨脹／インフレーション 名 4

（英）inflation。通貨膨脹

♪294-02
つうちょう
通帳
存摺
名 0

商校科休社生 | 80 90 100 120%

▶ つうちょう かくにん
通帳を確認しました。

刷過存摺了。

♪294-03
つうろ
通路
通道、通路
名 1

商校科休社生 | 80 90 100 120%

▶ つうろ はな くだ
通路から離れないで下さい。

請不要離開人行通道。

相關單字 歩道 名 0 人行道、紅磚道／横断歩道 名 5 斑馬線

♪294-04
つ ごう
都合
機會、情況
名 副 0

商校科休社生 | 80 90 100 120%

▶ つ ごう わる
都合が悪いです。

很不湊巧。

相關補充 當副詞時重音為 1 。

♪294-05
つな
綱
繩索
名 2

商校科休社生 | 80 90 100 120%

▶ つなわた じんせい
綱渡り人生です。

鋼索人生。

♪294-06
つばさ
翼
翅膀
名 0

商校科休社生 | 80 90 100 120%

▶ つばさ おお とり
翼が大きい鳥です。

翅膀很大的鳥。

♪294-07
つぶ
粒
顆粒
名 1

商校科休社生 | 80 90 100 120%

▶ つぶ ちい
粒が小さいです。

是小粒的。

♪295-01
梅雨
つゆ
梅雨
名 ⓪

商 校 科 休 社 生 | 80 90 100 120%

▶梅雨の時期は嫌いです。
つゆ　じき　　　きら

我討厭梅雨季節。

♪295-02
定員
ていいん
定額
名 ⓪

商 校 科 休 社 生 | 80 90 100 120%

▶定員に達しました。
ていいん　たっ

達到規定人數了。

♪295-03
定価
ていか
定價
名 ⓪

商 校 科 休 社 生 | 80 90 100 120%

▶定価はいくらですか。
ていか

定價是多少？

相關單字 値段 名 ⓪ 價格、價值／値 名 ⓪ 價格、價值
ねだん　　　　　　　　　　　　　　ね

♪295-04
定期
ていき
一定期間、定
期車票
名 ①

商 校 科 休 社 生 | 80 90 100 120%

▶定期的に会っています。
ていきてき　あ

定期見面。

♪295-05
定期券
ていきけん
定期車票
名 ③

商 校 科 休 社 生 | 80 90 100 120%

▶定期券をお持ちですか。
ていきけん　　も

你有帶定期票嗎？

♪295-06
定休日
ていきゅうび
定期休息日
名 ③

商 校 科 休 社 生 | 80 90 100 120%

▶定休日は何曜日ですか。
ていきゅうび　なんようび

公休是禮拜幾？

♪295-07
程度
ていど
程度、水平
名 ① ⓪

商 校 科 休 社 生 | 80 90 100 120%

▶ある程度理解できますよ。
ていどりかい

能夠理解到某個程度。

相關單字 程よい い形 ③ 適當的
ほど

動詞 あ～さ
動詞 し～わ
名詞 あ～く (する)
名詞 け～し (する)
名詞 す～り (する)
名詞 あ～お
名詞 か
名詞 き～く
名詞 け～こ
名詞 さ
名詞 し
名詞 す～せ
名詞 そ～ち
名詞 つ～と
名詞 な～わ
形容詞
副詞
其他

♪296-01

停留所
ていりゅうじょ

（公車或電車）停靠站
名⑤⓪

▶ 停留所はどこですか。
ていりゅうじょ

公車站牌在哪裡？

相關單字 バス停 名⓪ 公車站牌／ターミナル 名① （英）terminal。轉運站

♪296-02

データ

（英）data。
數據
名①⓪

▶ データ量が多いです。
りょう　おお

數據龐大。

♪296-03

テーマ

（德）
Theme。
主題、題目
名①

▶ テーマは何ですか。
なん

主題是什麼？

相似字 仮題 名⓪ 暫定題目
かだい

♪296-04

出口
でぐち

出口
名①

▶ 出口はどこですか。
でぐち

出口在哪裡？

♪296-05

手首
てくび

手腕
名①

▶ 手首は細いです。
てくび　ほそ

手腕很細。

相似字 腕 名② 手腕、技術
うで

♪296-06

デザート

（英）
dessert。
甜點
名②

▶ デザートを頼みましょう。
たの

我們來點個甜點吧。

♪296-07

弟子
でし

弟子
名②

▶ 弟子がいます。
でし

我有徒弟。

♪297-01 **手品** てじな
戯法、魔術
名①

商 校 科 休 社 生 | 80 90 100 120%

▶ 手品を披露しましょうか。
我變個魔術吧。

♪297-02 **手帳** てちょう
手冊、筆記本
名⓪

商 校 科 休 社 生 | 80 90 100 120%

▶ 手帳をお持ちですか。
有手冊嗎？

♪297-03 **鉄** てつ
鐵
名⓪

商 校 科 休 社 生 | 80 90 100 120%

▶ 鉄でできた急須です。
鐵製的日本茶壺。

相關單字 私鉄 名⓪ 民營鐵路

♪297-04 **哲学** てつがく
哲學
名②⓪

商 校 科 休 社 生 | 80 90 100 120%

▶ 哲学はよくわかりません。
我不太懂哲學。

♪297-05 **鉄橋** てっきょう
鐵橋
名⓪

商 校 科 休 社 生 | 80 90 100 120%

▶ 鉄橋を通りました。
通過鐵橋。

♪297-06 **鉄砲** てっぽう
槍、拳頭
名⓪

商 校 科 休 社 生 | 80 90 100 120%

▶ 鉄砲を撃ったのですね。
你開槍了吧。

♪297-07 **手袋** てぶくろ
手套
名②

商 校 科 休 社 生 | 80 90 100 120%

▶ 手袋を三つ持っています。
我有三雙手套。

相關單字 マフラー 名① （英）muffler。圍巾

♪297-08 **手間** てま
時間、勞力
名②

商 校 科 休 社 生 | 80 90 100 120%

▶ 手間がかかるのでお断りします。
因為太花時間，容我拒絕。

動詞 あ〜さ
動詞 し〜わ
名詞 (する) あ〜く
名詞 (する) け〜し
名詞 (する) す〜り
名詞 あ〜お
名詞 か
名詞 き〜く
名詞 け〜こ
名詞 さ
名詞 し
名詞 す〜せ
名詞 そ〜ち
名詞 つ〜と
名詞 な〜わ
形容詞
副詞
其他

♪298-01 **デモ**
（英）
demonstration。
示威遊行
名①

▶デモは日曜日ですか。

示威遊行要在週日舉行嗎？

♪298-02 **テレックス**
（英）telex。
電報
名②

▶テレックスは現在あまり使われていません。

現在不常使用電報了。

♪298-03 **天気**
てんき
天氣、心情
名①

▶天気がいいです。

天氣很好。

相似字 気候 名⓪ 氣候、天候

♪298-04 **電気**
でんき
電燈、電力
名①

▶電気が通っています。

通電中。

♪298-05 **伝記**
でんき
傳記
名⓪

▶伝記を読みましたか。

你讀傳記了嗎？

相關單字 自叙伝 名② 自傳

♪298-06 **電球**
でんきゅう
燈泡
名⓪

▶電球をかえます。

換燈泡。

相似字 スタンド 名⓪ （英）stand。枱燈

♪298-07 **典型**
てんけい
典型、模範
名⓪

▶典型的な天気です。

這是典型的天氣。

♪ 299-01

<ruby>天候<rt>てんこう</rt></ruby>

天氣、氣候

名 0

▶ <ruby>天候<rt>てんこう</rt></ruby>が<ruby>変<rt>か</rt></ruby>わりました。

氣候變了。

相關單字 <ruby>暦<rt>こよみ</rt></ruby> 名 3 0 曆法

♪ 299-02

<ruby>電子<rt>でんし</rt></ruby>

電子

名 1

▶ <ruby>電子時計<rt>でんしどけい</rt></ruby>を<ruby>持<rt>も</rt></ruby>っています。

我有電子錶。

相關單字 <ruby>電子<rt>でんし</rt></ruby>レンジ 名 4 微波爐／レンジ 名 1 （英）range。爐灶

♪ 299-03

<ruby>電車<rt>でんしゃ</rt></ruby>

電車

名 1 0

▶ <ruby>電車<rt>でんしゃ</rt></ruby>に<ruby>乗<rt>の</rt></ruby>ってきました。

我是搭電車來的。

♪ 299-04

<ruby>天井<rt>てんじょう</rt></ruby>

天花板、頂點

名 0

▶ <ruby>天井<rt>てんじょう</rt></ruby>までの<ruby>距離<rt>きょり</rt></ruby>があります。

離天花板有一段距離。

相反字 <ruby>床<rt>ゆか</rt></ruby> 名 0 地板

♪ 299-05

<ruby>点数<rt>てんすう</rt></ruby>

分數

名 3

▶ <ruby>点数<rt>てんすう</rt></ruby>は<ruby>言<rt>い</rt></ruby>えないですよね。

分數不能説對吧。

♪ 299-06

<ruby>電線<rt>でんせん</rt></ruby>

電線

名 0

▶ <ruby>電線<rt>でんせん</rt></ruby>が<ruby>切<rt>き</rt></ruby>れました。

電線斷了。

♪ 299-07

<ruby>電池<rt>でんち</rt></ruby>

電池

名 1

▶ <ruby>電池<rt>でんち</rt></ruby>はまだあります。

電池還有。

相似字 バッテリー 名 1 0 （英）battery。電池

♪ 299-08

<ruby>電柱<rt>でんちゅう</rt></ruby>

電線杆

名 0

▶ <ruby>電柱<rt>でんちゅう</rt></ruby>に<ruby>追突<rt>ついとつ</rt></ruby>しました。 <ruby>見 P.317 柱</ruby>

撞上電線杆。

右側索引：動詞 あ～さ／動詞 し～わ／名詞（する）あ～く／名詞（する）け～し／名詞（する）す～り／名詞 あ～お／名詞 か／名詞 き～く／名詞 け～こ／名詞 さ／名詞 し／名詞 す～せ／名詞 そ～ち／**名詞 つ～と**／名詞 な～わ／形容詞／副詞／其他

♪300-01 <ruby>電灯<rt>でんとう</rt></ruby>

電燈

名 0

▶ <ruby>電灯<rt>でんとう</rt></ruby>が<ruby>光<rt>ひか</rt></ruby>っています。

電燈發亮。

相關單字 <ruby>懐中電灯<rt>かいちゅうでんとう</rt></ruby> 名 5 手電筒

♪300-02 <ruby>伝統<rt>でんとう</rt></ruby>

傳統

名 0

▶ <ruby>伝統芸能<rt>でんとうげいのう</rt></ruby>ですね。

是傳統表演對吧。

相反字 アバンギャルド 名 4 （法）avant-garde。前衛派、前衛主義

♪300-03 <ruby>天然<rt>てんねん</rt></ruby>

天然、自然

名 0

▶ <ruby>天然<rt>てんねん</rt></ruby>ガスはとれますか。

能取得天然瓦斯嗎？

♪300-04 <ruby>電波<rt>でんぱ</rt></ruby>

電波

名 1

▶ <ruby>電波<rt>でんぱ</rt></ruby>がこちらにきました。

這邊有電波了。

♪300-05 テンポ

（義）tempo。
速度、歩調

名 1

▶ テンポが<ruby>速<rt>はや</rt></ruby>いです。

步調很快。

相關單字 アレグレット 名 2 4 （義）allegretto。稍快板

♪300-06 <ruby>電報<rt>でんぽう</rt></ruby>

電報

名 0

▶ <ruby>電報<rt>でんぽう</rt></ruby>を<ruby>送<rt>おく</rt></ruby>りました。

我打了電報。

♪300-07 <ruby>展覧会<rt>てんらんかい</rt></ruby>

展覽會

名 3

▶ <ruby>展覧会<rt>てんらんかい</rt></ruby>はいつですか。

展覽會什麼時候舉行？

商 校 科 休 社 生 | 80 90 100 120%

♪301-01 でんりゅう
電流
電流
名0

▶電流が流れます。
でんりゅう なが
電在流動。

♪301-02 でんりょく
電力
電力
名1 0

▶電力会社に勤めています。
でんりょくがいしゃ つと
我在電力公司上班。

相似字 電気 名1 電、電燈
でんき

♪301-03 と あ
問い合わせ
詢問、打聽
名0

▶問い合わせ番号はこちらです。
と あ ばんごう
客服電話號碼在這裡。

♪301-04 とう
党
政黨、同伙
名1

▶党の意見です。
とう いけん
是黨的意見。

♪301-05 とう
塔
塔
名1

▶塔に登りました。
とう のぼ
登臨塔上。

♪301-06 とうあん
答案
答案
名0

▶答案用紙を集めます。
とうあんようし あつ
收答案卷。

相反字 問い 名0 問題
と

♪301-07 どうぐ
道具
道具
名3

▶道具を使ってもいいですよ。
どうぐ つか
可以使用道具哦。

右側インデックス：
動詞 あ～さ
動詞 し～わ
名詞(する) あ～く
名詞(する) け～し
名詞(する) ず～り
名詞 あ～お
名詞 か
名詞 き～く
名詞 け～ご
名詞 さ
名詞 し
名詞 ず～せ
名詞 そ～ち
名詞 つ～と
名詞 な～わ
形容詞
副詞
其他

♪302-01 **峠** とうげ
山頂、全盛期、
關鍵
名3

▶ 峠まで行きましょう。
登頂吧！

♪302-02 **東西** とうざい
東西
名1

▶ 東西南北のどちらに行きましょうか。
東西南北往哪邊走？

相關單字 横断 おうだん 名（する）他0 横貫

♪302-03 **当時** とうじ
當時
名1

▶ 当時は本当に未熟でした。
當時真的很不成熟。

♪302-04 **動詞** どうし
動詞
名0

▶ 動詞をいくつか言ってください。
請説出幾個動詞。

♪302-05 **投書** とうしょ
投書、提出意
見
名0

▶ 投書がありました。
有人投書。

♪302-06 **灯台** とうだい
燈塔、蠋台
名0

▶ 灯台はここにありますか。
這邊有燈塔嗎？

♪302-07 **道徳** どうとく
道德
名0

▶ 彼は道徳がある人です。
他是有道德的人。

相似字 モラル 名1 （英）moral。道德、倫理

商校科休社生 | 80　90　100 120%

♪303-01
とうなん
盗難
失竊
名 0

▶盗難の被害にあいました。

我家遭小偷。

商校科休社生 | 80　90　100 120%

♪303-02
とうばん
当番
值班、輪流
名 1

▶当番制でご飯を作ります。

大家輪流做飯。

相似字 シフト 名 1 （英）shift。輪班、換班

商校科休社生 | 80　90　100 120%

♪303-03
とう ゆ
灯油
燈油、煤油
名 0

▶灯油を買いました。

買了燈油。

商校科休社生 | 80　90　100 120%

♪303-04
とうよう
東洋
東亞及東南洋
名 1

▶東洋の国が好きです。

我喜歡東亞國家。

相反字 西洋 名 1 西洋、西方

商校科休社生 | 80　90　100 120%

♪303-05
どうよう
童謡
童謠
名 0

▶童謡を知っていますか。

你有知道的童謠嗎？

相關單字 子守唄／子守歌 名 3 搖籃曲

商校科休社生 | 80　90　100 120%

♪303-06
どうりょう
同僚
同事
名 0

▶彼は同僚です。

他是同事。

商校科休社生 | 80　90　100 120%

♪303-07
どう ろ
道路
道路、馬路
名 1

▶道路から離れてください。

請離開道路。

動詞
あ～さ

動詞
し～わ

名詞
あ～く（する）

名詞
け～し（する）

名詞
す～り

名詞
あ～お

名詞
か

名詞
き～く

名詞
け～こ

名詞
さ

名詞
し

名詞
す～せ

名詞
そ～ち

名詞
つ～と

名詞
な～わ

形容詞

副詞

其他

♪304-01 **トーン**
（英）tone。
（聲音或顔色
的）微妙色調
名①

▶声のトーンがおもしろいです。
<small>こえ</small>

説話的音調很有趣。

♪304-02 **特色**
<small>とくしょく</small>
特色
名⓪

▶特色がある文章です。
<small>とくしょく</small> <small>ぶんしょう</small>

有特色的文章。

相似字 特徴 名⓪ 特徴
<small>とくちょう</small>

♪304-03 **特徴**
<small>とくちょう</small>
特徵
名⓪

▶特徴を詳しく教えてください。
<small>とくちょう</small> <small>くわ</small> <small>おし</small>

請説出詳細特徵。

♪304-04 **床**
<small>とこ</small>
被鋪、河床
名⓪

▶床にはいります。おやすみなさい。
<small>とこ</small>

上床睡覺囉！晚安。

♪304-05 **床の間**
<small>とこ</small> <small>ま</small>
床之間、凹間
名⓪

▶床の間は落ち着きます。
<small>とこ</small> <small>ま</small> <small>お</small> <small>つ</small>

床之間讓人心情平靜。

♪304-06 **床屋**
<small>とこ や</small>
理髮店
名⓪

▶床屋に行ってきます。
<small>とこ や</small> <small>い</small>

我去一趟理髮店。

相似字 バーバー 名① （英）barber。理髮廳、理髮師

♪304-07 **図書**
<small>と しょ</small>
圖書
名①

▶図書館に行くのが好きです。
<small>と しょかん</small> <small>い</small> <small>す</small>

很喜歡去圖書館。

♪305-01 **途上**
とじょう
路上、中途
名 0

商校科休社生 | 80 90 100 120%

▶インドは発展途上国ですね。
はってん とじょうこく
印度是開發中國家。

♪305-02 **年寄り**
としよ
老年人
名 3 4

商校科休社生 | 80 90 100 120%

▶お年寄りにはやさしくします。
としよ
對老年人親切。

♪305-03 **都心**
としん
市中心
名 0

商校科休社生 | 80 90 100 120%

▶ここは都心から離れています。
としん はな
這裡離市中心有點距離。

相反字 ベッドタウン 名 4 （和製英語）bed ＋ town 衛星城市

♪305-04 **戸棚**
とだな
櫥櫃、壁櫥
名 0

商校科休社生 | 80 90 100 120%

▶戸棚からお菓子を取り出しました。
とだな かし と だ
從櫃子裡拿出糕點。

♪305-05 **土地**
とち
土地、地面
名 0

商校科休社生 | 80 90 100 120%

▶ここの土地は高いです。
とち たか
這裡的土地很貴。

♪305-06 **特急**
とっきゅう
特快車、火速
名 0

商校科休社生 | 80 90 100 120%

▶特急に乗って東京駅に行きました。
とっきゅう の とうきょうえき い
搭乘特快車前往了東京車站。

相關單字 大至急 名 な形 3 ＋萬火急
だいしきゅう
▶大至急お願いします。 實在很急，拜託你了！
だいしきゅう ねが

取り急ぎ 副 0 急速、勿勿（多用於書信結尾）
と いそ
▶取り急ぎご通知申し上げます。 勿忙通知您。
と いそ つうちもう あ

♪305-07 **トップ**
（英）top。
第一名、首位
名 1

商校科休社生 | 80 90 100 120%

▶この会社のトップは誰ですか。 見 P.169 会社
かいしゃ だれ
誰是公司裡的最高層呢？

動詞 あ〜さ
動詞 し〜わ
名詞(する) あ〜く
名詞(する) け〜し
名詞(する) す〜り
名詞 あ〜お
名詞 か
名詞 き〜く
名詞 け〜こ
名詞 さ
名詞 し
名詞 す〜せ
名詞 そ〜ち
名詞 つ〜と
名詞 な〜わ
形容詞
副詞
其他

♪306-01
とら
虎
老虎
名0

▶ 動物園で虎を見ました。
在動物園看過老虎。

♪306-02
トランプ
（英）trump。
撲克牌，紙牌
名2

▶ トランプで遊びましょう。
一起玩撲克牌吧！

相關單字 ボードゲーム 名4 （英）boardgame。桌遊

♪306-03
どろ
泥
泥巴、小偷
名2

▶ 泥だらけになりました。
渾身是泥。

♪306-04
トンネル
（英）tunnel。
隧道
名0

▶ トンネルを抜けました。
出隧道了。

（ 關鍵片語 ）

胸が騒ぐ：心情不安 　　　**胸を張る**：充滿自信

胸が痛む：痛心、內疚 　　**胸に一物**：別有用心

胸を借りる：能力弱者向能力強者切磋、
請益 　　　　　　　　　　　　**胸に畳む**：藏在心裡

名詞

な〜わ

内科（ないか）〜ワット

新日檢N2
關鍵單字

詞性、重音介紹

名 名詞	副 副詞	接助 接續助詞
名(する) 名詞（する）	副(する) 副詞（する）	自 自動詞
動I 第一類動詞	副助 副助詞	他 他動詞
動II 第二類動詞	接尾 接尾詞	感 感嘆詞
動III 第三類動詞	接頭 接頭詞	量 量詞
い形 い形容詞	代 代名詞	數字 表重音
な形 な形容詞	連 連語	
慣 慣用語	接 接續詞	

動詞變化介紹

て て形	可 可能形	受 受身形
た た形	意 意向形	使 使役形
否 否定形	條 條件形	使受 使役受身形

商校科休社生 | 80 90 100 120%

♪308-01
ない か
内科
內科
名 ⓪

▶内科に行きました。
ない か い
去看了內科。

商校科休社生 | 80 90 100 120%

♪308-02
ないせん
内線
內線
名 ⓪

▶内線は何番ですか。
ないせん なんばん
內線號碼是幾號？

商校科休社生 | 80 90 100 120%

♪308-03
ないよう
内容
內容
名 ⓪

▶内容をもう一度教えてください。
ないよう いち ど おし
請再說一次內容。

相關單字 内実 名 副 ⓪ 本來、其實
ないじつ

商校科休社生 | 80 90 100 120%

♪308-04
なか み
中身
內容
名 ②

▶中身が見えないです。
なか み み
看不到裡面的東西。

相反字 外見 名 ⓪ 外表
がいけん

商校科休社生 | 80 90 100 120%

♪308-05
なか み
中味
容納物、事物
內容（與外表
實質相對）
名 ②

▶あなたは中味がない人です。
なか み ひと
你沒有內涵。

商校科休社生 | 80 90 100 120%

♪308-06
なか よ
仲良し
友好、好朋友
名 ②

▶彼とは仲良しです。
かれ なか よ
我跟他彼此是好朋友。

相關單字 仲直り 名 ③ 重修舊好
なかなお

商校科休社生 | 80 90 100 120%

♪308-07
なぞ
謎
謎語
名 ⓪

▶謎だらけのクイズですね。
なぞ
充滿謎團的謎語。

♪309-01 謎謎 _{なぞなぞ}

▶謎謎は好きですか。
_{なぞなぞ} _す

你喜歡玩猜謎嗎？

猜謎遊戲

名 0

♪309-02 鍋 _{なべ}

▶鍋の蓋をとってください。
_{なべ} _{ふた}

請打開鍋蓋。

鍋子、火鍋

名 1

♪309-03 涙 _{なみだ}

▶涙だらけです。
_{なみだ}

涙流滿面。

眼淚

相關單字 鼻水 _{はなみず} 名 0 鼻水

名 1

♪309-04 縄 _{なわ}

▶縄をほどいてください。
_{なわ}

請解開繩子。

繩索

名 2

♪309-05 南極 _{なんきょく}

▶南極に興味がありますか。
_{なんきょく} _{きょう み}

你對南極有興趣嗎？

南極

相反字 北極 _{ほっきょく} 名 0 北極

名 0

♪309-06 南国 _{なんごく}

▶南国に住んでいます。
_{なんごく} _す

我住在南方。

南方的國度

名 0

♪309-07 南米 _{なんべい}

▶南米には行ったことがないです。
_{なんべい} _い

我沒有去過南美洲。

南美洲

相關單字 南アメリカ _{みなみ} 名 南美洲／北米 _{ほくべい} 名 0 北美洲／北アメリカ _{きた} 名 北美洲

名 0

♪309-08 南北 _{なんぼく}

▶南北の位置がわかりません。
_{なんぼく} _{い ち}

分不清南北。

南北

名 1

動詞 あ〜さ
動詞 し〜わ
名詞（する）あ〜く
名詞（する）け〜し
名詞（する）す〜り
名詞 あ〜お
名詞 か
名詞 き〜く
名詞 け〜こ
名詞 さ
名詞 し
名詞 す〜せ
名詞 そ〜ち
名詞 つ〜と
名詞 な〜わ
形容詞
副詞
其他

♪310-01
にじ
虹
彩虹
名 0

▶虹がでてますね。
にじ

有彩虹耶。

相關單字 ネオンサイン 名 4 （英）neon sign。霓虹燈

♪310-02
にちじょう
日常
日常、平時
名 0

▶日常生活の範囲で解決します。
にちじょうせいかつ　はん い　かいけつ

在日常生活範圍內解決。

相關單字 非日常 名 な形 非日常的、非尋常的
ひにちじょう

♪310-03
にちようひん
日用品
日用品、生活
用品
名 0

▶日用品で必要なものはありますか。
にちようひん　ひつよう

有需要的日用品嗎？

♪310-04
にっ か
日課
每天必做的事
名 0

▶今日の日課はなんですか。
きょう　にっ か

今天的課題是麼？

相關單字 ルーチン／ルーティン／ルーティーン 名 1 （英）routine。每日例
行公事

♪310-05
にっ き
日記
日記
名 0

▶日記を書いています。
にっ き　か

我有在寫日記。

♪310-06
にっこう
日光
太陽光、日本
地名
名 1

▶日光が眩しいです。
にっこう　まぶ

陽光很刺眼。

♪310-07
にっちゅう
日中
白天、日本與
中國
名 0

▶日中は暖かいです。
にっちゅう　あたた

白天很溫暖。

♪311-01
日程 にってい
日程
名 0

▶ 日程を教えてほしいです。
請告訴我預定日程。

商校科休社生

♪311-02
日当 にっとう
日薪
名 0

▶ 日当はいくらですか。
日薪多少呢？

相似字 日給 名 0 日薪 にっきゅう

商校科休社生

♪311-03
荷物 にもつ
行李、貨物
名 1

▶ 荷物が重いです。
行李好重。

商校科休社生

♪311-04
ニュアンス
（法）nuance
（聲調、意義、情感的）細微差別
名 1

▶ ニュアンスはいいと思います。
我覺得細微之處是好的。

相關單字 陰翳礼賛 名《陰翳禮讚》（谷崎潤一郎隨筆） いんえいらいさん

商校科休社生

♪311-05
女房 にょうぼう
（稱呼自己的）妻子
名 1

▶ 女房の飯はうまいです。 めし
我太太做的飯很好吃。

商校科休社生

♪311-06
人形 にんぎょう
娃娃
名 0

▶ 人形浄瑠璃を見たことがありますか。 じょうるり み
你看過人形淨瑠璃的表演嗎？

相關單字 着せ替え人形 名 5 女孩玩的更衣玩偶 きかえにんぎょう

マネキン／マネキン人形 名 0 （法）mannequin。（商店櫥窗裡的）にんぎょう
服裝模特兒

動詞 あ〜さ
動詞 し〜わ
名詞（する）あ〜く
名詞（する）け〜し
名詞（する）す〜り
名詞 あ〜お
名詞 か
名詞 き〜く
名詞 け〜こ
名詞 さ
名詞 し
名詞 す〜せ
名詞 そ〜ち
名詞 つ〜と
名詞 な〜わ
形容詞
副詞
其他

♪312-01 にんげん
人間
人類
名 0

▶ 人間国宝を知っていますか。

你知道「人間國寶」嗎？

♪312-02 ぬの
布
布
名 0

▶ 布をかぶっています。

蓋著布。

相關單字 ミシン 名 1 （英）sewingmachine。縫紉機

♪312-03 ね
根
根、根源、本
性
名 1

▶ 根っからの性悪ですね。

本性邪惡呢。

♪312-04
ねじ
螺絲
名 1

▶ ねじを探しています。

在找螺絲。

♪312-05 ねったい
熱帯
熱帯
名 0

▶ 熱帯地方はどこですか。

熱帯地區在哪呢？

♪312-06 ね まき
寝巻
睡衣
名 0

▶ 寝巻がかわいいですね。

你的睡衣好可愛喔。

相關單字 パジャマ 名 1 （英）pajamas。（由衣、褲組合的）睡衣

♪312-07 ねんだい
年代
年代
名 1

▶ 年代を教えてください。

説一下年代吧！

♪313-01
ねんど
年度
年度
名①

商 校 科 休 社 生 | 80 90 100 120%

こんねん ど よさん おお
▶今年度の予算は多かったです。
本年度的預算較多。

♪313-02
ねんれい
年齢
年齢
名◎

商 校 科 休 社 生 | 80 90 100 120%

ねんれい き しつれい
▶年齢を聞くのは失礼です。
問年齡很失禮。

相關單字 年輩／年配 名◎ 大概的年齡、中年以上

♪313-03
ノイローゼ
（德）
Neurose。
精神衰弱
名③

商 校 科 休 社 生 | 80 90 100 120%

ぎ み
▶ノイローゼ気味なんですか。
是有點精神衰弱嗎？

♪313-04
のうか
農家
農家
名①

商 校 科 休 社 生 | 80 90 100 120%

のうか とつ
▶農家に嫁ぎました。
嫁到農家。

相似字 田舍 名◎ 鄉村
いなか

♪313-05
のうぎょう
農業
農業
名①

商 校 科 休 社 生 | 80 90 100 120%

のうぎょう
▶農業をしています。
我從事農業。

♪313-06
のうさんぶつ
農産物
農產品
名③

商 校 科 休 社 生 | 80 90 100 120%

のうさんぶつ だいこん やさい
▶農産物は大根などの野菜です。
農產品是白蘿蔔等蔬菜。

相關單字 畑仕事／畑仕事 名 田裡的工作
はたけしごと はたしごと

♪313-07
のうそん
農村
農村
名◎

商 校 科 休 社 生 | 80 90 100 120%

のうそん さび
▶農村は寂しいです。
鄉村很清寂。

相關單字 温泉地 名 溫泉鄉
おんせんち

動詞
あ～さ

動詞
し～わ

名詞(する)
あ～く

名詞(する)
け～し

名詞(する)
す～り

名詞
あ～お

名詞
か

名詞
き～く

名詞
け～こ

名詞
さ

名詞
し

名詞
す～せ

名詞
そ～ち

名詞
つ～と

名詞
な～わ

形容詞

副詞

其他

♪314-01 **濃度**
のうど

濃度

名①

▶ 濃度が高い気体です。
のうど たか きたい

高濃度氣體。

♪314-02 **農民**
のうみん

農民、農人

名⓪

▶ 昔は農民がたくさんいましたよ。
むかし のうみん

以前有很多農夫喔。

相關單字 草刈機 名 割草機／日よけ帽子 名 遮陽帽
くさかりき ひ ぼうし

♪314-03 **農薬**
のうやく

農藥

名⓪

▶ 農薬を使っていません。
のうやく つか

未使用農藥。

相關單字 無農薬 名② 無農藥／有機野菜 名 有機蔬菜
むのうやく ゆうき やさい

♪314-04 **能率**
のうりつ

効率

名⓪

▶ 能率がいいですね。
のうりつ

效率很好耶。

♪314-05 **能力**
のうりょく

能力

名①

▶ 能力がある人だと思います。
のうりょく ひと おも

我覺得他是個有能力的人。

相關單字 有能 名 な形 ⓪ 有能力（的）
ゆうのう

♪314-06 **のこぎり**

鋸子

名③

▶ のこぎりを使って作りました。
つか つく

使用鋸子做成的。

♪314-07 **喉**
のど

咽喉、喉嚨

名①

▶ 喉が渇きました。
のど かわ

我渴了。

♪314-08 **糊**
のり

漿糊

名②

▶ 糊をつけました。
のり

塗上漿糊。

♪315-01 **ハート**
（英）heart。
心
名 0

| 商 校 科 休 社 生 | 80 90 100 120% |

▶私はハートのカードを持っていません。 ☺見 P.253 心臓

我沒有紅心的牌。

♪315-02 **灰色**
灰色
名 0

| 商 校 科 休 社 生 | 80 90 100 120% |

▶灰色のスカートをたくさん持っています。

我有很多灰色的裙子。

相關單字 グレーゾーン 名 4 （英）greyzone。灰色地帶、曖昧狀態

♪315-03 **俳句**
俳句
名 0

| 商 校 科 休 社 生 | 80 90 100 120% |

▶今日は俳句をつくりました。

我今天寫了俳句。

相關單字 俳人 名 0 俳句詩人／俳画 名 0 俳人所畫的俳諧風格之畫

♪315-04 **売店**
販賣部、雜貨
店
名 0

| 商 校 科 休 社 生 | 80 90 100 120% |

▶売店でこれを買いました。

我在販賣部買了這個。

相關單字 プレーガイド 名 4 （和製英語）play guide。觀賞券預售處、聯合售
票處

♪315-05 **パイプ**
（英）pipe。
管
名 0

| 商 校 科 休 社 生 | 80 90 100 120% |

▶パイプオルガンの音は聞き心地がいいです。

管風琴的聲音聽了很舒服。 ☺見 P.165 オルガン

♪315-06 **俳優**
演員
名 0

| 商 校 科 休 社 生 | 80 90 100 120% |

▶俳優さんに会ったことはありますか。

你見過演員嗎？

♪315-07 **墓**
墳墓
名 2

| 商 校 科 休 社 生 | 80 90 100 120% |

▶お墓参りに行きました。

我去掃墓了。

動詞 あ～さ
動詞 し～わ
名詞 あ～く（する）
名詞 け～し（する）
名詞 す～り（する）
名詞 あ～お
名詞 か
名詞 き～く
名詞 け～こ
名詞 さ
名詞 し
名詞 す～せ
名詞 そ～ち
名詞 つ～と
名詞 な～わ
形容詞
副詞
其他

♪316-01

博士／博士
はかせ　はくし

博士

名1

▶博士号をとるのは大変ですよ。
はかせ　ごう　　　　　　　　たいへん

要獲取博士學位很不容易。

相關單字 茶博士 名2 茶道宗匠
ちゃはかせ

♪316-02

博物館
はくぶつかん

博物館

名4

▶博物館に行きたいです。
はくぶつかん　　い

我想去博物館。

♪316-03

歯車
は　ぐるま

齒輪

名2

▶歯車が狂いました。
は　ぐるま　くる

步調大亂。

相關單字 ばね 名1 發條、契機

♪316-04

鋏／はさみ
はさみ

剪刀

名23

▶鋏で切りました。
はさみ　き

用剪刀剪。

相關單字 洗濯ばさみ 名 晾衣服的夾子
せんたく

♪316-05

橋
はし

橋、媒介

名2

▶橋を渡りました。
はし　わた

過了橋。

相關單字 歩道橋 名0 人行天橋／地下道 名2 地下通路
ほどうきょう　　　　　　　　　　ち　かどう

♪316-06

端
はし

端、邊緣、碎
片

名0

▶端は残していいですよ。
はし　のこ

可以留下邊邊沒關係哦。

可補充 中途半端 名 な形4 不徹底、未完成／端くれ 名0 碎片、碎屑
ちゅうとはんぱ　　　　　　　　　　　　　　　　はし

♪316-07

箸
はし

筷子

名1

▶箸を使います。
はし　つか

我用筷子。

相關單字 割り箸 名30 免洗筷／取り箸 名23 （取菜用）公筷
わ　ばし　　　　　　　　　　と　ばし

♪317-01
柱（はしら）
柱子、支柱
名③0

▶ 柱（はしら）から虫（むし）が出（で）てきました。 ⊜見 P.299 電柱
蟲子從柱子跑出來。

♪317-02
パズル
（英）puzzle。
謎、智力測驗
題
名①

▶ パズルは難（むずか）しいです。
智力測驗題很難。

♪317-03
旗（はた）
旗子
名②

▶ 旗（はた）を挙（あ）げてください。
請舉旗。
相關單字 国旗（こっき）名0 國旗

♪317-04
肌（はだ）
皮膚、表面
名①

▶ 肌（はだ）に合（あ）いません。
不適合我的皮膚。

♪317-05
バター
（英）butter。
奶油
名①

▶ バターを塗（ぬ）ります。
塗奶油。
相關單字 牛酪（ぎゅうらく）名0 奶油／マーガリン 名①0 （英）margarine。人造奶油。

♪317-06
パターン
（英）
pattern。
模式、類型
名②

▶ どんなパターンなんですか。
是什麼模式呢？
相關單字 ワンパターン 名④ （和製英語）one + pattern。無變化、老套

♪317-07
裸（はだか）
裸體、坦誠、
身無分文
名0

▶ 裸（はだか）で部屋（へや）の中（なか）にいます。
裸著身體在房間裡。
相關單字 ヌード 名① （英）nude。裸體

商校科休社生　80　90　100 120%

動詞 あ～さ
動詞 し～わ
名詞（する） あ～く
名詞（する） け～し
名詞（する） す～り
名詞 あ～お
名詞 か
名詞 き～く
名詞 け～ご
名詞 さ
名詞 し
名詞 す～せ
名詞 そ～ち
名詞 つ～と
名詞 な～わ
形容詞
副詞
其他

♪318-01 **畑**（はたけ）
旱田、田地
名⓪

▶畑（はたけ）に向（む）かいました。
面對著田地。

♪318-02 **罰**（ばち）
報應、處罰
名②

▶罰（ばち）が当（あ）たったんですね。
遭到報應了吧！

相關單字 バツイチ／ばついち 名② （俗語）有一次離婚記録

♪318-03 **花火**（はなび）
煙火
名①

▶花火（はなび）はきれいです。
煙火真漂亮。

♪318-04 **花見**（はなみ）
看花、賞櫻
名③

▶去年（きょねん）花見（はなみ）に行（い）きました。
去年去賞了花。

相似字 観桜（かんおう）名⓪ 觀賞櫻花

♪318-05 **羽**（はね）
羽毛、翅膀
名⓪

▶羽（はね）がついています。
有翅膀。

♪318-06 **破片**（はへん）
碎片
名⓪

▶破片（はへん）が落（お）ちています。
碎片掉落了。

相似字 瓦礫（がれき）名⓪ 瓦礫

♪318-07 **歯磨き**（はみがき）
刷牙、牙膏
名②

▶歯磨き（はみがき）は終（お）わりましたか。
刷完牙了嗎？

♪318-08 **場面**（ばめん）
場面、場景
名①⓪

▶どんな場面（ばめん）が好（す）きですか。
你喜歡哪個場景？

相關單字 シーン 名① （英）scene。場面、情景

♪319-01
はやくち
早口
嘴快
名 2

▶ はやくち
早口すぎます。

話講太快。

相關單字 言い回し 名 0 說法、措詞

♪319-02
はやし
林
森林
名 3 0

▶ はやし い
林に行きました。

到森林去。

♪319-03
はや
流行り
流行
名 3 0

▶ はや きょく なん
流行りの曲は何ですか。

現在流行什麼歌呢？

相關單字 モテモテ な形 0 有人氣、吃得開

♪319-04
はら
腹
肚子
名 2

▶ はら いた
腹が痛いです。

肚子痛。

相關單字 自腹 名 0 自己的肚子、自己的錢
　　　　　 じばら き
　　　　▶ 自腹を切る。 自掏腰包。

♪319-05
バランス
（英）
balance。
平均、均衡
名 0

▶ しょくじ
バランスのとれた食事をとります。

攝取營養均衡的飲食。

相似字 均衡 名(する) 自 0 均衡、調和／
つ あ
釣り合い 名 0 均衡、調和

♪319-06
はり
針
針、針狀物
名 1

▶ はり ほそ
針は細いです。

針很細。

♪319-07
はりがね
針金
鋼絲、鐵絲
名 0

▶ はりがね
針金はありますか。

有鐵絲嗎？

右側欄位：
動詞 あ〜さ
動詞 し〜わ
名詞(する) あ〜く
名詞(する) け〜し
名詞(する) す〜り
名詞 あ〜お
名詞 か
名詞 き〜く
名詞 け〜こ
名詞 さ
名詞 し
名詞 す〜せ
名詞 そ〜ち
名詞 つ〜と
名詞 な〜わ
形容詞
副詞
其他

♪320-01
範囲
はんい
範圍
名1

▶どこまでの範囲ですか。
到哪的範圍呢？

♪320-02
ハンガー
（英）
hanger。
衣架
名1

▶ハンガーに服をかけました。
把衣服掛上衣架。

相似字 衣桁 名0 衣架

♪320-03
番組
ばんぐみ
節目
名0

▶この番組は大好きです。
我很喜歡這個節目。

♪320-04
半径
はんけい
半徑
名1

▶半径何メートルですか。
半徑幾公尺呢？

相關單字 行動半径 名5 行動範圍／行動範囲 名5 行動範圍

♪320-05
判子
はんこ
圖章、印章
名3

▶判子を持っています。
我有印章。

相關單字 印鑑 名30 印章

♪320-06
番号
ばんごう
號碼
名3

▶番号は何番ですか。
號碼是幾號呢？

♪320-07
犯罪
はんざい
犯罪
名0

▶犯罪歴はありますか。
你有犯罪紀錄嗎？

相關單字 犯人 名1 犯人、犯罪者

♪321-01 **万歳**
ばんざい
萬歳
名3

▶万歳三唱をしましょう。
ばんざいさんしょう
高喊三聲「萬歳」吧！

♪321-02 **番地**
ばんち
門牌號碼
名0

▶何番地ですか。
なんばんち
門牌幾號？

♪321-03 **半島**
はんとう
半島
名0

▶この半島は有名です。
はんとう　ゆうめい
這個半島很有名。

相關單字 岬 名0 海角、海岬／海峡 名0 海峽／沼沢 名0 沼澤／
みさき　　　　　　　　　かいきょう　　　　　　しょうたく
湿原 名0 濕地／マングローブ 名4 （英）mangrove。紅樹林／
しつげん
紅樹林 名3 紅樹林
こうじゅりん

♪321-04 **犯人**
はんにん
犯人
名1

▶犯人を捕まえました。
はんにん　つか
抓到犯人了。

相關單字 張本人 名3 禍首、肇事者／犯罪者 名3 犯人、犯罪者／
ちょうほんにん　　　　　　　　　　はんざいしゃ
犯行 名0 犯罪行為
はんこう

♪321-05 **被害**
ひがい
受害、損害
名1

▶被害は大きいです。
ひがい　おお
受災慘重。

相關單字 ダメージ 名12 （英）damage。損害、打擊

♪321-06 **日陰**
ひかげ
陰涼處
名0

▶日陰に行きましょう。
ひかげ　い
去陰涼處吧！

相關單字 陰陽 名10 陰陽
いんよう
お蔭で／お蔭様で 慣 托您的福
かげ　　　かげさま
影で言う／陰で言う 慣 在人背後說短論長
かげ　い　　かげ　い

♪321-07 **光**
ひかり
光線、光亮
名3

▶光が眩しすぎます。
ひかり　まぶ
光線太刺眼。

♪322-01 **引き算**
ひ ざん
減法
名 ②

▶ 引き算しましょう。
ひ ざん
用減法吧。

♪322-02 **引き出し**
ひ だ
抽屜、提取
名 ⓪

▶ 引き出しを開けてください。
ひ だ あ
請把抽屜打開。

相關單字 押入れ 名 ⓪ 壁櫥（放棉被、衣物）
おしい

♪322-03 **卑怯**
ひ きょう
膽怯、卑鄙
名 な形 ②

▶ 卑怯者だ。
ひ きょうもの
膽小鬼。

♪322-04 **引き分け**
ひ わ
平手
名 ⓪

▶ 引き分けにしましょう。
ひ わ
暫且平手吧。

相關單字 分け目 名 ③⓪ 頭髮分線、勝負成敗的關鍵
わ め

♪322-05 **髭**
ひげ
鬍鬚
名 ⓪

▶ 髭が長いですね。
ひげ なが
鬍鬚好長喲。

相似字 鬢 名 ① 鬢髮／触肢 名（昆蟲）觸鬚、鬚肢
びん しょくし

♪322-06 **悲劇**
ひ げき
悲劇
名 ①

▶ 悲劇のヒロインなんですか。
ひ げき
這是悲劇的女主角嗎？

♪322-07 **膝**
ひざ
膝蓋
名 ⓪

▶ 膝が痛いです。
ひざ いた
膝蓋會痛。

♪322-08 **陽射し**
ひ ざ
陽光
名 ⓪

▶ 陽射しが強いですね。
ひ ざ つよ
陽光好強喔！

| | 商校科休社生 | 80 90 100 120% |

♪323-01

肘 ひじ
手肘
名 [2]

▶ 肘をついてはだめです。
　ひじ
不可用手撐肘。

相關單字 掣肘 名(する)他 [0] 牽制

| | 商校科休社生 | 80 90 100 120% |

♪323-02

ビジネス
（英）
business。
事務、商務
名 [1]

▶ ビジネス会話です。
　　　　　かいわ
是商務會話。

相關單字 ビジネスホテル 名 [5]（和製英語）business+hotel。商務飯店／
　　　　ビジネスランチ 名 [5]（英）business lunch。商業午餐

| | 商校科休社生 | 80 90 100 120% |

♪323-03

非常 ひじょう
緊急、非常
名 な形 [0]

▶ 非常にいいです。
　ひじょう
非常好。

| | 商校科休社生 | 80 90 100 120% |

♪323-04

美人 びじん
美人
名 [1] [0]

▶ 美人は得です。
　びじん　とく
美女好處多。

| | 商校科休社生 | 80 90 100 120% |

♪323-05

日付 ひづけ
日期、年月日
名 [0]

▶ 写真に日付を入れる。⊜見 P.177 月日
　しゃしん　ひづけ　い
為照片加上日期。

| | 商校科休社生 | 80 90 100 120% |

♪323-06

必需品 ひつじゅひん
必需品
名 [0]

▶ 必需品はありますか。
　ひつじゅひん
有必備用品嗎？

| | 商校科休社生 | 80 90 100 120% |

♪323-07

人込 ひとごみ
人群
名 [0]

▶ 人込の中では見つからなかったです。
　ひとごみ　なか　み
沒在人群中找到。

相關單字 混雑 名(する)自 [1] 混亂、擁擠
　　　　こんざつ

動詞 あ〜さ
動詞 し〜わ
名詞 あ〜く (する)
名詞 け〜し (する)
名詞 す〜り (する)
名詞 あ〜お
名詞 か
名詞 き〜く
名詞 け〜こ
名詞 さ
名詞 し
名詞 す〜せ
名詞 そ〜ち
名詞 つ〜と
名詞 な〜わ
形容詞
副詞
其他

♪324-01 **人差し指** （ひと さ ゆび）
食指
名 4

▶ **人差し指を見せてください。** （ひと さ ゆび み）
讓我看你的食指。
相關單字 食指 名 1 0 食指／食指が動く 慣 食指大動、有食慾 （しょくし）（しょくし うご）

♪324-02 **独り言** （ひと ごと）
自言自語（的話）
名 4 0

▶ **独り言が多いですよ。** （ひと ごと おお）
你很常自言自語喔。

♪324-03 **皮肉** （ひ にく）
挖苦、諷刺
名 な形 1 0

▶ **皮肉たっぷりですね。** （ひ にく）
很諷刺呢。
相關單字 鳥肌 名 0 雞皮疙瘩 （とりはだ）
▶ 鳥肌が立つ。 起雞皮疙瘩。 （とりはだ た）

♪324-04 **皮膚** （ひ ふ）
皮膚
名 1

▶ **皮膚病ではないです。** （ひ ふ びょう）
不是皮膚病。

♪324-05 **秘密** （ひ みつ）
機密、祕密
名 0

▶ **秘密を教えてください。** （ひ みつ おし）
向我透漏祕密吧。
相似字 内緒 名 3 0 祕密／内緒話 名 4 祕密的話 （ないしょ）（ないしょばなし）

♪324-06 **紐** （ひも）
細繩、帶子
名 0

▶ **紐を結びます。** （ひも むす）
打繩結。
相關單字 束ねる 動II 他 3 捆綁 （たば）
相關補充 「紐」還有小白臉的意思。 （ひも）

♪324-07 **百科事典** （ひゃっ か じ てん）
百科全書
名 4

▶ **百科事典を持っていますか。** （ひゃっ か じ てん も）
你有百科全書嗎？

♪325-01
費用
ひょう
費用
名①

商校科休社生 | 80 90 100 120%

▶ 費用は合計いくらですか。
ひょう ごうけい

費用總共多少呢？

♪325-02
秒
びょう
秒
名①

商校科休社生 | 80 90 100 120%

▶ 何秒で走ればいいですか。
なんびょう はし

要跑幾秒才行？

相關單字 秒読み 名⓪ 讀秒、分秒必爭
びょうよ

♪325-03
美容
びよう
美容、美貌
名⓪

商校科休社生 | 80 90 100 120%

▶ 美容に興味があります。
びよう きょうみ

我對美容有興趣。

相關單字 体付き 名③⓪ 體型／顔付き 名⓪ 相貌、臉形、表情／
からだつ かおつ
美容外科 名④ 整形外科
びようげか

♪325-04
標語
ひょうご
標語、口號
名⓪

商校科休社生 | 80 90 100 120%

▶ 標語を今日知りました。
ひょうご きょう し

我今天才知道口號。

♪325-05
表紙
ひょうし
封面
名③⓪

商校科休社生 | 80 90 100 120%

▶ 表紙を書いてください。
ひょうし か

請書寫封面。

相關單字 上紙 名⓪ 包裝紙、封面紙／包み紙 名③ 包裝紙／
うわがみ つつ がみ
ラップ 名(する)他① （英）wrap。包裝

♪325-06
標識
ひょうしき
標誌、標記
名⓪

商校科休社生 | 80 90 100 120%

▶ 標識が見えませんでした。
ひょうしき み

我沒看到標誌。

♪325-07
標準
ひょうじゅん
標準
名⓪

商校科休社生 | 80 90 100 120%

▶ 標準身長はどのくらいですか。
ひょうじゅんしんちょう

標準身高是多高呢？

相關單字 スタンダード 名な形②④ （英）standard。標準、標準的

動詞
あ～さ

動詞
し～わ

名詞(する)
あ～く

名詞(する)
け～し

名詞(する)
す～り

名詞
あ～お

名詞
か

名詞
き～く

名詞
け～こ

名詞
さ

名詞
し

名詞
す～せ

名詞
そ～ち

名詞
つ～と

名詞
な～わ

形容詞

副詞

其他

♪326-01
表情 ひょうじょう
表情
名3

▶ひょうじょう　かな
表情が悲しそうです。
表情看起來很悲傷。

相關單字 仕草 しぐさ 名10 動作、表情

♪326-02
評判 ひょうばん
評論、評價
名0

▶ひょうばん　き
評判を気にします。
我在意評價。

♪326-03
標本 ひょうほん
標本、樣本
名0

▶ひょうほん　つく
標本を作りました。
我製作了標本。

相關單字 手本 てほん 名2 範例、先例／見本 みほん 名0 商品樣本、模範／サンプル 名1
（英）sample。樣品、貨樣／雛形／雛型 ひながた　ひながた 名20 模型、樣品

♪326-04
表面 ひょうめん
表面
名3

▶ひょうめん
表面はきれいです。
表面很漂亮。

♪326-05
平仮名 ひらがな
平假名
名3

▶ひらがな　むずか
平仮名は難しいですか。
平假名很難嗎？

♪326-06
広場 ひろば
廣場
名1

▶ひろば　あ
広場で会いたいです。
想在廣場碰面。

♪326-07
便箋 びんせん
信紙
名0

▶びんせん　つか
便箋を使ってください。
請使用信紙。

相關單字 便り たよ 名1 書信、音信

♪327-01 **ヒント**
（英）hint。
暗示、啟發
名 1

▶ ヒントを<ruby>下<rt>くだ</rt></ruby>さい。

請給我提示。

♪327-02 **ファイト**
（英）fight。
鬥志
名 1 0

▶ ファイト！

加油！

♪327-03 **<ruby>不安<rt>ふ あん</rt></ruby>**
不安、擔心
名 な形 0

▶ <ruby>不安<rt>ふ あん</rt></ruby>でしょうがないです。

擔心得不得了！

♪327-04 **ファン**
（英）fan。
粉絲、風扇
名 1

▶ ファンはいますか。

你有粉絲嗎？

相關單字 ファンシー 名 な形 1 （英）fancy。想像、空想

♪327-05 **<ruby>風景<rt>ふうけい</rt></ruby>**
風景
名 1

▶ <ruby>風景<rt>ふうけい</rt></ruby>はきれいです。

這風景好漂亮。

相關單字 <ruby>絵葉書<rt>え は がき</rt></ruby> 名 2 風景明信片

♪327-06 **<ruby>風船<rt>ふうせん</rt></ruby>**
氣球
名 0

▶ <ruby>風船<rt>ふうせん</rt></ruby>を<ruby>飛<rt>と</rt></ruby>ばしました。

讓氣球飛起。

♪327-07 **<ruby>風俗<rt>ふうぞく</rt></ruby>**
風俗、習慣
名 1

▶ <ruby>私<rt>わたし</rt></ruby>は<ruby>風俗<rt>ふうぞく</rt></ruby>に<ruby>詳<rt>くわ</rt></ruby>しいです。

我對風俗習慣很熟悉。

相關單字 <ruby>仕来り<rt>し きた</rt></ruby> 名 0 慣例、常規／風習 名 0 風俗習慣

相關補充 「<ruby>風俗<rt>ふうぞく</rt></ruby>」也有風俗店的意思。

♪328-01 **封筒**
ふうとう
信封
名 0

▶封筒を開けました。
ふうとう　あ
我打開信封了。
相關單字 祝儀袋 名 4 紅包袋
しゅうぎぶくろ

♪328-02 **夫婦**
ふうふ
夫妻、夫婦
名 1

▶夫婦の間のかくしごとはありますか。●見 P.330 夫妻
ふうふ　あいだ
你有不能對另一半說的祕密嗎？

♪328-03 **ブーム**
熱、盛行
名 1

▶いまは台湾ブームですね。
たいわん
現在台灣很熱門呢！

♪328-04 **笛**
ふえ
笛子、哨子
名 0

▶笛を吹きました。
ふえ　ふ
我吹過笛子。
相關單字 尺八 名 0 簫、尺八
しゃくはち

♪328-05 **武器**
ぶき
武器
名 1

▶武器は持っていません。
ぶき　も
我沒有帶武器。

♪328-06 **不規則**
ふきそく
不規律、不規則
名 な形 2 3

▶不規則な生活になりがちです。
ふきそく　せいかつ
我容易生活不規律。
相關單字 掟 名 0 社會成規、法令
おきて

♪328-07 **副詞**
ふくし
副詞
名 0

▶副詞は難しいです。
ふくし　むずか
副詞很難。
相關單字 形容詞 名 3 形容詞／名詞 名 0 名詞／動詞 名 0 動詞
けいようし　めいし　どうし

♪329-01
複数
ふくすう
複數
名 ③

▶ 複数あります。 ⊙見 P.283 単数
不只一個。
相關單字 ぽつんと 副 孤單地、單獨地

♪329-02
服装
ふくそう
服裝
名 ⓪

▶ 服装がきちんとしています。
衣服很整潔。
相關單字 ファッション 名 ① （英）fashion。流行、時尚

♪329-03
袋
ふくろ
袋子
名 ③

▶ 袋から取り出しましょう。
從袋子裡拿出來吧！

♪329-04
不潔
ふけつ
不乾淨
名 な形 ⓪

▶ 不潔にはしないでね。
別弄髒喔！

♪329-05
不幸
ふこう
不幸
名 な形 ②

▶ 不幸にならないでください。
請避免不幸之事。
相關單字 海の幸 名 ① 海中魚貝類

♪329-06
符号
ふごう
符號、標記
名 ⓪

▶ 音楽符号がわかります。
我了解音樂符號。

♪329-07
ブザー
（英）buzzer。
警報器、電鈴
名 ①

▶ ブザーが鳴りました。
電鈴響了。

♪330-01
夫妻 _{ふ さい}
夫妻、夫婦
名 1 2

▶ 鈴木^{すずき}夫妻^{ふさい}は仲良^{なかよ}しです。 ⊙見 P.328 夫婦
鈴木夫妻感情很好。

♪330-02
無事 _{ぶ じ}
平安無事
名 な形 0

▶ 無事^{ぶ じ}に辿^{たど}り着^つきました。
安全抵達了。

相關單字 ぶらぶら 副 1 閒逛、無所事事／閑人^{かんじん} 副 1 閒暇之人

♪330-03
部首 _{ぶ しゅ}
部首
名 1

▶ 部首^{ぶ しゅ}は何^{なん}ですか。
是哪個部首？

♪330-04
不正 _{ふ せい}
不正當、不正
經
名 な形 0

▶ 不正^{ふ せい}をしないで下^{くだ}さい。
請勿心懷不軌。

♪330-05
不足 _{ふ そく}
不滿、不平
名 な形 0

▶ 何^{なに}かが不足^{ふ そく}しています。
有些不足。

相關單字 勉強不足^{べんきょうぶそく} 名 學習不足、經驗不夠

♪330-06
舞台 _{ぶ たい}
舞台
名 1

▶ 舞台^{ぶ たい}を見^みに行^いきました。
去看了舞台表演。

♪330-07
双子 _{ふた ご}
雙胞胎
名 3 0

▶ 双子^{ふた ご}の子^こはかわいいです。
雙胞胎好可愛。

商校科休社生　80　90　100　120%

♪331-01 不通
ふ つう
不通、斷絕
名 0

▶この道は現在不通です。
みち　　げんざい ふ つう

這條路現在不通。

相關單字 音信不通 名 0 音訊不通、失去聯絡／
おんしんふつう

途絶 名(する) 自 0 斷絕、中斷／途切れ 名 3 中斷
とぜつ　　　　　　　　　　　　　　とぎ

商校科休社生　80　90　100　120%

♪331-02 物価
ぶっ か
物價
名 0

▶日本は物価の高い国ですね。
に ほん　ぶっ か　たか　くに

日本是物價很高的國家呢。

相關單字 天引き 名 0 （由薪水中）先行扣除／値引き 名(する) 他 0 降價／
てんび　　　　　　　　　　　　　　　　　　　　　ねび

値切る 動 I 他 還價、講價／値段交渉 名 還價、講價／
ねぎ　　　　　　　　　　　　　ねだんこうしょう

価格交渉 名 還價、講價
かかくこうしょう

商校科休社生　80　90　100　120%

♪331-03 物質
ぶっしつ
物質、實體
名 0

▶この物質は何ですか。
ぶっしつ　　なん

這個物質是什麼？

相關單字 実質 名 0 實質、本質
じっしつ

商校科休社生　80　90　100　120%

♪331-04 物理
ぶつ り
物理、事物的
道理
名 1

▶物理は不得意です。
ぶつり　ふ とくい

我不擅長物理。

商校科休社生　80　90　100　120%

♪331-05 不当
ふ とう
不妥當
名 な形 0

▶不当な罰です。 ⊜見 P.132 妥当
ふ とう　　ばつ

不當的處罰。

相關單字 不等 名 0 不平等、不齊
ふとう

商校科休社生　80　90　100　120%

♪331-06 船便
ふなびん
海運
名 0

▶船便は安いです。
ふなびん　やす

寄船運很便宜。

商校科休社生　80　90　100　120%

♪331-07 部品
ぶ ひん
零件
名 0

▶部品がなくなりました。 ⊜見 P.188 機械
ぶ ひん

零件沒了。

相似字 パーツ 名 1 0 （英）parts。零件

動詞 あ〜さ

動詞 し〜わ

名詞(する) あ〜く

名詞(する) け〜し

名詞(する) す〜り

名詞 あ〜お

名詞 か

名詞 き〜く

名詞 け〜こ

名詞 さ

名詞 し

名詞 す〜せ

名詞 そ〜ち

名詞 つ〜と

名詞 な〜わ

形容詞

副詞

其他

♪332-01 **吹雪**（ふぶき）
暴風雪
名1

▶吹雪（ふぶき）がふいています。
颳著暴風雪。

♪332-02 **部分**（ぶぶん）
部分
名1

▶どこの部分（ぶぶん）ですか。
是哪個部分呢？

相關單字 パートタイマー 名4 （英）part-timer。按時計酬的零工

♪332-03 **不平**（ふへい）
不平、牢騷
名 な形 0

▶不平不満（ふへいふまん）がありますか。
你有什麼不滿嗎？

♪332-04 **不満**（ふまん）
不滿足、不滿
意
名 な形 0

▶不満（ふまん）はないです。
我沒有不滿意的地方。

相關單字 未満（みまん）名1 未滿／欲求不満（よっきゅうふまん）名50 欲求不滿

♪332-05 **プラン**
方案、計劃
名1

▶プランを練（ね）りましょう。
來演練計畫吧。

♪332-06 **フリー**
（英）free。
自由、無拘束
名 な形 2

▶フリーサイズです。
這是單一尺寸的。

♪332-07 **不良**（ふりょう）
不好、小流氓
名 な形 0

▶不良（ふりょう）についてどう思（おも）いますか。
你對混混有什麼看法？

♪333-01

風呂敷
ふろしき
包袱巾
名 0

▶ 風呂敷を見せてください。
ふろしき み
請給我看包袱巾。

商 校 科 休 社 生　80　90　100　120%

♪333-02

フロント
（英）front desk。
服務台、櫃台
名 0

▶ フロントは一階です。
いっかい
服務台在一樓。

商 校 科 休 社 生　80　90　100　120%

♪333-03

雰囲気
ふんいき
氛圍、氣氛
名 3

▶ 素晴らしい雰囲気ですね。
すば ふんいき
氣氛不錯。

商 校 科 休 社 生　80　90　100　120%

♪333-04

文化
ぶんか
文化、文明
名 1

▶ 素晴らしい文化ですね。
すば ぶんか
很不錯的文化呢。

相關單字 カルチャーセンター 名 5 （和製英語）culture+center。文化中心、
文化會館、文化講座

商 校 科 休 社 生　80　90　100　120%

♪333-05

文学
ぶんがく
文學、文藝
名 1

▶ 私は文学が好きです。
わたし ぶんがく す
我喜歡文學。

相關單字 物書き 名 3 4 職業作家、撰文維生的人／文学者 名 3 4 文學研究
ものか ぶんがくしゃ
者、文學創作者／評論家 名 0 以評論為業的人
ひょうろんか

商 校 科 休 社 生　80　90　100　120%

♪333-06

文芸
ぶんげい
文藝、學術和技藝
名 1 0

▶ 今朝、文芸雑誌を買いました。
けさ ぶんげいざっし か
我早上買了文藝雜誌。

相關單字 文芸学 名 3 文藝學
ぶんげいがく

商 校 科 休 社 生　80　90　100　120%

♪333-07

文献
ぶんけん
文獻、文件
名 0

▶ 文献をかなり調べました。
ぶんけん しら
我查了相當多的文獻。

相關單字 参考文献 名 5 參考文獻／先行研究 名 學術前輩的研究成果
さんこうぶんけん せんこうけんきゅう

動詞 あ〜さ
動詞 し〜わ
名詞（する）あ〜く
名詞（する）け〜し
名詞（する）す〜り
名詞 あ〜お
名詞 か
名詞 き〜く
名詞 け〜こ
名詞 さ
名詞 し
名詞 す〜せ
名詞 そ〜ち
名詞 つ〜と
名詞 な〜わ
形容詞
副詞
其他

♪334-01
文章
ぶんしょう

文章、散文

名 0

▶ 文章がうまいです。

很會寫文章。

相關單字 レトリック 名 1 3 （英）rhetoric。修辭學、修辭技巧

♪334-02
噴水
ふんすい

噴泉、噴水池

名 0

▶ 噴水公園に行きましょう。

我們去噴泉公園吧。

♪334-03
分数
ぶんすう

（數學）分數

名 3

▶ 分数が得意ですか。

你擅長分數運算嗎？

相關單字 整数 名 3 整數

♪334-04
文体
ぶんたい

文體、文學風
格

名 0

▶ 文体を統一しましょう。

請統一用同一種文體。

相關單字 書き言葉 名 3 書面語／話し言葉 名 4 口語

♪334-05
文法
ぶんぽう

文法、語法

名 0

▶ 文法は難しいですね。

文法好難喔。

♪334-06
文房具
ぶんぼうぐ

文具

名 3

▶ 文房具は何がありますか。

文具店有什麼？

♪334-07
文脈
ぶんみゃく

前後文的邏
輯、文章的前
後關係

名 0

▶ 文脈を繋げてください。

上下文請連接好。

♪335-01

ぶんめい
文明

文明

名 ⓪

▶ ぶんめい　はったつ
文明の発達ですね。

是因為文明發達吧。

相關補充　せんしんこく 先進国 名 ③ 先進國家／ぶんめいかいか 文明開化 名 ⑤ 文明開化、明治初期的西洋化

♪335-02

ぶん や
分野

領域、範圍

名 ①

▶ ぶん や　とく い
どの分野が得意ですか。

你擅長哪個領域呢？

♪335-03

ぶんりょう
分量

程度、比例

名 ③

▶ ぶんりょう　　　おも
この分量でいいと思います。

份量這樣可以。

♪335-04

へい
塀

圍牆、牆壁

名 ⓪

▶ へい　たか
塀が高いです。

牆好高。

相關單字　かべがみ 壁紙 名 ⓪ 壁紙、手機或電腦的桌面／
へきが 壁画 名 ⓪ 壁畫（畫在牆壁或天花板）

♪335-05

へいたい
兵隊

軍隊、士兵

名 ⓪

▶ へいたいせいかつ　　たいへん
兵隊生活は大変です。

軍旅生活很辛苦。

♪335-06

へい や
平野

平原、平野

名 ⓪

▶ へい や　ひろ
平野は広いです。

平原廣闊。

♪335-07

へい わ
平和

和平、平靜

名 な形 ⓪

▶ へい わ
平和ぼけしています。

愈和平愈缺乏危機意識。

動詞
あ〜さ

動詞
し〜わ

名詞（する）
あ〜く

名詞（する）
け〜し

名詞（する）
す〜り

名詞
あ〜お

名詞
か

名詞
き〜く

名詞
け〜こ

名詞
さ

名詞
し

名詞
す〜せ

名詞
そ〜ち

名詞
つ〜と

名詞
な〜わ

形容詞

副詞

其他

♪336-01 **ペース**
（英）pace。
速度、歩調
名1

▶速いペースでしました。
快手快腳地做好了。

♪336-02 **別荘**_{べっそう}
別墅
名3

▶別荘をお持ちですか。
您有別墅嗎？

♪336-03 **ベテラン**
（英）
veteran。
老手、內行
名0

▶ベテラン運転者ですね。
是開車老手呢。
相反字 初心者 名2 初學者

♪336-04 **ペンキ**
（荷）pek。
油漆
名0

▶ペンキで塗ってますね。
正塗著油漆呢。

♪336-05 **ベンチ**
（英）bench。
長椅、長凳
名1

▶ベンチに座ります。
坐在長椅凳上。
相關單字 ブーローニュの森 名（法）Boisde Boulogne。布洛涅林苑（巴黎的森林公園）

♪336-06 **ペンチ**
（英）
pinchers。
鉗子
名1

▶ペンチを貸してください。
請借我鉗子。

♪337-01 **ポイント**
（英）point。
要點、得分
名 0

商 校 科 休 社 生　80　90　100　120%

▶ ポイントはどこですか。
重點在哪啊？

♪337-02 **法**（ほう）
規定、作法、法律
名 2

商 校 科 休 社 生　80　90　100　120%

▶ 法（ほう）については詳（くわ）しくないです。
法律規定不詳明。

相關單字 仏法（ぶっぽう）名 3 0 佛法

♪337-03 **望遠鏡**（ぼうえんきょう）
望遠鏡
名 0

商 校 科 休 社 生　80　90　100　120%

▶ 望遠鏡（ぼうえんきょう）を買（か）いたいです。
想買望遠鏡。

♪337-04 **方角**（ほうがく）
方位、方向
名 0

商 校 科 休 社 生　80　90　100　120%

▶ どちらの方角（ほうがく）ですか。
是哪個方位呢？

♪337-05 **方言**（ほうげん）
方言
名 3 0

商 校 科 休 社 生　80　90　100　120%

▶ 方言（ほうげん）を話（はな）すことができますか。
你會説方言嗎？

相關單字 関西弁（かんさいべん）名 0 關西方言、關西腔

♪337-06 **方向**（ほうこう）
方向、方針
名 0

商 校 科 休 社 生　80　90　100　120%

▶ こちらの方向（ほうこう）です。
是朝這個方向。

♪337-07 **坊さん**（ぼう）
和尚、僧侶
名 0

商 校 科 休 社 生　80　90　100　120%

▶ 坊（ぼう）さんはけっこう儲（もう）かります。
和尚能賺很多錢。

動詞 あ～さ
動詞 し～わ
名詞 あ～く（する）
名詞 げ～し（する）
名詞 す～り（する）
名詞 あ～お
名詞 か
名詞 き～く
名詞 け～こ
名詞 さ
名詞 し
名詞 す～せ
名詞 そ～ち
名詞 つ～と
名詞 な～わ
形容詞
副詞
其他

♪338-01
帽子
ぼうし
帽子
名 0

▶帽子をとってください。
ぼう　し
請拿下帽子。

♪338-02
方針
ほうしん
方針、方向
名 0

▶方針はありますか。
ほうしん
有方針嗎？

相關單字 座右の銘 名 5 座右銘
ざ ゆう　めい

♪338-03
宝石
ほうせき
寶石
名 0

▶宝石を買いたいです。
ほうせき　か
我想要買寶石。

♪338-04
法則
ほうそく
法則、定律
名 0

▶どんな法則があるんですか。
ほうそく
有什麼規則嗎？

♪338-05
包帯
ほうたい
繃帶
名 0

▶包帯をとってください。
ほうたい
請拿下繃帶。

♪338-06
庖丁
ほうちょう
菜刀、廚師
名 0

▶庖丁を持っています。気を付けてください。
ほうちょう　も　　　　　　　　　き　つ
我拿著菜刀。請小心。

相關單字 まな板 名 0 砧板
いた

♪338-07
方程式
ほうていしき
方程式、解決
方式
名 3

▶方程式は難しいです。
ほうていしき　むずか
方程式很難。

♪339-01 **防犯**〔ぼうはん〕
防止犯罪
名 0

▶ ぼうはんたいさく
防犯対策はしていますか。
有防犯對策嗎？

♪339-02 **方法**〔ほうほう〕
方法
名 0

▶ どんな方法でしますか。
要用什麼辦法？

相似字 メソッド／メソード 1 （英）method。方法、方式

♪339-03 **方面**〔ほうめん〕
方面、範圍
名 3

▶ こちらの方面から行きましょう。
往這方向走吧！

♪339-04 **坊や**〔ぼう〕
小男孩（古時也稱呼女兒）、乳臭未乾的年輕人
名 1

▶ 坊や、どこに行くの。
朋友，要去哪裡？

♪339-05 **法律**〔ほうりつ〕
法律
名 0

▶ 法律の力は強いです。
法律的力量很強。

♪339-06 **暴力**〔ぼうりょく〕
暴力、武力、蠻力
名 1

▶ 暴力は禁止です。
禁止暴力。

相反字 平和 名 な形 0 和平（的）

♪339-07 **頬**〔ほお〕
臉頰
名 1

▶ 頬が赤いです。
臉頰發紅。

♪340-01 **ホース**
（荷）hoos。
水管
名1

▶ ホースで水をあげました。
用水管澆了水。

♪340-02 **牧場／牧場**
ぼくじょう　まきば
牧場
名0

▶ 牧場に行ってみたいです。
ぼくじょう　い
想去牧場看看。

相關單字 放し飼い 名0 放養
はな　が

♪340-03 **牧畜**
ぼくちく
畜牧、畜牧業
名0

▶ 牧畜経験はありますか。
ぼくちくけいけん
你有畜牧的經驗嗎？

♪340-04 **保健**
ほけん
保健
名0

▶ 私は保健室に行きたい。
わたし　ほけんしつ　い
我想去保健室。

♪340-05 **誇り**
ほこ
驕傲、榮譽、
自豪
名0

▶ 誇りを持っています。
ほこ　も
我很自豪。

相似字 プライド 名0 （英）pride。自尊、驕傲

♪340-06 **埃**
ほこり
塵埃、灰塵
名0

▶ 埃を取り払います。
ほこり　と　はら
去除灰塵。

♪340-07 **ポスター**
（英）poster。
海報
名1

▶ ポスターを作りました。
つく
我做了海報。

♪341-01 **北極** ほっきょく
北極
名 0

▶北極まで遠いです。 ほっきょく とお
北極很遠。

♪341-02 **坊ちゃん** ぼっ
您家小男孩、
大少爺
名 1

▶坊ちゃん、かわいいね。 ぼっ
小弟弟好可愛。

♪341-03 **ポット**
（英）pot。
保溫瓶、暖水
瓶
名 1

▶ポットからお湯がでます。 ゆ
從水壺倒出熱水。

♪341-04 **歩道** ほどう
人行道
名 0

▶歩道を歩きましょう。 ほどう ある
走人行道好了。

相關單字 歩道橋 名 0 天橋 ほどうきょう

♪341-05 **炎** ほのお
火焰、怒火
名 1

▶炎は赤いです。 ほのお あか
火焰發紅。

♪341-06 **ぼろ**
隱藏的缺點、
破布
名 1

▶ぼろを出さないように。 だ
別暴露缺點。

相似字 ぼろぼろ な形 副 1 0 破破爛爛

♪341-07 **盆** ぼん
盤、托盤、盂
蘭盆會
名 0

▶お盆はありますか。 ぼん
有托盤嗎？

♪342-01 **盆地** ぼんち
盆地
名 0

▶ 盆地に住んでいます。 ぼんち す
我住在盆地。
相似字 流域 名 0 流域 りゅういき

♪342-02 **ポンプ**
（荷）pomp。
抽水機
名 1

▶ ポンプを使いましょう。 つか
用抽水機吧！

♪342-03 **マーケット**
（英）
market。
市場、商場
名 1 3

▶ マーケットは大きいですね。 おお
市場好大。

♪342-04 **マイク**
（英）
microphone。
麥克風
名 1

▶ マイクを使います。 つか
使用麥克風。

♪342-05 **迷子** まいご
迷路、失蹤
名 1

▶ 迷子になりました。 まいご
迷路了。
相反字 案内 名(する)他 3 導覽、帶路 あんない

♪342-06 **枕** まくら
枕頭
名 1

▶ 枕が高いです。 まくら たか
枕頭很高。

♪342-07 **孫** まご
孫子、孫女
名 2

▶ 孫はいません。 まご
我沒有孫子。

♪343-01 **マスク**
（英）mask。
口罩、防護面具
名 1

▶マスクをつけてますね。
有戴口罩呢。

♪343-02 **マスコミ**
（和製英語）
mass communication。
大眾傳播媒體
名 0

▶マスコミは怖いです。
媒體好恐怖。
相關單字 記者会見 名 3 記者會

♪343-03 **街角**（まちかど）
街角、巷口
名 0

▶街角（まちかど）に喫茶店（きっさてん）があります。
街角有咖啡店。

♪343-04 **松**（まつ）
松樹
名 1

▶松（まつ）を見（み）るのが好（す）きです。
我喜歡看松樹。
相關單字 松本城（まつもとじょう） 名 松本城（日本名勝之一）

♪343-05 **祭**（まつり）
祭典、祭祀
名 0

▶祭（まつり）に行（い）きました。 ⊕見 P.72 祭る
我有去祭典。

♪343-06 **満員**（まんいん）
満座、額滿
名 0

▶満員（まんいん）です。
客滿了。

♪343-07 **漫画**（まんが）
漫畫
名 0

▶漫画（まんが）が好（す）きです。
我喜歡漫畫。

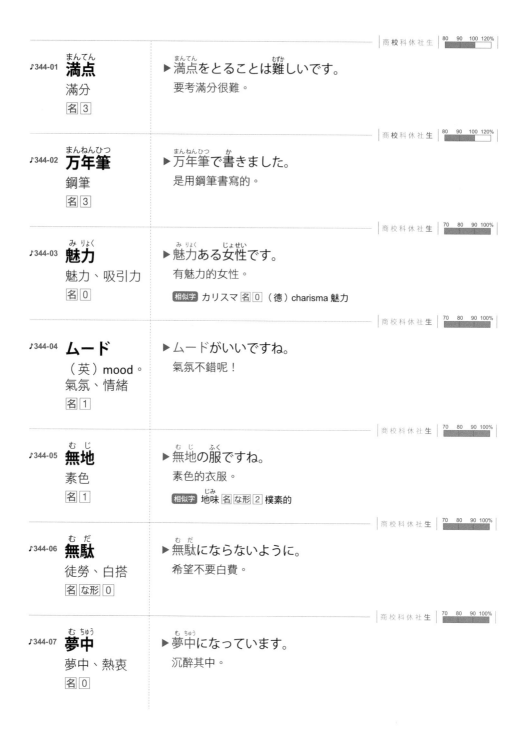

♪344-01
満点
まんてん

満分

名③

▶満点をとることは難しいです。
まんてん　　　　　　　　むずか

要考滿分很難。

♪344-02
万年筆
まんねんひつ

鋼筆

名③

▶万年筆で書きました。
まんねんひつ　　か

是用鋼筆書寫的。

♪344-03
魅力
み りょく

魅力、吸引力

名⓪

▶魅力ある女性です。
み りょく　　　じょせい

有魅力的女性。

相似字 カリスマ 名⓪ （德）charisma 魅力

♪344-04
ムード

（英）mood。
氣氛、情緒

名①

▶ムードがいいですね。

氣氛不錯呢！

♪344-05
無地
む じ

素色

名①

▶無地の服ですね。
む じ　　ふく

素色的衣服。

相似字 地味 名 な形② 樸素的
じ み

♪344-06
無駄
む だ

徒勞、白搭

名 な形⓪

▶無駄にならないように。
む だ

希望不要白費。

♪344-07
夢中
む ちゅう

夢中、熱衷

名⓪

▶夢中になっています。
も ちゅう

沉醉其中。

♪345-01 **紫**
むらさき
紫色
名②

| 商校科休社生 | 70 80 90 100% |

▶ 紫色が好きです。
むらさきいろ す

我喜歡紫色。

♪345-02 **姪**
めい
姪女、外甥
名①

| 商校科休社生 | 70 80 90 100% |

▶ 姪っ子はかわいいです。
めい こ

我姪女很可愛。

♪345-03 **物音**
ものおと
聲音、動靜
名③④

| 商校科休社生 | 70 80 90 100% |

▶ 物音がしました。
ものおと

發出聲音。

相關單字 騒音 名⓪ 噪音
そうおん

♪345-04 **催し**
もよお
活動、計畫、
舉辦
名⓪

| 商校科休社生 | 70 80 90 100% |

▶ 催しに参加します。
もよお さん か

我會參加活動。

♪345-05 **用途**
よう と
用途、用處
名①

| 商校科休社生 | 70 80 90 100% |

▶ 用途は何ですか。
よう と なん

有什麼用處嗎？

♪345-06 **要領**
ようりょう
要領、訣竅
名③

| 商校科休社生 | 70 80 90 100% |

▶ 要領が悪いと思います。
ようりょう わる おも

我認為不得要領。

相似字 ポイント 名⓪ （英）point。重點

♪345-07 **利害**
り がい
利害、得失
名①

| 商校科休社生 | 70 80 90 100% |

▶ 利害関係のある関係です。
り がいかんけい かんけい

這段關係中有著利害關係。

動詞
あ〜さ

動詞
し〜わ

名詞（する）
あ〜く

名詞（する）
け〜し

名詞（する）
す〜り

名詞
あ〜お

名詞
か

名詞
き〜く

名詞
け〜こ

名詞
さ

名詞
し

名詞
す〜せ

名詞
そ〜ち

名詞
つ〜と

名詞
な〜わ

形容詞

副詞

其他

♪346-01 **陸**
りく
陸地
名②⓪

▶陸に上がりました。
りく あ

我在陸地上了。

♪346-02 **冷静**
れいせい
冷靜、沉著
名 な形⓪

▶冷静になってください。
れいせい

請冷靜下來。

相似字 落ち着き 名⓪ 沈著、穩重
お つ

♪346-03 **列島**
れっとう
列島、群島
名⓪

▶日本列島すべて行きましたか。
に ほんれっとう い

日本列島全都去過了嗎？

♪346-04 **老人**
ろうじん
老年人
名⓪

▶老人は病気がちです。
ろうじん びょう き

老年人容易生病。

♪346-05 **わがまま**
任性、放肆
名 な形③④

▶わがままを言ってはいけません。
い

別說任性的話！

相似字 オポチュニズム 名④ （英）opportunism。機會主義

♪346-06 **脇**
わき
腋下、旁邊、
其次
名⓪

▶脇が甘いです。
わき あま

態度輕率。

♪346-07 **ワット**
（英）watt。
瓦特
名①

▶60 ワットの電球を買ってきてください。
でんきゅう か

請買 60 瓦的燈泡回來。

形容詞

生憎～利口／利巧
あいにく　りこう　りこう

詞性、重音介紹

名 名詞	副 副詞	接助 接續助詞
名(する) 名詞（する）	副(する) 副詞（する）	自 自動詞
動I 第一類動詞	副助 副助詞	他 他動詞
動II 第二類動詞	接尾 接尾詞	感 感嘆詞
動III 第三類動詞	接頭 接頭詞	量 量詞
い形 い形容詞	代 代名詞	數字 表重音
な形 な形容詞	連 連語	
慣 慣用語	接 接續詞	

動詞變化介紹

て て形	可 可能形	受 受身形
た た形	意 意向形	使 使役形
否 否定形	條 條件形	使受 使役受身形

♪348-01
生憎
あいにく
不湊巧、掃興
な形 副 0

商校科休社生 | 80 90 100 120%

▶生憎な空模様ですが、温かいコーヒーを飲みながらのんびり過ごしてはいかがでしょうか。

雖然是掃興的天氣，來杯熱咖啡，悠閒度過一天如何？

相似字 残念ながら 副 無法滿足的、有所遺憾的
ざんねん
▶残念ながらあなたは不合格です。 很遺憾，您沒有錄取。
ざんねん ふごうかく

♪348-02
曖昧
あいまい
含糊的、可疑的、曖昧的
な形 名 0

商校科休社生 | 80 90 100 120%

▶曖昧な表現に出会うと、自分に有利なように受け取る人が多い。

遇到模稜兩可的說詞，人們多半採取對自己有利的解釋。

♪348-03
青白い／蒼白い
あおじろ あおじろ
蒼白的、青白色的
な形 4

商校科休社生 | 80 90 100 120%

▶彼女の病後の青白い顔が興奮で赤らんだ。

她病後蒼白的臉，因興奮而發紅。

♪348-04
厚かましい
あつ
厚臉皮、不害羞
い形 5

商校科休社生 | 80 90 100 120%

▶厚かましいことに、招かれてもいないのに誕生パーティーに来た。

真厚臉皮！沒被邀請還來參加生日派對。

♪348-05
危うい
あや
危險的、擔心的
い形 3 0

商校科休社生 | 80 90 100 120%

▶ジェーンは危ういところを牧師に助けられた。

珍在危急時得到牧師的幫助。

相似字 危ない い形 3 0 危險的
あぶ

♪348-06
怪しい
あや
可疑的、靠不住的
い形 3 0

商校科休社生 | 80 90 100 120%

▶彼が言ったことはどうも怪しい。

總覺得他說的話可疑。

♪349-01
荒い あら

粗暴的、胡亂的、不禮貌的

い形 0

商校科休社生 | 80 90 100 120%

▶ 息子は筆遣いが荒い。

我兒子寫字很潦草。

♪349-02
粗い あら

粗的、粗枝大葉的、粗糙的

い形 0

商校科休社生 | 80 90 100 120%

▶ このコーヒー豆は挽き方が少し粗い。

這些咖啡豆磨得有點粗。

相反字 細心 名 な形 0 細心、精心

♪349-03
有難い ありがた

值得感謝的、可貴的

い形 4

商校科休社生 | 80 90 100 120%

▶ 有難いことに雪が止んだ。

很幸運地，雪停了。

♪349-04
慌ただしい あわ

慌張的、匆忙的

い形 5

商校科休社生 | 80 90 100 120%

▶ 今年も慌ただしく暮れた。

今年也匆匆忙忙過去了。

♪349-05
安易 あんい

不費勁的、馬虎的、安逸（的）

な形 名 1 0

商校科休社生 | 80 90 100 120%

▶ 若い頃は、安易な生活を避けたほうがいい。

年輕時最好避免安逸的生活。

相似字 のんき な形 1 悠閒、漫不經心

♪349-06
勇ましい いさ

勇敢的、活潑的、生氣勃勃

な形 4

商校科休社生 | 80 90 100 120%

▶ 彼らは強豪相手に諦めない勇ましい姿を見せてくれた。

他們展現了面對強大對手也不放棄的英勇身姿。

動詞 あ〜さ
動詞 し〜わ
名詞 あ〜く
名詞 け〜し
名詞 す〜り
名詞 あ〜お
名詞 か
名詞 き〜く
名詞 け〜こ
名詞 さ
名詞 し
名詞 す〜せ
名詞 そ〜ち
名詞 つ〜と
名詞 な〜わ
形容詞
副詞
其他

♪350-01
意地悪 <ruby>意<rt>い</rt></ruby><ruby>地<rt>じ</rt></ruby><ruby>悪<rt>わる</rt></ruby>
使壊、刁難、壞心眼（的人）
な形 名(する) 2 3

▶あなたの<ruby>職場<rt>しょくば</rt></ruby>にも<ruby>意地悪<rt>いじわる</rt></ruby>な<ruby>人<rt>ひと</rt></ruby>がいるのですか。

你工作的地方也有壞心眼的人嗎？

相似字 <ruby>嫌<rt>いや</rt></ruby>らしい い形 4 令人作嘔的

♪350-02
偉大 <ruby>偉<rt>い</rt></ruby><ruby>大<rt>だい</rt></ruby>
偉大的、雄偉的
な形 0

▶<ruby>沖縄<rt>おきなわ</rt></ruby>で<ruby>偉大<rt>いだい</rt></ruby>な<ruby>景色<rt>けしき</rt></ruby>に<ruby>感動<rt>かんどう</rt></ruby>した。

我在沖縄，因雄偉的風景而感動。

♪350-03
薄暗い <ruby>薄<rt>うす</rt></ruby><ruby>暗<rt>ぐら</rt></ruby>い
微暗的、微明
い形 4 0

▶<ruby>朝<rt>あさ</rt></ruby><ruby>早<rt>はや</rt></ruby>くまだ<ruby>薄暗<rt>うすぐら</rt></ruby>いうちに、<ruby>彼<rt>かれ</rt></ruby>は<ruby>出<rt>で</rt></ruby>かけた。

一早天才微亮，他就出門了。

♪350-04
上手い／ <ruby>上<rt>う</rt></ruby><ruby>手<rt>ま</rt></ruby>い
旨い／巧い <ruby>旨<rt>うま</rt></ruby>い <ruby>巧<rt>うま</rt></ruby>い
好吃的、高明的、順利的
い形 2

▶<ruby>上手<rt>うま</rt></ruby>くいくカップルを<ruby>見<rt>み</rt></ruby>ると<ruby>羨<rt>うらや</rt></ruby>ましい。

看到善於相處的夫妻就羨慕。

相反字 へたくそ 名 な形 4 0 非常笨拙（的人）

♪350-05
永遠 <ruby>永<rt>えい</rt></ruby><ruby>遠<rt>えん</rt></ruby>
永遠的、永恆的
な形 名 0

▶この<ruby>瞬間<rt>しゅんかん</rt></ruby>が<ruby>永遠<rt>えいえん</rt></ruby>に<ruby>続<rt>つづ</rt></ruby>けばいい。

這一瞬間要是能永久持續就好了。

♪350-06
偉い <ruby>偉<rt>えら</rt></ruby>い
偉大的、高貴的、厲害的、勞累的
い形 2

▶<ruby>彼<rt>かれ</rt></ruby>の<ruby>家<rt>いえ</rt></ruby>はしょっちゅうお<ruby>偉<rt>えら</rt></ruby>いさんが<ruby>出入<rt>でい</rt></ruby>りしている。

他家常有名人來訪。

♪351-01 **エレガント**
（英）
elegant。
優雅的、優美的
な形 1

▶エレガントだと老けて見えない。
保持優雅就不顯老。

♪351-02 **大雑把**（おおざっぱ）
粗心的、草率的
な形 3

▶大雑把な性格にも長所がある。
個性粗率的人也有其優點。

♪351-03 **幼い**（おさな）
幼小的、幼稚的
い形 3

▶このバナナの木はまだ幼い。
這棵香蕉樹還很幼小。

相似字 若い い形 2 年輕的

♪351-04 **惜しい**（お）
可惜、吝惜
い形 2

▶食べるのが惜しいほどきれいなお菓子だ。
吃了會很可惜的美麗糕點。

♪351-05 **お洒落**（しゃれ）
時髦的、好打扮的（人）
な形 名(する) 自 2

▶お洒落なお宅ですね。
好有時尚感的家呢。

♪351-06 **恐ろしい**（おそ）
可怕的、驚人的
い形 4

▶恐ろしい地震が起こった。
發生了可怕的地震。

相關單字 ホラー映画 名 恐怖電影

形容詞

♪352-01
穏やか（おだ）
平穏、平靜
な形 2

▶ 彼女の声は穏やかながら、強い意志が感じられた。

她説話聲音很柔和，卻顯出堅強的意志。　　　©見 P.33 感じる

♪352-02
大人しい（おとな）
溫順的、溫和
敦厚的、淡雅
素樸的
い形 4

▶ 真由美は大人しく見えるのに、案外お転婆だ。

真由美看起來很溫順，其實相當調皮。

♪352-03
おめでたい
可喜的
い形 4

▶ 今日は誠におめでたい日である。

今天真是一個值得慶賀的日子。

相關補充 此為「めでたい」的丁寧語。

♪352-04
架空（かくう）
在空中架設、
虛構
な形 名 0

▶ 登場する人物や団体などは架空であり、実在のものとは関係ありません。

劇中人物和團體均屬虛構，與真實人物無關。

♪352-05
確実（かくじつ）
確實的、可靠
的
な形 0

▶ 彼女は確実に成長している。

她確實有所成長。

相似字 しっかり 副(する) 自 3 穩固、確實

♪352-06
格別（かくべつ）
特別的、姑且
不論
な形 0

▶ 望遠鏡で見る月は格別だ。

用望遠鏡看到的月亮格外不同。

♪352-07
硬い（かた）
堅硬的
い形 2 0

▶ 歯が折れるほど硬い煎餅が好きだ。

我喜歡幾乎會咬碎牙齒的硬煎餅。

商 校 科 休 社 生 | 80 90 100 120%

♪353-01 **痒い**
かゆ
發癢、癢
い形 2

▶ 足の裏が痒い。
あし うら かゆ
我腳底很癢。

商 校 科 休 社 生 | 80 90 100 120%

♪353-02 **可愛らしい**
か わい
可愛的、討人
喜歡的
い形 5

▶ 誕生日に可愛らしい縫いぐるみをもらった。
たんじょう び か わい ぬ
生日時得到可愛的布娃娃。

商 校 科 休 社 生 | 80 90 100 120%

♪353-03 **冠**
かん
冠冕、帽子、
最優秀
な形 名 1

▶ 東京は世界に冠たる観光都市である。
とうきょう せ かい かん かんこう と し
東京是世界觀光都市之最。

商 校 科 休 社 生 | 80 90 100 120%

♪353-04 **完全**
かんぜん
完全（的）、
完整（的）、
圓滿
な形 名 0

▶ 工場の設備はまだ完全ではない。
こうじょう せつ び かんぜん
工廠的設備還未齊備。
相反字 不全 名 な形 0 不完全
ふ ぜん

商 校 科 休 社 生 | 80 90 100 120%

♪353-05 **簡単**
かんたん
簡單（的）、
容易的
な形 名 0

▶ iPadは操作が簡単だ。
そう さ かんたん
iPad的操作很簡單。

商 校 科 休 社 生 | 80 90 100 120%

♪353-06 **貴重**
き ちょう
貴重的
な形 名 0

▶ 貴重なお時間をいただき、ありがとうございました。
き ちょう じ かん
感謝您寶貴的時間。
相反字 安っぽい い形 4 廉價的、輕率的
やす

商 校 科 休 社 生 | 80 90 100 120%

♪353-07 **気の毒**
き どく
可憐的、悲慘
的
な形 名 3 4

▶ 入院されたと聞き、お気の毒に思います。
にゅういん き き どく おも
聽說您住院了，辛苦了啊。

動詞
あ～さ

動詞
し～わ

名詞(する)
あ～く

名詞(する)
け～し

名詞(する)
す～り

名詞
あ～お

名詞
か

名詞
き～く

名詞
け～こ

名詞
さ

名詞
し

名詞
す～せ

名詞
そ～ち

名詞
つ～と

名詞
な～わ

形容詞

副詞

其他

♪354-01 **奇妙**（きみょう）
奇妙的、怪異的
な形 ①

▶ 僕の地元には奇妙な風習がある。
在我家鄉有奇妙的風俗習慣。

相似字 不思議（ふしぎ）名 な形 ⓪ 不可思議（的）

♪354-02 **急激**（きゅうげき）
驟然
な形 ⓪

▶ 祖父の容態が急激に悪化した。
我爺爺的病情急遽惡化了。

♪354-03 **急速**（きゅうそく）
快速
な形 名 ⓪

▶ 人工知能の急速な発展は人類をどこへ連れていくのか。
人工智慧會把人類帶向什麼境界呢？

♪354-04 **器用**（きよう）
靈巧、精巧
な形 名 ①

▶ 手先が器用だね。
你的手很靈巧呢。

相關單字 巧妙（こうみょう）名 な形 ③ 巧妙的／上手（じょうず）名 な形 ③ 擅長、巧妙的／
不器用（ぶきよう）名 な形 ② 笨拙、不得要領／下手（へた）名 な形 ② 笨拙、不得要領

♪354-05 **恐縮**（きょうしゅく）
不好意思、惶恐
な形 名（する）自 ⓪

▶ 急なお願いで大変恐縮ですが、よろしくお願いいたします。
臨時拜託您，深感惶恐。萬事拜託了。

♪354-06 **強力**（きょうりょく）
強而有力、強大的
な形 名 ⓪

▶ 電子ブックの充実を強力に推し進める必要がある。
有必要強力促進電子書，使其更加充實。　◎見 P.44 進める

♪354-07 **巨大**（きょだい）
巨大（的）
な形 名 ⓪

▶ あの巨大な建物は何ですか。
那棟高大的建築是什麼？

♪355-01 **くだらない**
無用的、無聊的
い形 0

▶ くだらないことを言うのはやめろ。
別再説廢話！
相似字 詰まらない い形 3 無聊的、微不足道

♪355-02 **くどい**
冗長的、繁瑣的、油膩的、味道過濃的
い形 2

▶ パクチーのくどい味にもう慣れてしまった。
我已經完全習慣香菜的濃烈味道。

♪355-03 **悔しい**
不甘心的、遺憾的、令人懊惱的
い形 3

▶ 見たい番組を見逃したのが悔しくてならない。
錯過想看的節目，懊惱不已。

♪355-04 **苦しい**
痛苦的、艱苦的
い形 3

▶ 家計が苦しいです。
家庭生計很困難。
相反字 ゆったり 副(する) 自 3 有餘地、寬敞

♪355-05 **結構**
結構、漂亮的、令人滿意的、相當……
な形 名 副 3 0

▶ 結構なお品を頂戴しまして、ありがとうございました。
感謝您送我這麼好的禮物。

♪355-06 **煙い**
煙氣燻人的、嗆人的
い形 2 0

▶ たばこが煙い。
香菸很嗆。
相反字 澄み渡る 動I 自 4 0 晴朗、萬里無雲

♪356-01 **険しい**
けわ
險峻的、險惡
的、粗暴的
い形 3

▶卒業までの道は本当に険しいと感じます。 ⊖見 P.33 感じる
そつぎょう　　　　みち　ほんとう　けわ　　　　　　かん

我感覺畢業之前的路途相當險峻。

♪356-02 **謙虚**
けんきょ
謙虛
な形 1

▶人の話を素直に聞く謙虚な気持ちが成功を呼ぶ。
ひと　はなし　すなお　き　けんきょ　　きも　　　せいこう　よ

老實聽別人說話的謙虛態度，會帶來成功。

相反字 傲慢 名 な形 1 0 傲慢的
ごうまん

♪356-03 **厳重**
げんじゅう
嚴肅、莊重、
嚴格
な形 0

▶駐車違反を厳重に取り締まる。
ちゅうしゃ いはん　げんじゅう　と　し

嚴格取締違規停車。

♪356-04 **懸命**
けんめい
拚命、竭盡全
力
な形 0

▶家族を養うために懸命に働いている。
か ぞく　やしな　　　　けんめい　はたら

為了養家，我拚命工作。

♪356-05 **強引**
ごういん
強行、強硬的
な形 名 0

▶彼女は自分の意見を強引に押し通す傾向がある。
かのじょ　じぶん　いけん　ごういん　お　とお　けいこう

她傾向強行貫徹自己的主張。

相反字 穏便 な形 名 0 溫和的、不擴大化
おんびん

♪356-06 **高価**
こうか
高價、昂貴的
な形 名 1

▶高価なブランドではなく、手頃なブランドのバッグを
こう か　　　　　　　　　　　　て ごろ
愛用しています。
あいよう

我愛用價格合理的包包，而不是昂貴的品牌。

♪356-07 **豪華**
ごうか
豪華的、奢華
的
な形 1

▶簡単だけど豪華に見えるレシピをご紹介します。
かんたん　　　　ごう か　み　　　　　　　　　しょうかい

為您介紹雖然很簡單，但是看起來很豪華的食譜。

相似字 ゴージャス な形 1 （英）gorgeous。豪華的、豪奢的／
贅沢 名 な形 3 4 豪華的、奢侈的、多餘的、不必要的／
ぜいたく
絢爛 な形 0 華美的、絢爛的／華やか な形 2 華美的、繁盛的
けんらん　　　　　　　　　　　　　　　　　　　はな

商校科休社生　80　90　100　120%

♪357-01　**幸福**（こうふく）
幸福、快樂
な形 名 ⓪

▶ あなたは幸福（こうふく）ですか。
你幸福嗎？

商校科休社生　80　90　100　120%

♪357-02　**こんな**
這樣的、如此
な形 ⓪

▶ こんなはずじゃなかったです。
本不該如此。

商校科休社生　80　90　100　120%

♪357-03　**最高**（さいこう）
最好、很棒
な形 名 ⓪

▶ 最高（さいこう）ですね。
太棒了！

商校科休社生　80　90　100　120%

♪357-04　**最低**（さいてい）
最低、糟糕
な形 名 ⓪

▶ 最低点（さいていてん）は何点（なんてん）ですか。
最低分是幾分？

商校科休社生　80　90　100　120%

♪357-05　**逆様**（さかさま）
顛倒、相反
な形 名 ⓪

▶ 逆様（さかさま）に貼（は）ってありますよ。
貼反了喲！

商校科休社生　80　90　100　120%

♪357-06　**様々**（さまざま）
種種、各式各樣
な形 ②

▶ 様々（さまざま）な意見（いけん）があります。
有各種意見。

相似字　十人十色（じゅうにんといろ）名 ① 十人十樣，人人都不一樣

商校科休社生　80　90　100　120%

♪357-07　**塩辛い**（しおからい）
鹹的
い形 ④

▶ 塩辛（しおから）い食（た）べ物（もの）が好（す）きです。
我喜歡鹹食。

動詞 あ〜さ
動詞 し〜わ
名詞（する）あ〜く
名詞（する）け〜し
名詞（する）す〜り
名詞 あ〜お
名詞 か
名詞 き〜く
名詞 け〜こ
名詞 さ
名詞 し
名詞 す〜せ
名詞 そ〜ち
名詞 つ〜と
名詞 な〜わ
形容詞
副詞
其他

♪358-01
親しい した
親近、親密
い形 3

▶親しい友人がいない。
我沒有親近的朋友。

♪358-02
しつこい
執著、濃烈
い形 3

▶しつこい人は嫌われます。
執拗不休的人會被討厭。
相似字 脂っこい／油っこい い形 5 油膩的、濃厚的

♪358-03
地味 じ み
樸素、低調、
不修飾
な形 2

▶地味な服ですね。
樸素的衣服。

♪358-04
重大 じゅうだい
重大、重要、
嚴重
な形 0

▶重大な欠点は何ですか。
嚴重的瑕疵是什麼？

♪358-05
重要 じゅうよう
重要、要緊
な形 名 0

▶重要なことは好きなことにすることです。
重要的是做喜歡的事。
相關單字 重要文化財 名 7 重要文化財（＝重文）

♪358-06
主要 しゅよう
主要
な形 名 0

▶主要な国はここです。
主要國家是這裡。

♪358-07
純情 じゅんじょう
純真、天真
な形 名 0

▶あなたは純情ですね。
你真是純情。

359-01 じゅんすい **純粋** 純淨、純粹、完全 な形 名 0	▶ 純粋な心を持っています。 擁有一顆純淨的心。	商校科休社生 ▍80 90 100 120%
359-02 じゅんちょう **順調** 順利、良好 な形 名 0	▶ 仕事は順調に行っていますか。 工作順利嗎？	商校科休社生 ▍80 90 100 120%
359-03 しょうきょくてき **消極的** 消極的 な形 0	▶ 消極的な人ですね。 真是消極的人。 相似字 受動的 な形 0 被動的	商校科休社生 ▍80 90 100 120%
359-04 じょうとう **上等** 上等、高級、優秀 な形 名 0	▶ 上等な服です。 高級服裝。 相似字 上品 名 な形 3 高尚的、典雅的	商校科休社生 ▍80 90 100 120%
359-05 じょうひん **上品** 高級品、典雅 な形 名 3	▶ 上品な方だと思います。 感覺是高雅的人。	商校科休社生 ▍80 90 100 120%
359-06 じょうぶ **丈夫** 結實、健壯 な形 0	▶ 丈夫な体です。 結實的身體。	商校科休社生 ▍80 90 100 120%
359-07 しんけん **真剣** 認真、一絲不苟 な形 名 0	▶ 真剣に勉強してください。 請認真讀書。	商校科休社生 ▍80 90 100 120%

動詞 あ〜さ
動詞 し〜わ
名詞 (する) あ〜く
名詞 け〜し
名詞 (する) す〜り
名詞 あ〜お
名詞 か
名詞 き〜く
名詞 け〜こ
名詞 さ
名詞 し
名詞 す〜せ
名詞 そ〜ち
名詞 つ〜と
名詞 な〜わ
形容詞
副詞
其他

♪360-01
深刻
しんこく

嚴重的

な形 3

▶ 深刻な問題ですね。
しんこく　もんだい

這是個重大的問題。

相反字 薄っぺら な形 0 單薄的、膚淺的
うす

♪360-02
親切
しんせつ

親切的、好心

な形 名 1 0

▶ 彼女は親切な人ですよ。
かのじょ　しんせつ　ひと

她是親切的人。

♪360-03
新鮮
しんせん

新鮮、清新

な形 0

▶ 新鮮な魚を食べました。
しんせん　さかな　た

品嚐了新鮮的魚。

♪360-04
図々しい
ずうずう

厚顏無恥的

い形 5

▶ 図々しい人ですね。
ずうずう　ひと

厚顏無恥的人。

♪360-05
酸っぱい
す

酸、乏力

い形 3

▶ 酸っぱいものは苦手です。
す　にがて

我很不能吃酸的。

相關單字 しょっぱい い形 3 重鹹的、不悅的

♪360-06
スマート

（英）smart。
苗條的

な形 2

▶ 私はスマートではありません。
わたし

我並不苗條。

♪360-07
狡い
ずる

狡猾的

い形 2

▶ 狡い人は嫌われます。
ずる　ひと　きら

狡猾的人會惹人厭。

♪361-01
鋭い すると
尖的、激烈的、靈敏的
い形 3

商校科休社生 | 80 90 100 120%

▶ 鋭い質問です。 すると しつもん
尖鋭的問題。

♪361-02
清潔 せいけつ
清潔的、乾淨的
な形 名 0

商校科休社生 | 80 90 100 120%

▶ 清潔な部屋です。 せいけつ へや
真乾淨的房間。

相似字 清潔感 名 5 清潔感、清爽感 せいけつかん
▶ 清潔感のある部屋です。 せいけつかん へや 感覺清爽的房間。

♪361-03
正式 せいしき
正式（的）、正規（的）
な形 名 0

商校科休社生 | 80 90 100 120%

▶ 明日正式に契約しましょう。 あした せいしき けいやく
明天正式簽約吧。

♪361-04
積極的 せっきょくてき
積極的
な形 0

商校科休社生 | 80 90 100 120%

▶ 積極的に何でもしましょう。 せっきょくてき なん
積極一點什麼事都做吧！

相關單字 働き者 名 0 勤勉工作的人 はたら もの

♪361-05
騒々しい そうぞう
嘈雜的、吵鬧的
い形 5

商校科休社生 | 80 90 100 120%

▶ 騒々しい音楽です。 そうぞう おんがく
喧囂的音樂。

♪361-06
そそっかしい
粗心大意、輕率
い形 5

商校科休社生 | 80 90 100 120%

▶ そそっかしい性格ですね。 せいかく
真是個冒失鬼！

相關單字 そそっかしい奴 名 冒失鬼／慌て者 名 0 冒失鬼 やつ あわ もの

動詞 あ～さ
動詞 し～わ
名詞 あ～く（する）
名詞 け～し（する）
名詞 す～り（する）
名詞 あ～お
名詞 が
名詞 き～く
名詞 け～ご
名詞 さ
名詞 し
名詞 す～せ
名詞 そ～ち
名詞 つ～と
名詞 な～わ
形容詞
副詞
其他

♪362-01 **そっくり**
酷似、極像、
全部、完全
な形 3

▶そっくりさんに昨日会いました。
昨天遇到跟我長得很像的人。
相似字 瓜二つ な形 1 彼此相像、一模一樣

♪362-02 **率直**
<small>そっちょく</small>
直率、坦率
な形 0

▶率直に言うと間違っています。
説實話，你錯了。

♪362-03 **ソフト**
（英）soft。
柔軟的、軟體
な形 名 1

▶ソフトな話し方ですね。
柔和的説話方式。

♪362-04 **素朴**
<small>そぼく</small>
樸素、單純
な形 名 0

▶素朴な味ですね。
純樸的味道。

♪362-05 **粗末**
<small>そまつ</small>
粗糙、簡陋、
浪費
な形 1

▶粗末にしないで下さい。
不要浪費。
相反字 丁寧 名 な形 1 慎重、有禮貌

♪362-06 **そんな**
那樣的
な形 0

▶そんなばかな。
有那樣的蠢事？！

♪362-07 **大切**
<small>たいせつ</small>
貴重、重要
な形 名 0

▶大切にしたい人です。
是我珍惜的人。

♪363-01
平ら
たい
平坦、盤腿而坐
な形 名 3

▶ 平らな机ですよ。●見 P.364 凸凹
是平桌喲。
相反字 へこむ 自動I 凹陷、虧損、認輸；（意氣）消沈（＝落ち込む）

商校科休社生 80 90 100 120%

♪363-02
だらしない
邋遢的、不整潔的、散漫
い形 4

▶ だらしない恰好ですね。
かっこう
邋遢的裝扮。
相關單字 踏み場がない 慣 連腳踩的地方都沒有（形容髒亂）／
無頓着 名 な形 2 不關心、不在意

商校科休社生 80 90 100 120%

♪363-03
単純
たんじゅん
單純、簡單
な形 名 0

▶ 単純すぎますよ。
たんじゅん
你太單純了。

商校科休社生 80 90 100 120%

♪363-04
力強い
ちからづよ
覺得心裡踏實、感覺有依靠、強而有力
い形 5

▶ 力強いお言葉、ありがとうございました。
ちからづよ ことば
謝謝你給力的話。
補充單字 助言 名(する) 自 0 建議／
じょごん
アドバイス 名(する) 自 1 3 （英）advice。建議

商校科休社生 80 90 100 120%

♪363-05
丁寧
ていねい
恭敬有禮、小心謹慎、周到
な形 名 1

▶ 丁寧な言葉遣いです。
ていねい ことばづか
遣詞用語很有禮貌。

商校科休社生 80 90 100 120%

形容詞

♪363-06
的確
てきかく
正確、準確
な形 0

▶ 的確なアドバイスです。
てきかく
適切的忠告。

商校科休社生 80 90 100 120%

♪363-07
適切
てきせつ
恰當、妥善
な形 0

▶ 適切な処置です。
てきせつ しょち
做了妥當的處理。

♪364-01 **適度**
てきど

適度、恰好

な形 名 1

▶ 適度な気温です。
てきど きおん

氣溫舒適。

♪364-02 **適当**
てきとう

適當、隨意

な形 名 0

▶ 適当に答えないで下さい。
てきとう こた くだ

請不要隨便作答。

♪364-03 **凸凹**
でこぼこ

凹凸不平、不均衡

な形 名(する) 自 0

▶ 凸凹な道ですね。 ⟲見 P.363 平ら
でこぼこ みち たい

道路凹凸不平。

相反字 平坦 名 な形 3 0 平坦(的)
へいたん

♪364-04 **手ごろ**
て

適合的、與能力相符的

な形 0

▶ 手ごろな値段です。
て ねだん

價格適中。

♪364-05 **透明**
とうめい

透明、純淨

な形 名 0

▶ 透明な海はきれいですね。
とうめい うみ

透明澄澈的海真漂亮！

♪364-06 **得意**
とくい

顧客、老主顧、拿手

な形 名 2 0

▶ 得意な科目は何ですか。
とくい かもく なん

你最擅長的科目是什麼？

相關單字 得意料理 名 拿手好菜
とくいりょうり

♪364-07 **特殊**
とくしゅ

特殊

な形 名 0

▶ 特殊な色ですね。
とくしゅ いろ

真是特殊的顏色。

動詞
あ～さ

動詞
し～わ

名詞(する)
あ～く

名詞(する)
け～し

名詞(する)
す～り

名詞
あ～お

名詞
か

名詞
き～く

名詞
け～こ

名詞
さ

名詞
し

名詞
す～せ

名詞
そ～ち

名詞
つ～と

名詞
な～わ

形容詞

副詞

其他

♪365-01

どくとく
独特

獨特的

な形 ⓪

商 校 科 休 社 生 | 80 90 100 120%

▶どくとく ふんいき
独特な雰囲気があるもんね。

有獨特的氛圍。

♪365-02

とんでもない

意料之外的、
不可能的

い形 5

商 校 科 休 社 生 | 80 90 100 120%

▶とんでもないです。

沒這回事！

相似字 めっそう
滅相もない 慣 沒有的事、豈有此理、豈敢

♪365-03

ナイーブ

（英）naive。
天真無邪的、
敏感的

な形 2

商 校 科 休 社 生 | 80 90 100 120%

▶ せいかく
ナイーブな性格ですね。

個性很天真呢。

♪365-04

にく
憎らしい

令人討厭的、
令人嫉妒的

い形 4

商 校 科 休 社 生 | 80 90 100 120%

▶にく ひと
憎らしい人です。

可惡的人。

相反字 あい
愛らしい い形 4 可愛的、惹人憐愛的

♪365-05

にぶ
鈍い

鈍的、不清楚
的、不靈敏的

い形 2

商 校 科 休 社 生 | 80 90 100 120%

▶ にぶ
あなたはすこし鈍いですね。

你有點遲鈍呢！

相關單字 どんかん
鈍感 名 な形 ⓪ 感覺遲鈍

♪365-06

ナンセンス

（英）
nonsense。
無意義的、無
聊的

な形 名 1

商 校 科 休 社 生 | 80 90 100 120%

▶ しつもん
ナンセンスな質問ですね。

這問題很沒意義耶。

♪366-01
馬鹿（ばか）
愚蠢、糊塗、
程度懸殊、非
常
な形 名 ①

▶馬鹿（ばか）なことを言（い）わないで下（くだ）さい。
請別説傻話。

♪366-02
激しい（はげ）
激烈的、厲害
的
い形 ③

▶激（はげ）しい曲（きょく）ですね。
是一首熱烈的曲子。

補充單字 穏（おだ）やか な形 ② 平穩、平靜

♪366-03
ハンサム
（英）
handsome。
帥
な形 ①

▶ハンサムな彼（かれ）ですね。
男朋友很帥耶。

相關單字 貴公子（きこうし） 名 ② 貴族子弟、風采翩翩的男子／
美男美女（びなんびじょ） 名 帥哥美女

♪366-04
等しい（ひと）
相等、相同
い形 ③

▶等（ひと）しい数（かず）です。
數量相同。

♪366-05
不運（ふうん）
不幸的
な形 ①

▶不運（ふうん）でした。
走霉運。

相關單字 不運さ（ふうん） 名 不幸、運氣不好／不利益（ふりえき） 名 な形 ② 不合乎利益、不利／
不都合（ふつごう） 名 な形 ② 不合適、不剛好／差し支え（さしつか） 名 ⓪ 不方便、障礙

♪366-06
物騒（ぶっそう）
不安寧、社會
動盪
な形 ③

▶物騒（ぶっそう）な事件（じけん）です。
騷動社會的事件。

商 校 科 休 社 生 | 80 90 100 120%

♪367-01 **プロ**
（英）
professional。
専業的、職業
的
な形 名 1

▶ プロですね。
專業的耶！

相關單字 プロ並_なみ 名 有職業水準、像專家一般
▶ プロ並_なみの料理_{りょうり}を作_{つく}る。 做菜有廚師水準。

商 校 科 休 社 生 | 80 90 100 120%

♪367-02 **平気**_{へい き}
冷靜、不在乎
な形 名 0

▶ 平気_{へい き}なの？
你不在乎嗎？

相關單字 やる気_き 名 0 幹勁
▶ やる気_き満々_{まんまん}。 充滿幹勁。

本気_{ほん き} 名 な形 0 認真的心
▶ 本気_{ほん き}になる。 變得認真。

商 校 科 休 社 生 | 80 90 100 120%

♪367-03 **平凡**_{へいぼん}
平凡（的）
な形 名 0

▶ 平凡_{へいぼん}な毎日_{まいにち}です。
每天過著平凡生活。

相反字 波乱万丈_{は らんばんじょう}／波瀾万丈_{は らんばんじょう} 名 起伏不定、波瀾壯闊

商 校 科 休 社 生 | 80 90 100 120%

♪367-04 **膨大**_{ぼうだい}
膨脹、龐大
な形 0

▶ 膨大_{ぼうだい}な量_{りょう}ですね。
數量龐大呢。

商 校 科 休 社 生 | 80 90 100 120%

♪367-05 **豊富**_{ほう ふ}
豐富、豐足
な形 名 1 0

▶ 豊富_{ほう ふ}な経験_{けいけん}ですね。
經驗很豐富呢。

商 校 科 休 社 生 | 80 90 100 120%

♪367-06 **貧しい**_{まず}
貧窮的、粗劣
的
い形 3

▶ 貧_{まず}しい家_{いえ}でした。
以前是貧窮人家。

動詞 あ～さ
動詞 し～わ
名詞（する） あ～く
名詞（する） け～し
名詞（する） す～り
名詞 あ～お
名詞 か
名詞 き～く
名詞 け～こ
名詞 さ
名詞 し
名詞 す～せ
名詞 そ～ち
名詞 つ～と
名詞 な～わ
形容詞
副詞
其他

♪368-01 **まぶしい／眩しい**
まぶ
刺眼、耀眼
い形 3

▶ まぶしすぎます。
太刺眼！
相反字 薄暗い うすぐら い形 4 0 微暗的

♪368-02 **蒸し暑い**
む あつ
悶熱、溽暑
い形 4

▶ 蒸し暑い場所です。
む あつ ばしょ
悶熱的地方。

♪368-03 **無理**
む り
無理、勉強
な形 名(する) 1

▶ 無理なことは言わないで下さい。
む り い くだ
請別說些難辦的事。

♪368-04 **利口／利巧**
り こう り こう
聰明、伶俐、
機靈
な形 名 0

▶ 利口な犬ですね。
り こう いぬ
好伶俐的狗。

〔關鍵片語〕

心が騒ぐ：不安、心神不寧
こころ さわ

心が弾む：興奮地、興高采烈地
こころ はず

心を鬼にする：狠下心
こころ おに

心を傾ける：傾注全力
こころ かたむ

心を用いる：留心、用心
こころ もち

心に任せる：隨心所欲、如願
こころ まか

腕を振るう：展現本領
うで ふ

腕を磨く：磨練技術、提升能力
うで みが

新日檢N2
關鍵單字

副詞

飽くまで～余計

詞性、重音介紹

名 名詞	副 副詞	接助 接續助詞
名(する) 名詞（する）	副(する) 副詞（する）	自 自動詞
動I 第一類動詞	副助 副助詞	他 他動詞
動II 第二類動詞	接尾 接尾詞	感 感嘆詞
動III 第三類動詞	接頭 接頭詞	量 量詞
い形 い形容詞	代 代名詞	數字 表重音
な形 な形容詞	連 連語	
慣 慣用語	接 接續詞	

動詞變化介紹

て て形	可 可能形	受 受身形
た た形	意 意向形	使 使役形
否 否定形	條 條件形	使受 使役受身形

副詞 飽くまで～余計

♪370-01
飽くまで
あ
徹底、始終
副①②

▶彼はその提案に飽くまでも反対します。
他始終反對那個提案。

相關補充 經常以「飽くまでも」的形式出現。

♪370-02
改めて
あらた
重新、再
副③

▶後日改めてご挨拶にお伺いさせていただきます。
改天再前往招呼致意。

♪370-03
案外
あんがい
出乎意料地
副 な形 ①⓪

▶食べてみれば案外美味しいというものもあります。
有些東西試吃後出乎意料地可口。

♪370-04
言わば
い
説起來、譬如
説
副①②

▶このような雰囲気の言わば隠れ家的なカフェが好き。
我喜歡這種洋溢著可説是私房景點氛圍的咖啡店。

♪370-05
大いに
おお
很、甚、非常
副①

▶彼女の勇気に大いに感嘆している。
我非常感佩她的勇氣。

♪370-06
恐らく
おそ
恐怕、大概、
一定
副②

▶スミスさんは恐らく来ないだろう。
史密斯先生恐怕不會來吧。

♪370-07
がっかり
失望、沮喪、
精疲力竭
副③

▶がっかりしないでください。
請不要灰心。

相反字 わくわく 副（する）自① 歡欣雀躍

370

♪371-01 **きちんと**
整整齊齊地、
乾乾淨淨地、
規矩地、準確
地
副 2

商 校 科 休 社 生　80　90　100　120%

▶話の途中で意見を言わず、最後まで相手の話をきちんと
聞いて下さい。

別人説話時不要插嘴，要好好聽完對方説的話。

♪371-02 **ぎっしり**
滿滿地
副 3

商 校 科 休 社 生　80　90　100　120%

▶「ぎゅうぎゅう焼き」は天板に肉や野菜をぎっしり敷き
詰めてオーブンで焼く料理である。

「滿滿燒」是把肉和蔬菜滿滿鋪在烤盤上，再用烤箱烤熟的一道
菜。

♪371-03 **ぐっすり**
酣然、熟睡的
樣子
副 3

商 校 科 休 社 生　80　90　100　120%

▶赤ちゃんはぐっすり（と）眠っている。

嬰兒睡得正甜。

相似字 すやすや 副 1 香甜地（睡）

♪371-04 **くれぐれも**
反覆、周到、
仔細
副 2 3

商 校 科 休 社 生　80　90　100　120%

▶くれぐれもお体に気をつけて下さい。

敬請保重玉體。

♪371-05 **結局**
結果、結局、
終究
副 名 4 0

商 校 科 休 社 生　80　90　100　120%

▶出席できるのは結局私一人だった。

結果，只有我一個人能參加。

♪371-06 **決して**
絕對
副 0

商 校 科 休 社 生　80　90　100　120%

▶値段は決して高くない。

價格絕不算貴。

相關補充 後面加否定表現。

動詞 あ〜さ
動詞 し〜わ
名詞（する）あ〜く
名詞（する）け〜し
名詞（する）す〜り
名詞 あ〜お
名詞 か
名詞 き〜く
名詞 け〜こ
名詞 さ
名詞 し
名詞 す〜せ
名詞 そ〜ち
名詞 つ〜と
名詞 な〜わ
形容詞
副詞
其他

♪372-01 **現に**_{げん}
實際上、親眼、現在
副 1

▶嘘ではありません。現にこの目で見たのですから。

我沒有説謊！這是我親眼看到的！

相似字 現 名 3 0 現實

♪372-02 **こっそり**
悄悄地、偷偷地、暗中
副 3

▶こっそり夜食を食べました。

偷偷地吃了宵夜。

相似字 ひっそり 副(する) 3 偷偷地、悄悄地、靜寂地

♪372-03 **この頃**_{ごろ}
近來、最近、現在
副 3

▶この頃食欲があります。

我這陣子食慾不錯。

♪372-04 **最近**_{さいきん}
最近、近來
副 名 0

▶最近いいことはありましたか。

你最近有好事嗎？

♪372-05 **再三**_{さいさん}
再三、屢次
副 0

▶再三言ったのにもう。

我三番兩次告訴過你了。

相似字 再三再四 副 5 多次、屢屢（「再三」的強調形式）

♪372-06 **幸い**_{さいわ}
幸福、幸運、幸虧
副 名 な形 0

▶幸い逃げることができました。

幸好逃走了。

♪372-07 **先程**_{さきほど}
剛才、方才
副 0

▶先程紹介を受けました。

剛才被介紹到。

♪373-01 **さすが**
不愧、果然、
但是
副 0

商 校 科 休 社 生　　80　90　100 120%

▶さすが上手ですね。
　じょう ず
果然很厲害。

♪373-02 **さっき**
剛才、先前、
稍早
副 名 1

商 校 科 休 社 生　　80　90　100 120%

▶さっき物音がしませんでしたか。
　　　ものおと
剛才沒有聽到聲音嗎？

♪373-03 **さっさと**
趕快、迅速、
痛快地
副 1

商 校 科 休 社 生　　80　90　100 120%

▶さっさと言ってください。
　　　　　い
請趕快說。

相似字 素早く 副 3 迅速的
　　　すばや

♪373-04 **早速**
　　　さっそく
立刻、趕緊
副 名 な形 0

商 校 科 休 社 生　　80　90　100 120%

▶早速本題に入りましょう。
　さっそくほんだい　　はい
趕快進入正題吧。

♪373-05 **ざっと**
粗略地、大約
副 0

商 校 科 休 社 生　　80　90　100 120%

▶ざっといくらですか。
大概多少錢呢？

♪373-06 **さっぱり**
整潔、俐落、
瀟灑、爽快、
清淡
副 3

商 校 科 休 社 生　　80　90　100 120%

▶さっぱり味ですね。
　　　　　あじ
味道清爽。

相反字 どろどろ 副(する) な形 1 0 黏稠、錯綜複雜

動詞 あ～さ
動詞 し～わ
名詞(する) あ～く
名詞(する) け～し
名詞(する) す～り
名詞 あ～お
名詞 か
名詞 き～く
名詞 け～ご
名詞 さ
名詞 し
名詞 す～せ
名詞 そ～ち
名詞 つ～と
名詞 な～わ
形容詞
副詞
其他

♪374-01 **しいんと**
静悄悄
副 0

▶しいんとしないでください。
請別保持緘默。

♪374-02 **直に** じか
直接
副 1

▶直に教えてください。 じか　おし
直接告訴我吧。

♪374-03 **至急** きゅう
火速、至急
副 名 0

▶至急家に帰ってください。 し きゅううち　かえ
請趕緊回家。

♪374-04 **しきりに**
頻繁地、屢次
副 0

▶しきりに帰りたがりますね。 かえ
常常很想回家。

♪374-05 **自然** しぜん
自然
副 名 な形 0

▶自然に話しています。 し ぜん　はな
自然地談話。

相反字 アーティフィシャル な形 3 （英）artificial。人工的、不自然的

♪374-06 **実に** じっ
實在、確實
副 2

▶実におもしろいです。 じっ
實在很有趣。

易混單字 実は 副 2 其實（坦承事實） じつ

♪374-07 **正直** しょうじき
誠實、實在、
正直
副 名 な形 3 4

▶正直しんどいです。 しょうじき
説實話，真的很吃力。

商 校 科 休 社 生 | 80　90　100　120%

♪375-01 **少々**
しょうしょう
少許、稍微
副 名 ①

▶少々お待ちください。
しょうしょう　　　ま
請稍候（尊敬語）。

商 校 科 休 社 生 | 80　90　100　120%

♪375-02 **徐々に**
じょじょ
慢慢地、徐徐
地
副 ①

▶徐々に覚えました。
じょじょ　おぼ
慢慢記住了。

相反字 そのうち 副 ⓪ 不久之後

商 校 科 休 社 生 | 80　90　100　120%

♪375-03 **直ぐ**
す
馬上、筆直、
坦率
副 ①

▶直ぐ言ってください。
す　　い
請馬上說。

商 校 科 休 社 生 | 80　90　100　120%

♪375-04 **すっかり**
完全、已經
副 ③

▶すっかり暗くなりました。
くら
天都暗了。

相似字 全く 副 ③ 完全
まった

商 校 科 休 社 生 | 80　90　100　120%

♪375-05 **すっきり**
爽快、舒暢
副 ③

▶すっきりしません。
不暢快。

相關單字 逆境 名 ⓪ 逆境
ぎゃっきょう

商 校 科 休 社 生 | 80　90　100　120%

♪375-06 **すっと**
輕快地、一下
子、爽快
副 ① ⓪

▶すっとしました。
好輕鬆。

相似字 素早く 副 ③ 快捷、麻利
すばや

商 校 科 休 社 生 | 80　90　100　120%

♪375-07 **ずっと**
比……
更……、很久、
一直
副 ⓪

▶ずっと大好きです。
だい す
我一直都最喜歡你。

動詞
あ～さ

動詞
し～わ

名詞（する）
あ～く

名詞（する）
け～し

名詞（する）
す～り

名詞
あ～お

名詞
か

名詞
き～く

名詞
け～こ

名詞
さ

名詞
し

名詞
す～せ

名詞
そ～ち

名詞
つ～と

名詞
な～わ

形容詞

副詞

其他

♪376-01 **精々** (せいぜい)
精通、充其量
副①

▶精々しました。(せいぜい)
我已經盡力了。

相關單字 精一杯 (せいいっぱい) 名 副 ①③ 竭盡全力／多くても (おお) 副 最多（＝精々）／
少なくても (すく) 副 最少

商校科休社生 | 80 90 100 120%

♪376-02 **絶対** (ぜったい)
絕對、堅決
副名⓪

▶絶対負けません。(ぜったい ま)
我絕對不會輸的。

商校科休社生 | 80 90 100 120%

♪376-03 **是非** (ぜ ひ)
是非、好壞、
務必
副名①

▶是非お願いします。(ぜ ひ ねが)
務必要拜託你。

相似字 どうしても 副 ①④ 務必；無論如何也……

商校科休社生 | 80 90 100 120%

♪376-04 **是非とも** (ぜ ひ)
無論如何、務
必
副①

▶是非とも教えてください。(ぜ ひ おし)
請務必告訴我。

商校科休社生 | 80 90 100 120%

♪376-05 **全然** (ぜんぜん)
完全、根本、
簡直
副⓪

▶全然わかりません。(ぜんぜん)
我完全不懂。

商校科休社生 | 80 90 100 120%

♪376-06 **そっと**
輕輕地、悄悄
地、不驚動
副⓪

▶そっと教えてください。(おし)
請悄悄地告訴我。

商校科休社生 | 80 90 100 120%

♪376-07 **その内** (うち)
最近、不久
副⓪

▶その内わかるでしょう。(うち)
大概不久就會知道吧。

商 校 科 休 社 生 | 80 90 100 120%

♪377-01 そのほか
除此之外
副 2

▶ そのほかに意見はありますか。
除此之外還有別的意見嗎？

商 校 科 休 社 生 | 80 90 100 120%

♪377-02 そのまま
照原樣、立刻
副 4

▶ そのままでいいですよ。
那樣就好。

商 校 科 休 社 生 | 80 90 100 120%

♪377-03 それぞれ
個別、各自、
每個
副 名 2 3

▶ それぞれ意見を言いましょう。
請各自發表意見。

相反字 いっしょに 副 0 一起（行動）

商 校 科 休 社 生 | 80 90 100 120%

♪377-04 それほど
那麼、那樣
副 0

▶ それほどあなたが好きではないです。
我沒那麼喜歡你。

商 校 科 休 社 生 | 80 90 100 120%

♪377-05 そろそろ
逐漸、慢慢、
快要
副 1

▶ そろそろ帰ります。
我該告辭了。

商 校 科 休 社 生 | 80 90 100 120%

♪377-06 大層
たいそう
非常、誇張
副 な形 1

▶ 大層暑いです。
天氣非常熱。

商 校 科 休 社 生 | 80 90 100 120%

♪377-07 たった
只、僅
副 3

▶ たった一つですか。
只有一個嗎？

相似字 ただ 副 1 只、僅

動詞 あ〜さ
動詞 し〜わ
名詞（する）あ〜く
名詞（する）け〜し
名詞（する）す〜り
名詞 あ〜お
名詞 か
名詞 き〜く
名詞 け〜こ
名詞 さ
名詞 し
名詞 す〜せ
名詞 そ〜ち
名詞 つ〜と
名詞 な〜わ
形容詞
副詞
其他

♪378-01 **たっぷり**
充分、綽綽有餘
副(する) 自 3

▶たっぷり時間_{じ かん}はありますよ。
有充足的時間。

♪378-02 **例_{たと}えば**
例如、舉例來説
副 2

▶例_{たと}えばどんなことですか。
譬如什麼事呢？

♪378-03 **度々_{たびたび}**
屢次、反覆、多次
副 0

▶度々失礼_{たびたびしつれい}します。
屢次打擾您，真是抱歉。
相似字 何度_{なん ど}も 副 2 好多次

♪378-04 **多分_{た ぶん}**
大量、大概
副 名 な形 0

▶多分大丈夫_{た ぶんだいじょう ぶ}でしょう。
大概沒問題吧。

♪378-05 **偶々_{たまたま}**
偶然、偶爾
副 0

▶偶々会_{たまたま あ}いました。
無意中相遇。

♪378-06 **たまに**
偶爾、有時
副 連 0

▶たまにむかつきます。
我偶爾會發怒。
相反字 常_{つね}に 副 1 恆常

♪378-07 **ちゃんと**
好好地、端正、規規矩矩
副(する) 自 0

▶ちゃんといいましたよ。
我有好好地説了。

♪379-01 **直後** ちょくご
……之後過不久、緊接著
副 名 1 0

▶ 直後に大変なことがありました。 ちょくご たいへん
那之後不久發生了重大的事。

♪379-02 **直接** ちょくせつ
直接（的）
副 名(する) 0

▶ 直接聞きます。 ちょくせつ き
直接詢問。

相反字 遠回り とおまわ 名 な形 3 繞遠路、迂迴曲折

♪379-03 **直前** ちょくぜん
即將……之前、正前面
副 名 0

▶ 直前に知ってショックです。 ちょくぜん し
到前一刻才知道，相當震驚。

♪379-04 **つい**
不知不覺、（時間或距離）相隔不遠
副 1

▶ つい言ってしまいました。 い
不知不覺說溜了嘴。

♪379-05 **遂に** つい
終於、最後也沒……
副 1

▶ 遂にわかりました。 つい
終於了解了。

♪379-06 **常に** つね
經常、平時
副 1

▶ 常に緊張しています。 つね きんちょう
我總是很緊張。

相關單字 平常心 へいじょうしん 名 3 平常心

♪379-07 **てっきり**
原本以為
副 3

▶ てっきりもう引っ越したかと思いました。 ひ こ おも
我還以為你已經搬家了。

動詞 あ～さ
動詞 し～わ
名詞 あ～く (する)
名詞 け～し (する)
名詞 す～り (する)
名詞 あ～お
名詞 か
名詞 き～く
名詞 け～こ
名詞 さ
名詞 し
名詞 す～せ
名詞 そ～ち
名詞 つ～と
名詞 な～わ
形容詞
副詞
其他

♪380-01 **どうしても**
無論如何
都……、一定
副 1 4

▶どうしてもだめですか。
無論如何都不行嗎？

♪380-02 **どうせ**
反正、無論如
何
副 0

▶どうせ難しいですよ。
反正都很難。

♪380-03 **どうぞ**
請、請用
副 1

▶どうぞよろしくお願いします。
請多多指教。

相關單字 給仕 名(する)自 1 茶水服務、侍者（女侍）

♪380-04 **特別**（とくべつ）
特別、格外
副 な形 0

▶特別いいと思いません。
不覺得特別好。

♪380-05 **とっくに**
很早、已經
副 3

▶とっくにわかってましたよ。
很早就知道囉。

♪380-06 **日夜**（にちや）
日夜、總是
副 名 1

▶日夜おしゃべりをします。
從早到晚一直聊天。

相似字 昼夜 名 1 日夜、畫夜

♪380-07 **余計**（よけい）
多餘的、無用
的、更加地
副 な形 0

▶余計わからなくなりました。
我更不懂了。

其他

詞性、重音介紹

名 名詞	副 副詞	接助 接續助詞
名(する) 名詞（する）	副(する) 副詞（する）	自 自動詞
動Ⅰ 第一類動詞	副助 副助詞	他 他動詞
動Ⅱ 第二類動詞	接尾 接尾詞	感 感嘆詞
動Ⅲ 第三類動詞	接頭 接頭詞	量 量詞
い形 い形容詞	代 代名詞	數字 表重音
な形 な形容詞	連 連語	
慣 慣用語	接 接續詞	

動詞變化介紹

て て形	可 可能形	受 受身形
た た形	意 意向形	使 使役形
否 否定形	條 條件形	使受 使役受身形

商 校 科 休 社 生 | 80　90　100　120%

♪382-01 **即ち**
すなわ
即、也就是説
接 2

▶即ち、正しいということです。
すなわ　　　ただ
也就是説，正確無誤。

商 校 科 休 社 生 | 80　90　100　120%

♪382-02 **すると**
於是就、如此
一來
接 0

▶すると、あなたの言っている意味はなんですか。
い　み
那麼，你的意思是什麼？

商 校 科 休 社 生 | 80　90　100　120%

♪382-03 **その上**
うえ
而且、再加上
接 3 0

▶その上、汚いです。
うえ　きたな
不只如此，還很髒亂。

相似字 加えて 接 0 再加上……＝さらに＝また＝そのほかに
くわ

商 校 科 休 社 生 | 80　90　100　120%

♪382-04 **そのため**
為此、因此
接 0

▶そのため、ここにいます。
我因此在這裡。

相關單字 そういう訳で 接 因此、這就是原因
わけ

商 校 科 休 社 生 | 80　90　100　120%

♪382-05 **それで**
所以、那麼
接 0

▶それで、何を思いましたか。
なに　おも
你因而想到什麼？

商 校 科 休 社 生 | 80　90　100　120%

♪382-06 **それでは**
那麼
接 連 3

▶それでは、わかりませんよ。
那麼，我無法了解。

商 校 科 休 社 生 | 80　90　100　120%

♪382-07 **それでも**
儘管如此……
還是……
接 3

▶それでも、私はこう思います。
わたし　おも
即使如此，我還是這麼認為。

商校科休社生 | 80 90 100 120%

♪383-01 **それとも**
還是、或者
接 3

▶ それとも、場所を変えましょうか。
還是要換個場地？

相關單字 あるいは 接 副 1 或者、或許

商校科休社生 | 80 90 100 120%

♪383-02 **それなら**
要是那樣、那麼
接 3

▶ それなら、もういいです。
如果那樣就不用了。

商校科休社生 | 80 90 100 120%

♪383-03 **それに**
可是、儘管、再加上
接 3

▶ それに、これを加えましょう。
除此之外，再加上這個。

商校科休社生 | 80 90 100 120%

♪383-04 **だから**
因此、所以
接 1

▶ だから、わからないって。
所以，就跟你說我不懂啊！

商校科休社生 | 80 90 100 120%

♪383-05 **だけど**
但是、可是
接 1

▶ だけど、本当にわからないんですよね。
但，你真的不知道嗎？

相關補充 意同「だけれども」，都是轉折性連接詞。

商校科休社生 | 80 90 100 120%

♪383-06 **だって**
但是、話雖如此
接 1

▶ だって、さっき言ったじゃないですか。
我剛不是說了嗎？

相關補充 何だって 慣 1 你說什麼？（希望對方再重述一次的意思）

商校科休社生 | 80 90 100 120%

♪383-07 **次いで**
接著
接 0

▶ 次いで、彼女が発言します。
隨後她發言了。

動詞 あ～さ
動詞 し～わ
名詞（する）あ～く
名詞（する）け～し
名詞（する）す～り
名詞 あ～お
名詞 か
名詞 き～く
名詞 け～こ
名詞 さ
名詞 し
名詞 す～せ
名詞 そ～た
名詞 つ～と
名詞 な～わ
形容詞
副詞
其他

♪384-01 **ですから**
因為、所以
接1

▶ですから、お答えできません。
因此,恕難回答。

相似字 それゆえ 接30 因此

♪384-02 **では**
那麼、如果那
樣
接1

▶では、またあいましょうね。
那下次見!

(關鍵片語)

腕を拱く:袖手旁觀	**手に乗る**:上當受騙、中計
腕が立つ:技術高超	**手も足も出ない**:無計可施
腕が鳴る:摩拳擦掌、躍躍欲試的樣子	**手が届く**:顧及、買得起
腕に覚えがある:對自己能力有信心	**手を組む**:聯手、合作
手塩にかける:親手照顧、親手培養	**手を打つ**:祭出對策、達成協議
手玉に取る:玩弄於股掌間、捉弄	**手を尽くす**:想盡辦法
手に汗を握る:捏一把冷汗	**手を抜く**:偷懶、偷工減料

接頭詞 <ruby>空<rt>から</rt></ruby>

♪385-01 <ruby>空<rt>から</rt></ruby>

空洞、空轉

接頭 名 2

▶ <ruby>空回<rt>からまわ</rt></ruby>りする<ruby>人<rt>ひと</rt></ruby>の<ruby>特徴<rt>とくちょう</rt></ruby>を<ruby>知<rt>し</rt></ruby>っていますか。

你知道徒勞的人有什麼特徵嗎？

(關鍵片語)

<ruby>手<rt>て</rt></ruby>が<ruby>後<rt>うし</rt></ruby>ろに<ruby>回<rt>まわ</rt></ruby>る：被逮捕

<ruby>手<rt>て</rt></ruby>が<ruby>回<rt>まわ</rt></ruby>る：照顧周到、設想周到

<ruby>自腹<rt>じばら</rt></ruby>を<ruby>切<rt>き</rt></ruby>る：自掏腰包

<ruby>腹<rt>はら</rt></ruby>を<ruby>割<rt>わ</rt></ruby>る：坦白、開誠布公

<ruby>膝<rt>ひざ</rt></ruby>を<ruby>交<rt>まじ</rt></ruby>える：促膝長談

<ruby>膝<rt>ひざ</rt></ruby>を<ruby>打<rt>う</rt></ruby>つ：（因想到某事或表示佩服時）拍大腿

<ruby>腹<rt>はら</rt></ruby>が<ruby>据<rt>す</rt></ruby>わる：沉著

<ruby>腹<rt>はら</rt></ruby>が<ruby>太<rt>ふと</rt></ruby>い：度量大

<ruby>足<rt>あし</rt></ruby>を<ruby>洗<rt>あら</rt></ruby>う：金盆洗手、改邪歸正

<ruby>足<rt>あし</rt></ruby>を<ruby>抜<rt>ぬ</rt></ruby>く：斷絕關係

<ruby>足<rt>あし</rt></ruby>を<ruby>引<rt>ひ</rt></ruby>っ<ruby>張<rt>ぱ</rt></ruby>る：扯後腿、阻礙

<ruby>足<rt>あし</rt></ruby>を<ruby>取<rt>と</rt></ruby>られる：被困住、走不了路

<ruby>足<rt>あし</rt></ruby>が<ruby>出<rt>で</rt></ruby>る：露餡、露出馬腳、超出預算

<ruby>足<rt>あし</rt></ruby>が<ruby>重<rt>おも</rt></ruby>い：懶得出門、懶得動腳

<ruby>息<rt>いき</rt></ruby>が<ruby>合<rt>あ</rt></ruby>う：合得來

<ruby>息<rt>いき</rt></ruby>が<ruby>続<rt>つづ</rt></ruby>く：事物的持續、持之以恆

<ruby>息<rt>いき</rt></ruby>が<ruby>通<rt>かよ</rt></ruby>う：活著的、生動的

<ruby>息<rt>いき</rt></ruby>を<ruby>殺<rt>ころ</rt></ruby>す：憋氣、屏住呼吸

| | | 商 校 科 休 社 生 | 80 90 100 120% |

♪386-01 **係り／係**
かか／かかり

擔任者、負責人

接尾 接頭 1

▶昼休みは教務係の窓口が閉まります。
ひるやす　きょうむがかり　まどぐち　し

午休時間教務處窗口關閉。

相關補充 加在名詞後面的「係」，多半唸作「〜係」，例如「受付係」或「会計係」等。
かかり　　　　　　　　　　　　うけつけがかり　かい
けいがかり

♪386-02 **側**
かわ

側、邊

接尾 名 2

▶新幹線では通路側と窓側、どちらの座席がいいですか。
しんかんせん　　つうろがわ　まどがわ　　　　　　　ざせき

新幹線是靠走道還是靠窗的位置好呢？

相關補充 當接尾詞時唸作「〜側」。
がわ

♪386-03 **級**
きゅう

等級、班級

接尾 名 1

▶彼女は一級建築士の資格を持っている。
かのじょ　いっきゅうけんちくし　しかく　も

她有一級建築師執照。

♪386-04 **臭い**
くさ

臭的、可疑的

接尾 い形 2

▶魚の骨が面倒臭い。
さかな　ほね　めんどうくさ

挑魚刺很麻煩。

相關單字 バタ臭い い形 4 有洋味的／汗臭い い形 3 有汗味／
くさ　　　　　　　　　　　　あせくさ
乳臭い い形 4 乳臭未乾的／古臭い い形 4 陳舊的／
ちちくさ　　　　　　　　　　　ふるくさ
焦げ臭い い形 4 有焦味的／青臭い い形 4 青澀的、幼稚的／
こ　くさ　　　　　　　　　　あおくさ
泥臭い い形 4 土氣的
どろくさ

♪386-05 **だらけ**

滿是……

接尾 1

▶変な人だらけです。
へん　ひと

全是奇特的人。

(關鍵片語)

息を呑む：倒吸一口氣、屏息　　　　**息を抜く**：喘口氣、休息
いき　の　　　　　　　　　　　　　　　いき　ぬ

商 校 科 休 社 生 | 80 90 100 120%

♪387-01 **株** かぶ
棵、股票、行情
量 接尾 名 0

▶ セロリを一株買ってきました。
買了一整棵西洋芹回來。

相關單字 証券会社 名 5 證券公司

商 校 科 休 社 生 | 80 90 100 120%

♪387-02 **管** かん
管子、管道、管樂器
量 名 1

▶ 篠笛を一管持っている。
我有一根篠笛。

商 校 科 休 社 生 | 80 90 100 120%

♪387-03 **行** ぎょう
……行
量 名 1

▶ この原稿は1行20字詰です。
這份稿子每行二十字。

商 校 科 休 社 生 | 80 90 100 120%

♪387-04 **冊** さつ
冊、本
量

▶ 一冊百元です。
一本一百元。

關鍵片語

力を入れる：致力於、努力於
力を落とす：失望、無精打采
力を貸す：幫助

後の祭り：馬後炮
猫に小判：對牛彈琴
根に持つ：耿耿於懷、記仇

♪388-01 **ご苦労様**
く ろうさま

辛苦你了（僅限於長輩對晚輩或上司對部下説）

慣2

▶ご苦労様です。
く ろうさま

辛苦你了！

相關單字 お疲れ様 慣0 辛苦了（不拘輩分可互相表示慰勞之意）
つか さま

♪388-02 **こちらこそ**

我才要謝謝你、我才要請你多多關照

慣4

▶こちらこそありがとうございました。

我才是要謝謝你呢！

♪388-03 **御免ください**
ご めん

失禮了（請求原諒、許可）

連6

▶御免ください、誰かいますか。
ご めん　　　　　　だれ

失禮了，有人在嗎？

♪388-04 **仕方がない**
し かた

沒辦法

慣5

▶仕方がないことはあきらめましょう。
し かた

沒辦法的事就放棄吧。

相反字 妙案 名0 妙計、好點子
みょうあん

（關鍵片語）

餅は餅屋：術業有專攻
もち　もちや

渡りに船：想要的東西在對的時間出現（心想事成）
わた　　ふね

影が薄い：存在感薄弱、不起眼
かげ　うす

自分～けど／けれど／けれども

| | 商校科休社生 | 80 90 100 120% |

♪389-01

自分

自己、我

代 0

▶自分は意見があります。

有自己的意見。

| | 商校科休社生 | 80 90 100 120% |

♪389-02

我々

我們

代 0

▶我々は権利があります。

我們有權利。

| | 商校科休社生 | 80 90 100 120% |

♪389-03

おや

（表示輕微的驚訝或懷疑）
哎、喲、噢

感 1 2

▶そのとき、おやと思いませんでしたか。

你當時沒感覺奇怪嗎？

| | 商校科休社生 | 80 90 100 120% |

♪389-04

しまった

糟了

感 2

▶しまった、忘れてしまいました。

完了，我忘記了！

| | 商校科休社生 | 80 90 100 120% |

♪389-05

ぐらい

大約、一點點

副助 1

▶一日に何杯ぐらいコーヒーを飲みますか。

你一天大約喝幾杯咖啡？

| | 商校科休社生 | 80 90 100 120% |

♪389-06

けど／けれど／けれども

雖然……但是、然而

接助 1

▶文学も好きだけれど、言語学はもっと好きだ。

我喜歡文學，但更喜歡語言學。

1. 眉＿＿＿＿＿を上手に描くことは難しいです。 （P.204）
   要把眉毛畫漂亮，真不容易呀！

2. ＿＿＿＿＿式は五時から始まります。 （P.147）
   閉幕典禮從五點開始。

3. 私は＿＿＿＿＿だらけの人間だ。 （P.208）
   我是個充滿缺點的人。

4. ＿＿＿＿＿に大変なことがありました。 （P.379）
   那之後不久發生重大的事。

5. 図書館の＿＿＿＿＿サービスはどこにありますか。 （P.145）
   圖書館裡的影印機在哪裡？

6. ＿＿＿＿＿管が詰まっているようだ。 （P.207）
   下水管道好像堵塞了。

1.毛　2.閉会　3.欠点　4.直後　5.複写　6.下水

空欄にふさわしい語彙を入れよ。

1. ＿＿＿＿＿帰ります。 （P.377）
我該告辭了。

2. 小倉＿＿＿＿＿跡は明治の雰囲気を残すレトロな洋館です。 （P.210）
小倉縣廳是一棟保有明治時代氛圍的舊西洋建築。

3. 私は台湾元を日本円に＿＿＿＿＿したいです。 （P.150）
我想要把台幣換成日幣。

4. 小学生が＿＿＿＿＿で遊んでいる。 （P.212）
小學生在校園裡玩耍著。

5. 今回の経験は、あなたにとって何か＿＿＿＿＿になりましたか。 （P.146）
這次的經驗對你而言有加分嗎？

6. 私はたまたま＿＿＿＿＿だけです。 （P.53）
我只是恰巧路過而已。

1. そろそろ　2. 県庁　3. 両替　4. 校庭　5. プラス　6. 通りかかった

空欄にふさわしい語彙を入れよ。

1. ＿＿＿＿＿を履いて歩く。 （P.207）
穿木屐走路。

2. 首相は本日、ロシアを＿＿＿＿＿予定です。 （P.149）
首相預計今天會拜訪俄羅斯。

3. ＿＿＿＿＿しません。 （P.375）
不暢快。

4. ＿＿＿＿＿グループに入りたいです。 （P.214）
我想加入合唱團。

5. どうもご＿＿＿＿＿しております。 （P.145）
真是好久不見。

6. ＿＿＿＿＿緊張しています。 （P.379）
我總是很緊張。

1. 下駄　2. 訪問　3. すっきり　4. コーラス　5. 無沙汰　6. 常に

空欄にふさわしい語彙を入れよ。

1. 今、台湾で＿＿＿＿＿＿＿している食べ物は何ですか。 (P.150)
   台灣現在流行什麼食物？

2. 新しい＿＿＿＿＿＿＿が発行された。 (P.211)
   新硬幣發行了。

3. アルバイトで稼いだお金で留学費用を＿＿＿＿＿＿＿＿。 (P.70)
   我把打工賺的錢拿去當作留學費用。

4. この商品は＿＿＿＿＿＿＿はありますか。 (P.149)
   這個商品有保固嗎？

5. 後日＿＿＿＿＿＿＿ご挨拶にお伺いさせていただきます。 (P.370)
   改天再前往招呼致意。

6. 子どもには、＿＿＿＿＿＿＿期があるのが普通です。 (P.143)
   小孩有叛逆期是很普通的。

1. 流行　2. 硬貨　3. 賄った　4. 保証　5. 改めて　6. 反抗

空欄にふさわしい語彙を入れよ。

1. 商品に＿＿＿＿＿があれば、返品や交換ができます。（P.207）
   商品若有瑕疵，可以退換。

2. ウサギがピョンピョン＿＿＿＿＿います。（P.63）
   兔子正蹦蹦跳著。

3. この番組の＿＿＿＿＿日はいつですか。（P.148）
   這個節目什麼時候會播放呢？

4. それは＿＿＿＿＿にすぎない。（P.212）
   那只是藉口。

5. 食べてみれば＿＿＿＿＿美味しいというものもあります。（P.370）
   有些東西試吃後出乎意料地可口。

6. 私はやっと念願の＿＿＿＿＿に立ちました。（P.261）
   我終於站上了心心念念的舞台。

1. 欠陥　2. 跳ねて　3. 放送　4. 口実　5. 案外　6. ステージ

空欄にふさわしい語彙を入れよ。

1. ＿＿＿＿＿＿を開けてください。 （P.216）

   請打開包裹。

2. ＿＿＿＿＿＿わかるでしょう。 （P.376）

   大家不久就會知道吧。

3. マンガフェアでは有名な声優を＿＿＿＿＿＿講演会を開きました。 （P.72）

   漫博邀請了知名聲優來演講。

4. 昨日メールを送ったのに、まだ＿＿＿＿＿＿がありません。 （P.148）

   昨天就傳訊息了，但都沒有回覆。

5. 彼は＿＿＿＿＿＿ハンドを持っています。 （P.216）

   他擁有一雙神手。

6. ＿＿＿＿＿＿言ってください。 （P.373）

   請趕快說。

1. 小包　2. その内　3. 招いて　4. 返事　5. ゴッド　6. さっさと

1. _____銅像（どうぞう）はかわいいです。 （P.119）

尿尿小童好可愛。

2. パソコンで_____を作（つく）る職業（しょくぎょう）をプログラマーといいます。 （P.146）

用電腦寫程式的職業叫工程師。

3. _____大阪（おおさか）へ行（い）ってきました。 （P.216）

前些日子去了一趟大阪。

4. スミスさんは_____来（こ）ないだろう。 （P.370）

史密斯先生恐怕不會來吧！

5. 携帯電話（けいたいでんわ）は今（いま）や、高齢者（こうれいしゃ）の間（あいだ）でも_____している必需品（ひつじゅひん）である。

（P.145）

現在手機在年長者之間也是普及的必需品。

6. 値段（ねだん）は_____高（たか）くない。 （P.371）

價格絕不算貴。

1.小便（しょうべん） 2.プログラム 3.こないだ 4.恐（おそ）らく 5.普及（ふきゅう） 6.決（けっ）して

空欄にふさわしい語彙を入れよ。

1. この池には錦鯉と真鯉が＿＿＿＿います。 (P.71)
   這個池子裡混著花鯉魚和黑鯉魚。

2. 先生から交換留学申請の＿＿＿＿書をもらいました。 (P.124)
   我從老師那裡拿到交換留學的推薦信。

3. ＿＿＿＿教えてください。 (P.376)
   請悄悄地告訴我。

4. ＿＿＿＿を参考にして、さらにいいものができるようにがんばりたいと思います。
   我想參考評論，創作出更好的作品。 (P.144)

5. 緊急時には、＿＿＿＿マスクが降りてきます。 (P.225)
   發生緊急狀況時，氧氣罩會降下來。

6. 火山＿＿＿＿地図をご覧ください。 (P.147)
   請看火山分佈地圖。

1.交ざって　2.推薦　3.そっと　4.批評　5.酸素　6.分布

掌握日檢考試——
合格的祕密！

就是要勤做試題、多背單字、掌握文型

N1

新日檢N1關鍵540題
JLPT 文字・語彙・文法・讀解・聽解
5大重點一次到位！
1天18題，30天N1合格！
4大必勝要點
2書+1CD **399**元

新日檢考試有祕密
全方位N1單字＋全真模擬試題
2書+1CD **449**元

新日檢文法有祕密
全方位N1必考文型＋全真模擬試題
2書+1CD **399**元

N2

新日檢N2關鍵540題
JLPT 文字・語彙・文法・讀解・聽解
5大重點一次到位！
1天18題，30天N2合格！
4大必勝要點
2書+1CD **399**元

新日檢考試有祕密
全方位N2單字＋全真模擬試題
2書+1CD **449**元

適用於
N3-N5

N3

新日檢N3關鍵540題
JLPT 文字・語彙・文法・讀解・聽解
5大重點一次到位！
1天18題，30天N3合格！
4大必勝要點
2書+1CD **399**元

新日檢考試有祕密
全方位N3單字＋全真模擬試題
2書+1CD **449**元

看圖學會日本語文法
30天學會「東京日本語專門學校」文法精華
1書 **399**元

N4

新日檢N4關鍵540題
JLPT 文字・語彙・文法・讀解・聽解
5大重點一次到位！
1天18題，30天N4合格！
4大必勝要點
2書+1CD **399**元

N5

新日檢N5關鍵540題
JLPT 文字・語彙・文法・讀解・聽解
5大重點一次到位！
只會50音，也能30天N5合格！
4大必勝要點
2書+1CD **399**元

新日檢考試時間

	報名日期	考試期間
第一回	3～4月左右	7月
第二回	8～9月左右	12月

	網路查詢成績時間	成績單寄送時間
第一回	9月左右	10月左右
第二回	2月左右	3月左右

資料來源：日本語能力測驗網站
http://www.jlpt.jp/tw/index.html

I'm 我識出版集團
我識客服：（02）2345-7222 http://www.17buy.com.tw
我識傳真：（02）2345-5758

　**我識出版集團**

我識客服：（02）2345-7222　http://www.17buy.com.tw
我識傳真：（02）2345-5758　iam.group@17buy.com.tw

〔全國各大書店熱烈搶購中！大量訂購，另有折扣〕
劃撥帳號●19793190 戶名●我識出版社

要背就要背會考的！考來考去就考這2,500個關鍵單字！

新日檢 N2

蔡麗玲｜著
山田多佳子｜審訂

關鍵單字

2,500

單字基礎打得好，
N2合格證書就不遠！

JLPT 主考官一定會考的 單字隨身手冊

4大必勝要點｜新日檢N2快速過關！

POINTS

1 人腦＋電腦嚴選，破解主考官的單字庫

日語教學名師參考JLPT N2出題基準及數十本學習教科書、語言學相關日語研究，並比對各種JLPT N2模擬考題，精選出生活上最常用的單字、新日檢出題可能性高的2,500個單字。

2 主考官最愛考的9組動詞變化，一次學會

動詞變化沒在怕！本書將主考官最愛考的動詞各種型態變化通通列出來，看1次像記9次，不用慢慢想規則，慢慢做變化，直覺反應就是快！

3 補充詞彙拿高分，預習複習一起來

適時補充相關詞彙、相似字、相反字等資訊。學習N2的新單字，同時也能夠複習N3-N5的單字，一邊擴建單字庫，一邊把過去的基礎打得更深厚。

4 獨家虛擬點讀筆

獨家附贈虛擬點讀筆App，沒有CD播放器也能輕鬆聽到最正統的日文發音！只需用手機掃描QR Code，想聽的單字一秒入耳，學習零時差。

I'm

【單字標記說明】

日文單字 詞性 重音 中譯 頁碼

【詞性代號說明】

名 名詞　名(する) 名詞（する）　動I 第一類動詞　動II 第二類動詞　動III 第三類動詞　い形 い形容詞　な形 な形容詞
慣 慣用語　副 副詞　副(する) 副詞（する）　副助 副助詞　接尾 接尾詞　接頭 接頭詞　代 代名詞　連 連語　接 接續詞
接助 接續助詞　自 自動詞　他 他動詞　感 感嘆詞　量 量詞　數字 表重音

しょ ほ
初歩 名 1 初步、初學 P.250

かん
感じ 名 0 感覺、印象 P.183

て ま
手間 名 2 時間、勞力 P.297

しま
縞 名 2 條紋（花樣）P.235

とう
塔 名 1 塔 P.301

あと　　あと
跡／痕 名 1 痕跡、去向 P.152

さる
猿 名 1 猴子 P.225

か ぐ
家具 名 1 家具 P.172

えんかい
宴会 名 0 宴會 P.161

カット 名(する) 他 1 （英）cut。切割、
鏡頭 P.86

ま
増す 動I 自 他 0 增加、增長 P.71

くちべに
口紅 名 0 口紅 P.200

はんせい
反省 名(する) 他 0 反省、重新考慮 P.143

かん じ
漢字 名 0 漢字 P.183

ぼん
盆 名 0 盤、托盤、盂蘭盆會 P.341

けいえい
経営 名(する) 他 0 經營 P.98

し けん
試験 名(する) 他 2 考試、測驗 P.109

ま
混ざる 動I 自 2 摻雜、混雜 P.71

くだ
砕く 動I 他 2 打碎、淺顯說明、
絞盡腦汁 P.34

はず
外す 動I 他 0 打開、取下、錯過 P.62

つ ゆ
梅雨 名 0 梅雨 P.295

とくちょう
特徴 名 0 特徵 P.304

しょじゅん
初旬 名 0 上旬 P.250

あいじょう
愛情 名 0 愛戀之情、疼愛的心情 P.152

つうちょう
通帳 名 0 存摺 P.294

ぜ ひ
是非とも 副 1 無論如何、務必 P.376

がんじつ
元日 名 0 元旦 P.183

そうおん
騒音 名 0 噪音 P.274

とっくに 副 3 很早、已經 P.380

てっきょう
鉄橋 名 0 鐵橋 P.297

かがや
輝く 動I 自 3 發光、閃耀 P.29

じゅんじょ
順序 名 1 順序、步驟 P.243

せいしょうねん
青少年 名 3 青少年、年輕人 P.265

と
問い合わせ 名 0 詢問、打聽 P.301

あん い
安易 な形 名 1 0 不費勁的、馬虎的、
安逸（的）P.349

とくしょく
特色 名 0 特色 P.304

えん ぎ
演技 名(する) 自 1 演技 P.79

さん ち
産地 名 1 產地、出生地 P.225

つう ろ
通路 名 1 通道、通路 P.294

ひ ざん
引き算 名 2 減法 P.322

ぎょう じ
行事 名 1 0 儀式、活動 P.196

ぶんるい
分類 名(する) 他 0 分類、分門別類 P.147

じょうきゃく
乗客 名 0 乘客 P.244

けんちょう
県庁 名 1 0 縣廳、縣政府 P.210

かんせつ
間接 名 0 間接 P.184

なお
治る 動I 自 2 痊癒 P.55

ねんれい
年齢 名 0 年齡 P.313

じっしゅう
実習 名(する) 他 0 實習 P.111

がく ぶ
学部 名 1 0 學院、本科 P.173

えいきょう
影響 名(する) 自 0 影響 P.79

たと
例えば 副 2 例如、舉例來說 P.378

ベンチ　名1　（英）bench。長椅、長凳　P.336

種類　名1　種類　P.242

生地　名1　素質、本色、麵團　P.190

書店　名10　書店　P.250

景気　名0　景氣　P.204

執筆　名(する)自他0　執筆　P.111

算数　名3　算數　P.225

手袋　名2　手套　P.297

床　名0　被鋪、河床　P.304

感情　名0　感情、情緒　P.184

美人　名10　美人　P.323

度々　副　屢次、反覆、多次　P.378

額　名20　金額、數量　P.172

岸／岸　名1／2　岸、崖　P.182

自分　代0　自己、我　P.389

マイク　名1　（英）microphone。麥克風　P.342

瞬間　名0　瞬間、轉眼　P.242

新聞　名0　報紙　P.254

島　名2　島嶼　P.235

応じる／応ずる　動II自30　回答、答應、滿足、按照　P.25

性質　名0　性質、特性　P.265

順番　名0　順序　P.243

映す　動I他2　照映、投射、反映　P.23

限度　名1　限度、界限　P.210

転がる　動I自0　滾轉、躺下、擺著　P.38

確実　な形0　確實的、可靠的　P.352

活躍　名(する)自0　活躍、成功　P.86

思い出す　動I他40　想起、回憶起　P.28

園芸　名0　園藝　P.161

都合　名副0　機會、情況　P.294

ニュアンス　名1　（法）nuance（聲調、意義、情感的）細微差別　P.311

農家　名1　農家　P.313

先程　副0　剛才、方才　P.372

助手　名0　幫手、助手　P.250

繋がる　動I自0　聯絡、連接　P.51

党　名1　政黨、同夥　P.301

巡査　名01　警察、巡邏　P.242

床屋　名0　理髮店　P.304

重要　な形名0　重要、要緊　P.358

分順　名0　順序　P.242

分析　名(する)他0　分析　P.146

履く　動I他0　（由下往上）穿（鞋、襪、長短褲、裙子……）P.62

多分　副名な形0　大量、大概　P.378

付け加える　動II他50　增加、附加、補充　P.51

特殊　な形名0　特殊　P.364

便箋　名0　信紙　P.326

量る　動I他2　計量、推測、想像　P.61

混じる／交じる／雑じる　動I自2　混雜、夾雜　P.71

夫婦　名1　夫妻、夫婦　P.328

作法　名1　作法、禮節、規矩　P.224

刺す　動I他1　刺、叮咬　P.40

テレックス　名2　（英）telex。電報　P.298

整数　名3　整數　P.265

現代　名1　現代、現今　P.210

丁寧　な形名1　恭敬有禮、小心謹慎、周到　P.363

実用　名(する)他0　實用　P.112

流れる　動II自3　沖走、漂浮、偏向、擴散　P.55

角度　名1　角度、立場　P.173

混ぜる／交ぜる／雑ぜる　動II他2　摻混、攪拌　P.71

経済　名(する)他1　經濟、治理　P.98

興味　名1　興趣、興致、關心　P.196

洗剤　名0　洗潔劑　P.270

性格　名0　性格　P.264

指示　名(する)他1　指示　P.110

受話器　名2　話筒　P.242

光　名3　光線、光亮　P.321

翼　名0　翅膀　P.294

アマチュア／アマ　名〔0〕（英）amateur。業餘愛好者、門外漢

酸性　名0　酸性　P.225

有難い　い形4　值得感謝的、可貴的　P.349

権利　名1　權利　P.210

身長　名0　身高、個子　P.254

打ち消す 動I 他 ３ 否認、消除 P.22

庁 名 １ 廳、局、行政機構 P.289

畑 名 ０ 旱田、田地 P.318

画家 名 ０ 畫家 P.171

現状 名 ０ 現狀 P.209

急速 な形 名 ０ 快速 P.354

助かる 動I 自 ３ 得救、省力、省事 P.47

力強い い形 ５ 覺得心裡踏實、感覺有依靠、強而有力 P.363

休業 名(する) 自 ０ 停止營業 P.91

公害 名 ０ 公害 P.211

記者 名 １２ 記者 P.191

架空 な形 名 ０ 在空中架設、虛構 P.352

基礎 名 １２ 基礎、根基 P.191

過程 名 ０ 過程 P.178

速力 名 ２ 速度 P.275

髭 名 ０ 鬍鬚 P.322

ハンガー 名 １ （英）hanger。衣架 P.320

裸 名 ０ 裸體、坦誠、身無分文 P.317

化学／化学 名 １ 化學 P.171

街角 名 ０ 街角、巷口 P.343

郊外 名 １ 郊外、郊區 P.211

小便 名(する) 自 ３ 小便 P.119

ブーム 名 １ 熱、盛行 P.328

拭く 動I 他 ０ 擦、抹 P.66

痒い い形 ２ 發癢、癢 P.353

宇宙 名 １ 宇宙、太空 P.157

掃く 動I 他 １ 打掃、輕抹 P.61

風景 名 １ 風景 P.327

壊す 動I 他 ２ 弄壞、損害、兌換零錢 P.38

自宅 名 ０ 家 P.231

閉会 名(する) 自他 ０ 閉會、會議結束 P.147

溜息 名 ３ 嘆氣 P.282

図書 名 １ 圖書 P.304

当てはまる 動I 自 ４ 完全合適、適應 P.17

越える 動II 自 ０ 越過、超越、勝過 P.36

亡くす 動I 他 ０ 失去某人（「死亡」之委婉表現）P.56

アンケート 名 １３ （法）enquête。問卷調查 P.153

法 名 ２ 規定、作法、法律 P.337

表面 名 ３ 表面 P.326

温泉 名 ０ 溫泉 P.166

不安 名 な形 ０ 不安、擔心 P.327

座席 名 ０ 座位、席次 P.223

毛糸 名 ０ 毛線 P.205

花火 名 １ 煙火 P.318

帯 名 １ 帶子、腰帶 P.165

月日 名 ０ 日期 P.177

不通 名 ０ 不通、斷絕 P.331

巻く 動I 他 ０ 捲、纏繞 P.70

浸ける 動II 他 ０ 浸泡 P.51

肘 名 ２ 手肘 P.323

必需品 名 ０ 必需品 P.323

交際 名(する) 自 ０ 交際、交往 P.103

硬貨 名 １ 硬幣 P.211

奇数 名 ２ 單數、奇數 P.191

活力 名 ２ 活力、生命力、力量 P.177

箸 名 １ 筷子 P.316

人形 名 ０ 娃娃 P.311

戦 名 ３０ 戰爭、戰鬥 P.154

抱える 動II 他 ０ 抱、雇用、承擔、照看 P.29

科学 名 １ 科學 P.171

薬指 名 ３ 無名指 P.200

大工 名 １ 木匠 P.277

伯父さん／叔父さん 名 ０ （尊稱）伯父、叔父、舅舅、姑丈、姨丈 P.120

署名 名(する) 自 ０ 簽名、簽署 P.120

ベテラン 名 ０ （英）veteran。老手、內行 P.336

掘る 動I 他 １ 挖掘、發掘 P.69

吹雪 名 １ 暴風雪 P.332

年寄り 名 ３４ 老年人 P.305

救助 名(する) 他 １ 救助 P.92

年代 名 １ 年代 P.312

引っ繰り返る 動I 自 ５ 倒、翻倒、顛倒 P.65

書留 名 ０ 掛號（信）P.172

大人しい い形 ４ 溫順的、溫和敦厚的、淡雅素樸的 P.352

責める 動II 他 ２ 責備、拷打 P.45

ケース 名1 （英）case。事件、場合、盒子 P.206

支配 名(する)他1 支配、管理 P.112

鍋 名1 鍋子、火鍋 P.309

プログラム 名(する)他3 （英）program。電腦程式、計畫 P.146

テンポ 名1 （義）tempo。速度、步調 P.300

長引く 動I自3 延長 P.55

具合 名0 情況、狀態 P.199

シーズン 名1 （英）season。季節 P.228

風俗 名1 風俗、習慣 P.327

勝負 名(する)自1 勝負、比賽 P.119

通貨 名1 通貨、法定貨幣 P.294

吸収 名(する)他0 吸收 P.92

下町 名0 商業、手工業者的居住區 P.232

事態 名1 事態、情勢 P.231

大金 名0 巨款 P.277

訓練 名(する)他1 訓練 P.96

剥がれる 動II自3 剝落 P.61

サンプル 名1 （英）sample。樣品、樣本 P.225

思想 名0 思想、意見 P.231

船便 名0 海運

大学院 名4 研究所 P.277

イメージ 名(する)自1 2 （英・法）image。印象 P.78

内科 名0 內科 P.308

詩 名0 詩歌 P.228

対象 名0 對象 P.278

どうぞ 副1 請、請用 P.380

公表 名(する)他0 公布、發表 P.104

誤解 名(する)他0 誤解、誤會 P.105

マスコミ 名0 （和製英語）mass communication。大眾傳播媒體 P.343

方向 名0 方向、方針 P.337

曲がる 動I自他0 彎曲、轉彎 P.70

炭鉱 名0 礦場 P.283

ずっと 副0 比……更……、很久、一直 P.375

測定 名(する)他0 測量 P.130

食事 名(する)自0 飯、用餐 P.119

避ける 動II他2 迴避、避免 P.39

中世 名1 中世紀 P.288

内容 名0 內容 P.308

違反 名(する)自0 違反 P.77

恩恵 名0 恩惠、好處 P.165

字引 名3 字典 P.234

表 名3 表面、正面 P.165

収入 名(する)他0 收入 P.115

著す 動II他3 著述、寫作、寫 P.19

お爺さん／お祖父さん 名2 爺爺、祖父、外祖父 P.164

含める 動II他3 包含、加入 P.66

被る 動II他2 曝光、戴、澆、承擔 P.32

唇 名0 嘴唇 P.200

針金 名0 鋼絲、鐵 P.319

完了 名(する)自他0 完結 P.90

掛かる／懸かる 動I自2 懸掛、陷入、進行、花費（時間或金錢） P.29

典型 名0 典型、模範 P.298

溢れる 動II自3 溢出、充滿、擠滿 P.18

ちりがみ 名0 衛生紙 P.291

調子 名0 情況、樣子 P.289

方針 名0 方針、方向 P.338

こちらこそ 慣4 我才要謝謝你、我才要請你多多關照 P.388

孫 名2 孫子、孫女 P.342

鍵 名2 鑰匙、鎖、關鍵 P.172

死亡 名(する)自0 死亡 P.112

どうせ 副0 反正、無論如何 P.380

肩 名1 肩膀 P.175

進学 名(する)自0 升學 P.120

交番 名(する)他0 派出所、輪換 P.104

膨らます 動I他0 使鼓起、使膨脹 P.66

送別 名(する)他0 送別 P.130

苦情 名0 請求、抱怨 P.200

辞典 名0 辭典 P.233

休息 名(する)自0 休息 P.92

散歩 名(する)自0 散步 P.109

精々 副1 精通、充其量 P.376

特別 副な形0 特別、格外 P.380

17

21

25

安心（あんしん）名(する)自 な形 ⓪ 放心、安心 P.76
発電（はつでん）名(する)自 ⓪ 發電 P.142
関する（かんする）名(する)自 ③ 關於

センター 名 ① （英）center。中心、中立 P.271
門／門（かど／もん）名 ① 門、門口、家 P.178
書物（しょもつ）名 ① 書籍、圖書 P.250
循環（じゅんかん）名(する)自 ⓪ 循環 P.117
吠える（ほえる）動II自 ② 叫、吠 P.69
義務（ぎむ）名 ① 義務、本分 P.193
抽象（ちゅうしょう）名(する)他 ⓪ 抽象 P.134
解決（かいけつ）名(する)自他 ⓪ 解決 P.82

スケジュール 名 ②③ （英）schedule。日程、時間表 P.261
狙う（ねらう）動I他 ⓪ 瞄準、尋找……機會 P.59
当時（とうじ）名 ① 當時 P.302
能力（のうりょく）名 ① 能力 P.314
間隔（かんかく）名 ⓪ 間隔、距離 P.182
沖（おき）名 ⓪ 海面上 P.163
操作（そうさ）名(する)他 ① 操作 P.128
着物（きもの）名 ⓪ 衣服、和服 P.193
決心（けっしん）名(する)自 ① 決心 P.100
主婦（しゅふ）名 ① 主婦 P.241
投書（とうしょ）名 ⓪ 投書、提出意見 P.302
感覚（かんかく）名 ⓪ 感覺、觀感 P.182

のこぎり 名 ③ 鋸子 P.314
事件（じけん）名 ① 事件 P.229
楽器（がっき）名 ⓪ 樂器 P.177
図表（ずひょう）名 ⓪ 圖表 P.263
適する（てきする）動III自 ③ 適合、適應、有能力 P.53

コンテスト 名 ① （英）contest。比賽 P.218
手術（しゅじゅつ）名 ① 手術 P.240
育児（いくじ）名(する)他 ① 撫育幼兒 P.76
こっそり 副 ③ 悄悄地、偷偷地、暗中 P.372
金融（きんゆう）名 ⓪ 金融、通融資金 P.198
不幸（ふこう）名 な形 ② 不幸 P.329
私立（しりつ）名 ① 個人的、私立 P.251
万歳（ばんざい）名 ③ 萬歲 P.321
支出（ししゅつ）名(する)他 ⓪ 支出、開支 P.110

不運（ふうん）な形 ① 不幸的 P.366
合図（あいず）名(する)自他 ① 暗號、信號 P.76
稲（いね）名 ① 稻子 P.156
出身（しゅっしん）名 ⓪ 出生地、畢業學校 P.241
完成（かんせい）名(する)自他 ⓪ 完成 P.88
商品（しょうひん）名 ① 商品 P.246
その上（そのうえ）接 ③⓪ 而且、再加上 P.382

ゲスト 名 ① （英）guest。客人、客串演員 P.207
裏返す（うらがえす）動I他 ③ 翻過來、反過來思考 P.24
往復（おうふく）名(する)自 ⓪ 往返 P.81
注文（ちゅうもん）名(する)他 ⓪ 訂購、要求 P.134
売店（ばいてん）名 ⓪ 販賣部、雜貨店 P.315
単純（たんじゅん）な形 名 ⓪ 單純、簡單 P.363
戦争（せんそう）名 ⓪ 戰爭 P.271
現在（げんざい）名(する)自 副 ① 現在、目前 P.101
会場（かいじょう）名 ⓪ 會場、會議地點、活動地點 P.169

それほど 副 ⓪ 那麼、那樣 P.377

ナンセンス な形 名 ① （英）nonsense。無意義的、無聊的 P.365
株（かぶ）量 接尾 名 ⓪ 棵、股票、行情 P.387
仮名遣い（かなづかい）名 ③ （日文）假名用法 P.178
発展（はってん）名(する)自 ③⓪ 發展 P.142
東西（とうざい）名 ① 東西 P.302
時刻（じこく）名 ① 時刻 P.229
先祖（せんぞ）名 ① 祖先 P.271
考え（かんがえ）名 ③ 想法、觀念 P.182
表現（ひょうげん）名(する)他 ③ 表現、表達 P.145
欠陥（けっかん）名 ⓪ 缺陷、缺點 P.207
述語（じゅつご）名 ⓪ 謂語、賓語 P.241
化粧（けしょう）名(する)自 ② 化妝 P.100
法律（ほうりつ）名 ⓪ 法律 P.339
勝敗（しょうはい）名 ⓪ 勝負、輸贏 P.246
物騒（ぶっそう）な形 ③ 不安寧、社會動盪 P.366
決して（けっして）副 ⓪ 絕對 P.371
増減（ぞうげん）名(する)自他 ③⓪ 增減 P.128
停電（ていでん）名(する)自 ⓪ 停電 P.137
直に（じかに）副 ① 直接 P.374
構い（かまい）名 ② 在意、招待 P.179

シリーズ 名 ①② （英）series。系列 P.251

線路 せんろ 名1 鐵路、線路 P.272

犯人 はんにん 名1 犯人 P.321

牧場／牧場 ぼくじょう／まきば 名0 牧場 P.340

俳句 はいく 名0 俳句 P.315

社会科学 しゃかいかがく 名4 社會科學 P.236

効力 こうりょく 名1 效果 P.214

こないだ／此間 こないだ 名2 最近、前些時候 P.216

平気 へいき な形 名0 冷靜、不在乎 P.367

存在 そんざい 名(する) 自0 存在 P.131

近代 きんだい 名1 近代、現代 P.198

生じる しょうじる 動II 自30 生長、長大、發生 P.44

芯 しん 名1 中心、核 P.252

人類 じんるい 名1 人類 P.255

経つ たつ 動I 自1 經過 P.48

似る にる 動II 自0 像、似 P.58

複写 ふくしゃ 名(する) 他0 抄寫、複印 P.145

宿題 しゅくだい 名0 功課 P.240

防止 ぼうし 名(する) 他0 防止 P.148

引っ掛ける ひっかける 動II 他4 掛上、欺騙 P.64

鉄 てつ 名0 鐵 P.297

集中 しゅうちゅう 名(する) 自他0 集中 P.114

消防署 しょうぼうしょ 名50 消防機關 P.247

改正 かいせい 名(する) 他0 修改 P.82

恐怖 きょうふ 名(する) 自10 恐懼、恐怖 P.94

筋肉 きんにく 名1 肌肉、筋肉 P.198

標準 ひょうじゅん 名0 標準 P.325

石鹸 せっけん 名0 肥皂 P.269

文房具 ぶんぼうぐ 名3 文具 P.334

宣伝 せんでん 名(する) 自他0 宣傳 P.128

項目 こうもく 名0 項目 P.213

研修 けんしゅう 名(する) 他0 研修、進修 P.102

パット 名(する) 他1 （英）putt。（高爾夫球的）推桿、輕擊球 P.142

調査 ちょうさ 名(する) 他1 調查 P.134

会社 かいしゃ 名0 公司 P.169

首都 しゅと 名12 首都 P.241

霜 しも 名2 霜、霧、白髮 P.235

祝日 しゅくじつ 名23 節日、國定假日 P.240

資料 しりょう 名1 資料 P.251

ストレス 名2 （英）stress。壓力、緊張狀態 P.262

灯油 とうゆ 名0 燈油、煤油 P.303

為替 かわせ 名0 匯兌、匯票 P.181

景色 けしき 名1 景色、風景 P.206

方法 ほうほう 名0 方法 P.339

道徳 どうとく 名0 道德 P.302

コミュニケーション 名4 （英）communication。溝通 P.217

頬 ほほ 名1 臉頰 P.339

コンセント 名13 （英）concent。插座 P.217

神 かみ 名1 神 P.180

成長 せいちょう 名(する) 自0 成長 P.126

圧縮 あっしゅく 名(する) 他0 壓縮、縮短 P.76

見送る みおくる 動I 他0 目送、擱置 P.72

観客 かんきゃく 名0 觀眾 P.182

催促 さいそく 名(する) 他1 催促、催收 P.107

革 かわ 名2 皮革 P.181

先輩 せんぱい 名0 前輩 P.271

片道 かたみち 名0 單程、單方面 P.176

紹介 しょうかい 名(する) 自他0 介紹 P.117

洗濯 せんたく 名(する) 他0 洗衣服 P.128

ワット 名1 （英）watt。瓦特 P.346

一瞬 いっしゅん 名0 一瞬間 P.155

確認 かくにん 名(する) 他0 確認 P.85

おかず 名0 菜餚、配菜 P.162

正面 しょうめん 名3 正面 P.247

万年筆 まんねんひつ 名3 鋼筆 P.344

ストーブ 名2 （英）stove。火爐、爐子 P.262

贈り物 おくりもの 名0 禮物 P.163

基本 きほん 名0 基本、根本、基礎 P.193

手段 しゅだん 名1 手段、方法 P.241

全力 ぜんりょく 名0 全力 P.272

世間 せけん 名1 世間、世人 P.269

停車 ていしゃ 名(する) 自0 停車、煞車 P.137

合理 ごうり 名1 合理 P.214

学問 がくもん 名(する) 自2 學問 P.85

下駄 げた 名0 木屐 P.207

31

小指 こゆび 名 0 小指、情婦 P.217

ハンサム な形 1 （英）handsome。帥 P.366

綻びる ほころ 動II 自 4 綻開、綻放 P.69

お辞儀 じぎ 名(する) 自 0 低頭行禮 P.81

客席 きゃくせき 名 0 客人的座席、觀眾席 P.194

汁 しる 名 1 汁液 P.252

石炭 せきたん 名 3 煤、煤炭 P.268

塊 かたまり 名 0 團塊、疙瘩、集團 P.176

需要 じゅよう 名 0 需求、需要 P.242

林 はやし 名 3 0 森林 P.319

採点 さいてん 名(する) 他 0 評分 P.107

公務 こうむ 名 1 公務、國家及行政機構事務 P.213

当番 とうばん 名 1 值班、輪流 P.303

詩人 しじん 名 0 詩人 P.230

行列 ぎょうれつ 名(する) 自 0 行列、隊伍 P.94

障害 しょうがい 名(する) 他 0 障礙 P.117

結果 けっか 名(する) 自他 0 結果 P.100

カレンダー 名 2 （英）calendar。日曆、月曆 P.181

選択 せんたく 名(する) 他 0 選擇 P.128

送り仮名 おくりがな 名 0 為日文漢字注音的假名 P.163

主語 しゅご 名 1 主語 P.240

外国 がいこく 名 0 外國 P.169

原産 げんさん 名(する) 他 0 原產 P.101

哲学 てつがく 名 2 0 哲學 P.297

紺 こん 名 1 深藍、藏青 P.217

赤道 せきどう 名 0 赤道 P.268

劇場 げきじょう 名 0 劇場、劇院 P.206

釜 かま 名 0 鍋 P.179

発想 はっそう 名(する) 他 0 想出、表達 P.142

自身 じしん 名 1 自己、本身 P.230

事情 じじょう 名(する) 自 0 事情、情況 P.110

扇風機 せんぷうき 名 3 電風扇 P.272

神話 しんわ 名 0 神話 P.255

修繕 しゅうぜん 名(する) 他 1 0 修理 P.114

先頭 せんとう 名 0 前頭、最前列 P.271

上達 じょうたつ 名(する) 自 0 進步 P.118

手品 てじな 名 1 戲法、魔術 P.297

生存 せいぞん 名(する) 自 0 生存 P.126

ストッキング 名 2 （英）stocking。絲襪 P.262

彫刻 ちょうこく 名(する) 自他 0 雕刻、雕像 P.134

熟語 じゅくご 名 0 慣用句 P.240

抵抗 ていこう 名(する) 自 0 抵抗 P.136

皮 かわ 名 2 皮、外觀 P.181

全般 ぜんぱん 名 0 全體、整體 P.271

災難 さいなん 名 3 災難、不幸 P.220

皺 しわ 名 0 皺紋、皺褶 P.252

発達 はったつ 名(する) 他 3 0 發育、發展 P.142

流行り はやり 名 3 0 流行 P.319

日常 にちじょう 名 0 日常、平時 P.310

自信 じしん 名 0 自信 P.230

情報 じょうほう 名 0 資訊、消息 P.247

先端 せんたん 名 0 前端、頂端 P.271

気分 きぶん 名 1 心情、情緒、氣氛 P.193

手帳 てちょう 名 0 手冊、筆記本 P.297

盗難 とうなん 名 0 失竊 P.303

候補 こうほ 名 1 候選人、候補 P.213

一種 いっしゅ 名 1 一種、稍微 P.155

インク 名 1 0 （英）ink。墨水、油墨 P.156

形／形 かたち／かた 名 0 ／ 2 外形、形狀、形式 P.176

進路 しんろ 名 1 發展方向、前進的道路 P.255

消防 しょうぼう 名 0 消防、消防隊（員）P.247

寿命 じゅみょう 名 0 壽命 P.241

早口 はやくち 名 2 嘴快 P.319

咳 せき 名 2 咳嗽 P.268

灯台 とうだい 名 0 燈塔、蠋台 P.302

献立 こんだて 名 0 籌備、菜單 P.218

最中 さいちゅう 名 1 正進行中、最盛時期 P.220

ステージ 名 2 （英）stage。舞台 P.261

スピーチ 名 2 （英）speech。演說、致詞 P.263

弟子 でし 名 2 弟子 P.296

辞書 じしょ 名 1 字典 P.230

虹 にじ 名 0 彩虹 P.310

主役 しゅやく 名 0 主角 P.242

新日檢 N2
關鍵單字 2,500

【日本語能力試驗N2檢定專用】

2,500個關鍵單字
＋
補充詞彙
＋
主考官用隨身冊
＋
虛擬點讀筆

必考單字＋補充詞彙＋動詞變化標示＋單字隨身冊＋虛擬點讀筆
新日檢N2一次就過關！

茫茫單字海裡，若只是亂槍打鳥，見一個背一個，不僅沒有效率，也很難真正牢記。
想要背好單字，第一步就是要先挑出重點單字！
本書由日語教學名師親自選出最常考的2,500個關鍵單字，
並標示出其詞性、重音、動詞變化、相關詞彙等輔助記憶的資訊。
單字背得好，文法和讀解甚至是聽力準備起來自然能夠輕鬆很多、事半功倍！

測驗項目	測驗時間	該級數所具備的語言能力
言語知識 （文字・語彙・文法）	105分鐘	能看懂報紙、雜誌所刊載之各類報導、解説、簡易評論等主旨明確之文章。
讀解		能閱讀一般話題之讀物，並可理解事情的脈絡及其表達意涵。
聽解	約50分鐘	除日常生活情境外，在大部分的情境中，能聽懂近常速且連貫之對話、新聞報導，亦能理解其話題走向、內容及人物關係，並可掌握其大意。

2011 不求人文化

2009 懶鬼子英日語

I'm 我識出版集團
I'm Publishing Group
www.17buy.com.tw

2005 意識文化

2005 易富文化

2003 我識地球村

2001 我識出版社

2011 不求人文化

2009 懶鬼子英日語

I'm 我識出版集團
I'm Publishing Group
www.17buy.com.tw

2005 意識文化

2005 易富文化

2003 我識地球村

2001 我識出版社

國家圖書館出版品預行編目（CIP）資料

新日檢JLPT N2關鍵單字2,500：主考官的單字
庫完全收錄，新日檢N2快速過關！ / 蔡麗玲著.
-- 初版. -- 臺北市：我識, 2019.04
　　面；　公分
　ISBN 978-986-97371-0-4 (平裝附光碟片)

1.日語 2.詞彙 3.能力測驗

803.189　　　　　　　　　　107023161

要背就要背會考的！考來考去就考這2,500個關鍵單字！

新日檢 N2
關鍵單字 2,500

書名 / 新日檢JLPT N2關鍵單字2,500：主考官的單字庫完全收錄，新日檢N2快速過關！
作者 / 蔡麗玲
審訂 / 山田多佳子
出版事業群總經理 / 廖晏婕
銷售暨流通事業群總經理 / 施宏
總編輯 / 劉俐伶
顧問 / 蔣敬祖
日語顧問 / 王可樂的日語教室
執行編輯 / 潘盈蓁
校對 / 涂雪靖、張郁萱
視覺指導 / 姜孟傑、鍾維恩
排版 / 黃雅芬
法律顧問 / 北辰著作權事務所蕭雄淋律師
印製 / 金濱印刷事業有限公司
初版 / 2019年4月
出版 / 我識出版教育集團──我識出版社有限公司
電話 / (02) 2345-7222
傳真 / (02) 2345-5758
地址 / 台北市忠孝東路五段372巷27弄78之1號1樓
郵政劃撥 / 19793190
戶名 / 我識出版社
網址 / www.17buy.com.tw
E-mail / iam.group@17buy.com.tw
facebook 網址 / www.facebook.com/ImPublishing
定價 / 新台幣379元 / 港幣126元

總經銷 / 我識出版社有限公司出版發行部
地址 / 新北市汐止區新台五路一段114號12樓
電話 / (02) 2696-1357 傳真 / (02) 2696-1359

地區經銷 / 易可數位行銷股份有限公司
地址 / 新北市新店區寶橋路235巷6弄3號5樓

港澳總經銷 / 和平圖書有限公司
地址 / 香港柴灣嘉業街12號百樂門大廈17樓
電話 / (852) 2804-6687 傳真 / (852) 2804-6409